有爱的青春陪伴者

鱼在水底游了许久

是笙·著

江苏凤凰文艺出版社
JIANGSU PHOENIX LITERATURE AND
ART PUBLISHING

图书在版编目（CIP）数据

鱼在水底游了许久 / 是笙著. -- 南京 : 江苏凤凰文艺出版社, 2025. 1. -- ISBN 978-7-5594-7508-4

Ⅰ. I247.5

中国国家版本馆CIP数据核字第2024TQ0616号

鱼在水底游了许久

是笙 著

责任编辑	王昕宁
特约编辑	嘎 嘎 雪 人
出版发行	江苏凤凰文艺出版社
	南京市中央路165号，邮编：210009
网　　址	http://www.jswenyi.com
印　　刷	长沙鸿发印务实业有限公司
开　　本	880mm×1230mm 1/32
印　　张	11
字　　数	406千字
版　　次	2025年1月第1版
印　　次	2025年1月第1次印刷
书　　号	ISBN 978-7-5594-7508-4
定　　价	42.80元

江苏凤凰文艺版图书凡印刷、装订错误，可向出版社调换，联系电话025-83280257

目录 CONTENTS

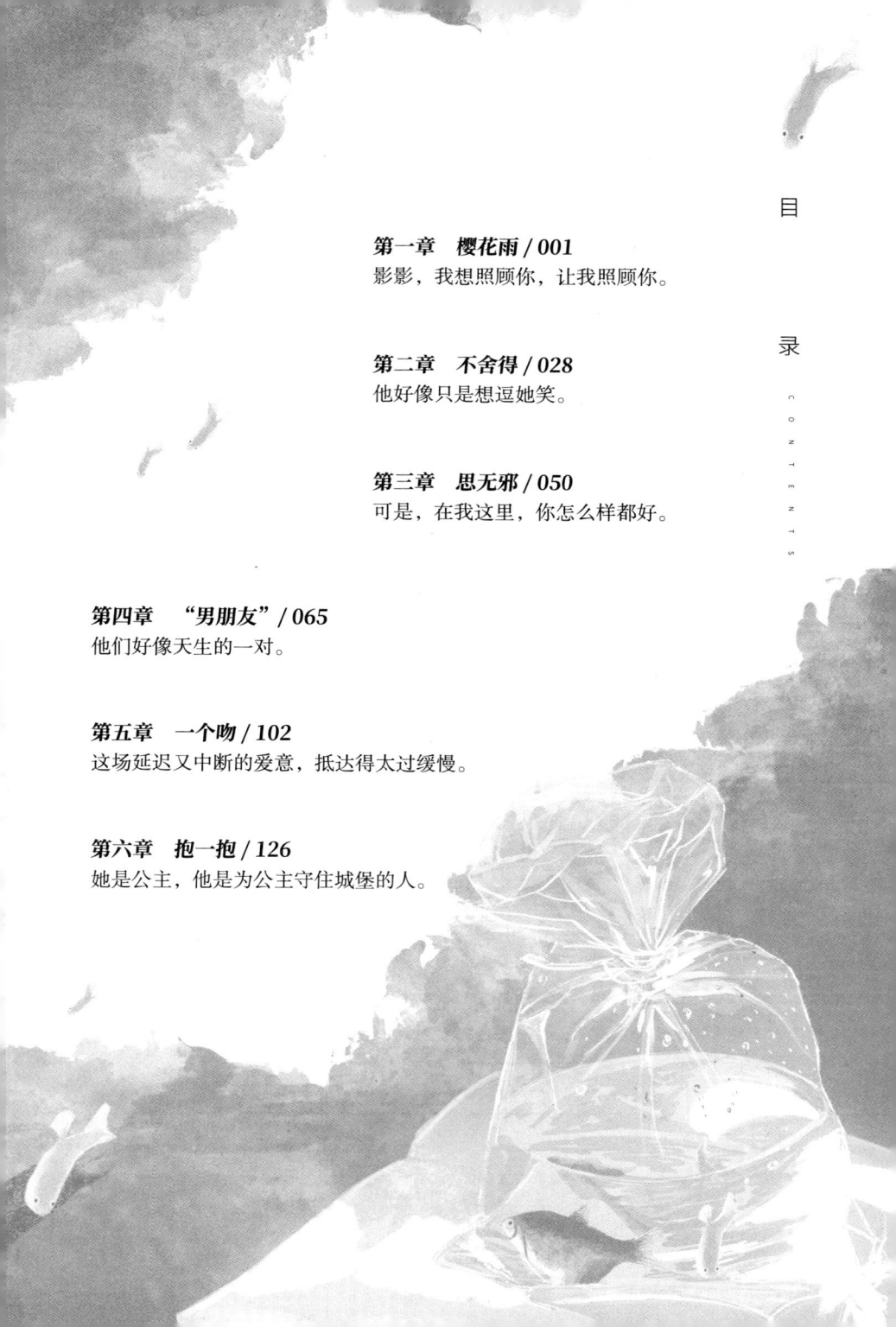

第一章　樱花雨 / 001
影影，我想照顾你，让我照顾你。

第二章　不舍得 / 028
他好像只是想逗她笑。

第三章　思无邪 / 050
可是，在我这里，你怎么样都好。

第四章　"男朋友" / 065
他们好像天生的一对。

第五章　一个吻 / 102
这场延迟又中断的爱意，抵达得太过缓慢。

第六章　抱一抱 / 126
她是公主，他是为公主守住城堡的人。

目录 CONTENTS

第七章　偏爱她 / 155
他的主角，永远是她。

第八章　安全感 / 194
她只是需要一份笃定而坚实的爱。

第九章　暴风雨 / 234
爱也好，不爱也好，谁让她是妹妹。

第十章　一生情 / 283
我会长命百岁，同你百年好合。

番外一　岁月长 / 331
只要能和你一直在一起，我充满期待。

番外二　梦一场 / 339
等你长大。

第一章
樱花雨

/ 影影，我想照顾你，让我照顾你。/

1

网约车司机说已经到了，只是雨太大，又是晚高峰，车子不好掉头，就在缪斯琴行对面的天桥下等。

电话刚挂，钟影抬头望向马路对面。大雨滂沱，天桥下已经停了好几辆车。

三月中，南州还处在乍暖还寒的季候里，鲜有这样大的雨。雨丝细密成帘，光线被遮了大半，傍晚时分，天色黯淡得如同黑夜。

她出来得匆忙，忘记拿伞，但也顾不上什么。课间接到表姐秦云敏的电话时，她脑子就是空白的，这会儿手都在抖。她转出琴行大门，还没淋上雨，胳膊就被人一把拽住。

"哎！钟影！这么大雨——"程舒怡打着伞，背着大提琴，看样子刚结束一对一上门教学回来。

见钟影面色发白，像是受了什么惊吓，程舒怡忙问："怎么了？"说着，利落地收伞塞入她手里。

"琰琰？"随即，程舒怡就想到能让钟影反应这么大的，只有她女儿。

钟影接过伞，点点头："班主任说她课间和男生打架，不小心从楼梯上摔了下去。"

闻言，程舒怡皱眉，神情担忧："要不要我陪你去？"

她这趟回来，虽然打着伞，但大衣下摆都被风里挟着的雨打得湿透，更别提背着的大提琴盒了。

"没事，你快进去。"钟影转身让她先进去。

"那你到了给我打电话。"程舒怡也不多说，直接嘱咐道。

她俩大学时就要好，出来工作也是一起投的这家南州最大的琴行。

"好。"

匆匆应下，钟影撑伞朝天桥方向跑去。

口袋里的手机又振动起来，估计是司机等不及在催。

大雨瓢泼，雨幕昏暗，天桥下有两辆打着双闪的车，还都是黑色，她记得网约车的车牌尾号是"7"和"8"。

钟影打开车门，手机还在振动。她上车后，收了伞搁在脚边，坐下拿出手机，才发现是秦云敏打来的。她一边接电话，一边头也不抬地对前面的司机说："麻烦——"

她挽了挽鬓边凌乱潮湿的发丝，抬起头，正好和驾驶座疑惑转身的人对上视线。

两人都愣了下。

他们手里都拿着手机，狭小的空间里，两部手机同时传出声音。

"裴决，喜糖拿到了？跟你说，我媳妇念了不止一回——这次韩薇结婚，你就哭去吧！说说，韩薇追你几年了？可真是……"

"影影，别急啊。我已经到医院了，问了医生，不严重，就是需要打一周石膏固定。那边的家长也到了……"

头顶雨点密集，隔着车厢，声音沉闷又窒重。

陈年旧识、骤然相遇的两人，在一片凄迷的雨雾里，注视彼此的面容，因为熟悉，顷刻显现在脑海的，却是另一幕分外深刻的印象。

——八月酷暑的宁江，钟影有些拘谨地站在茂盛绿荫下。

修身又漂亮的海蓝色长裙下，露出来的小腿白皙纤细，钟影低下头时，能看到像海藻一样浓密的乌黑发丝从后肩倾泻。不远处，闻昭顶着明晃晃的日头骑车过来。他一路猛蹬，到了近前，长腿一下撑住地，意气风发地朝钟影咧嘴一笑。不知道两人说了些什么，慢慢地，钟影不大开心的样子，往后退了退。闻昭赶紧下车，面色不知是热得有些红还是因为别的什么。他站到钟影面前，低头仔细注视着她，过了会儿，又低了低头，小心翼翼地靠近。

——十月深秋的宁江，一场雨后路边铺了厚厚一层落叶。

裴决站在一楼，仰头望着楼梯上的钟影。他面色苍白，双目尤其红。那个时候，他已经从航空航天大学毕业，两条杠的飞行制服。钟影孤身一人拎着行李箱往下走，神色木然。她径直走过裴决身边，看也不看他。裴决只能用力握住她手腕。钟影抬头，湿亮乌黑的瞳仁深处燃起冰冷的怒意。她狠狠甩开裴决的手。裴决低下头，近乎绝望地哽咽："可不可以不要走？"

眼下，南州三月初春的一场雨让气温降了许多，车窗玻璃上渐渐泛起了雾，车内陷入一片光影模糊的氤氲水色。

还未到路灯亮起的时间，外面暗得不像话。两人交错的视线里，唯一比较亮眼的，是裴决手中握着的喜糖袋。光泽莹润的红丝绒质地，洁白的珍珠扣小巧玲珑，搭配香槟色的蝴蝶结缎带，精致又好看。

有那么几秒，两个人都有些失语。

直到——

"喂！裴决！"

"影影？在听吗？"

裴决直接挂了电话，仓促间开口发了一个音："影——"

他喉咙干涩，也许是刚飞完国际航班回来，整个人有些疲惫，四条杠的飞行制服格外显眼。

"对不起。我看错车牌号了。"

钟影攥紧手机，低声而快速地道了句歉，然后在裴决伸手过来想要握住她手腕的时候，转身打开车门下了车。

"影影！"

猛然闯入车厢的雨声混乱又嘈杂，毫不留情地掩盖了裴决慌乱的声音。

雨水冰冷，钟影深吸口气，往前走了两步。

另一辆车同样打着双闪，它的车牌号"7"和"8"之间还有一个数字，是"6"。

到医院的时候，雨小了很多，青灰色的天幕好像被拧干水分，透出些许清亮。

隔着一条忙碌的走廊，小姑娘的声音穿透人群，和她对面哇哇大哭的男孩相比，尤为有气势。

"哭什么哭！"

"琰琰……"钟影语气无奈。不一会儿，传来她和医生沟通的轻声细语。

小男孩似乎在缝合伤口，哼哼唧唧个没完。

"我的腿断了都没哭！你就破了两个口子，哭个什么劲！"小女孩听妈妈的话忍了半晌，实在忍不住，脆泠泠的嗓音再次响起。

门外，裴决有些无奈。

这性子，听两句就知道肯定随爹。

钟影小时候害羞又腼腆，被班里男生欺负了，也只会闷声不理人，把人当空气。

快速和医生沟通完，钟影语气微硬："闻琰！"

之后，里面只剩小男孩在断断续续地抽泣。

——闻琰。

就是不知道哪个"yan"。

不过"闻"这个姓，裴决是知道的。

他倚着墙，一只手自然地垂下，掌中握着钟影落在车上的伞，低眸不语。

只是他这身笔挺的飞行制服实在引人注目，加上人长得俊朗，即使这会儿面无表情，也不妨碍周遭路过的人频频朝他看。

小男孩家长见自家孩子一直哭，心疼了，说着说着，语气不禁变得埋怨："你一个小女孩，开口咋咋呼呼，把我们浩浩摁在地上打——"

另一道女声响起："高浩宇课间扯闻琰的头发，还把闻琰的水杯——"

"你做班主任的，还和她认识，是不是偏心……"

"能不能就事论事？监控不是看了吗？"

里面争论了起来。

最后，班主任秦云敏带着两个小朋友各自道歉。

闻琰中气十足。隔着些距离，裴决被她突如其来的巨大一声"对不起"弄得低笑出声。

相比之下，小男孩不知是被打怕了，还是被摔下楼梯却依然云淡风轻打石膏的闻琰镇住了，一声"对不起"细若蚊蚋。

很快，两边家长领着孩子出来。

高浩宇跟在坐轮椅的闻琰身后，气不过似的，临出门突然朝闻琰的轮椅暗戳戳地踢了一脚。

"哎——"高浩宇的家长立马制止，小声责备，"浩浩！"

钟影顿时蹙眉，转过身盯着高浩宇质问："你干什么？"

闻琰跟着扭头，怒目相对。

母女俩的神情十分相似。

人群来来往往，裴决这才看清小姑娘的面庞。

乍看和小时候的钟影简直是一个模子刻出来的，标准的鹅蛋脸，圆润又稚气的五官，小鹿似的灵动。唯独一双眼又黑又亮，瞳仁深处透着股倔劲，使劲瞪人的时候，目光灼灼，很能唬人。

"你给我等着！"闻琰咬牙，抬手直直指着高浩宇，恶狠狠道，"等我好了，打不扁——"

"你"字还没出口，众目睽睽下，落不下面子的高浩宇红着脸气急败坏地冲上前，又使劲猛踹了下闻琰的轮椅，然后一边跑走，一边扭过头朝她大喊："怕你啊！

"你爸死了！我才不怕你！"

话音一落，钟影脸上血色尽失，急忙低头去看女儿的神情。小姑娘气得手指都在抖，马上就要站起来扑过去，架势凶狠，像头暴怒的小狮子。

钟影赶紧蹲下来按住她，面色严肃地朝对方家长道："你家孩子怎么能这么说话！"

高浩宇的家长也没料到自己孩子会说出这样的话，愣在原地，尴尬道：

"对不——"

"过去。"忽地,一道极为冷峻的声音响起。

众人转头。

望见裴决时,钟影面露诧异,没想到裴决会一路跟来。

裴决一把揪住甭逃的高浩宇的后脖领,视线稍垂。看不清他全部面色,只余两道深敛的挺拔眉骨和分外冷厉的语调。

估计是这身制服起了作用,高浩宇仰头望他,怔住了,一动不动地僵在他手底下。

裴决盯着高浩宇,语气极淡:"过去道歉。"

回去的路上,闻琰还是很生气。她小脸板着,双臂抱紧,抿着嘴,扭头一声不吭地望着车窗外。

钟影给她调整了下书包肩带,又低头仔细检查了下她左腿的石膏,抬起头时,下意识地挽了挽鬓边早就有些乱的发丝,同前面开车的裴决道了声谢。

医院里,高浩宇战战兢兢地道完歉就被家长带回去了。

最后那几句,对方家长过意不去,说改天上门致歉,被钟影拒绝了。

一旁,秦云敏看到裴决,十分惊讶,好几次想说什么。裴决倒是没多意外,视线与她对上时,微微点了点头,叫了她一声"云姐"。秦云敏想了想,没多问,走之前和钟影说了给闻琰请假一周的事,就匆匆回了培英小学。

原本钟影是想带闻琰打车回家的,只是碰上晚高峰,又是从医院出发,软件上排队都要等五十来位。

裴决站在钟影身后,沉默地注视了她好半晌,才低声说:"坐我的车吧。"语气听不出什么特别。似乎今天碰见钟影,于他而言,只是一次稀松平常的偶遇。说着,他把钟影落在车上的伞递到她手边。

看到伞,钟影愣了下,有些窘迫。

被裴决围观了一场纠纷不说,小时候丢三落四的毛病又被抓住,她站在他面前,一时间都不知道说什么。

闻琰在他俩中间,仰头来回瞧,见状自顾自举起手替妈妈接过伞,嘴上还挺客气:"叔叔,谢谢你哦。"

裴决微微一笑:"不用谢。"

…………

时间已经不早,雨彻底停了,路灯映在路边的积水里,晕出深深浅浅的痕迹。

听到后座传来钟影的道谢,裴决没说话。

"几岁了?"过了会儿,他问。

钟影摸了摸闻琰的头发，笑容浅淡，眼神却仿佛注视着什么万分珍贵的人。她同闻琰说："告诉叔叔你几岁了。"

闻琰对这位施以善意的叔叔颇有几分好感，于是弯起嘴角，认认真真道："叔叔，我今年六岁。"

"六岁……"裴决低声道。

听到他不自觉重复的声音，钟影握紧手机垂眸不语，细长浓密的眼睫覆着，落下一层纤薄似雾的翅影。

很快，裴决笑容温和道："小学生？"

"一年级！"说着，闻琰也打量起他，"叔叔你是开飞机的吗？"

裴决看了眼不说话的钟影："你怎么知道？"

"你的衣服。"闻琰小嘴叭叭，"我们课上学过，每个职业都有不同的衣服。"

"上课很认真。"裴决点点头。

小姑娘健谈，这是他没想到的。

毕竟钟影小时候性格文静，人前话更少，和她说什么，她就听什么——至少表面看起来是这样。

"还可以吧。"小姑娘这个谦虚语气挺不谦虚的。

钟影没抬眼，听到闻琰回的话，忍不住弯唇笑了。

窗外，闹市区斑斓闪烁的霓虹光线透过车窗折射在她雪白的面颊上，衬得她眉眼如烟。

收回视线片刻后，裴决又忍不住朝后视镜看去。

想起钟影十五六岁时还有点婴儿肥，两颊圆嘟嘟的，早上一边吃粢饭团一边往学校赶，过马路的时候，还跟着人群左瞧右瞧，明眸善睐。

这会儿瞧着，她瘦了许多，虽然抿唇在笑，但下颌尖尖的，整个人显得尤其清冷。

车子经过南州最大的商业中心时，堵了一会儿。

商业大厦顶部巨大的电子显示屏正在播放迪士尼宣传片，画面热闹，玩偶成群结队，城堡上空一簇簇燃起的烟花璀璨夺目。

"秦老师说我们春游去迪士尼。"小姑娘一眨不眨地看了会儿，回头轻声对钟影说。

"什么时候？"

"五月。"这么一想，时间也快了，闻琰开心起来，左腿跟着一晃，就被钟影摁住。

闻琰继续说："妈妈，到时候我想买个迪士尼的书包……"

"好。"钟影发笑，用手背贴了贴闻琰温软细嫩的面颊。

母女俩在后座继续小声说着话。

车子驶出闹市区，路灯没那么亮了。空气潮湿，偶尔树梢落雨，在窗玻璃上滴滴答答，要不就是一阵疾风敲打在车顶。

快到新月湾的时候，裴决忽然捂嘴咳嗽了一声。

母女俩齐齐抬头朝他看去。

"没事……咳咳——"他抬手摆了下，想要说什么，但没止住咳嗽。

这段时间排班密集，好几条国际长线费神又耗体力。本来这周是有休息的，但碰上韩薇结婚，他把这周和下周的排班做了点调整。加上段启淮陪怀孕的老婆产检，他又换了一次班。段启淮抽空就打趣，说他一个东捷航空的太子爷，活得清心寡欲不说，还整天累死累活。

闻琰探头："叔叔感冒了？"

裴决把车停在小区门口，转过头笑道："叔叔没感冒。"

闻琰："那就是着凉了。"

裴决忍不住笑："……是。"

小区门口还布置着春节的灯饰，亮堂堂的。光线照射进来，钟影看着裴决，没作声。记忆里，沉默寡言也不怎么笑的阴郁少年，长大之后变得温和许多。

许久，她对他说："上去坐一坐？好久没见了。"她嗓音低低的，说话时视线始终落在裴决的肩上。

裴决转眼看向她，不自觉地握紧了方向盘，眸色陡然变得极深。

他们确实很久没见了。

久到，今天的第一面，现在还印刻在他脑海中。

她面色苍白，细眉微蹙，惊慌失措，又有些强自镇定——和当年决然离开家时一样。不过那个时候的她，犟得很，一声不吭，头也不回，说走就走。

这六年，他问过几次秦云敏，得到的回答都很模棱两可。就连闻昭去世，他也是今天才知道——钟影打定了主意要和宁江的一切一刀两断，于是也将自己藏得严严实实。

闻琰似乎感觉到什么。

叔叔盯着妈妈，妈妈不看叔叔。

只是大人间的暗流涌动，她暂时还不明白。

钟影的家是十分规整的三室一厅。

从玄关进来能看到紧邻的练琴室，填充了隔音棉的门瞧着十分厚重，只是常年开关，边角磨损严重。房内是一片深色系的装饰，上下和四壁也都装了隔音夹板。双层缎面的窗帘静谧合拢，一墙的金属架子上放了几层琴谱，角落里摆着两盆半人高的绿植。

钟影将灯打开,半月弧状的浅白光晕落满整间屋子。

"装多久了?"裴决问。

"五年……"

"不是说和我一样大吗?妈妈?"坐在轮椅上的闻琰回头,掰着手指头,头头是道,"元旦的时候,云敏阿姨说这门的年纪和我一样大,问你要不要换,你说不要。云敏阿姨又说过年往上面贴几张福,你也说不要,嫌怪怪的!"

钟影明显感觉身后的裴决听完笑了下,只是没出声。

她推着闻琰往前走:"记这么清……"

客厅靠近阳台的角落摆了个和闻琰身高差不多的书柜。不过里面没几本书,迪士尼的玩偶倒是放了不少,分门别类,个头从大到小,颇为讲究。

裴决没待多长时间。

有些事过去太久,久到无从说起。

他坐在桌边喝蜂蜜水,蜂蜜的味道太甜,估计是平常闻琰喝的。

彼此聊了聊工作,又问了下近况。稀松平常的言语,娓娓说起,很多人和事就好像没发生过、没出现过。

比如,闻昭。

这间屋子从什么时候开始,没了闻昭生活的痕迹?裴决想问。

有一秒,就在钟影起身给他找预防感冒的冲剂时,他脑子里突然近乎卑劣地想,如果这时候提闻昭的名字,会怎么样?可当钟影转身,朝他微微笑着说这药琰琰也吃的时候,他又觉得没必要。

他们都长大了,不是当年刚出校园的时候——仅凭嫉妒心和占有欲就可以口不择言,做出过分的事。

感冒冲剂微微发苦。

钟影见他仰头一口喝完,又笑着说琰琰喝这药跟要命似的。

她说起女儿,目光总是柔软。

裴决不知道如果换闻昭坐她对面,她是不是更柔软。

应该是的。

裴决咽下嘴里发苦的药,脑子里忽然冒出多年前的夏天,他看见闻昭把她搂在怀里,男生身躯高大,完全覆住了怀里的少女。她小小一张脸,两颊透着淡淡的绯色,仰头朝男生笑,顾盼生辉。

2

今天打了架,又严重负伤,钟影进房间叫闻琰吃晚饭时,小姑娘搂着玩偶趴在书桌上,已经打起了瞌睡。

将她抱进轮椅的时候还没全醒,直到食物香气蹿进鼻子。

"叔叔呢?"

吃的时候，她还迷迷瞪瞪，这会儿吃饱了饭，动脑筋的劲儿也有了。

钟影收拾碗筷，低头瞧见她一副认真的模样，不由得好笑："叔叔当然回去了。"

闻琰下巴搁在手背上，望着面前的汤碗，想了想，小声问："妈妈，你们是不是之前认识？"

小姑娘年纪不大，心思却细腻。

闻言，钟影放下碗筷，摸了摸女儿的后脑勺。

"你知道妈妈从小在宁江长大，外公外婆家隔壁就是叔叔家。"

"哇！"闻琰仰头，一双眼笑成月牙。

"哇什么？"钟影莞尔，端起碗筷准备起身。

闻琰又黑又亮的眼珠子转悠几下，小狗似的一把拉住钟影，拉长声调，狡黠道："青梅竹马！

"妈妈，是不是？"

…………

时间不算晚。

往常这个时候，吃完晚饭洗好澡，闻琰还要看一小时电视。

不过今天确实累着公主了，大动干戈的。

钟影洗完碗后，给小姑娘打了石膏的左腿细细地包上保鲜膜防水。闻琰没骨头似的趴她身上，哼哼唧唧闹着要睡觉，牛奶也不肯喝，刷牙洗脸时干脆连眼睛都不睁开了。等脑袋一挨枕头，两分钟没有，呼吸声就缓了起来。

钟影瞧得忍不住笑。

注视半晌，她轻轻捏了捏闻琰的鼻子，又揉了揉闻琰软嘟嘟的面颊，最后在闻琰梦中还知道抱怨的咕哝声里，轻手轻脚地出了房间。

进门那会儿，钟影就发现家里收拾得很整齐。后来到了厨房，看到干净的垃圾桶，冰箱里摆满了的鸡蛋和时令蔬菜，还有下面两大箱的牛奶，她就知道闻琰的奶奶白天来过。快六十岁的赵慧芬女士，行事干练，现在还在社区中心做主任，每月还要策划两次南州北湖公园的相亲角活动。

"妈。"

电话打过去，墙上的钟刚走过八点，距离裴决离开才过了两个多小时。钟影一边收拾阳台上的衣服，一边和赵慧芬说闻琰打架骨折的事。

"妈，人家的孩子也蛮严重的，两条手臂都缝针了，脸上全是——对，打了石膏，一周……请假了……好，明天一早给您送去。"

闻昭走后，赵慧芬宠爱闻琰简直到了含嘴里怕化的程度。知道闻琰骨折，那是什么都听不进去，拍板就说明天要带闻琰去她那儿住。

"你平时工作辛苦，家里还有学生要带着考级……"赵慧芬担心钟影多想,便又唠叨了几句。

"你知道的,妈就时间多,闷了还可以带琰琰去公园。她从小就喜欢往人多热闹的地方凑,跟她爸一样……再说了,琰琰放我这儿,我可以给她好好补补。养骨头可不能马虎,小影,你放心啊……"

推开阳台的窗户,潮湿的风里裹着几瓣樱花,落在窗沿。傍晚那阵雨实在大,回来的时候钟影没注意,只顾抱着闻琰小心上楼,这会儿往下看,一地的藕粉色,湿漉漉的,路灯盈盈照着,好像一汪樱花池。

钟影看了眼,准备关上窗户,对着电话那头笑道:"妈,我放心——"

视线边缘,那辆送她们母女回来的黑色车子,还停在不远处的樱花树下。比起地上乱糟糟的一大片,落在车顶的每片花瓣都十分完整。稍稍扬起一点冷风,那些浅粉色的花瓣就打着旋往下落。裴决倚着驾驶座车门,从她的角度,只能看到婆娑树影下,他沉寂冷峭的背影。

钟影握着窗户锁扣,指尖触到玻璃冰凉刺骨,室外温度只可能更低……两个多小时了,他在那儿干什么?

挂了电话,钟影把干了的衣服一件件折好。有几秒,她心不在焉。

她进了房间打开衣柜,蹲着把衣服分门别类地放进去。不知怎的,她想起很小的时候,她被班里惯会欺负女生的男生藏了作业本,最后全班就她没交。求来求去,她急得趴桌上哭。那会儿裴决就在楼上上课,不知从哪儿听了消息,下课后直接揪着那男生的后脖领,一路将其拖到楼顶质问,全程面无表情。

钟影和欺负她的男生都吓呆了。

或许从那个时候起,她就有点怕裴决。

尽管他们从小一起长大,父母辈又是最相熟的——是闻琰嘴里八卦的"青梅竹马"。

裴决长她两岁,个子本就高,走起路来步子也迈得大。小时候,钟影要费好大劲才能勉强跟上他。有时候她跟不上,裴决回头看见,便站在原地等她。不过,即使是这样善意又温和的举动,对那个时候的钟影而言,还是会莫名有些不安。

待她走到跟前,裴决瞧着她,眼底有笑意。只是他在人前总不苟言笑,不说话就很有威慑力。钟影常常局促,小声问"哥哥走吗"。她问完,就听头顶传来一声叹息,裴决问她要不要抱——钟影虽然腿短,但她要面子。于是,十次里,她也就放下过一两次面子。其余时候,不是裴决牵着她走走停停,就是裴决走一段等她一段。

但仔细说来,钟影在青春期里,也确实对寡言少语、俊朗优秀的裴决动过心。只是这样萌动的情愫,在那层兄长身份面前,存在感太弱了。更何况,那些动心的瞬间在见到裴决本人的第一眼,都会变成小心翼翼。

还有就是,喜欢裴决的人太多了。钟影还撞到过几次表白场面,真是尴尬——所幸她那会儿腿长长了,溜得那叫一个快。

于是,青春期生出的暧昧情愫被一层层稀释,逐渐消失没了踪迹。

就连钟影自己都要回想好一阵,才能捕捉到那一丝青春期的偶然触动。

——裴决是近乎兄长的存在。

蹲得腿麻,钟影干脆坐在了衣柜边的地毯上。之后的好几分钟,她脑子里出现的都是阳台看到的场景。

记忆里好像有一幕相似的场景。

高中时,她遇到转学过来的闻昭。

他跟在班主任身后进班。身为体育生,他个子极高,立在讲台上环视一圈后,就朝她直直看来,眼睛十分亮,朝气蓬勃的。他坐到她身后,话多得出奇,就是记性不好——作业本封面第一行是写姓名还是写学号,他都要起身从后面把本子伸到她面前问个五六七八遍。他手臂长,一伸手就把她困住。被他闹了好几天,她后面就有点脸红。

闻昭第一次送钟影回家的时候,正好被裴决撞见。

钟影现在还记得当时裴决的眼神,冰冷又阴沉。

他看着跟在钟影身后四处环顾家属院的闻昭,语气严厉:"他是谁?"

未等钟影说什么,闻昭倒是十分自来熟,笑着自我介绍,说是钟影的同学,九月份刚从南州附中转到宁江一中。

只是他话没说完,钟影就被裴决一把拉走。很明显,裴决不想听他讲话。

"哎?"

闻昭摸不着头脑,赶紧上前拽住裴决,问钟影:"这人是谁啊?"

询问的语气十分坦荡,和裴决简直不相上下。

——现在想起来,真的是很好笑。

只是那时的她被一前一后弄得脸通红,窘迫万分,最后两个人她都没理就跑回了家。

后面她就有点生气。

气裴决,也气闻昭——不知怎的,她总觉得这两人都不把自己当外人。

她好多天没理裴决,闻昭就更不用说了。她一生气不理人,闻昭根本不敢上前触她,经过她身边时都蹑手蹑脚。那会儿,生闷气的钟影上下学也避免和裴决碰到,可十次里总有九次,迎面就和裴决撞上。

钟影崩溃了:"你干什么啊?"

裴决面无表情:"看着你。"

真是难为他了,在高三的紧张时刻,还能抽空逮一逮她。

"少和那种人在一起。你知道从南州那地方转来的都是些什么学生吗?"为了吓钟影,裴决的语气严肃又夸张。

其实大部分高一转来的都是从全国各地选拔的体育生，因为宁江一中有专门的集训点。只是这些年生源质量参差不齐，传来传去，名声就不怎么好听了。

钟影当然知道，但不知为何，她那时不是很喜欢裴决这样管她。小时候是对兄长天然的畏惧，长大了，畏惧归畏惧，但总会想，自己为什么要怕他啊？

钟影抿嘴不说话，绕过他继续往前走。

"影影。"裴决快步跟上。

只是拐过两条街，他忽然变得"轻手轻脚"，因为他发现钟影被他气哭了。小姑娘一边重重地迈步，一边抬起手背用力地抹眼泪。

最后，裴决败下阵来，不跟了。看着快到的公交车，他低声对钟影说："我坐下一班。你别哭——"

话没说完，钟影理也不理他，快步上了公交车。

他们之间闹了好一阵别扭。

裴、钟两家的家长却不知道。

那年寒假钟影去外婆家，是宁江下面的一个小镇，叫春珈。这个地方盛产橙子，每年回宁江，钟影都会带好些橙子。两个多小时的车程，她父母要是没空，便会拜托裴决去宁江的车站接一接，然后关照钟影提前跟裴决说好发车时间。

但这次钟影却不是很想和裴决说，嘴上马虎地应了，临走前一天硬是还没联系裴决。

第二天一大早，外婆却说裴决来了，就在楼下，还帮忙提菜来着，但就是不肯进来。她让钟影下去叫人上来，一起吃完饭再走。

前几日一直在下雪，树梢枝头结着皑皑的梨花白。

钟影冲到阳台的窗前往下看。

少年一身黑色羽绒服，冰天雪地里，孤身一人站在树下，身形清隽，低着头，不知道在看什么，也不知道在想什么。一阵风吹过，树梢簌簌作响，淅淅沥沥的碎雪往下落，落在他肩头，轻得没有一丝分量，生怕惊动他似的。

时隔多年，二十八岁的钟影在窗前再次望见楼下的裴决。

少年的影子好像有片刻重叠。

只是这回，落在少年肩上的，不再是清冷的雪，而是柔软的花瓣。

3

新月湾这片住宅区刚建成那会儿，开发商为了吸引购房者，打出"远离尘嚣""安养心灵"之类的噱头，小区内部四季景观布置得有模有样。海桐、月季、玉兰就不用说了，楼盘预售时正值三月初春，开发商干脆做了个活动，引当地的新闻记者过来"赏樱"。结果周边的房子订光了不说，后来价格还炒了几番。这批樱花树就一直留了下来。直到现在，当地人说起新月湾的房子，总是要提一嘴樱花开得确实好看，上过新闻呢。

可到底多好看，裴决是没什么感受的。

下楼之后，好长一段时间，他都不能很好地平复情绪，眼睑半合，暗沉沉的眸子不知落在哪里。

他想起小时候，放学后，几步路转到另一条街的民航建设附属幼儿园，接钟影一起回家属大院。钟影放学比他早，会坐在园里的秋千架子上等他，她扎着两条细细软软的辫子，乖巧又听话。每回见他来，她都会跳下秋千，朝他高高摆手，大声叫哥哥。

有一回，回去的路上，钟影想吃冰激凌。商场门口的摊位排了好长好长的队，日头太大，脚下路面都发烫。他就对钟影说，在公交站台等他，他过去买。钟影笑着点头，在他的注视下，挎着粉色的兔子小包，十分乖巧地往对面走。坐下后，她双手搭在膝上，规整地坐着，一双眼只朝他看。他这才放心排队。

烈日炎炎，时隔多年，裴决现在还能记起曝晒在那十多分钟的队伍里是什么滋味，他甚至记得前后等待的人群身上散发出的阵阵汗味，热燥得仿佛身陷蒸笼一般。可在他转头看见空无一人的公交站台时，瞬间如坠冰窟。

他冲出人群，仓皇至极，连心跳都暂停，手心冒出冰凉的汗水。

他不知道自己是怎么走到公交站台的。

那边一个人都没有。

他甚至怀疑自己的记忆出了问题——影影之前是坐在这里吗？

接下来的记忆无比混乱，好像一台年代久远的电视，画面中，频繁闪着令人不安的雪花。

他跟着大人，惨白着脸，一次次地回忆当时的情况。他那会儿年纪也不大，坐在椅子上一直发抖，不敢抬头看他们，脑子里冒出很多新闻，好的、不好的。赶来的钟影母亲听了警察的几句分析直接吓晕——裴决站在她面前，酷热的夏天里，手脚却冻得麻木。

后来，警察在出宁江的大巴上找到了被迷晕的钟影。

这件事钟影自己不记得了。她年纪太小。钟影母亲却因为这事犯了心悸的病症，好些年都不大好。

那天，裴决发了场高烧，醒来第一件事就是找钟影。等在医院病房门口，隔着一扇门，看到在屋里打着点滴沉睡的钟影，一旁的椅背上还放着那只粉红色的兔子小挎包，他一下就哭了。

…………

时间过去这么久，此刻的他好像又陷入了一种近似的情绪，心口仿佛有风呼啸。室外气温也越来越低,冷风簌簌,头顶树梢的樱花还是一瓣接一瓣地落。

身后忽然传来一声柔和的语调。

"裴决。"

裴决转过身,看到钟影时,还有点浑浑噩噩。

钟影裹了一条浅灰色的羊绒披肩,乌黑浓密的长发没有像之前那样绾起来,估计下来得匆忙,此刻头发一半揉在披肩里,一半沿着肩头垂落,与风纠缠。

裴决看着她,慢慢意识到她真的瘦了很多。

她骨架本就纤细,整个人消瘦下来,小时候的娇憨圆润消失不见,这么站在冷风里,即使穿了毛衣、披了披肩,看上去还是很冷的样子。

"冷不冷?"

心里一想,裴决就问出了口。

钟影没想到他会问自己这个,神情微诧,摇了摇头,又犹豫着问道:"怎么还不回去?"

裴决语气自然:"再透会儿气就回去。"

他在她面前,似乎总是坦荡的,也许是自小的成长环境塑造了他性格里不动声色的一面。裴家家大业大,他跟在父亲身边,耳濡目染,做什么、说什么,言行举止中即使透露出很强的掌控欲,也会表现得波澜不惊。

看出她的欲言又止,裴决笑了下,让她宽心:"真的。"

两人相对而立,有那么一分多钟,谁都没说话。

远远能听到车子驶进小区的嘈杂声响,还有小狗跟着主人下来的活跃动静,渐行渐远。

路灯离得远,照过来的时候,只剩下朦胧的影子。

"太冷了。"裴决注视着钟影,总觉得她穿得单薄,便催促,"回去吧。"

他的语气实在温和,近乎哄。如果让认识的人听见,肯定难以置信。

钟影不说话,脑子有些乱。裴决的突然出现,让她不得不重新回忆宁江的一些人和事。

走神的当口,耳边传来一声轻笑,带着些许无奈。像是知道她在想什么,裴决对她说:"放心,不会让你回去的。"

一下被看穿,钟影抬头:"我只是……"她语气踌躇,指尖下意识掐着披肩一角,纤细雪白的指关节泛起粉意,指甲也压得有些红。

"我只是不想回去了。"末了,钟影低声道。

"嗯。"裴决看着她,"不回去就不回去吧。"

钟影点头。她思绪烦乱,得到了裴决的安慰,神情却依然有些许无措。她在他面前总是小心翼翼,小时候是,长大了好像也是。

裴决的视线始终落在钟影的面颊上,见她站着不动,他便忍不住问了句:"现在过得好吗?"

问完,裴决就有些后悔。

这个问题,实在不合时宜。

钟影抬眼,眼神接触裴决的瞬间微闪,很快,眼睫覆下,微微颤动着,如同羽翅收拢,是一个自我保护的姿态。

闻昭走后这六年,第一次有人当面问她好不好。

别人不问,是因为知道这个问题对钟影来说毫无意义。裴决问,大概是真的想知道她好不好。

钟影抿唇,"嗯"了一声。

其实没什么好与不好——如果说熬过痛苦算好,那她现在过得也算不错。她有一个女儿需要细心照顾,生活日复一日,工作一如既往,除了忙些。不过赵慧芬经常会来帮忙,秦云敏也隔三岔五过来看看,再忙也忙不到哪里去。

只是这都不是"好"可以定义的。

钟影语意含糊,裴决便没再说什么,只是眼神幽深,仿若透着隐秘的欲望。他径直打开车门,头也不回,对钟影说:"回去吧。"

钟影后退几步,低声嘱咐:"路上小心。"

裴决上车后,动作利落地拉上安全带,闻声朝车窗外的她略抬了下手告别,便一言不发地驱车驶离。

4

段启淮打来电话的时候,裴决刚跑完步。

"在哪儿呢?

"徐桉说你昨天没回宿舍。

"不是吧……就一包喜糖……说你几句还挂电话——"

大清早就给他排戏,前因后果、起承转合,这编导水平,段启淮开什么飞机,去开剧院好了。

大学那会儿,裴决就知道段启淮的脑补能力无人能及。

某次实习,段启淮偶然得知裴决的父亲就是东捷航空的创始人裴新泊,那阵子,他瞧裴决的眼神跟瞧什么豪门大戏主角似的。他是怎么也想不到,一直睡在隔壁铺的兄弟居然是个超级富二代。

主要是裴决人前人后都寡言少语,天生存在距离感,即使有心和他套近乎,也套不到哪儿去。

本以为裴决性格就这样。知道裴决的家世后,段启淮就开始了对他"原生家庭"的脑补。实习期结束,同期聚会,他喝多了,拉着裴决说哥们儿不容易,一直住宿舍不好受吧?是不是有后妈?家业都没份?嘿——段启淮猛拍大腿,吐槽:男人没一个好东西!

裴决真是没想到,段启淮喝多了,居然会这么大胆。

翌日一早,他对断了片、没事人一样的段启淮说:"父母健在,感情和睦。"

段启淮:"啊?"

裴决背上书包出门上课,临走时想起什么,又补充道:"我不知道家业有没有我的份。不过据我所知,我爸应该就我一个儿子。"措辞还挺谨慎。

那之后,段启淮日常揶揄裴决时,又多了个"太子爷"的称呼——谁让他自己说的。

昨天傍晚下过一场雨,风里带着潮湿的寒意。

蓝山栖湖道是南州有名的环湖跑道,下个月还有马拉松赛事。风景秀丽不说,紧邻湿地公园,比起市区,空气清新不少。

电话里段启淮说个不停,裴决仰头灌完一瓶水,把瓶子扔进垃圾桶,打断道:"有事吗?"

段启淮听到风声,又问:"你人在哪儿?"

"栖湖道。"

栖湖道的碧景别苑是裴决在南州的房产,虽然离机场近,上了高架只有二十来分钟的车程,但裴决平时根本不会去住。只有裴家长辈来,裴决才会过去陪着住几天。

段启淮寻思估计是裴家二老来了,没多问,只说:"韩薇不是结婚嘛,大家商量着一起送点礼物。对了,还有礼金,麻烦太子爷和我们统一一下……"

倒不是段启淮认为裴决不懂人情世故,主要这家伙就是来搞笑的。

很快,电话那头就传来段启淮的媳妇郑芩的责怪:"会不会说话……你们开飞机的张嘴闭嘴都这么飘吗……"

裴决好笑,没说什么,应下了。

碧景别苑名字雅致,小区内部造景也十分古色古香。进来就是一排高低错落的竹架遮挡,仿的小桥流水,泉声"叮咚",二十四小时供电不停歇。楼层不高,每栋楼之间有相当一段距离的景观隔离,隐私性极好,一梯一户的大平层,安全又安静。

年节刚过,林荫道旁还有未拆的喜庆装饰。隔着左右两条道,隐约能听到孩子玩闹的动静,还有出来晨练的老人絮絮叨叨的说话声。

裴决慢慢走着。春寒料峭的时节,在室外待久了,呼吸都带上寒意。他身形挺拔,步伐不紧不慢,因为思绪不在这里,面容显得分外淡漠,眉宇间有一种冷静至极的锋利感。

过了一夜，好像这时候他脑子才算彻底清醒，只是闭上眼还是昨天那场突如其来的暴雨，画面在眼前一帧帧划过。不知为何，钟影的面容始终有些模糊，大概是他总未能好好地仔仔细细瞧她。

裴决拿出手机翻了翻微信，找到秦云敏的对话框，点进去。

快到家的时候，他给秦云敏发去了一条信息：云姐，可以把影影微信给我吗？

平时就算休假也不见得回来住。而距离上一次父母过来，也是半年多前的事了。昨晚裴决连夜开车回这里，客厅和几个卧室家具上的防尘套都没拆。这会儿简单吃完早餐，他把防尘套拆开，把整间屋子打扫了个遍。

手机屏幕亮起，秦云敏没说什么，似乎知道昨天两人遇上，裴决肯定会来找她，发来的信息里只有一张微信名片。

钟影的微信头像是扎着小辫子的闻琰。小姑娘坐在旋转木马上，冲着镜头眯眼笑。只是瞧着年纪很小，应该是几年前拍的。

裴决没有立即添加。

放下手机，他在原地站了会儿，莫名地，心间千头万绪。

他转身走去书房。

说是书房，其实里面一本书没有。一墙安置的书柜里错落地摆了几方相框，是刚买下房子那会儿，裴决的母亲吴宜从宁江老家带过来的。里面有裴决大学毕业的照片，还有几张不同时期的全家福。相框别致，多少有些隆重，但这间书房太空了，权当应个热闹罢了。

裴决环顾一圈，找来卷尺大概量了量房间的长宽，便给物业去了电话。

"我想重新装修一间房，做琴房用，隔音要好。"

这里的物业效率奇高，半小时后就带人上门同裴决商量装修细节，才半天工夫，设计就敲定得差不多了。

负责人猜想这个家里估计要来女主人，问起墙面刷什么颜色的漆时，笑着道："这个还得太太来选吧？"

闻言，裴决微愣，好一会儿没说话。

工人在四周忙碌，进进出出，十分热闹。

负责人不疑有他，指了指书房的两扇大窗户，继续说："钢琴大概摆在什么位置？如果太里面，采光不均匀，还要考虑钢琴灯。前阵子也有户人家给孩子装多功能房，也是练琴的，就是没您这地方大，窗户也小……

"对了，裴先生，钢琴选了吗？如果没有，可以去市里的缪斯琴行看看。那是我们南州最大的琴行，听说那里都是很专业的老师。"

回过神来的裴决面不改色道："钢琴已经有了。先装修，过段时间搬过来。"

负责人殷勤又周到:"那到时候给您联系搬家公司。"

下午天气又转阴,乌云大片大片堆积,看样子似乎又有暴雨。

秦云敏收到裴决的消息时,正拿着闻琰和高浩宇的假条从教务处回来。一个班上两名学生因为打架请假,教务主任肯定是要问的。

回了裴决消息,应下晚上吃饭,想了想,秦云敏给钟影打了通电话。

钟影今天请了半天假,上午送闻琰去奶奶那儿,回来收拾了下,就赶去琴行。

这段时间还是很忙的,手底下四个学生要考级,还有一个市艺术团的钢琴项目排演,周末都没空闲。

"他肯定要问,闻昭、琰琰——钟振还不知道琰琰吧?你说他们一家和钟振还有联系吗……"

钟影坐在钢琴前,摸了摸琴键。

时隔多年,再次听到自己父亲的名字时,她还是感到一阵厌恶。有学生敲门,她一边起身过去开门,一边说:"不清楚。"

秦云敏叹了一口气:"我和他聊聊。这些年他总问你。你知道的,我都没说。闻昭去世我都没——"

"姐。"钟影打开架子上的练习曲谱,低声道,"我上课了。"

约着吃饭的地方就在培英小学附近,秦云敏下班走过去只要五分钟。

和昨天一样,傍晚又是一阵急雨,气温骤降,空气里渐起蓬蓬白雾。

小学一到三年级放学放得早,秦云敏出校门时,四、五、六年级的家长好些都挤在大门口的长廊下,七嘴八舌聊着最近南州的房价,还有小升初的最新消息。雨水一刻不停地灌下来,混乱又嘈杂。

餐厅服务员上前帮着收伞,问起包厢号,笑着引秦云敏上楼。

昨天匆忙一瞥,记忆里的少年似乎变得越来越沉默了。这会儿瞧见,裴决笑着起身叫她"云姐",面容温和,气质温文尔雅,秦云敏又怀疑自己的印象出错了。

还在宁江时,裴、钟两家关系有多好,秦云敏是知道的。逢年过节,她去钟家拜访,都要跟着一众小辈听老一辈翻来覆去地说当年他们是如何认识,又是如何在艰苦的环境一起奋斗。

她的父亲秦荣是钟影母亲秦苒的哥哥,也就是钟影的舅舅。

钟影是独生女——至少那个时候大家都是这么认为的。虽然她很受宠爱,但人前总有些小心翼翼,安安静静,用前来奉承的客人的话说,像个小淑女。

那个时候秦荣还会把钟影当"别人家的孩子",数落秦云敏。所以一开始,她对这个表妹是不大亲近的,还会挑刺,大声反驳说妹妹挑食!秦荣好气又好笑。

后来钟影上小学时,有一次姑姑秦苒突然生病住院,他们一家过去看望。还没到病房,就听里面传来钟振的暴喝:"给我闭嘴!吃我的用我的,上最好的学——"

秦荣冲进去就是一拳头,毫不客气,吓得秦云敏扭头缩进妈妈怀里。

钟振没想到妻子的娘家人突然来了,他最好面子,一时间脸都绿了,表情是从没有过的尴尬,立在原地,跟只气短的大老鼠似的。

也是那次,秦云敏第一次发现,人前受人尊敬、面面俱到的姑父,发起火来这么恐怖。

因为钟影被扇得嘴角都流血了。

后来,过去好久,久到姑姑去世,大家才渐渐知道了些什么,传开来,说钟振有个儿子,在国外读高中,一年百万的开销,养得十分金贵。

那天下午,裴决也来了。他是跟着父母来的,捧着鲜花,左顾右盼,在房间里没找到人。

秦云敏听父亲的话拉钟影去楼下小花园坐着。

大人说事情,小孩子是不能听的。

钟影被打了还是一声不吭,坐在椅子上,小脸煞白,一只手僵硬地按着嘴角的冰毛巾,低着头不知道在想什么。乌黑的睫毛垂落下来,看不清眼底,好像要哭,但一直没哭,就这么呆坐着。

其实那个时候她什么都不知道。她和秦云敏一样,震惊于父亲人前人后的两副面孔,只是相较身为亲戚的秦云敏,她受到的冲击足以成为阴影。

秦云敏有点心疼,一直和她说话,没话找话——问她有没有开始学英语,问她看没看最近的动画片,问她过年什么时候去奶奶家,到时候睡一起好不好,晚上可以起来看烟花。

扭头望见少年找来的时候,秦云敏印象还是很清晰的。即使过去这么多年,她还是惊讶于少年骤然冷下的面容,他大步走到钟影面前,拿下钟影敷脸的毛巾,仔仔细细看了会儿,恶狠狠地问她是谁打的。

少年语气阴沉,好像下一秒那个人势必会被暴揍一顿。

初中生秦云敏像看小学生似的无语地看着裴决和自家妹妹——不过那会儿他俩确实都是小学生。她站起来,叉腰对裴决说:"我姑父打的,你要去打他吗?"

裴决愣住。

他是怎么也想不到,似乎不明白人前那样风光体面的钟振,背地里会对自己女儿下这样重的手。

但不知为何,秦云敏说完,钟影忽然笑出声。

钟影也不明白自己为什么要笑,也许是表姐的神态语气有点好笑,又或是裴决的反应正中了她心底的猜测,抑或是幼年的她忽然觉得这些就是很好笑——大人的虚伪、要面子、被戳破后的模样,通通很好笑。

…………

"估计你已经忘记了,那会儿你也是上小学吧?个头高高的——"

说着,秦云敏伸出手往一旁比了比,笑着说:"我们影影边笑边哭,你后来也红了眼睛……记不清了,反正你小时候挺护着她的。"

裴决也笑:"是有印象。我还记得有一年过年,你带我们出去玩,就是影影的外婆家,春珈山里——"

话音未落,秦云敏扶额,语气好笑又懊恼:"是……最后迷路了,转了好大一圈,影影冻得回去就发烧了。"

还是她初中的时候,不过两个小的应该一个快小学毕业了,一个上小学四年级。她是家里的大姐姐,做什么都得领着弟弟妹妹。裴决又是拜访的客人,自然要好好招待。一开始说要爬山,她爸秦荣还挺支持,以为就是去春珈山脚下转两圈、吃几口新鲜橙子罢了。谁知他女儿胆子奇大,真爬上去了,半天没影——搁其他人身上尚且还能镇静,毕竟是从小生活的地方,只是钟影小时候被拐走过,她姑姑秦苒的心理阴影还在,吓得直接报了警。幸亏是报警了,不然钟影下山时还得挨冻。

闻言,裴决弯起唇角,视线落在餐桌边缘,看不清眼底神色。

服务员敲门进来上菜,上完菜很快便轻手轻脚地出去。

过了会儿,只听他道:"我还记得那个时候你问我,是不是喜欢影影,长大了想娶她。"

秦云敏握着筷子抬头,表情微诧。

说实话,裴决说的这事她一点印象没有。她只记得那时自己知道闯了大祸,她怕得要死,怕妹妹生病、怕回去被秦荣骂,除此之外,自己一时兴起的八卦、少年慎重的回答,记忆里竟是毫无痕迹。

裴决却没再说什么,好像只是借此回忆了几秒当时那个少年。

青涩又单纯的喜爱,毫不避讳的坦然,虽然说完就红了耳朵,偷偷去看背上的影影是不是真的睡着了。

一顿饭吃完,和昨天一样,暴雨也已停歇。

这阵入春落雨频繁,南州又冷又潮,摆上桌的茶没一会儿就凉了。服务员推门进来,见客人已走,便问:"裴先生还需要喝点什么吗?"

裴决没说话,靠着椅背,不知道在想什么,神色很淡。

服务员添了热的茶水便没再打扰。

"闻昭……是车祸走的。

"很突然。现在想起来还是觉得突然。

"要不是怀着孕,影影肯定支撑不下去……你懂我的意思吗?姑姑去世后,她就有点抑郁。你知道钟振的事吧?他很不是个东西——他后来娶了吗?"

秦云敏鄙夷地问。

裴决摇头,说:"不清楚。我后来也很少回去。宁江的航天研究所挪到深州后,我爸妈也跟着去了深州。前几年听我爸说他出国了。"

"肯定是去找他儿子了。"秦云敏恶狠狠道,"真恶心。"

"反正这几年也过来了……我不是刻意瞒你,一开始我真不知道影影也在南州。你知道她的性格吧?瞧着不声不响,犟起来能犟死人。后来我家里催婚,相亲的介绍人就是闻昭的母亲,你说巧不巧?"

"不过闻昭母亲对影影挺好的,闻昭去世……把她当女儿看。

"我不知道这些年她心里想什么。"

秦云敏看了眼对面默不作声的裴决:"不过有一点可以确定,她肯定不想和宁江的任何人、任何事再发生牵连。"

秦云敏欲言又止:"还有你做的那件事……"

握着杯子的手猛地顿住,裴决低下头,身体近乎僵硬。

一瞬间,秦云敏好像又看见当年那个沉默又阴郁的少年。她移开眼,起身准备离开:"我不知道影影会不会原谅你。

"但现在说原谅显得很小孩子气。你知道我什么意思吧?

"如果你不出现,影影说不定都忘了……连同你,还有宁江的所有人。"

茶水冰冷,时间似乎已经过去很久。

裴决一动不动地坐着,脑子里出现许多画面,有秦云敏提到的很多年前的爬山迷路,也有昨天医院里的场景,新旧交错。但他好像还在过去,在那个十月深秋的宁江,目睹钟影头也不回地离开。

之后的六年他过得看似按部就班,实则浑浑噩噩。裴新泊不是很喜欢儿子这样,说还是忙点吧,就把他派到下面最忙的机场。

忙是真忙,有时候累得脑袋一沾枕头就睡着。但裴决自己清楚,每次找秦云敏问消息时,他心底那些积年累月的灰尘都会一扫而空。

他总是抱有期待,无论这个期待是什么。

服务员再次来敲门,说准备打烊了。

裴决拎起外套起身。

初春的深夜分外寒冷。街上没几个人,车子路过培英小学,校门口最顶上的电子显示屏还在播放"新学期新气象"。

车子朝着新月湾开。

钟影忙完工作又跑了趟市艺术团。

正月十五的团演刚过,接下来就是筹备清明的一些纪念活动。这是南州市政府和高校合作的传统文化项目,声乐部分请了缪斯琴行的专业老师从旁指导。

钟影到的时候,程舒怡已经在办公室看谱子了,听到动静,抬眼便问她:"上午没见你,把女儿送奶奶那儿了?"

钟影点点头,坐下来喝了口水,笑着说:"你不知道,她一见我走,就跟奶奶说,腿没事,可以走——吓得老人家又给我打电话。"

程舒怡忍不住笑:"你闺女对你装小白兔。"

"也就在我面前装装,出了门跟山大王似的——"

两人说着话,门忽然被推开,聂文笑着探头:"两位老师都到了?"

他是艺术团负责统筹的主任,协调一些排演的细节和进度,还有一些商业合作的联系。

程舒怡不理他,皱眉看了眼钟影,转过身自顾自翻谱子。

钟影客气地笑了下:"待会儿就过去。"

"不急不急。"聂文殷勤道,"钟老师刚来吧?在门口就瞧见您了,跑那么急做什么——"

"还有事吗?"程舒怡冷声,"下回进来之前麻烦敲门。"

"哎……"聂文忙不迭道歉,"对不起啊,程老师……"

人走后,程舒怡走到门口,用力锁上门,转身看着钟影:"你说他是不是有病!离他远点。"

钟影点头。

"一会儿结束出去吃点吧?忙死了。明天周末是不是还要带学生?"

"嗯。下个月考级,我也快忙死了……你知道吗?有一个学生到现在手型还不对,手指动不动就翘起来,看得我心都累……"

程舒怡笑出声:"你这还好。你知道我带的一个,就这左手,一会儿弄下来,一会儿弄下来,说了一百遍,没用。"

两人聊了没一会儿,参演的学生就来得差不多了,门外顿时热闹得像个菜市场。

能加入市艺术团的表演,绝大部分都是考过级、有天分的孩子,只是年纪普遍偏小,只要歇下来,舞台上跟水沸了似的,叽叽喳喳。三个多小时的排练,等到结束,钟影觉得耳朵都麻了。

这里距离新月湾不远,结束之后程舒怡在便利店买了四罐啤酒。两人慢慢悠悠地往家走,好像回到大学那会儿。

钟影见她似乎有心事。照理这么晚,宋磊该来接了,但到现在也没个人影,连个电话也没有。

"你什么情况?"她笑着问程舒怡。

程舒怡往钟影肩上靠了靠,她还背着大提琴,拎着一袋子啤酒,"当啷当啷",走得慢吞吞。

"这男人磨磨叽叽,一会儿听他妈的,说回老家办,一会儿听我的,就在南州办——真烦。"

钟影知道他们俩感情还是很好的,就是宋磊有些优柔寡断。她想了想,便道:"他妈妈是什么考虑?"

"那边亲戚多!你不知道,我都晕了!让我回去办,还大办特办……我不要工作的?我闲的?"程舒怡表情夸张,钟影看得忍不住笑。

快进小区的时候,不知道是不是错觉,路边停着的几辆黑色轿车让她无端想起昨天傍晚的事。视线一瞥,她忽然觉得某辆车的车牌号有些熟悉。

"你知道他和我说什么吗?那就办两次!我真是要疯了……在看什么?你在听我说吗?"

程舒怡的胳膊肘捅了两下钟影,瞪眼:"宋磊说要办两次——好的,我不是人,我是结婚机器,我要累死了!"

她表情实在夸张,钟影瞧着笑起来。

那个一闪而过的车牌号、莫名熟悉的感觉,很快消失在心底。

5

"哎,我的雨伞。"

程舒怡笑着指了指玄关鞋柜。

钟影帮她拿下背上的大提琴,又接过一袋子啤酒,闻言也笑:"你不知道,差点被我搞丢——"

话没说完,不知怎么,她自己倒蓦地愣住,昨天裴决在医院门口递来伞时的沉默面容顷刻蹿入脑海。

"丢伞大王。"程舒怡一副"我就知道"的样子,说,"大学那会儿你丢的伞可以开个便利店了吧?"

"哪有这么夸张。"钟影低声。

两人前后脚进屋。

打开冰箱,钟影扭头对程舒怡说:"吃面?"

程舒怡点点头,在餐桌边坐下,拉开一罐啤酒,笑着说:"我可没夸张。"

她仰头喝了好大一口,望着天花板,回忆道:"食堂、图书馆、大礼堂、操场,这几个地方你最会丢。"

打了两个鸡蛋在碗里,钟影听得好笑,余光瞥了眼累瘫的程舒怡:"去沙发上躺会儿。"

"闻昭给你捡伞都捡出经验了。"忽然，程舒怡说。

钟影握在手里的筷子微顿，没说话。

"记得有一回，运动会刚结束，你伞就没了。闻昭站起来，我和宋磊以为他要去操场找，他说不，在操场那会儿还在下毛毛雨，你不会丢，得撑。我都要笑晕了，他又说雨是才停的，伞只可能丢在食堂。"

程舒怡喝了口啤酒，好一会儿，低声说："宋磊那时候跟个傻子似的……可我忽然好怀念那个时候的他。"

钟影看了程舒怡一眼，虽然知道她喝了点酒就容易上头，但还是被她弄得心头酸涩。

似乎每个人都会经历一段纯粹又美好的时光，无忧无虑、阳光灿烂，像是生而为人的限定礼物。

闻昭给她捡伞的历史，大概可以追溯到高中时期。

某次化学课在另一栋楼的实验室上，课前还是瓢泼大雨，课后忽地晴空万里，于是她很自然地把伞落在了实验室的水池里。等放学，风云突变，暴雨如注，找来找去都找不到伞，她真的是恨不得敲开自己脑子扒拉扒拉。闻昭从身后叫她的时候，还是一声"喂"——那阵子他刚转来，和班里同学不熟，却都叫得出名字，唯独对她"喂"来"喂"去的。

她扭头，一眼就看到闻昭手里握着自己的伞。她一边赶紧伸手去拿，一边匆忙道谢。谁知男生握得死紧，她一把没拿到，差点一头撞上去。闻昭匆匆看她一眼，嘟囔着"小心点"，然后握着伞就是不撒手。她低头瞧着一直拿不过来的伞，又抬头看看眼前这位人高马大的新同学，简直莫名其妙。

好一会儿，只听闻昭顾左右而言他道："那个，我没带伞。"

…………

西红柿已经炒出酸酸甜甜的滋味，钟影看了眼厨房外面，程舒怡已经灌完一罐啤酒，还是那副瘫倒的姿势，一只手正举着手机玩。

过了会儿，宋磊打来电话，两人就这么吵了起来。

"我已经说得很清楚了，别跟我提什么一生只有一次！谁知道呢！说不定你一次我一次，我一次你一次——"

钟影听得扶额，忍不住笑出声。

外面吵得热火朝天，口袋里的手机突然响了起来，她匆忙关了火和油烟机，闻琛那张神似闻昭的机灵小脸就凑满了整个屏幕。

"妈妈，云敏阿姨问你吃晚饭了吗？"小姑娘笑嘻嘻的。

钟影看了眼时间，知道她在哄骗，语气严肃："还不睡觉。"

话音未落，下一秒，闻琛脑袋一缩，就躲到秦云敏身后去了。

秦云敏接过手机，开口自然而然："别说她，是我过来要和她玩的。"

钟影无语："……你们就惯她吧。"

"才忙完？"秦云敏看了眼她周围，"吃什么？"

"随便吃点。"钟影转身去碗柜取碗。

秦云敏朝阳台走去，说起傍晚和裴决的会面，道："聊了点小时候的事，还有闻昭……对了，他说钟振出国了。"

钟影捏紧手里的碗，没说话。

"裴决加你微信了吗？"过了会儿，秦云敏想起什么，问道。

钟影莫名："加我？"

秦云敏笑着说："他今天一早就问我要你微信。怎么，还没加你？"

视频那头有些沉默，秦云敏了然："这小子跟以前一样……影影。"

"嗯。"

有些话就在嘴边，张口，秦云敏却迟疑起来。

其实说实话，和之前那段痛苦不堪的日子相比，她觉得现在的生活对钟影来说，已经是很好的状态了。而且，她也不知道裴决会带来什么，尤其他身上还有那么多和宁江有关的记忆。

"怎么了？"见表姐一直瞧着自己不吭声，钟影好笑地问。

视频将秦云敏眼底的担忧放大，半晌，她才轻声道："看得出来，他一直很喜欢你。"

钟影放下手里的碗，扭头，厨房狭窄的窗户什么都看不见，仅一点带着潮湿水汽的冷风从窗口窜进来。关了太久的火，西红柿酸甜的味道都变了。

"我知道。"许久，她说。

宋磊来接程舒怡的时候，程舒怡已经有点晕了。她酒量奇浅，喝一罐啤酒就能说胡话。

宋磊好像也刚应酬完，一身的酒气，叫了代驾在小区外面等。

钟影皱眉，一边扶着程舒怡上车，一边问他："婚礼在哪里办还没定吗？"

宋磊长得文质彬彬，一副细黑框眼镜，瞧着书生气。毕业后，他在南州最大的报社《南州新报》工作，这阵子已经升到主编的位置，应酬也一下增多。

"你知道她什么脾气吧？"

都是相熟多年的大学同学，钟影说起话来也不客气。

"本来是能顺顺利利定下的，她非要跟我妈顶。我说随便糊弄下就行了，嘴上应了到时候再说，她偏不，在这件事上就跟魔怔了似的，非要较真！

气得老人家也较真。"

钟影听他说前半句就明白了,他自己态度不明确,到头来还怪程舒怡较真。

"回去吧。"快到小区门口,宋磊拦腰一把抱起程舒怡,对钟影说,"怎么没看到琰琰?她的腿没事吧?"

钟影:"没事。去她奶奶那儿了。"

"行。我们走了。"

钟影摆摆手,有些担忧地目送他俩离开。

夜里风大,树梢隔一阵就淅淅沥沥往下淌水。和昨天一样,傍晚的暴雨到这个时候还捎带一点尾巴,落人身上就是一个激灵。

钟影慢慢往回走,也许是几滴冷雨忽然拂上手背,冷不丁地,她想起几小时前回来时,余光里一闪而过的熟悉。

她脚步微顿,站在原地,脑海中冒出秦云敏在视频里和她说的那些话。

春寒料峭的深夜,站久了,实在有些冻人。

鬼使神差地,她突然转身,朝着马路对面大步走去。

停着的车不算多,但黑色的就一辆了,还开着窗。钟影站在驾驶座车窗前,看着靠着椅背睡着的裴决,一时间,莫名好气又好笑。

被人盯着很容易醒。

裴决睁开眼看到眼底带笑、神情又有点古怪的钟影,还以为自己做梦了。

不过他确实做梦了。

他梦到小时候钟影走丢——这两天他总梦到这个。

他慢慢坐直,视线往前,停顿几秒,又转头,望着车窗外不说话只盯他的钟影,神色如常:"我睡着了……"

只是他刚睡醒,语气莫名无辜。

钟影没说话。

她发现裴决慌乱的时候会下意识说废话。但他睡得不是很好,头发有些乱。她的视线从他的头发落到他整洁分明的衬衣袖口,注意到他的手微微握紧。

"我……"钟影不吭声,裴决就会紧张,虽然没人看得出来。从小到大,他也就这个时候最紧张。

"今天和云姐吃饭——"

说着,裴决移开视线往钟影身后瞧,很快又移到钟影身上,于是,说了一半的话急转成:"你冷不冷?"

"裴决。"忽然,钟影叫他。

裴决抬头。

"我们谈谈。"她说。

时间仿佛被拉得无限长,长到他们能回望彼此的人生,从小到大的一分一秒都清晰得有如昨日。
　　可又有那么几个瞬间,岁月倏忽而过,容不得片刻分神,仿佛只要分神,眼下的所有就会如同那错失的六年,再也找不回来。
　　钟影转身离开,裴决望着她的背影,眉宇沉静。
　　春夜实在寒冷,但毕竟由冬经春,一切都还是未知。
　　"影影,我想照顾你。
　　"让我照顾你。
　　"和小时候一样就好。"裴决听见自己说。

第二章·
不舍得

/ 他好像只是想逗她笑。/

1

裴新泊站在改造好的琴房门口,看着妻子跟在儿子后头参观。

"还是有点味道,多通风……和影视说了吗?"

裴新泊视线移向裴决,见他又是一副不作声的冷淡表情,觉得好笑。他压低声音,神神秘秘地对妻子道:"人家估计不知道。"

闻言,吴宜很有经验地点头,和丈夫对视一眼,语气无奈,但同样小声:"你说咱俩生了个啥?"

"从小就自己跟自己玩,长大了还一个人起劲呢。"裴新泊乐得附和。

裴决看过来。

"快走。"瞧见裴决的神情,裴新泊赶紧拉吴宜出来,"这小子又要生闷气了。小宜,我们快走。"

吴宜笑得弯腰。

裴决小时候性格沉闷,喜欢一个人待着。当然,对钟影除外。不过钟影也不是闹人的性格,十分乖巧,哥哥长哥哥短,礼貌又懂事——在哥哥身边待久了都会不好意思,觉得打扰了哥哥认真学习。可天知道,她异父异母的哥哥只想和她玩。

冰箱里的食材都是裴决一早联系超市送来的,十分新鲜。

裴新泊的总务秘书小刘还从宁江捎了些海鲜过来,顺便带了好几份合同文件,敲门的时候一本正经:"裴总,签完这些吃点海鲜。免费。"

"真的啊?"裴新泊还挺惊喜。

小刘眯眼笑:"真的。身价千亿的老板都不要自己付钱。"

裴决觉得他爸妈身边都是喜剧人,东捷航空招聘启事最末一行小字估计是免费相声培训。

"影影什么时候来？"

吴宜从冰箱里拣出几样叶子菜，扭头问帮忙搬运海鲜桶的裴决。

裴决刚要放下手里的东西去拿手机，裴新泊就无语了，一副大惊小怪的模样："不至于吧？才几点？不能先帮我搬过去再看？"

吴宜跟着说："哎呀！你还不知道他啊，'影影'两个字是开关，说出来就不能乱动的。"

裴决在原地站了好一会儿，才深吸口气："妈——爸——"

"好的。"

"走了。"

两个老人家跟孩子似的，一个转身当看不见，一个提溜着桶健步如飞。

"我去接影影。"片刻，裴决对着空气说。

吴宜赶紧探头："不急啊。你妈我不大会做菜，何婶得送了她孙子才能过来。你路上开慢点。"

裴决："好。"

有些事不能说巧，只能说邪门。

在他决定摆正自己位置、默默装修琴房的时候，他爸妈像得了什么信似的，千里迢迢从深州来了南州，说是好久没来看他了，略微尽点父母的职责。

不过在裴新泊和吴宜眼里，邪门的才是书房莫名其妙就改成了琴房。两人问了才知道，钟影找着了。

吴宜是最牵挂钟影的，当即就从裴决那儿要钟影的微信。谁知，她儿子居然说了三个字——"还没加。"

看看，不是没有人家联系方式，是还没加。

吴宜气笑了，和裴新泊对视一眼，阴阳怪气："我一直在想一件事。"

裴新泊凑近："什么？"

"当年生孩子的时候，真的不是搞错了？"吴宜神色凝重。

闻言，裴决站起来，准备走人。

"站住。"裴新泊瞪他，"老裴家的规矩不记得了吗？就一条——吴宜女士说话，必须认真听。"

吴宜重重叹气："生的时候你看清楚了吗？是这小子吗？我真的担心……"她抚了抚胸口，重复儿子刚才面无表情说的三个字，"还没加……我的老天爷……影影会跟他，那得老天闭眼。难怪被姓闻的小子——"

"妈。"裴决咬牙。

"妈什么妈，声音小点。"裴新泊不客气地打断，转头拍拍妻子肩膀，语重心长，"小宜，不瞒你说，这件事我仔细想过很多次。"

"应该没抱错，这么点胳膊腿，我一路跟着护士，看得紧紧的——"

裴新泊语气跟开集团大会似的，有板有眼，"可能啊，我想着，是不是他半岁那年，你记得吗？就是他脑袋被二姨家的孙子拿积木敲了两下……"

裴决是一点听不下去了，转身就走。

进入四月，气温稳定许多，至少不会像人春那会儿时不时冷风冷雨，稍不留神就容易着凉。但樱花却快结束花期，已经看不到几朵淡粉了。

闻琰背着粉色的小兔子书包一路蹦蹦跳跳。

钟影不是很放心她的腿，但是小姑娘本事很大，下最后两阶台阶时，还专门扭头煞有介事地嘱咐钟影："妈妈你看——我真的没事了。"说着一股脑蹦下去。

钟影气得说不出话。

裴决看着，忍不住笑。

"裴叔叔。"闻琰仰头礼貌地叫人。

裴决点点头，摸了摸一看就是钟影扎的精致小辫子，打开车门让小姑娘先进去。

钟影走近："怎么这么早就来了？阿姨和我说让我们晚点去。"乌黑浓密的发丝披散在肩上，和她身上毛衣的料子一样柔软。

裴决没想到妈妈居然还有这一招，顿了顿，说："没事。"

钟影手里还拎着两个礼盒，注意到裴决视线，她低声："不知道你爸妈还喜不喜欢喝茶……"

裴决伸手接过，语气自然："喜欢的。"

钟影抬头朝他笑了下。

裴决握紧礼盒的带子，给她打开车门："先进去吧。"

车子开到栖湖道得要半个钟头。

闻琰在车上吃完两个果冻，望着窗外，没一会儿就打起了哈欠。

她纯属是玩累的。周六跟着奶奶在北湖公园划了半天船，顺带围观了几对男女相亲，晚上又被秦云敏接到家里吃火锅，日子过得简直随心所欲。

钟影把她抱到怀里，让她靠着自己打瞌睡。

快到的时候，小姑娘彻底睡着，埋在妈妈胸口，小手抓着妈妈的毛衣领子，十分依赖的样子。

裴决将车慢慢停在蓝山脚下。对面树荫繁茂，郁郁葱葱，由栖湖道的跑道一路往里，最深处就是碧景别苑。

周日上午，前来锻炼的人不少，都是一身速干衣，脚步飞快，偶尔也有三三两两转悠看风景的，淡粉色的花瓣被跑道上一阵接一阵的风吹得四散。

钟影望着窗外，见车停下，便准备叫醒闻琰。

裴决从后视镜里看到，轻声："不着急。"

两人视线在后视镜里相遇,钟影笑了下,压低声音解释:"昨天玩疯了。"

裴决也笑了,好一会儿才道:"胆子比你大。"

钟影点点头,细致地摸了摸闻琰的头发,语气很轻:"是。像她爸爸。"

裴决没说话。

他收回握在方向盘上的一只手,搭在窗沿,视线跟着过去。好一会儿,他都只是盯着那里,直到一滴雨落在手背。

快到清明了,雨水更加频繁,在车里坐了会儿,小雨就窸窸窣窣下了起来。空气里弥漫开淡淡的泥土气息,还有山里茂盛的草木味道,带着一股生机勃勃的热意。

身后半晌没声,裴决才一点点收回僵硬的视线。

母女俩都睡着了。

捎带着细雨的风十分清新,温和又湿润,钟影发丝极软,很快被风撩起。

裴决就这么堂而皇之地盯着钟影,和前一刻强制自己移开视线一样,他的目光沉默得近乎压抑。

不过他知道,这是他自找的。

2

吴宜站在玄关,望着电梯门打开。

钟影第一个出来,正低头同小女孩说话,似乎是在叮嘱,随即,她抬起头,拉着女儿的手笑着走来。

裴决跟在母女俩身后。

吴宜脸上的笑容也跟着绽开。

下一秒,面前的场景忽地变成秦苒牵着钟影,吴宜眼前一花,心口仿佛被什么刺痛,眼眶酸痛。她猛地转开脸,忍不住发出一声哽咽。

裴新泊急忙伸手揽她的肩膀。

"阿姨……"

钟影赶紧上前,未等她做什么,整个人就被吴宜一把抱进怀里。

闻琰吓了一跳,仰着脑袋来回望,一只小手紧握着钟影还不够,另一只手也伸出来用力抓住,无措道:"奶奶你怎么啦?"

"这么些年……跑哪儿去了……"吴宜抱着钟影,一手轻轻拍着钟影的背,好像搂着的还是当年那个文文静静的小姑娘。只是她情绪激动,好一会儿都说不出一句完整的话。

"小宜……"裴新泊和儿子对视一眼,叹了口气,拍了拍妻子颤抖的肩膀,低声,"先进来。"

吴宜抽噎着松开钟影,低头后退几步,两手抹了抹眼睛,再抬起头时,对上钟影同样红了的眼眶，眼泪还是止不住。

她伸手去摸钟影的脸庞，一边哭一边说："远远瞧着就见你瘦了，以前脸上明明还有点肉……我记得的……"说着，泪水再度模糊视线，她低下头，抽噎，"对不起，影影，对不起……这些年我总在想，要是那个时候我一直陪着小苒，一直陪着，她肯定不会那么做……我就出去了一会儿，就一会儿……影影……"

事情发生的当口，吴宜其实有些记不得了。之前与之后的记忆却一年比一年清晰。这两年，她甚至能记起和病床上的秦苒说的几句话，说以后就是一家人，等退休，想干什么就干什么。她说了好多，希望能够宽慰到绝望的秦苒。

可之后，她才转身出门，秦苒就头也不回地跳了下去，没有丝毫犹豫，时间短促得令人心惊。好像她什么都没听进去，只等吴宜走开，等她最好的姐妹离开，然后了结——意识到这点，痛苦和愧疚一度让吴宜终日以泪洗面。

钟影一只手环住吴宜，眼泪跟着掉："我知道，我知道。我妈、我妈她就是太痛苦了……"

见钟影哭了，闻琰立马着急，她往下用力拽钟影的手，可怜巴巴地仰头喊："妈妈……"

孩子的声音很快让大人们镇定下来。

吴宜迅速抹了把眼睛，蹲下来握住闻琰小小的肩膀，身后的裴新泊也跟着妻子蹲下。

吴宜定睛打量闻琰，笑着说："琰琰是吗？"

她嗓子还有些哑，脸上的笑容却十分温暖。

"奶奶不好，奶奶惹妈妈哭了。琰琰不要担心。"

闻琰瞪着吴宜，小脸板着，不说话。

见状，不知为何，裴新泊觉得这个小丫头很厉害，忍不住有些想笑。

裴决站在钟影身侧，注视她哭得微微泛红的面颊，眼泪一时间难以止住，便伸手帮她擦了擦。泪珠带着一点温热的肌肤气息，他微微屈指，又轻轻碰了下。

钟影没察觉脸颊传来的触碰。她想赶紧止住眼泪，便低着头在包里找纸巾，发丝垂落，遮挡视线，她又抬起湿漉漉的手背去拂。

裴决便帮她拢起肩头的发丝。

他始终有些沉默，只是看着她，漆黑深邃的眼底，目光柔和而沉静。

感受到肩头的触碰，钟影转头，她手里捏着一小袋纸巾，只是一只手打不开。裴决很自然地移开视线，拿过纸巾取出一张给她擦了擦面颊。

他做这些的时候，无论是动作还是眼神都恰到好处，就连近在咫尺的呼吸,都让人察觉不出丝毫不妥。

好像还是小时候,心无旁骛、清澈见底。

可也许正是裴决的这份"如常",让钟影微微愣神。

她注视着这个距离自己很近的男人的眼睛,不知道是不是错觉,脑子里忽然跳出一个念头:他在刻意避开与她的对视。

只是未等钟影回神,闻琰稚嫩的声音传来。

"那你们不可以再惹我妈妈哭了。"小姑娘望着面前的两位老人,用词准确,十分严肃地叮嘱道。

话音落下,裴新泊直接乐得笑出声。吴宜也笑:"好好好,肯定不会。奶奶跟琰琰保证。"

钟影蹲下:"琰琰,不可以这么跟长辈——"

"没事,都怪我。"吴宜拦下她,抬头看了眼儿子,见他手里攥着纸巾,心头好笑,拉着钟影起来,说,"我们进去吧。"

何婶已经做好了一桌菜。

裴家二老是她以前在宁江的主顾,后来研究所搬到深州,她身体吃不消深州的炎热,就跟着女儿来南州定居。不过每回裴家人到南州,她总会抽空来帮忙。

"你们真是,在门口哭什么……"何婶眼睛也有点红,她的目光在钟影身上停留,叹气,"影影是瘦了好多。"

吴宜点头:"待会儿多吃点。"

说着,她把闻琰抱上椅子,笑着问:"小公主喜欢吃什么?奶奶给你夹。"

闻琰转头瞧钟影。小姑娘性格虽然开朗,但经过刚才一遭,还是有些不自在,神情略微局促。

钟影摸了摸闻琰的头发:"没事,听奶奶的话。"

"真好。"吴宜紧挨着闻琰坐下,目光就没挪开过,语气喜爱。

粉雕玉琢的女孩,一双眼尤为有神,好像一头生机勃勃的小兽,灵动又机敏。

"琰琰想去深州吗?跟奶奶去深州好不好?

"深州的学校也不错。奶奶住的地方很大,到时候给琰琰——"

"小宜。"裴新泊看着上头的妻子,笑着说,"先吃饭。"

闻琰礼貌道:"谢谢奶奶。可是我想和妈妈待一块。"

吴宜十分霸道,张口:"没事。你妈妈也去。"

要不是了解裴决母亲的性格,钟影肯定会愣住。她在一旁坐下,忍不住笑:"阿姨,您别逗她,她会当真的。"

吴宜给闻琰倒果汁:"说的就是真的啊。"

闻琰看了看妈妈,为难道:"我奶奶也在这里。她年纪大了,离不开我和妈妈,我不能跟你去。"

虽然为难,但闻琰语气坚决。

"那就妈妈和奶奶一起过去。琰琰放心,要什么,奶奶都给你办。奶奶很厉害的!"说着,吴宜像是怕她不信,抬手指了指裴决和裴新泊,信誓旦旦,"他们都听奶奶我的。"

闻琰第一次见到这样霸道的奶奶,张了张嘴,半晌不知道说什么。

她环顾了一圈,两手捧过杯子,埋下头一点点喝果汁,然后点点头,表示听见了,含糊道:"这样啊……"

3

蓝山虽然名字好听,但其实在南州就是一个小土墩。

周末来爬山的不少。四月初,春雨微萌,光景疏灵。上午下了一场小雨,这会儿还有些痕迹,石阶、树梢都湿漉漉的。

吴宜牵着闻琰走在最前面。裴新泊落后半步,拎着一袋大草莓,手上剥着橙子。吴宜偶尔转身,裴新泊就将一瓣剥好的橙子递去。

闻琰是能说的,嘴里吃着东西也不耽误,口齿伶俐,老人家说一句,她能说五六七八句,一张嘴就没停过。

从自己奶奶平常爱做的事,聊到在赵慧芬的组织下,南州北湖公园里发生的种种错综复杂、离奇又新奇的相亲故事,然后在吴宜乐不可支的笑声里,云淡风轻地细数前阵子自己在班里教训的那几个不知好歹的男生——要场面有场面,要细节有细节,好几次逗得吴宜扭头找钟影,说小姑娘不得了,一点不像她。

钟影忍不住笑,点了点头。

裴决走在她后面,闻言弯起唇角。他想起钟影小时候跟大人出去玩,一点声响没有,待在大人身边从不乱跑。要什么、喜欢什么,都得多问几次。她从小就知道适可而止,喜欢的东西只要一次——除非在熟悉的人面前,比如裴决,她会说"哥哥,我还想要那个"。

当然,在秦苒面前,可以是无数次。

他见过钟影同母亲撒娇,声音软,表情也十分可爱,依偎在母亲怀里,仰头小声撒着娇,不需要几次,秦苒就会满足她。

但也只在秦苒面前。

后来应该就是闻昭——这个念头很自然地紧跟着冒出来,裴决自己想着都一愣。

钟影从来没有和他撒过娇。

即使从小一起长大,彼此之间再熟悉不过,可就连生他的气,钟影都十分谨慎,不敢明着来,顶多不理人,多数时候自己生闷气。她似乎总有些畏惧他。裴决一开始以为这是作为兄长必须有的威严与架势,但后来,他只觉得自己蠢。

几人没一会儿就到了山顶的亭子。

四四方方的红檐亭子,青灰色的石阶向四面延伸,周围簇拥着的灌木丛青翠茂密。闻琰趴在栏杆上往下望,视野有些遮挡,不过市里那片北湖公园的波光粼粼还是十分显眼。

陆陆续续有人爬上山,下山的人也会来这里逛一圈,亭子一阵接一阵的热闹。

闻琰自来熟,领着吴宜与裴新泊和刚上来的几位小朋友打招呼。几家人借着孩子随口聊几句,发现对面一家也是宁江出来的,于是亭子里更加热闹。

裴决站在亭子外面。上衣是深色的外套,里面是黑色毛衣,虽然稍显随意,但因为身材高挑,脸上表情又很少,整个人还是不动声色的沉稳。

他身后是大片茂盛的竹林,风从坡下徐徐吹来,带着林子深处的潮湿水汽。

下周的工作安排已经发到邮箱,裴决看了会儿,收起手机,抬眼就见钟影出了亭子正朝他走来。

"待会儿我和琰琰打车回去。"

清明雨后,日光清透,从树隙间疏疏落下。钟影抬头朝裴决笑,眉眼细致,语气轻柔:"叔叔阿姨难得来一趟,一整天都围着琰琰转了……你多和他们待会儿。"

裴决没立即说话。

他注视着钟影,似乎在考虑她说的。其实并没有,他只是在看她和自己说话的样子。他会拒绝她的提议,但不是现在,他需要知道钟影为什么会这么打算。

亭子里传来一阵笑声。

钟影低声说:"聊起来,叔叔说是专门来南州看你的。你平常很忙,都不回深州。"

裴决看了一眼亭子,转回来时看着钟影说:"没事。他们常来。"

他嘴里的"常来"估计是以年为单位。

钟影微愣着点头,思绪踟蹰的片刻,忽然有些不知道说什么。

这种感受一点都不陌生,小时候也是这样。裴决时常会传达出一种笃定又坚决的态度,说得好听是这样。说得不好听,就是不容分说的独断——看着人不说话的时候尤其。说话了,显得似乎可以商量,实则完全不是。

钟影想起那晚小区门口,裴决在车里和她说的最后几句话。

他说和小时候一样。

她相信了，她总是轻易相信他。

"最近在忙什么？"愣神的当口，钟影听裴决问道。

其实两人有阵子没见，那晚在车里聊完，彼此又回到各自的生活。

裴决参加了同事韩薇的婚礼。钟影忙着艺术团和手上四个学生的考级，还有琴行的一些琐事。等裴决加上她微信，之后吴宜联系她到家里吃饭，两人的聊天记录还是微信官方打招呼的两句。

"老样子。"钟影笑着说，"你呢？"

她笑起来时眼睛的弧度很漂亮，眼眸明亮，只是这些年瘦了许多，少了些圆润明媚的少女稚气，多了点沉静和温和。

裴决看了她一会儿，学她说话："老样子。"

钟影脸上的笑容更大，觉得裴决有点幼稚，但对上裴决的眼神，又忽然不这么想了。

他好像只是想逗她笑，说什么都无所谓。

下山的路不算好走。

钟影和吴宜牵着闻琰走在前面。

小姑娘似乎有点累了，话没之前多，仰头认真听着两位大人说话，偶尔点头附和妈妈。

裴新泊落后几步，忽然问裴决："你和影影说什么了？"

那会儿，吴宜一双眼只在已经当成亲孙女的闻琰身上。裴新泊吃完手里的水果，扭头想找垃圾桶，就瞧见儿子和钟影相对而立，看着话没说几句，钟影就不吭声了。

裴决："她说下午自己回去，你们不常来，让我多陪陪你们。"

裴新泊大惊失色："你同意了？"

裴决看了眼操心又八卦的老父亲："没有。"

裴新泊拍拍胸口："吓死老头子了。"

顿了顿，裴新泊又忍不住问："你现在到底怎么想？"

都说自己生的自己最了解，但很多时候，裴新泊和吴宜都看不懂他们这个独生子。

那时候在宁江，研究所刚成立，项目难度极大，所里所有人都忙得天昏地暗，到家待不了多久又被叫回去。好在裴决早熟，会自己照顾自己，再大点，还能照顾妹妹，接送妹妹上下学。

有次钟影发烧，家里一个人没有，小姑娘却知道找谁。裴决见到她，赶紧放下作业，背她上医院。等两家长辈出了实验基地，得到消息赶到医院时，钟影已经退烧睡着。而裴决，一个人坐在窗口的小灯下埋头赶作业，手边还搁着一碗白开水。

也许就是这样,在很多大人都无能为力的琐碎时间里,这小子就已经长成寡言少语、沉默担当的性格。

青灰色的石阶坑坑洼洼,山里的风带着凉意,山脚的樱花不知何时进了山,漂荡在水洼里。

听到裴新泊问,裴决却只是看向走在前面的钟影的背影。

那晚和秦云敏吃饭,秦云敏的话还停留在脑海。

——"不过有一点可以确定,她肯定不想和宁江的任何人、任何事再发生牵连。"

裴决不知道怎样才算"发生牵连",但他知道怎样才不算牵连。

对那句"和小时候一样",多此一举的补充,好像是不想让钟影多想,实则是不允许自己多想。

所以他才会说得那么笃定,那么斩钉截铁。

4
清明前的雨水尤其多。

赵慧芬的膝盖最近总是疼,钟影带她去看了两次中医,没什么起色,倒是学了点按摩手法,闻琰没事也学着给奶奶揉膝盖。

周崇岩打来电话的时候,钟影正给赵慧芬两膝贴膏药,手上不方便,就让闻琰去拿手机。

闻琰一看屏幕,抬头对妈妈说:"周叔叔。"

赵慧芬接过孙女手上的手机。

"嫂子,我是崇岩啊。什么时候去看哥?我接你们呗。要带啥和我说,我来准备。"

赵慧芬不是很喜欢他这副给闻昭上坟搞得跟串门似的语气,不满道:"你小子怎么说话呢。"

"……干妈。"

周崇岩是个脑子缺根筋的,听见赵慧芬的声音,他愣了下,当即也有点不满:"干妈你怎么这样,给我嫂子一点隐私行不?小心我哥找你。"

"崇岩。"钟影无语了。

赵慧芬哭笑不得:"让你哥来找我!"

话是这么说,不过她一直把周崇岩当自己孩子。

早在二十多年前,南州还没发展起来,北湖公园还只是一个乌漆墨黑的水塘时,两家人就认识了。

周崇岩的父亲和闻昭的父亲都是南州体校的教练。闻昭大周崇岩一岁,长得结实又高大,周崇岩从小就跟在闻昭后头耀武扬威,张口闭口"我闻哥"。

他母亲走得早,到闻昭家蹭饭蹭多了,"干妈"就叫顺口了。

闻昭被选去宁江上高中的第二年,他在赵慧芬的督促下,考上南州一所不错的高中。后来闻昭父亲脑出血去世,他跟在闻昭后头磕头,磕得老响,说以后干妈就是我亲娘,弄得闻昭和赵慧芬又感动又无语。

闻昭在外地上大学,周崇岩则一直留在南州。那几年是南州发展最快的时期,北湖公园也是那个时候正式纳入市区规划的。

闻昭大二那年带钟影回南州,周家那个又破又旧的篮球场正赶上拆迁,市里的意思是要么拿钱,要么挪地方。周父是想拿钱的,毕竟苦了大半辈子,一身的职业病,想拿点钱歇下来。但他儿子刚上大学,以后也不知道有没有出息——周父是个十分悲观的人,常年严肃,脸上几乎不见笑,和整天缺根筋傻乐的周崇岩完全相反。

那会儿闻昭回来,两家人一合计,最终还是决定挪地方。

一开始说继续办个篮球班,顶多加个羽毛球。网球那会儿还没时兴。后来周崇岩听闻昭说他在给俱乐部打球,已经是大学生篮球一级联赛的明星球员,在学校里也组建了自己的正经球队。周崇岩琢磨着,脑袋一热,想着索性办个篮球俱乐部,靠着闻昭的影响力,组建一支青年职业球队。

他们还是有眼光的,加上百分之九十的运气——刚好赶上了南州发展高峰期,周崇岩经营的俱乐部吸纳了很多优秀的职业球员,从此每年的全国职业联赛,他们俱乐部都出主力。

不过这都是闻昭走了之后的事。

"嫂子,这阵雨多,干妈的腿怎么样?"

打电话这会儿,周崇岩应该正在球馆里看训,不时传来球鞋摩擦地板的尖锐声响。

"老样子。贴膏药管用些。"

"嗯。"周崇岩支吾一声,没再说什么。

照理说,他已经是管着好多人的老板了,可在钟影面前还跟小弟弟似的,说话也不利落。钟影是见过他和手底下的球员说话的,蛮有气场。

不过每回他这样拖拉,钟影大概知道是怎么回事。

想了想,她问:"是不是又惹云姐生气了?"

话音刚落,那边的人就一连串地说:"哪里啊!她天天给我上课,就差把我拎去她班里最后头坐着了,我怎么敢惹她生气……我从小最怕班主任了……"

钟影笑得不行:"那怎么了?"

"还是结婚啊……"周崇岩叹气。

说起来好笑,当年秦云敏来南州工作,经人介绍相亲,对象就是周崇岩。

这么多年，秦云敏都不知道换了几轮相亲对象了，周崇岩还跟在她后头"云姐"长"云姐"短的，说"云姐你考虑考虑我呗，我们也没差几岁啊"……念得秦云敏头都大了。

后来也不知怎的，就说处处，然后一直处到了现在。人和人之间的关系似乎就是这么隐秘又奇异。听秦云敏说处处的时候，钟影一度觉得处不长，可现在，她又不这么觉得了。

"我爸天天搁那儿催催催，催命似的。嫂子你不知道，他现在看我的眼神就像我有病似的……我也是脑子一抽，前阵子吃饭提了一句，我发誓就说了一句，她好像就不开心了，这段时间都没见着几回面……一直说忙开学，我寻思这都清明了，难道开一个多月？这什么学啊……"周崇岩语气哀怨。

钟影笑："我问问她。"

挂了电话，听了全程的赵慧芬冷哼："别管他。这么大人，自己的事情都处理不好。我看他就想找个人发牢骚、卖可怜——有这工夫，去人家跟前转啊！这难道是什么登月的事吗？他就是不想多费心。"

钟影竖起大拇指："妈，您通透。"

赵慧芬很受用，抬了抬下巴，说："也不看看你妈我平常都干啥，我见得多了，况且这小子还是我看着长大的。你和云敏说，让她继续晾着，怎么舒服怎么来！"

闻琰睁大眼，被奶奶的气势震慑："哇……"

低头瞧见孙女亮晶晶的眼睛，赵慧芬心都软了，搂着闻琰埋头就亲："我们家小公主，奶奶亲一口。"

闻琰"咯咯"笑。

"奶奶问你，是你吴奶奶好，还是奶奶好啊？"老人家的惯常问题。

钟影忍不住笑。

前阵子吃过饭，吴宜就一直和钟影说，想让闻琰暑假来深州。她都打听清楚了，培英小学的一年级学生六月初就放暑假了，她到时候给闻琰报个英国游学的夏令营，为期三个月，她和赵慧芬一起陪去英国，回来赶上九月开学，时间正正好。大不了早点回来，肯定不碍事。

"霸占人家孙女这么久，我心里有数的呀！影，你放心。老人家一年到头也出去玩玩，都交给阿姨啊！"

裴新泊知道自己妻子有多霸道，便拜托裴决在中间解释。

裴决找钟影说："如果为难，就说琰琰暑假还有别的事，我妈也不会怪你的。"

本来钟影是想听哥哥的话就这么回绝，但吴宜好像知道裴决从中说了什么，未等钟影开口，一通电话"唰"地打来了，说她这么大年纪了，下面一个小的没有,整天对着个老头都快视觉疲劳,生出来的那个也不知道是不是有什么性格缺陷,这回好不容易来了个可爱活泼的宝贝孙女,这日子才真有盼头。

一番话说完不带喘,听得钟影脑子都转不过来。

性格缺陷?裴决?

她简直哭笑不得。

不过以前在宁江,她就知道吴宜阿姨有多能干。那个时候研究所事情多,人事关系极其复杂,都是阿姨在中间斡旋调解。后来阿姨和丈夫出来单干,到现在,都是东捷航空说一不二的董事。

想来想去,如果真要去,时间紧,签证得立刻办,钟影就把这件事和赵慧芬说了。毕竟是对闻琰好,赵慧芬没多犹豫也同意了。

于是也就有了这几天翻来覆去的"哪个奶奶好"这种老人家心思的问题。

闻琰自然向着亲奶奶,开口都不带含糊的,哄得赵慧芬亲个不停。

傍晚一家人吃了饭。

这会儿雨已经停了,青灰色的天暗沉沉的。

本来计划的是闻琰留下来写作业,顺便继续给奶奶揉揉膝盖,钟影带着办理签证的一些材料先去秦云敏家,然后再把东西交给下班后来找她的裴决。

可闻琰一听要去秦云敏家,就有点坐不住。

"我想去看看'白居易'。"

"白居易"是秦云敏养的一只狸花猫,十分聪明,虽然写不出白居易那样的诗,但很通人性。

因为这个,闻琰背了许多首白居易的诗。还每回都逮着"白居易"背,它也是只有耐心的小狸花,望着闻琰眼神严肃,好像在检查她背没背对。

听到"白居易"三个字,赵慧芬总乐,这回也不例外。

她笑着对钟影说:"你们一起去吧,闹一天了,我躺会儿。"

秦云敏还没吃晚饭,周末在家睡了大半天,母女俩来敲门的时候,她正穿着睡衣在阳台收衣服。

"白居易"第一个知道来的是谁,踱到门边"喵呜"了两声。

门打开,闻琰看着老早便守在门边的"白居易",蹲下来就抱住,搂着小猫问:"想没想我呀?"

秦云敏好笑:"琰琰,我也想你呢。"

钟影笑了笑,一边脱鞋一边说:"崇岩给我打电话了。"

秦云敏"哦"了一声,没说什么,走到沙发旁收了衣服,又问:"时间定了吗?"她问的是清明去看闻昭的时间。

钟影:"后天一大早。"

秦云敏没再说什么,进厨房拆开送来的鸭脖外卖,扬声问:"闺女吃了吗?"

钟影:"在奶奶家吃了。"

"那你陪我吃点?"秦云敏拆塑料袋的动作有些急躁,似乎心不在焉。

钟影看着她:"好。"

"白居易"知道学习时间到了,跟在闻琰脚边跳上沙发,端坐着,昂首挺胸准备学习。闻琰在它对面盘腿坐下,开始背《琵琶行》。

"……千呼万唤始出来,犹抱琵琶半遮面……"

"闺女这调子,可以唱一句了。"秦云敏听得发笑,视线却始终落在指尖。

钟影喝了口啤酒,见她吃得慢,心不在焉的,便轻声说:"崇岩说,他和你说了结婚的事,你不大高兴。"

"也不是不高兴。"秦云敏很快道,但欲言又止。

钟影望着表姐。

"影影。"过了会儿,秦云敏放下手里的鸭脖,叫了声她小名。

"嗯。"

"当年你离开家,怕不怕?"秦云敏抬头,注视着钟影。

听到她突然这么问,钟影微怔,良久,才垂眼低声道:"怕的。"

"那你还走得那么干脆。"秦云敏叹息。

"因为怕。"钟影扭头看向闻琰,"所以更要快点走。"

秦云敏一下愣住。

"我妈突然走了。我赶回家,那个人……"

半罐啤酒在钟影手里发出轻微的"哐哐"声,她低头注视,浅黄色的酒纹拉扯着摇晃,浓郁的麦芽香气跟着溢出。

好一会儿,她放下啤酒,双手撑住额头,深吸了口气。

"所有都面目全非了……就跟做了个噩梦,我醒来却只能逃跑。"

秦云敏擦擦手,往后瞧了眼坐在沙发上的闻琰。

闻琰不知什么时候从书包里拿出一本书,正一页页翻着。小狸花蹲坐在她对面,同她一起低头仔细看。

秦云敏往钟影身边靠了靠,搂住她的肩膀,轻声说:"影影……我不是故意提这件事的。"

她语气很低,目光同钟影一起,落在玻璃桌面反射的那团模糊光晕上。

似感觉到什么,闻琰抬头朝钟影和秦云敏望去,见妈妈和阿姨好像班里悄悄说八卦的小朋友一样挨着坐在一起,便有些好笑。她歪头瞧了会儿,小狸花见面前密密麻麻的课本忽然久未翻动,忍不住抬头"喵"了声。她就继续低下头,一字一句地给它解析白居易的《琵琶行》——这是保留节目了,她每回来都这么干。小狸花十分懂事,踏踏实实地揣着"手",似乎明白学习对小猫咪来说也算一件功德。

"那个时候爸爸说你跑了,我还没反应过来,问跑哪儿去?"秦云敏笑,"我爸说跑了就是跑了,不知道去哪里了——他其实很生气。"

"我知道。那会儿你拉我去见舅舅,舅舅估计还想打我呢,我看他手都举起来了。"钟影也笑。

"他可舍不得打你,他从小就宝贝你。你不知道,你可是那种别人家的孩子……"秦云敏啧声。

"真的假的?"钟影好笑。

"真的。"秦云敏也笑,伸手过去使劲捏了捏她的腮帮。

两姐妹相差五岁,小时候其实不大能玩得到一块。

钟影上小学,她上初中;钟影上初中,她紧锣密鼓地准备高考。秦苒去世,秦云敏的父亲知道钟振的事后,跑过去把人狠狠揍了顿。再后来,钟影"消失",秦家和钟家彻底没了联系。

秦云敏来南州纯属意外,只是听说这里发展前景好,教育资源逐步跟进,有十分优渥的人才引进政策,还有宽松的落户条件。加上大学毕业后,家里催交男朋友、催结婚、催生孩子,吵得多了,秦云敏索性就挑了这个离宁江最远的地方工作。

如果不是来了南州,秦云敏想,可能这辈子她都见不着自己这个妹妹了。

她到现在还记得碰上钟影的那天。

南州的夏天又湿又热,太阳明晃晃的,让人发晕。她和周崇岩坐在餐厅里聊些有的没的,那是周崇岩第二次约她出来。其实她不怎么喜欢比自己年纪小的男生,何况还小了六岁。只是不知为何,周崇岩总让她有种舍不得说重话的感觉——好像这小子从小可怜巴巴,需要看人脸色,瞧人的眼神直白又认真。

聊到最近的工作,周崇岩指着对面的缪斯琴行,随口说了句:"我嫂子就是搞音乐的,在那里上班。你班里要是有什么这方面的需要可以问问她。"

顿了顿,他盯着秦云敏,用一副十分奇怪的语气说:"其实我觉得你和我嫂子长得有那么一点点、一点点、一点点像。"

说实话,周崇岩没过脑子的这句话让秦云敏很反感。

也许是大夏天,人火气本就旺,加上这个莫名其妙答应下来的第二次约会,秦云敏顿时沉下脸,一句话也没过脑子,冷声道:"你是不是喜欢你嫂子?"

话音刚落,周崇岩的脸色就变了,他变得比秦云敏还要严肃。

秦云敏没想到一直在她面前没头没脑的周崇岩突然会这样,他皱眉盯着她，声色俱厉，让人都有点害怕。

周崇岩直视着秦云敏，用和之前完全不一样的语调，郑重其事道："你不要乱说。我最尊敬的人，除了我干妈，就是我哥。我哥走得突然，我嫂子不容易。我那句话是说得欠妥，但你们确实是有点像。"

说着，他站起身，拿出手机往外走："你等等我，我叫我嫂子过来，你们自己看看。"

秦云敏知道自己那句话没过脑子，纯属怼人，一下有点慌。她赶紧跟着站起，追过去道歉。

等一头雾水的钟影急匆匆地赶到气鼓鼓的两人面前，秦云敏差点眼珠都瞪出来。

后来说起这事，周崇岩总沾沾自喜，说："你们姐妹俩就是我牵线的，没我——"

然后被秦云敏打断："是是是，多亏了你，周大善人。"

那个时候，他们已经在一起了。

有时候秦云敏会想，那次连自己都搞不懂的、莫名其妙答应的第二次约会，是不是上天为了让她找到妹妹。可转念，她又会想，也可能是为了让她好好认识周崇岩。

周崇岩在许多事情上都好像没什么脑子，但他性格其实很执拗，认真起来跟狗护食一样，咬住了就要咬死，直到吞进肚子才算安心。

"我一直不是个很有勇气的人，做事犹犹豫豫、拖拖拉拉……一意孤行要来南州，来了又后悔，觉得离家远，就老想着在这里买房把爸妈接过来。大学那会儿也是，专业不喜欢，我想着换，换了发现还是不如意，又后悔，拜托来拜托去，折腾好久。毕业找工作就别提了，你是没见我爸愁得……"

"影影，我发现我总是在后悔。"

秦云敏抱着膝盖坐在椅子上，望着厨房。厨房门上还贴着红彤彤的"福"字，是过年那会儿她爸妈过来收拾的。

"过不了一阵就后悔。

"我从来没有你那样的决心和勇气。

"可我羡慕吗？我也不羡慕——我担心我有了你那样的勇气后，会迎来更大的、更承受不了的后悔……"

沙发上，闻琰已经搂着"白居易"睡着。小狸花睁着双眼望着她们，似乎能感受到人类的心事，一双琥珀色的猫瞳幽幽的，有些神秘。

秦云敏又开了几罐啤酒，一边喝一边说。钟影也跟着喝，没说话，她知道秦云敏在说哪件事。

周崇岩可能是她最不想的后悔。

"你刚刚有个词说得很对——面目全非。

"你觉得你爸面目全非,我也觉得。我初中那会儿就觉得了,他那样打你,我就觉得他不是个东西。

"后来这么多年,我就想,是不是所有的事、所有的人,最终都会变得面目全非。"

时间应该有些晚了,风里带着夜深的气息。

钟影坐在桌边不作声,喝完了手头所有的啤酒。秦云敏趴在桌上,眼睛闭着,但钟影知道,她心事重重,睡不着。

裴决发来信息说快到的时候,钟影还在发呆。

秦云敏说的那些都没有答案。

但就像每个人都有每个人身处的海域与旋涡,无法比较旋涡的大小,也无法比较旋涡的深度,它就是存在在那里。

钟影看了眼手机,转身想去叫醒闻琰。

"让她在我这儿睡吧,陪陪我。"秦云敏没睁眼,咕哝着说。

钟影笑:"记得给她洗澡。"

秦云敏举手比了个"OK":"明早她一定香喷喷地和我去学校。"

5

办理签证的文件都在包里,钟影出门前又检查了下。

秦云敏起身轻手轻脚地朝阳台走去,吹进屋的风似乎带着潮意。

"带伞了吗?"秦云敏低声,"好像有点下毛毛雨。"

钟影在玄关穿鞋,闻言探头:"带了。"说着,她还拿出包里的伞朝秦云敏晃了两下。

从秦云敏家出来,拐过两个红绿灯路口就到了新月湾。这片区环绕着培英小学和培英初中,周边住户的孩子大都在这两所学校上学。

确实是毛毛雨,落在身上一点分量没有,迎面的风湿漉漉的。

裴决说他已经到了楼下。

钟影回了条消息:我没在家,马上回来。

很寻常的对白,寻常得不能再寻常,可不知怎么,钟影好像一下回到小时候——如果迟到太久,她在哥哥面前就会很无措。虽然哥哥毫无责怪之意,甚至会关心她是不是走太急了,但她就是会紧张。时隔多年依然。

钟影看了眼一时没有回复的信息,察觉自己下意识的情绪转变,不由得好笑。

快到家,手机屏幕亮起。

裴决回她:好。

看到这个回复的瞬间,钟影毫无意外地再次察觉到心头那种微微松了口气的感觉，真是……

她深吸口气，加快步伐。

樱花谢了后，楼下的树木变得郁郁葱葱，夜里也泛着暗沉的绿意。清明雨水增多，夜色被晕染，视线边缘深深浅浅，好像一尾游弋在深海的鱼，看不清轮廓，只有浮动的波纹。

裴决看到了钟影。

"怎么不打伞？"

裴决撑着伞朝她迎面走来，另一只手里还握着一个狭长的缎面盒子。

钟影愣住，很快，她就对自己感到无语。伞原本是带着的，但等她穿好鞋，就理所当然地将伞忘在了玄关的置物架上。

见状，裴决了然地微笑，问："忘在哪儿了？"

钟影叹气："云姐那儿。"

"没关系，我这把给你。"裴决说。

她挨着他，同他站在一把伞下，视线稍垂，不知道在想什么。

裴决闻到了她头发上的香味，不是很明显，甚至走两步就消失在鼻端，跟错觉似的。他不作声，撑着伞，但有那么几秒，他忍不住想，真的很香。

他离她太近了。

这不是什么好事。裴决想。

开门进屋，钟影走到桌前，将包里准备好的证件袋拿出来："还有几样琰琰小学入学的证明文件，在房间里，我去拿下。"

裴决收伞关上门："好。"

锁舌入扣发出轻微的"咔嗒"声，传到耳边，钟影脑子里好像有什么一闪而过，走进房间的那几秒都没反应过来。不过很快，相似的记忆侵入脑海，时隔多年。

钟影停下脚步，愣在原地。

她扭头，裴决也换好了鞋走到桌边。他搁下手里的缎面长盒，拿起那些文件仔细翻看，神态认真，举动如常。察觉到她望来的视线，他抬头，笑意展露在嘴角，语气柔和："怎么了——"

不过没说完，他就知道怎么了。

即使卧房里没开灯，他还是看清楚了钟影眼底复杂又幽深的情绪。

她望着他，和那时候看着他一样，惊讶、困惑——但不是很深，也没有了当初的害怕和愤怒。二十八岁的她早就清楚地知道了他那么做的原因。

在这个没有第三人的场景里——

裴决心口好像被一根极细的针刺入，慢慢地、一寸寸地刺破他的血管，心脏依然在跳动，但每一下都变得愈加缓慢、滞重。他握了握手，感觉到手心的凉意,还有躯体的僵硬。

"我——"手足无措的当下,裴决甚至后退了两步。

"我突然想起来电视柜下面还有琰琰的钢琴考级证书,你能帮我去找找吗?"钟影弯了下唇角,她美丽柔和的面庞不是那么清晰,一双眼却十分冷静。

在秦云敏家灌下的那些啤酒好像这个时候才慢慢上了头,酒精带来混沌,也带来极致的清醒。钟影清楚地明白自己让裴决去找东西的原因——关于宁江的所有记忆都应该被不留一丝痕迹地丢弃。

…………

裴决拿着闻琰的证明,直到身后传来打印机启动的声音,他才转过身。

"阿姨说每份都要复印三份。"钟影知道裴决走了过来,便一边操作一边和他说。

裴决将手上的文件递给她。

机器作响的几分钟里,两个人都没再说话。

有些事情早就心照不宣。

他们一前一后站着,起伏的心绪也许比打印机的声音还要闹腾。

等复印好,钟影连同原件一起放进了文件袋,递给裴决时,问了句:"刚下班吗?"

来的时候她就发现了,虽然他穿了件整洁挺括的白衬衣,但看得出还是工作服,应该是下班就直接过来了。

裴决点点头,好像在那之后他就被夺去了声带,动作也变得有点迟钝。

钟影看向墙上的钟,时间其实已经不早。她不清楚他的工作日程,只是麻烦他这么晚来,实在应该做点什么。

"吃饭了吗?"她问。

裴决注视着她,有那么一点困惑,好像她不该问他似的。但她问得太自然了,自然到即使她留他吃顿便饭,也是十分合情合理的。

"这个是什么?"

钟影转身走向厨房之前,看向裴决带来的深蓝缎面长盒。

裴决打开盒子,里面是一串光泽莹润的珍珠项链。

他语气很淡:"计划送你的大学毕业礼物。"

话音落下,钟影的背影猛地顿住。她明白这句话背后的意思。

过了会儿,她没转身也没回头,伸手紧紧握住门框,语气有些不稳:"那个时候准备是不是太早了?"

两家人之间念了许多年的戏谑之语,也曾被钟影带着恨意狠狠击碎在地,这个时候,裴决提起,却好像什么都没发生过。

他垂眼,视线落在晶莹剔透的珍珠上,没有回答她的问题。

片刻，他拿起项链走向她。

感觉到头发被轻轻撩起，钟影的身体一下变得僵硬。颗颗饱满的珍珠带着细碎的凉意，她垂眼，盯着出现在颈间的一双手。

宽阔的手背、坚实的腕骨，裴决修长的指关节微微屈起，细致地拂去缠绕在她锁骨和脖颈上的柔软发丝，温热一触而过。

"不早。"裴决说。

他没告诉她，除了这串项链，还有一枚戒指。

是求婚的戒指。

有些点心是现成的。

海苔饭团、果泥松饼，这些都是钟影时常备着给闻琰解馋的餐前零食。考虑到裴决是个成年男人，况且时间也不早了，吃多了太油腻的对消化不好，钟影又下了一碗清爽的细面。

没多时，裴决低头看了看面前三只不同尺寸、不同功能，却都是小狮子造型的碗碟，又抬头去看钟影。

饭团是新煎的，表面的米粒金黄，滋着热腾腾的油香，三样里最引人胃口大发。松饼偏甜，复烤了一分多钟，带着绵软的奶香，三片错落地叠在"狮子"嘴里，十分可爱。清汤挂面就不用说了，亮莹莹的碧水葱香，滋味鲜美。

钟影以为他在疑惑餐具，笑着解释："琰琰特别喜欢狮子。"

她这么说，搞得他好像真的只是在意餐具，而不是这些食物。不过，听到钟影的话，裴决也只能低头去仔细打量狮子造型的餐具。

过了会儿，即使心里好笑，他也没再上看下看，拿起筷子安静地吃了起来。

钟影站在一旁，环顾了一圈客厅，走到靠近阳台的角落整理了下闻琰的玩偶书柜，又将散落在沙发上的两本绘本捡起来搁到矮几上。

做这些的时候，脖颈间珍珠的触碰十分明显。就像此时坐在餐桌边安静吃饭的那个男人，即使他家教良好，动作很轻，那股不可忽视的存在感还是时不时让钟影走神，动作忽慢。

她在客厅收拾这、整理那，一会儿站起，一会儿慢慢地走来走去。裴决便很自然地想起她小时候也是这样，好像很怕打扰到别人似的。但其实她对做什么都很有主意，知道要做哪些，心里想清楚了才会去做。

一碗面快吃完，他耳边忽地传来两记钢琴的"叮咚"声，如同雨滴坠落池塘，接着便是十几秒节奏稍快的曲调。

钟影也不知道自己到底要弹什么，手碰上琴键就这么稀里糊涂来了一通，于是，急促的琴声很快止住。她看着面前黑白分明的琴键，伸手摸向颈间的珍珠，久到珍珠都和她肌肤的温度融为一体，不是那么突兀了。

屋内屋外分外安静，好像各自陷入了一个真空瓶罐，只有自己的呼吸可闻。

裴决吃完起身收拾碗筷，进了厨房。

夜深人静，毛毛雨不知何时变成淅淅沥沥的小雨，发出类似蚕食的窸窣动静。周围几幢都熄了灯，浓墨纵深，最远能看到市区那一片闪烁的霓虹，只是浸在雨水里，瞧着一点都不真实。

蓦地，钢琴声再次响起。明快灵动的前调，好像夏日少女飞旋的裙摆。裴决停下手上动作，他大概清楚钟影弹的是哪首。他站着没动，眉宇间沉静如常，眼底的情绪却变得有些复杂。

一分多钟后，令人愉悦的曲调戛然而止，一种从未有过的巨大悲伤顺着哀戚缓慢的节奏一点点袭来。不是那种刻意营造的感受，好像这首曲子从一开始就掩藏了苦涩的基调，此刻仿若巨大的钟摆，众人注视着它跃向高处，张扬又灿烂，却又深知那不可抑制的、难以摆脱的、注定的沉没。

慢慢地，曲调中途回旋，跳动的乐符再次出现，钟摆再次跃起，如雨过天晴一般，只是这次的愉悦，难免不会让人觉得更像一场梦境。

骤然的获得、突然的失去，这日复一日的梦境。

裴决忽然发现，钟影还是记忆里的那个小心翼翼的小女孩。闻昭或许给她带来过轻松和愉悦，但某种意义上，伤害也是巨大的。至今，他都无法清楚地知晓，闻昭离开的那段日子，她到底是怎么熬过来的。

他站在水池边，许久没动。

收拾好厨房，裴决拿起桌上的文件袋，转身走向玄关。

到楼下时，雨已经下得很大了。所幸车子就在几步外，裴决刚要冒雨走过去，身后就传来电梯抵达的机械声。

他扭头。

钟影看上去有些慌张，手里拿着伞，视线对上他的时候，神色一松："我以为你走了……"

他确实要走了。但是她来了，所以他的想法顷刻变了。

钟影将伞递过去，朝单元楼外看了看："雨好大。"

裴决没接："钟影。"

"嗯。"钟影转回视线。

"为什么要弹《幽默曲》？"裴决问。

钟影望着他，没说话。

"下次不要一个人躲在房间里弹。"裴决又说。

钟影弯了弯嘴角，低声："没有躲……"

这话说得好像她还是那个难过时会找个没人的地方一边抽抽搭搭，一边用力弹钢琴的幼稚小女孩。

　　裴决笑了下，没再说什么。

　　他确实像个兄长，或者说，回到了多年前兄长的壳子里——知晓她从小的习惯，也谙熟她真实的感受。

　　"给。"钟影又递了递伞。

　　裴决还是没接，转身出去："说了给你了。"

　　"哎，雨真的很大。"钟影伸手抓住他的手臂。

　　温度传递，裴决顿住。

　　他转过身，视线先是在钟影伸出的手臂上停留，然后看向她蹙着眉的面容。

　　她真的在关心他。

　　裴决忽然诡异地想着，哥哥这个壳子真的很好用，好用到他都忍不住想做点别的。

　　钟影将伞塞到他手里。

　　"什么叫给我啊……外面下雨呢，给了我你用什么？我又不用，家里还有……"

　　裴决注视着钟影说话的样子，想起小时候，家属院的几个孩子玩捉迷藏。大家轮流当找的那个人，可每回轮到裴决，钟影都是第一个被找出来的。不是裴决有多了解她，也不是他有多厉害，而是每回裴决数到一百，睁开眼刚说一句"我来了，你们在哪里"，他那傻乎乎的、格外认真的、年纪很小的妹妹，就会从桌子底下举起手，怯生生地探头说"哥哥，我在这里"。

　　有那么几次，裴决还会急得朝她嘘声，让她赶紧躲回去。

　　可后来，他就放弃了。

　　他异父异母的妹妹大概是真的舍不得他多走两步，于是自投罗网。

　　而这么多年，她一点都没变。

第三章·
思无邪

/ 可是，在我这里，你怎么样都好。/

1

周崇岩将车停到墓园外的停车场。

后座的赵慧芬脸色不是很好，瞧着忧心忡忡的，她的膝盖还是不舒服。

闻琰在一边给奶奶揉膝盖，时不时担忧地望望她。赵慧芬摸了摸闻琰的头发，对钟影说："先带琰琰过去吧，我坐一会儿。"

钟影点头，没说话，牵着闻琰下车，撑伞朝山上走去。

墓园依山而建，一眼看过去，其实看不出一座座墓碑的位置。走近了，在葱郁灌木环绕的间隔里，才能看到活着的人为死去的人留下的痕迹。

周崇岩没撑伞，细雨很快淋湿他的夹克外套。他扭头看了眼车里闭目端坐着的老人家，叹了口气，掏出手机找秦云敏。

秦云敏好些时间没和他联系了。

微信上的对话还维持在那次出去吃饭，秦云敏问他车停好了吗？这边要等位，让他不要着急。

后来就只剩下他的自言自语。

周崇岩：对不起，我不是真心要说那句话的。

周崇岩每次认错的态度都十分认真，跟秦云敏班里最皮的男孩受教训后差不多。

周崇岩：我可以去你家看看你吗？

虽然两人已经处了几年的男女朋友，但这方面，周崇岩还是十分拘谨，和小学生举手回答问题、进门打报告差不多。而没有得到秦云敏的回复，那就是不可以。

周崇岩：我真的错了，你理理我吧……

接着就是表情包攻势，怎么可怜怎么来，但周崇岩十分懂事，不会一次性发太多，毕竟已经很惹人嫌了。

再之后，就是单方面的、类似操作指令一样的输入。

周崇岩：云姐，理我。

周崇岩：理我一下。

周崇岩：两下吧。

周崇岩：理我。

周崇岩：求你理我。

周崇岩：求求。

周崇岩：云姐。[磕头][磕头][磕头]

雨水落在手机屏幕上，周崇岩打字都不利落。

"我今天来看我哥了……"他皱眉瞧着这半句，想了想，又删了。

"你在干什么？"刚打上，他"啧"了一声，扭头瞧了眼他哥的方向，忍不住弯腰拜了拜，希望他哥能给点支持。

"我今天来看我哥了。你在干什么？还是很忙吗？琰琰说你今天没课。"

周崇岩毫不费力一气打完，真跟得了什么灵光似的。他盯着这句，又仔细检查了下标点符号，犹豫来犹豫去，没等他再加几个表情，手一滑，这条拜过闻昭的信息就这么发了出去。

"嘿！"

周崇岩手忙脚乱，赶紧去抹屏幕上的水，想要撤回。冷不丁地，身后车门突然打开，赵慧芬下了车："干什么？猴子似的——"

"哎！"水没抹掉，这么一碰，手机直接掉到地上。

水坑里一声"啪啦"，听声音的响脆程度，很难不怀疑是屏幕碎了。

周崇岩捡起来，黑屏上蔓延着蛛网一样的破碎痕迹，他是真有些崩溃了："干妈！我找云姐呢！"

赵慧芬状似惊讶，一边快步往前走，一边觑了眼周崇岩："哦。这个时候才找啊？"

周崇岩赶紧撑伞跟上。

山上飘下来的风里只剩点点滴滴的凉意。

"不是，我一直找着呢——干妈你好啦？"周崇岩语气担忧。

赵慧芬："我一直好着呢。"

周崇岩："是是是……"

过了这么些年，照片里的人还是很年轻。

连日的雨水将墓碑冲洗得干干净净，一旁的绿植也是一副挺拔茂盛的样子。

走到半路雨就停了，钟影将伞搁在一边。闻琰不作声，一眨不眨地望着爸爸的照片,过了会儿,拿出口袋里的纸巾,走上前在闻昭照片上擦了擦。

钟影记得这是闻昭大学组篮球队时拍的照片,意气风发,望着镜头张扬又肆意。

拍照时钟影也在,就站在球场对面,闻昭快拍完了才看到她,跳起来朝她招了招手。他个子本就高,招手的时候好像一棵树。他脸上全是笑意,和近旁的队友指了指钟影,没一会儿就撇下他们赶紧跑了过来。

钟影现在还记得他一下一下踏过地板的脚步声,好像每一步都走在她心上。

今天一大早就下雨,没多少人来墓园。

远近的白烟朝着天空零星升起,朦胧雨雾里,好像世人的寄托。

回去的时候,钟影没有和他们一起。

赵慧芬知道她心里不好受,留她一个人待会儿也好,便带着闻琰先回去了。周崇岩说一会儿再来接她,赵慧芬看穿他的心思,说你嫂子还没七老八十呢,路都不认识了?把我们送到新月湾,你该去哪儿就去哪儿吧!周崇岩笑了两声,手机坏了,他想着换个新的,最好能让秦老师帮忙挑挑。

闻琰坐在车里有点担心妈妈,时不时往后看。

赵慧芬把孙女搂在怀里,亲了亲她头发,说:"你妈妈要和爸爸说些话,乖啊。"

闻琰:"我不能听吗?"

话音落下,周崇岩乐了:"当然不能。"

闻琰瞪他:"为什么?"

周崇岩逗她,装出惊讶的样子:"还没学到吗?大人说话,小孩不能听。"

闻琰凶巴巴地点了两下头,一副你等着的表情:"那我明天去问问秦老师,是不是要学这个。"

周崇岩吓得坐直,看了眼后视镜,无奈:"哎,叔叔编的,叔叔错了。"

闻琰抱臂坐着,小脸冷冰冰,瞧着窗外,只当没听到。

赵慧芬摸了摸闻琰的小辫子,忍不住笑出声。

2

临近中午,墓园里人才多了些。

雨停了有阵子,天还是阴沉,深铅色的云从山后升腾起来。山里的风又冷又潮,钟影站久了,手脚冰凉,仿佛回到三月开春。

她沿着石阶往下走,好几次给前来祭拜的人群让道。公墓紧俏,寸土寸金,一条道不够两人并排走。她站在边上等他们走过,听见临时凑到一起的两三家人说着话,说家里孩子的成绩,说亲戚间的摩擦,也说死去的人当年的事，语调平常，带着笑意。

这里只有一趟公交车，直通市里的中心商区。

钟影在公交站台坐下。

广告牌新换了清明的文化标语。一对刚跑完步的情侣正笑着走来，走到半途，忽然抬手遮挡。钟影瞧着，反应过来，发现不甚明朗的天又下起了毛毛雨。

她坐在椅子上，左看右看，才发现伞又忘记拿了，无奈地抬手掩面。

耳旁忽然传来两声车鸣，有些突兀，与周遭的安静格格不入。

钟影没留意，还在想以前的事。

和往常一样，她在闻昭墓前说了些琐琐的近况，说来说去其实没有什么重要的。她觉得按照闻昭的性格，如果有什么需要知道，肯定会入梦来问。

可这么些年，闻昭一次都没入过她的梦。闻琰倒是有几次梦见了爸爸，他像头大狮子，威风凛凛，而她是只小狮子，在一望无际的森林王国里，也十分威风。

小情侣窃窃的说话声传到耳边。

"是找她的吧……要不要叫一下？"

"影影。"

裴决声音传来时，钟影还以为自己幻听了，抬头看到裴决担忧的面容，她愣了下："裴决！"

不过很快她就明白过来，这条路直通栖湖道。

裴决一身挺拔利落的飞行制服，看样子刚下班。他在钟影身边坐下，目光在她身上停留片刻，落在她空荡荡的脖颈间时，微微凝住。

不过他却没多问，半响，想了想只是道："怎么在这里坐着？"

"等公交车呢。"钟影笑，"你刚下班吗？"

裴决点头："嗯。飞了个长线。"

"去哪儿了？"

"赫尔辛基。"

"芬兰？"

"对。"

"那里是不是很冷？"钟影问。

裴决笑："快冻死了。"

钟影也忍不住笑。

两人有一搭没一搭地聊了会儿，像十分熟识的朋友，也像裴决允诺的，和小时候一样。

"云姐说想请你吃饭呢。"钟影看着裴决道。

自从上个月在医院碰见，过后裴决请秦云敏吃了顿饭，秦云敏就想着这么多年没见，正好一起聚聚。

裴决想起来了："五一放假？"

"对。你有空吗？"

"我和云姐说要看那周的调班，肯定是有空的，但具体时间还不知道。"钟影点了点头："她到时候肯定会再联系你。"

话音刚落，裴决却突然说："怎么没戴项链？不喜欢吗？"

他问得实在突兀，不知道是突然冒出的念头，还是这问题已经在心头盘旋许久。

钟影愣在原地。

裴决望着她有些无措的双眸，眼底笑意温和："是不是不喜欢？"

钟影摇了摇头："不是……"

裴决点头："那怎么不戴着？"

"戴着不方便。"钟影低声回。

裴决了然地颔首："这样。"他好像有些遗憾，又似乎在认真思索什么。

钟影望着他，被他温和而慎重的神情弄得莫名紧张——这样的紧张已经很久没出现了。

"走吧。"

过了会儿，裴决起身，对钟影说："我送你回去。"

钟影看了眼站台上的距离指示，说："你下班很累了，我坐公交车回去就好。"

裴决笑着叫她："影影。"

钟影只好站起来。

只是走到一半，她忽然顿住，扭头望向山上。

"怎么了？"裴决问。

不知为何，那种就快被丢在脑后、落下什么的感觉，陡然间变得十分强烈，强烈到钟影觉得必须要将那把伞找回来。

"找伞。"钟影说。

裴决怔住。

她的面容一瞬间变得分外坚定，好像这件事容不得片刻犹疑。裴决一下就想到那年她离开家时也是这样，她眼底好像闪着一簇火苗，灼灼逼人。

裴决一把拉住钟影，看了眼自己停在对面的车："我开车送你。"

从公交站到公墓的路程很短，下车的时候，毛毛雨已经停了，只剩下风里寒冷潮湿的水汽。

裴决脱下外套披在钟影肩上，两人并肩朝山上走。

快到闻昭墓前，裴决站住脚步，对钟影说："去吧。我在这里等你。"

钟影点点头，快步跑向闻昭的墓地。

这样的背影在裴决记忆里出现过无数次。

钟影没有找到伞。

她在闻昭墓前找了好久,都没有找到那把自己带来的伞。

雨后的山峰陷在徐徐腾起的白雾里,周遭人声忽远忽近,她站在原地,茫然地环顾四周,慢慢地,好像有根弦就这么轻轻断了。

只是不知道断在哪里,也不知道是不是断在此刻。

清明烟雨,三面春山,一面绿水,不看近前,光景都是好的。

她在一旁的石阶坐下,呆呆地望着身侧闻昭的墓碑,面色苍白。至此为止的人生,她经历的所有失去,似乎都是这样猝不及防——等她回过神,通通消失不见。母亲是,丈夫也是。

一个念头充斥在她的脑海——为什么每次她都来得这么晚?

秦苒去世的前一天,明明通过电话,她也隐约察觉到母亲的不对劲,可还是什么都来不及做。闻昭出车祸,她最后一个赶到医院,只来得及在他耳边喊他两声,之后,画面变得扭曲,等她醒来,就被医生告知怀孕。

那些"本来可以""如果可以"在脑子里仿佛雪花般一片片落下。

钟影低下头,不是那么陌生的恨意时隔多年再次将她裹住,密不透风。

一开始,她以为自己还在恨钟振,恨他让她遭受了人生第一场痛苦至极的失去,但后来,钟影发现,她其实在恨自己,以对钟振百倍的恨意加诸在自己身上。

她的生活看似平静了六年。

在秦云敏家的那晚,她尚且可以宽慰别人,解释每个人身处的旋涡不同。但轮到自己,她仿若视而不见一般——那个旋涡就在眼前,每时每刻都在朝她张开深渊一样的黑洞,等着她崩溃。

"影影?"

裴决的声音传到耳边,钟影一下别过头,抬起手背匆匆擦了下脸,接着便站起身往下走。

她不知道自己应该说什么,或者解释什么,反应机械,语速却极快。

她说:"没找到,我们回去吧——"

她视线低垂,蓄在眼眶的泪水却控制不住地往下掉。她始终没有看来到面前的裴决,脚步匆忙,好像十分迫切地想要逃离。

蓦地,她手腕被握住,裴决掌心的温度比她高出许多。他拉着她的手,下一秒,干燥温暖的掌心就贴上她湿漉的脸颊。

钟影没动。

有那么几秒,她感觉自己好像游离出去了。

她抬起脸,朝面色忧虑又沉默的裴决展颜一笑,微微侧头躲开裴决为她擦眼泪的手掌，嘟囔："就是有点难受……总是丢伞，真不是个好习惯，以后我肯定会改的……"

她在他面前，无端还是会有种被抓住错处的无措和紧张——这是来自积年累月的相处里，"兄长"的压迫力。

只是说着说着，她的眼泪又滚落，一颗颗，完全不受控制。好像前一刻情绪的崩溃已经让她彻底丧失对自己泪腺的控制。

慢慢地，她似乎也意识到自己失控了，抬起双手捂住脸，含糊的话尾带着明显的哽咽。

裴决没说话，替她收紧肩头披着的外套，然后低声唤她的小名："影影。"

伴随裴决话音落下，钟影更加用力地捂住眼睛，再度发出一声脆弱至极的呜咽。好像陷入泥泞的云雀，精疲力竭。

倏忽几秒，远近的一切似乎都消失了。

毛毛雨又落了下来，潮湿的、缠绵的、冰冷的、柔软的。

钟影靠在裴决肩头，闻到他身上干燥温暖的气息，好像回到很小的时候。她的哥哥对她很好，虽然严厉，但很会关心人。他听了鬼故事半夜睡不着，非要来找她，问她睡得怎么样，很担心她也害怕得睡不着。钟影被哥哥吵醒，看出哥哥的害怕，便十分慷慨地让出一半的床给哥哥睡。

那个时候，整个家属院都好像空荡荡的。

幼年的钟影和裴决依偎在一起，一个心里想着有哥哥真好，要是他是真的哥哥就更好了，一个心里想着妹妹真好，全天下最喜欢妹妹了。

3

慢慢地，裴决发现钟影在躲开和自己的对视。

可能是觉得自己这样十分丢人，便感到分外难堪。

裴决注视着她，良久，在她情绪稍显平复的时候，说道："影影，不要难为情，你怎么样都可以。"

从小他就能一眼将她看穿，这大概也是钟影在他面前时常没来由忐忑的原因。只是这个时候，他对她说不要难为情，不要介意自己丢脸，语气里似乎有种恳求的意味。这种恳求，在他说"你怎么样都可以"的时候，愈加明显，明显到近乎带着歉意。好像她这样，都是他的不对。

钟影微微讶然地抬头，望进裴决漆黑深邃的眼底。不知道他这样看了她多久。

裴决朝她一笑，语气更加直接："你是不是一直都怕我？"

"怕我说你。

"担心自己做不好。

"怕我生气。

"可是……"

说到一半,裴决忽然顿住,这件事他不是现在才发现的。

过往那些近乎亲密无间的岁月里,其实一直都是这样。只是他自己拎不清,或者说,他想要的太多了。

既想要妹妹毫无保留的信任,也想要妹妹所有的快乐都与自己有关。她信任他,所以他应该做个公正无私、优秀磊落的兄长,让人值得信赖。但他从来都不是"无偏无私"的,他心知肚明。至于妹妹的快乐,就更难全数与他相关了。

"可是,在我这里,你怎么样都好。"

他另起话头,又换了一个词,不是"可以",是"都好"。

钟影被他看得不知所措,想要说什么。

毕竟裴决这番话,看似在承诺的"和小时候一样"的范围里,但仔细想想,毫无条件的宠溺意味根本遮掩不住。

"走吧。"

裴决生怕她说什么似的,伸手揽上她的肩膀,带着她往下走。

他们在山里待了太久,到了车上钟影毫不意外地连打了几个喷嚏,鼻尖更红。

裴决伸手过去碰了碰她额头,收回来的时候说:"先去我那儿休息。吃完晚饭再送你回去。"

"想吃什么?"

失控的眼泪似乎淌进了钟影的脑子,晃一晃都沉甸甸,身上还沾了雨水和山里的寒气,忽冷忽热。她担心自己感冒,没有拒绝。

但果然,十来分钟后,喷嚏让钟影视线都雾蒙蒙的。她从小就这样,一感冒就喷嚏不断,鼻腔一路刺激泪腺,眼泪也跟着泛滥。几天下来,脸红鼻子红,眼睛更红,兔子似的。

见她擦完鼻涕又抹眼泪,动作越来越熟练,裴决忍不住笑。

他以为钟影不知道他在笑,谁知快到碧景别苑,车子刚停下,就听他那多年未见的妹妹哑着嗓子闷声:"有什么好笑的。"

裴决扭头,神情微诧。

见状,钟影比他更莫名其妙,用力擤了下鼻涕,嗓子齉齉的:"你都笑一路了。"

裴决却定定瞧她,十分稀奇的样子,半响,点了点头,恍然大悟道:"不能笑是吧?"

下一秒,换钟影忍不住笑了出来。

两人走进门,她环顾四周,过分开阔的客厅,随处可以落脚。临近阳台、风景最好的地方，甚至还有一张松软宽敞的软榻。

裴决径直走去主卧，打开衣柜，也不知道在找什么，头也不回地问钟影要不要洗个热水澡。

钟影头发还潮着，整个人蔫蔫的，加上感冒，面色也有些苍白。听到裴决的提议，她抬头，鼻音浓重，不是很明白地重复："洗澡？"

裴决视线在衣柜里转了圈，想起什么，转身往外走。他行动自然，语气便更加自然："嗯，洗个热水澡，你淋雨了。我去给你拿睡袍。"

钟影望着他挺拔磊落的背影，手心碰到触感柔和的被面，脑子里后知后觉地一烫。

很快，裴决带着一套睡衣进来："这套是新的，很干净，我妈来这里住的时候准备的。"

钟影没接。这间最为宽敞的卧房不知为何陡然变得狭小，她看着他："我喝点热水就好了。"

裴决没说话。

他们不是小时候心无旁骛，他更不是思无邪。可正因为这样，他才要表现得什么都没有。

睡衣被轻轻放在身侧，钟影耳旁传来裴决医嘱一样的语调："影影，你感冒了，需要休息。"

说完，他就关上门出去了。

钟影站起身，和略显慌乱的心情相对应，她又打了好几个喷嚏。

这样下去不是办法。她抱起睡衣进了浴室。

但没几秒，她又出来了，整个人极其不自然，不知道是感冒引发的还是其他什么原因，总之比进去前脸还要红。

这间浴室男性使用的氛围太突出了。洗发水、沐浴露，更别说剃须刀和须后水。

某一刻，她是真的想跑了。

但随即，裴决那句正经至极的话就窜进脑子，搞得好像只有她在不明状况、别别扭扭。

算了。

钟影深吸口气，埋头进去。

虽然有睡衣可以替换，但终究不方便。

湿漉漉的头发披在肩上，钟影打开门。偌大的客厅空空荡荡，听声音，裴决在厨房。

"有没有毛巾……"钟影站在厨房门口问。

她腰间缠得严实，但露出来的脖颈、手腕及小腿白里透红，双颊更是水色秾艳，整个人好像裹在一团氤氲雾气里，乌黑、雪白，错落着粉色，比外面四月的朦胧春色撩人些许。

裴决抬头，视线只在她身上扫了下，便动作利落地擦了擦手："等下。"

他绕过她，往房间走去，脚步很快，但不易察觉。

钟影在餐桌边坐下。

像是知道她快洗好了，所以桌上已经摆好一碗热气腾腾的姜汤。

钟影有点渴，便端起来喝。

不远处，手里拿着干净毛巾的裴决顿住脚步。

钟影浓密的发梢还在悄无声息地往下滴着水，他慢慢走到她身后，宽阔掌心拢起一手湿漉漉的乌发。她纤长雪白的后颈露了出来，熟悉的香气一点点弥漫开。

"影影。"

钟影没回头，一碗姜汤快要喝完，她额头出了点汗，嗓子不是那么干涩了："嗯。"

"沐浴露也可以用。"裴决说。

话音落下，钟影那对小巧可爱的耳朵红得几乎要渗血。

4

本以为只是场小感冒，下午钟影却发起高烧。

她昏昏沉沉一觉睡到傍晚，裴决发现不对劲，过来敲门时，她还知道起来给人开门。只是人站在门后，一双眼跟兔子似的，望着裴决问几点了，问完又朝窗外望，十分茫然。

裴决皱眉瞧她，伸手过去摸她额头，钟影便盯住他的手跟着抬头。

裴决："发烧了。"

他语气微沉，说完拦腰抱起妹妹，把人带到外面的沙发。客厅比房间宽敞，傍晚的空气从阳台向着室内流通，温和湿润。

钟影裹着睡袍靠在沙发里侧，整张脸苍白又可怜。

裴决看着她，起身拿出手机拨了个电话，然后朝厨房走去。

客厅没有开灯，青灰色的天光笼罩进来，屋内铺上一层油润质感，显得分外静谧。

钟影闭上眼要睡过去的时候，脸颊忽然被人用手背轻轻碰了碰，睁开眼就是裴决担忧的神色。他蹲在她面前，肩宽背直，微微朝她倾身。

"吃药。"

钟影垂下眼睫，望着裴决摊开的手心，有两粒黄色的药。她捏起来放进嘴里，接着，裴决就将水杯凑到她干燥起皮的唇边。

她一口气喝完整杯水，脑子似乎清醒些许。她摸了摸身侧，想找手机。

裴决将准备好的厚绒毯往她身上盖，低声道："我和云姐说了。闻琰在奶奶家。不要担心。"

"明天还要上班。"钟影仰面瞧他，绒毯盖到下巴，她一张脸就更小了。

裴决想了想问："可以请假吗？"

他问得实在认真。外面天黑得很快，钟影看不清裴决眼底，只觉得他一双眼专注异常。

她点点头，找来手机给程舒怡发了信息。没一会儿药效上来，她沉沉睡去。

一开始耳旁还能听到细微的动静——裴决走动的脚步声，药盒打开的窸窣声，还有水烧开又被灌进保温杯的徐徐声响。

渐渐地，这些声音都没有了。

晚风好像从很远的地方拂进，带来徐徐的、柔软又细腻的触感。发丝贴着脸颊，发梢轻轻蹭着鼻端。在她下意识偏头往里埋的时候，凌乱的发丝被人拨开，连她自己都未曾察觉的微蹙的眉间蓦地一松，顷刻跌入更深的黑梦。

…………

再次醒来时，钟影出了一身汗，鬓发潮得乌压压的，但烧已经退了些，神志清醒不少，只是嗓子口涌上一阵接一阵的灼烧感，又干又渴，吞咽也十分困难。

她好不容易睁开眼，就见裴决背靠沙发坐在地毯上，目光专注地看着对面墙上的投影，亮度极低，声音根本没开，不知道在看什么。

她伸手戳了戳他后肩。

裴决似乎看入神了，肩背未动。但也可能是她动作太轻了。

"裴决……"钟影张了张嘴，声音哑得不像话。

闻声，裴决立即回头，手跟着摸上她的额头："喝水吗？"

她点点头。

很快，一杯温水就递到她唇边。

喝完水，她问裴决："你一直没睡？"

她注视他的目光又是那种熟悉的小心，裴决回头看了眼投影，笑着说："不是很困。"

钟影也去看投影，只是画面此刻戛然而止地卡在一个斑驳的空镜，一时间她看不出是什么。

"几点了？"

裴决面不改色："一点四十。"

他太坦然了，好像这样不辞辛苦地照顾妹妹到凌晨，是一件稀松平常、不值一提的小事。

钟影低声："我感觉好点了，你不用管我了……"

裴决转过头，好一会儿才说："嗯。看完再说。"

钟影望着他的后脑勺，慢慢地，不知为何，莫名觉得有点好笑。他好像很想继续去看投影，于是语气也变得稍显应付，这在他身上是很少见的。

抱着好奇心，钟影没有立马睡着，而是趴在枕头上，也定睛朝投影望去。凌晨的夜色呈现出一种近乎迷离的状态。也许是到了春夜最浓郁的时刻，越是悄无声息，越是纷繁美妙。

看了大概一分多钟，钟影就知道裴决在看什么了。

是他十周岁那年的生日宴。

作为裴家独子，他的生日宴办得十分隆重。

钟、裴两家那时利益捆绑极深，她也一直站在裴决身旁，一对金童玉女的模样。除了邀请长辈间相熟的亲友，剩下一小撮就是裴决班上的同学。他的同学估计是第一次参加这样万众瞩目的生日宴，一个个高兴又雀跃，聚在角落里，和几大袋的玩偶闹成一团。那些玩偶是一会儿宴会开始主持人用来活跃气氛的，有半人高的，也有十分精致袖珍。钟影左顾右盼，好几次想过去，但裴决拉着她的手就是不让她走。

看了会儿，画面外的钟影看不下去了，小声嘟囔道："为什么不让我玩？"

没想到钟影会偷看，裴决意外地扭头，瞧她专心致志盯着投影不是很开心的样子。他转回头，继续看着投影上小脸气鼓鼓的钟影，语气带笑："你过去了我怎么办？"

钟影愈加不满："又不是我生日。"

裴决："嗯。"

钟影不明白他"嗯"一声算怎么回事，余光瞄了眼裴决的侧颜，昏暗光线里，他显得格外温和。

"你没发现我很紧张吗？"忽然，裴决问。

那时候，他面前全是奉承的大人。他的父母正与人寒暄客套，他也只能配合父母一边叫人，一边谦虚地说话。

困意上来，钟影含糊道："所以你不让我走……"

裴决注视着投影："也不是不让你走。"

钟影闭上眼："那为什么……"

她脑子里像是有个沙漏，困意就这么一点点漏下来，一点点加深。

"我记得那会儿我班上有个同学很喜欢你，想把你抢走当妹妹。"裴决语气冷静。

只是他表现得太冷静了，而这种冷静与当下梦一样的朦胧格格不入，好像……长大了的裴决又回到十岁那年，显出一种天真又固执的模样。

钟影哑然，睁开眼，努力去看清角落那群孩子，过了会儿，十分认真地问:"哪一个?"

见裴决噎住似的不说话,她乐了,伸手戳了戳他的肩头:"谁?"

裴决还是不说话,拿起遥控想要快进,肩膀也跟着往一边挪。

钟影闷声笑了出来,凑过去继续戳他,迭声问:"谁呀?"

"说说又不要紧。"

"我难道还记得住吗?再说了,那是你班里的同学,我连人家长什么样都不知道……"

裴决按下快进键,伸手往后捉住钟影手腕,语气古怪:"快睡觉。"

也许是这样的氛围模糊了时间、模糊了地点,就连彼此的年龄都好像被这片深沉的夜色包裹住、稀释掉。

钟影笑起来:"你指出来我就睡。"

裴决无语:"你还在生病。"

钟影:"我感觉好点了。"

说完,她还想去抢遥控。她也没想到自己会这样不依不饶。

裴决火速踢走遥控,抢空的钟影一头栽进他怀里。

她有点撞蒙了,顶着乱糟糟的、女鬼一样的头发,仰头望进垂目注视她的裴决眼里。只是周围太暗了,快速移动的投影牵扯出一片混乱的光线,搅得人眼晕。

"好吧……"钟影讷讷道,想要爬起来,只是双手不知道往哪里撑。

裴决叹了口气,托住她,将她塞回沙发。

他现在怀疑,是不是自己在山上说的那些话产生了副作用——他说妹妹做什么都好,于是自觉的妹妹当即选择半夜不睡觉闹人。

钟影躺下来,闭上眼睛,好一会儿没动。

裴决起身去捡遥控。

只是他手刚碰到遥控,就听身后传来幽幽一句:"到底是谁啊?"

裴决握紧遥控,抬手就关了投影。伴随周遭陷入墨一样的浓稠,钟影和他的声音同时响起。

钟影睁开一只眼睛瞧他:"干什么关——"

裴决盯着她,好气又好笑,沉声道:"钟影。"

话音落下,万籁俱寂。

醒来时,钟影发现自己已经回到房间。

窗帘拉得严实,鸟雀啾鸣时不时传来,距离很近的样子。这片本就是南州生态最好的住宅区,晨间的空气透着一股水润清新,分外宜人。

床尾已经放了洗好烘干的衣物。

钟影慢慢坐起来,抬手摸了摸额头,烧已经退了,记忆一点点复苏,昨晚闹腾的那半宿她想起来还是觉得好笑。

出了太多汗，身上黏糊不说，头发都乱糟糟的。她往浴室看去，不知为何，也许是经过昨晚，她不那么别扭了。重温的记忆带来幼年熟悉的感受，在她心底，裴决依然是她最信赖的兄长。

钟影收拾好出了房间，裴决正在阳台打电话，眼眸微低，若有所思的神情无端透出一种不动声色的严厉。

她没打扰，捏着手机转身往厨房去。

程舒怡发来信息问她怎么样了。秦云敏说好点就回个电话，不用担心琰琰。钟影回了程舒怡信息，便给秦云敏打电话。

"怎么去裴决那儿了？"

电话接通，秦云敏第一句毫不含糊："昨天裴决给我打电话吓了我一跳……"

钟影："正巧碰上。琰琰呢？你没和她说我发烧了吧？"

"你女儿是人精你不知道？待会儿下了课，你给她打个视频。"

"好。"

"怎么样了？怎么突然就发烧了？着凉了昨天？"秦云敏又是一阵紧张。

钟影笑："淋了点雨。没事，已经好了。"

电话那头传来琅琅读书声。她走神想着一会儿先去学校看闻琰，然后再去琴行。下午还要跑一趟艺术团，清明的会演就在这两天了，细节部分还要和那边统筹的老师敲定。

秦云敏也没立即说什么，欲言又止。

她也算一路看着两人怎么分道扬镳再度碰上，甚至他们重逢的第一天她也在现场。两人这样曲折的关系，眼下说重归于好似乎显得不真实，可要说泾渭分明，怎么看都不像。她搞不懂了。

不过转念，她又想，两个人都不是小时候，天时地利的亲密，所以天真无邪地相处；也不是少年时，一时冲动，凭着喜恶做事——他们都长大了，分寸也好，界限也好，彼此应该心知肚明。

可这么想下去，不知怎么，秦云敏隐隐觉得，事情不会"顺理成章"地发展。

像是印证她心底的感受——

忽然，电话那头传来裴决淡淡的一声询问："谁的电话？"

钟影随即笑道："云姐。"

秦云敏微愣。

没等她仔细琢磨出这样自然的、旁若无人的问答是怎么发生在耳边的，钟影又对裴决说："我一会儿得去学校看琰琰。"

裴决像是擦身而过取了什么东西，传来橱柜打开又合上的声音，他自然道："我送你。"

语气如常到秦云敏隔着电话都觉得此人就像他表达出来的一样——毫无他心，光明磊落。

原来如此。

秦云敏真是要乐出声了。

如果说年少时的裴决还有那么几分心气和不甘——即使沉得住气，他从骨子里显露的气质也骗不了人。

而这个时候的裴决，秦云敏真是觉得可怕——他太清楚钟影需要什么了，也太明白此时的钟影抗拒什么。所以，他只需要蒙上钟影熟悉的、温情脉脉的兄长面纱，借由合适妥帖的表达，饰以稳重克制的情绪，就能不远也不近地站在钟影身边。伸以援手也好，表达关切也好，他都有恰如其分的立场。

短短几日，过往宁江发生的一切被他不动声色地稀释掉。现在，他只是裴决，一个钟影从小熟悉信赖的人而已。

"……你知道昨天裴决翻出什么了吗？"

秦云敏啧啧称叹的当口，钟影笑着和她说："他十周岁生日宴的视频，你记得吗？我记得你也在。

"裴决说那会儿他们班上有人想把我抢去当妹妹……"

话音未落，那头紧跟着传来裴决同样笑着的声音："和云姐说没用。我们读小学，她读初中。她不和我们玩的。"

他一副略显夸张的搞笑语气，凭借最直接的参与者身份，理所当然地分享着过往最亲密的那段岁月。

也正是这样，在他信手拈来的记忆里，眼下的相处也可以变得亲密无间。钟影根本毫无防备，也无从防备。即使她早已打定主意要和宁江一刀两断，但这样的记忆，她抗拒不了。

果然，钟影听得直接笑出声。

她是真的很开心，毕竟那段记忆里，有母亲，有还未破败腐烂的家，一切都是幸福的样子。

秦云敏好笑摇了摇头，心软地想——

妹妹真好骗。

裴决不吃掉你，我就不姓秦。

· 第四章
"男朋友"

/ 他们好像天生的一对。/

1

时间不算宽裕,钟影简单吃了早餐,上车后还在和程舒怡沟通下午去艺术团的一些事。最后一场彩排在明天上午,统筹的老师希望她们今天晚上可以多留一会儿,查漏补缺。

一旁,驾驶座车门关上,钟影手边就多了一瓶酸奶、一个摸着还有些热的保温袋,打开是一盒点心,还装了感冒药和维生素片。

她抬头朝裴决看去,好笑:"我吃饱了。"

早餐是裴决约了师傅做好专程送上来的,花样精巧,钟影吃得也确实比平常多。但在裴决眼里,她那几口跟猫食似的。

裴决点头道:"再吃点。"

钟影将吸管插进酸奶,刚放进嘴里,裴决手机就响了,他打开免提。

浓密绿荫似云一样成片成片地落在车前窗,天朗气清,难得的好日子。

"裴先生,裴总说下周五总部有技术组成员去南州机场检查,您到时接待下。"

电话里传来公事公办的声音。

裴决调出手机上的日程看了眼:"下周五我休假。"

他拒绝得毫不客气,钟影看向手机屏幕,显示:小刘。

估计是裴家那边的总务秘书。

话音未落,电话里传来不长也不短的一声笑,小刘像是早有预料:"您要不管,那就不管吧——资本家还休假,说出去也不怕被唾沫淹死。

"反正技术组那帮骨干都有手有脚的,又不是不会找地吃饭,只是想着您在南州,正好见个面,以后在集团碰面也好说话。可您要不想见,也没办法,我总不能拿刀架您脖子上……啧,吴总说得对,三十岁的人,说什么都——"

"周五几点？"裴决深吸口气，沉声问。

"晚上六点。地址刚才发您手机了。"

小刘反应之迅速，逗得钟影忍不住笑，只是不小心酸奶呛进了嗓子，咳了起来。

裴决抽了张纸巾递给她，语气关切："怎么了？"

钟影接过纸巾，看了眼仿若瞬间静音的手机，小声："呛到了……"

顿时，电话那头传来三道齐齐抽气的声音。

"……爸、妈，你们有意思吗？"裴决冷了脸，抬手就去挂电话，"挂了。"

"哎！住手——影影啊！"吴宜喜不自胜的声音传来，她真是高兴坏了，都语无伦次了，"怎么、怎么了？这大清早的……影影，你们一起去哪儿啊？昨晚——"

裴决直接挂了电话："别管他们。"

他启动车子，表情看上去和平常无异，只是握着方向盘的手有些不自在。

道路两边的跑道不时有早起锻炼的人经过，人声一阵接一阵传来，让车内氛围显得不是那么局促。

钟影想说什么，还没张口，自己的手机却响了。

"是阿姨。"她看向裴决。

闻言，裴决闭了闭眼，车子缓缓停在风景秀丽的栖湖道上。

他对钟影说："我来接。"

刚接通，他就说："妈，影影昨天发烧了，现在还有点咳嗽，您能不能别打扰人家——"

听见裴决说的，钟影瞪大眼，她怎么都没想到他会这么说话。

不知怎的，只一句话的工夫，这个"哥哥"在她心里就不是那么可靠了，还莫名有点幼稚。她一边伸手去抢手机，一边着急道："裴决，你别说话了。"

随即，电话那头传来吴宜开心得不得了的声音："哎呀，妈妈也没说什么呀。你急什么？弄得影影都急了。快。闭嘴。

"我就是想跟影影说，闻琰签证的材料通过了，签证月底就能下来。还有夏令营有个小面试，到时候让闻琰不要紧张。"

吴宜不愧是处理过大场面的女人，四两拨千斤，一时间，两边都冷静下来。

裴决面无表情："哦。"

钟影讷讷："知道了。谢谢阿姨。"

之后车子开到培英小学，两人都没怎么说话。

关键，裴决慢慢发现，是钟影不想和他说话了。

他这个"发现"发现得比较曲折,是一点摸索加多年习惯才得出。主要表现为:钟影喝完酸奶就开始埋头发信息,其间抬起过两次头,一次是看窗外,一次纯属活动下脖子。

从小一起长大,裴决也算领教过妹妹的生气模式——她从小就有些怵他,所以生起气来,就有点敢怒不敢言的意味。这样造成的结果就是她一场气能气好久,其间还会传达几次假消息,看似和好了,但可能只是和他做点表面功夫,其实心里还在骂他,翻来覆去,真真假假。

车子停下,钟影低声道了句谢,手里拎着保温袋,准备下车。

校园里铃声正巧响起,就是不知道上课还是下课,音调十分活泼,带着点幼稚的孩童声。

"影影。"裴决叫住人。

钟影扭头。

妹妹面容美丽,双眸清澈,直直朝他看来,瞧着是无冤无仇的。

裴决看着她说:"我今天没事,待会儿送你去琴行吧。"

钟影站在车门前,低声:"我也不知道要待多久……你还是先去忙吧。昨天都没好好睡。"

如果说先前因为裴决那样不客气的话她还有点生气,这会儿却一点气没有了。裴决专程送她,昨晚还照顾她一整夜,她也没什么好生气的……

裴决只好点头,心里想的却是,她到底在气什么呢?

这样的感受已经许多年没出现了。

幸亏他早就不是学生时代的裴决,因为家里有个妹妹在生气,作业都得带回家做,生怕自己在妹妹眼前晃少了,这个气就没完没了。不过这么多年,也许是久别重逢,在处理方式上,裴决竟有些生疏。钟影让他走,他只能听她的,装模作样地启动车子。

先出去绕一圈再说,裴决想。

从校门口进去,是一条十分宽阔的走廊,两边墙上挂着一幅幅展示画,还有金灿灿的获奖通知,要不就是绚丽丰富的活动预告。

钟影来过很多次,很快在同一个地方找到闻琰奔跑的身影。小姑娘面容灿烂,双眼极亮,跑得飞快,像一头活蹦乱跳、天真又烂漫的小狮子。

打的是下课铃。

秦云敏站在办公室门口,远远望见人,笑道:"来得倒巧,大课间休息十五分钟。"见她面色确实有些苍白,便上前问,"好点了吗?"

钟影点点头:"退烧了,就是嗓子不舒服。"

"我和琰琰说了,你打个视频就好,还跑过来……待会儿还要赶去琴行?"秦云敏皱眉打量钟影,语气担忧。

钟影笑:"没事。请了半天假,不着急。"

两人一起朝教室走去。

闻琰这会儿又背朝黑板坐在座位上,她的后桌是一位男生,瞧着有些瘦弱,正埋头写试卷。

"他叫陈知让,这学期刚转来,聪明是聪明,就是身体不好,隔三岔五请病假。这周换座位,他正好坐在琰琰后面,小姑娘挺乐于助人呢……"秦云敏凑到钟影耳边笑着说。

闻琰没发现妈妈已经到了,正在窗口看着她。

她聚精会神地看着陈知让的卷子,在他做完选择题后,伸手过去指了指下面的图形题,说:"这个不要做,老师说课上会一起讲。"

陈知让点点头,十分听话地把卷子翻过去做别的了,没有一丁点的怀疑。

"……琰琰。"钟影轻声唤道。

话音刚落,闻琰猛地抬头,跟警觉的小狮子似的。陈知让也跟着她抬头,不过他是盯着闻琰看,闻琰是四处张望。

下一秒,"小狮子"跳起来:"妈妈!"

她像一阵风似的冲出来,秦云敏赶紧蹲下来一把搂住她:"慢点。"

闻琰仰头:"妈妈你好点了吗?"

钟影也蹲下摸了摸闻琰的头发:"当然好了。"

闻琰伸出小手去摸钟影额头,一副严肃模样,因为没摸出什么格外大的温差,便又伸手去摸秦云敏额头,逗得秦云敏笑个不停。

钟影也乐了:"宝贝摸出什么来了?"

闻琰摇头,语气疑惑:"你们都有点热……"

话音落下,秦云敏哈哈大笑。

昨天冷雨下个没完,今天天气实在好,阳光明媚,风里都带着草木的清香。下个月就是玉兰的花期,白蓬蓬的花骨朵在茂盛绿叶间挤挤挨挨,十分热闹。

"等下。"小姑娘灵机一动,扭头就朝教室里喊,"陈知让。"

下一秒,原本在座位上安静望着这边的男生起身就过来了。

陈知让很有礼貌,对钟影叫了声:"阿姨好。"

钟影这才发现男生长得格外好看,高鼻梁,宽额头,阳光下眼瞳呈现琥珀色的光泽,专注看人的时候好像一汪碧水深泉。这样俊朗突出的外表,因为体弱安静,气质便文秀起来,无端削弱了几分攻击性,倒显得温温和和,十分好相处的样子。

闻琰继续招呼:"过来点。"

他就往闻琰身边挨了挨,望着闻琰的眼底亮晶晶的。

闻琰收回两只手,在空中甩了甩,然后,一手按上陈知让额头,一手轻轻贴上钟影额头。

秦云敏已经笑得肩颤。

几秒后,"闻大夫"似是确定了,琢磨道:"妈妈你真的退烧了。"

钟影刚想说什么,就听陈知让对闻琰说:"你妈妈发烧了?我书包里有体温计,要不要?"

钟影赶紧道:"不用不用。"然后又对闻琰说,"公主还有什么要检查的吗?"

闻琰笑眯了眼,语气却严谨:"暂时没有了,妈妈。"

不过,陈知让还是拿来了体温计。他好像很喜欢为闻琰做什么,闻琰犹豫都没法犹豫。无奈,钟影只好当个洋娃娃,让两个小孩测来测去,跟过家家似的。

秦云敏站在一边,看着教室里一群"向日葵",又看着教室外两只"向日葵",心头柔软。

…………

回到办公室后,见桌上摆满了五颜六色的彩纸,秦云敏简单收拾了下,给钟影倒了杯水。

钟影拿出保温袋里的点心和药盒:"上午没课?"

秦云敏摇头:"下午全是课。"

钟影笑。

吃了药,略坐了片刻,起身时,她看到秦云敏的办公桌里侧摆着一小束玫瑰。

十分别致的暖绿,由浅入深,乍一看好像一团水汽充盈的绿雾,香味也独特,凑近了才闻得到那股甜丝丝的香味。

"怎么不摆上?"钟影心里有数,倾身就要去拿。

秦云敏拦下,好笑:"开始操我的心了是吧?"

钟影和表姐撒娇:"哪有。我不敢。"

秦云敏瞪她。

不过钟影还记得昨天去公墓一路上周崇岩那副死气沉沉的模样,她笑着说:"昨天他在车上一个劲问琰琰,问你课多不多,忙不忙。"

"昨天他发完一条信息就没影了,后面赶过来说手机摔坏了,又让我去陪他买手机。"秦云敏说道。

钟影好奇:"后来呢?"

日头耀眼,云层很慢地迁徙,从窗口溜进来的、细纱一样的影子在桌边游走。

"我跟他谈了谈,我说现在没有结婚的打算,未来几年可能也没有。"秦云敏低头摸了摸玫瑰的花瓣,"我也不知道自己想做什么。"

"现在的工作我很喜欢。但我不想就这么做一辈子，还想做点别的。"

钟影注视着她，忽然挨近说："姐，我好喜欢你哦。"

秦云敏到底是秦老师，直觉敏锐。她侧头注视闭眼笑着、靠着她肩膀的钟影，过了会儿，语气带着几分了然："我发现，你今天格外爱撒娇。"

钟影睁开眼，一脸莫名。

"我爸说，你生下来，谁抱你你就'哇哇'哭，认人，特别难伺候。"

钟影不明白话题怎么扯得这么广。

秦云敏见钟影始终呆呆的，不由得好笑。她想，应该是裴决说了什么，或者做了什么？虽然她不是十分清楚裴决对钟影而言意味着什么，但从他俩自小的情分看，裴决在钟影那里，无论如何都是个例外。

"从小你只跟你妈撒娇，今天怎么敞开肚皮了？"秦云敏笑。

钟影想也不想，下意识地反驳："我没有。"

至于是没有从小撒娇，还是今天没有敞开肚皮，她也不知道自己在反驳什么。

秦云敏也由她，依着说："好，你没有。"

"早上直接从他家过来的？"

"嗯。"

"他住哪里？"

"栖湖道。"

秦云敏咂舌："他家现在什么程度了？我之前去过那边，听说物业都是每家配套的？"

钟影想起早上的餐点布置，点了点头。

只是她昨晚进门就稀里糊涂的，早上更是忙着来学校，所以裴决住的地方她是一点都没仔细看。

有些事就是这么巧。如果她留心，就会发现书房的秘密。

钟影没有待多久，出了校门就看到等在报刊亭边，正无所事事、单手插兜翻报纸的裴决，不知怎么想起前一刻秦云敏笑她撒娇。

她定睛打量几秒，忽然觉得，还是这个哥哥比较奇怪。

街两边开了不少小吃店和文具店，虽没到放学时间，但还是很热闹。脚下，香樟树的影子跟着风声晃动，圆团团的，透出一股股蓬勃又鲜活的生命力。

钟影走到裴决身旁停下，裴决转头，见她不说话，以为她还在生车上的气，要不就是看到自己又想起生气这回事了，总之不大妙。

裴决暗暗想着，耳旁忽然传来钟影的声音："裴决。"

"今天真没事吗？"钟影抬头笑，"下午我们艺术团排练，最后一场，水平还蛮高的，你想去看吗？"

裴决点头:"好。"

妹妹宽宏大量,无事揭过,他当然乐意。

2

下午气温升高。

初春的劲头还没尝出多少,入夏的滋味就有点冲了。

程舒怡满头大汗地赶到休息室时,钟影已经化好妆穿好礼服了,扭头见她面色十分不好,想起临近中午那会儿去琴行也没见到人,但消息回得及时,心底便大概知道和谁有关了。

"你怎么样?怎么突然发烧了?"

程舒怡放下琴盒,凑到镜子前擦了擦汗,才往一旁的礼服架走。

钟影走到门边将门上锁,说:"没事了,就是嗓子不舒服,在吃药了。"

她过去帮程舒怡换礼服,瞧着程舒怡心浮气躁的,额角还在冒汗,她忍不住问:"午饭吃了吗?"

程舒怡没立即说话,低着头,手上用力解衣服,默不作声。

钟影找来纸巾给她擦汗,谁知刚擦完,程舒怡眼圈就红了。她一屁股猛地坐上沙发,深吸口气,手背抹了把眼睛,再睁开眼,恶狠狠道:"早晚有一天,我要杀了宋磊。"

钟影坐到她身边,问:"怎么了?"

程舒怡:"他说他妈已经把请柬发给老家那儿的亲戚了,婚是必须回老家结。"

这件事发酵了近一个月,结果居然这样。钟影也没想到。

她以为宋磊至少会顾及程舒怡,多和老人家沟通。毕竟程舒怡真的很忙,来南州的这几年,其间她父亲骨折住院,母亲又有哮喘的老毛病,钱没攒下多少,生的气全是宋磊给的。

"我真是要气死了!合着他们是一家人,从来都不问我。对,他们就是一家人。"

程舒怡站起来又去搞礼服,架势跟有仇似的。

钟影可不敢让她这么使劲扯礼服,只能先把人按下:"我来我来——"

也许是来的路上已经酝酿过情绪了,这会儿平静下来,程舒怡真是想哭又想笑。她喃喃:"大学那会儿,跟有滤镜似的,怎么现在……你知道我中午和他吃饭的时候——"她停下来,似乎不知道要怎么说下去。

钟影手里还攥着纸巾,给她擦了擦脸颊:"舒怡……"

再次开口,程舒怡语气里带着连自己都心寒的颤意:"我看他嘴巴在那儿张张合合,装作一副惊讶的样子,我都觉得恶心。

"我不知道这件事是他给他妈出的主意吗?我都看透他了,在一起那么多年,他眨个眼我都知道他在想什么,太恶心了。"

钟影绕到她身后慢慢系紧收腰的衣带,好一会儿,两人都没说话。等弄好,她走到程舒怡面前,两手张开抱了抱程舒怡。

程舒怡从钟影安慰的怀抱里抬起头,见钟影愁眉苦脸、可怜兮兮地望着自己,好笑:"你这什么表情?"

钟影被她情绪的转变整得头都大了,无奈:"我担心你啊。"

"担心我杀人,还是担心我和宋磊分手?"

钟影小声:"还是别杀人了……"

程舒怡笑得更大声。

时间还早,他们这些请来参演的老师,要等外面位置排好了,学生记住次序了,才会出去参加正式的排练。

钟影便给程舒怡点了份外卖。

外卖送到的时候,门外学生们也集合得差不多了,吵闹得堪比去菜市场砍价。两个人关上门都觉得闹哄哄,跟有成百上千的蜜蜂绕着脑门飞一样。但不知为何,程舒怡心情明显好了许多。她大口吃着饭,身上穿着精致典雅的礼服,好像只要站上舞台,就足够光彩夺目。

三个多小时的排练,结束的时候,钟影朝台下望了望,只是人群喧嚷簇拥着,一时她竟没找到裴决。明明他坐的地方还是她拜托外场老师给安排的。

程舒怡催她回休息室换衣服,说一会儿出去好好吃一顿。钟影收回视线,想了想,决定先回去,到时在手机上说。

目光一掠,有些意外地,她看到裴决居然已经等在了她们休息室的门口。只是和他一起等的还有一位瞧着眼生的女老师,正笑着说什么,手一会儿朝前、一会儿朝后地指着。

"那不是席老师?"

钟影想起来,这是开场负责古筝节目的老师,叫席樱。平时她们打交道不算多,排练的时间也是一头一尾,所以不大熟悉。

说着,程舒怡指了指裴决,语气疑惑:"那谁?席老师的男朋友?老天,长得真不错!但他们站在我们门口干什么?没地站了?"

程舒怡嘴里被冠以别人男友身份的裴决,此刻却将目光投向钟影。

程舒怡顺着看回来,望着钟影摸不着头脑。不过她是有点脑补能力的,想当然道:"你认识席老师的男朋友?"

她这样大大咧咧地问,弄得钟影脸上一阵白一阵红,急忙压低声音:"程舒怡!你别乱说了。"

程舒怡难得见她这副慌张无措到磕巴的样子,更加不解:"怎么了?

见着人家男朋友这么紧张?"

钟影瞪着她,恨不得去捂她嘴巴。

"他不是——"

"钟老师你来啦?"

席樱也看到钟影和程舒怡,笑容在脸上绽放,上前几步热情道:"这位裴先生问我你们在哪里,我就给他指了路,没想到你们还没回来,我还以为我指错了……"

几句话说完,程舒怡就明白了。

她看着脸上已经尴尬到烧红的钟影,自知失言,便当着钟影的面,默默竖起两指朝自己嘴巴摁了摁,算是讨饶。

"脸怎么这么红?"

人挤人的走廊里,裴决忽然伸手摸了摸钟影的面颊,接着,当着在场所有人的面,又将手掌贴上钟影额头,温声问:"又不舒服了吗?药吃了吗?"

裴决注视着钟影,好像别人已经不存在。不过他就是有这样的气场,其他人也根本介入不了。

…………

门关上,程舒怡看着脸还是很红的钟影,想了想说:"那待会儿还去吃夜宵吗?"

她问得小心翼翼,好像在试探什么。

钟影一眼看穿,只是未来得及回复,突然有人敲门。

艺术团负责统筹的老师隔着门说:"钟老师、程老师,我是聂文,待会儿场子散了,还要请你们留一下,有些细节咱们再过过。今天学生太多了,辛苦辛苦啊……"

程舒怡翻了个白眼,重复"留一下"的口型,叹了口气,应道:"行,知道了。"

"要不你先走,有什么我再和你说。"转身,她对钟影道。

钟影摇了摇头,走到镜子前准备卸妆,看着镜子里的程舒怡:"没事,我留下来和你一起。"

"那你要不要和那个裴先生说一声?"程舒怡反手指向门。

进来前,裴决就说在场馆外的停车场等钟影,让她慢慢来。说这话的时候,还是当着一众人的面,但他从容自若,没人会觉得有什么,反而在他说完也跟着看向钟影。

钟影点头:"我换身衣服。"

头顶的天空已经暗下,天边只剩一点紫色的痕迹,月亮在另一头高悬,清亮皎洁。

钟影找到裴决时,他正在打电话,似乎是朋友,他嘴角带着笑意,靠着车门,姿态闲适。

"……下周五不行。你们看着办,我就不去了。"

余光看见钟影,他又直接道:"还有事,先挂了。"

他朝她走近,见钟影像是有话要说,便问:"怎么了?"

钟影:"待会儿我得留一下,你就别等我了。"

这不是什么大事。

裴决点头:"知道了。"

钟影清楚他的性格,于是又加了句:"真的别等我了。"

裴决见她有点急,忍不住笑:"知道了。"

说完,他问她:"饿了吗?"

钟影:"有点。等结束了我和——"

话没说完,裴决就领着她打开车门,让她先坐进去。

车里有股很淡的食物气息。

裴决将后座的外卖盒拿到钟影面前打开,笑着说:"先吃点,垫垫。"

钟影愣了下,低头看着冒着热气的煎饺,尝了一口。煎饺的馅又鲜又嫩,似乎还加了点清爽的、酸酸甜甜的果粒,吃着不腻又解馋。

她留意了下餐盒,并没有标餐厅的名字。

"好吃吗?"裴决问。

钟影点头:"你吃了吗?"

裴决面不改色:"吃了。这是给你剩的。"

莫名,钟影不信,脱口道:"你不会把剩的给我。"

话音落下,两个人都一怔。

钟影埋下头,又往嘴里塞了口煎饺。裴决看着,没说话,若有所思,不知道在想什么,只是视线一直停留在她身上。

外面彻底黑沉下来,出来时天边那一线暗光都消失不见。只有远远的剧场外亮起的地灯泛着朦胧的浅光,好像一团团白雾。

吃饱后,钟影接过裴决递来的水和纸巾,裴决帮她拿走餐盒。沉默的气氛到这里似乎该有个出口,于是两人同时开口。

"你待会儿——"

"还在想——"

钟影转头看裴决:"你说什么?"

裴决注视着这张近在咫尺的姣好面容,粉润的嘴唇上似乎有些深的痕迹,瞧着不像是吃东西留下的,倒像是抹上去的。

他目光落在钟影的嘴唇上,只是问:"你想说什么?"

钟影:"你待会儿别等我了。真的。"

裴决点点头:"嗯。"

"你呢?"钟影等着他说完之前的话。

裴决却忽然抽了张纸巾帮钟影擦嘴唇,语气迟疑:"影影,这里好像沾了点东西……"

钟影愣住,嘴唇微张。

那应该是口红没卸干净,因为舞台上的妆都比较浓。不过在裴决眼里,闪着莹润光泽的嘴唇,擦了一下也没显出什么特别的差别。他都怀疑是不是自己看错了。

车内光线和外面一样暗,两个人都看不清彼此的神色。

窗口拂进很淡的、独属于春夜的气息。

裴决注视着钟影一眨不眨看着他的清亮双眸,忽然想起自己之前要说什么,低声问道:"还在想妈妈吗?"

闻言,钟影不由自主地望进面前这双幽暗深邃的眼。

嘴唇刚被擦了下,有点干,她下意识地抿了抿,移开视线的时候不知为何唇角弯起。

…………

再次回到休息室时,程舒怡正在点外卖。

钟影说自己吃饱了,让程舒怡别管她。程舒怡抬眼觑人,拉长语调点头道:"哦,吃饱了。我说那会儿你急什么,还脸都红了——他是谁?"

钟影赶紧:"我没急。"

程舒怡笑着瞧她,脸上写满了"你不对劲"。

"小时候认识的。"过了会儿,钟影说。

程舒怡反应很快:"宁江?"

钟影点头。

虽然他们四个是大学同学,但钟影很少说起自己的家乡宁江。有时候正巧聊到,她话也不多。闻昭往往看她脸色行事,她不说什么,他更不可能上赶着去问。但程舒怡记得,宁江下面有个镇,叫春珈,盛产的橙子很好吃。大一那年寒假,钟影还给她和宋磊各寄了一箱。

说起宁江,程舒怡便没再继续问。

原本裴决和钟影相处的那几秒还让她觉得两人之间可能有什么,但既然裴决与宁江有关,这个"有什么"就不是那么容易了。

不过,程舒怡忍不住回想,他们两人站一块倒是很相称,好像彼此有种天然的熟悉感,或者说,积年累月的磁场。

就好像天生的一对。

前来排练的学生陆陆续续离开,没一会儿,休息室外便安静下来。偶尔响起推拉门开合的声音,还有几个路过的老师轻声细语地聊着待会儿的讨论会几点能结束。

程舒怡见钟影嘴唇有点干,便起身给她倒了一杯水。钟影这才想起晚上的药还没吃。昨天一场高烧来得猛,去得也快,但到底是感冒,流鼻涕、喉咙痛一样没落下。

"要不你还是回去吧?"

程舒怡不放心,见钟影喝完水抬手揉着自己脖颈吞咽,劝道:"我看没什么大事,就是把一些问题再拿出来说说。毕竟下面全是孩子,和我们说,比和孩子说管用。"

"所以你先回去,琰琰还等你呢。"说着,程舒怡倒更坚决,起身就去给钟影收拾包。

这个点闻琰应该在奶奶家吃晚饭,钟影过去接的话,正好吃完一起回家。

而距离下周一正式演出也没剩几天,她不想因为身体出什么岔子。如果感冒加重,表演的时候打喷嚏,那真是要命。她想了想,同意了。

钟影打车赶到赵慧芬家,一脚踏进单元楼,头顶依稀传来热闹的声音。

这是南州的老新村,隔音效果不是很好。前两年市政老新村改造,赵慧芬住的这片就是重点改造区。所有单元楼外墙都加固粉刷了一遍。

拐过二楼楼梯口,闻琰的笑声自不必说,钟影一下就听出来了。其余两位的说话声也十分好认,是秦云敏和周崇岩。

"……所以下课就是云敏阿姨,上课就是秦老师?"

周崇岩说着自己先乐了。

赵慧芬的笑声夹杂其中。

闻琰慢慢悠悠:"我又不是周叔叔你,犯错的时候叫秦老师,没犯错的时候叫云姐。"她一副老成的语调,好像格外懂似的。

"哈哈哈……"秦云敏快笑晕了。

钟影也忍不住笑。

开门进去,和她预料的一样,几人刚吃完饭。客厅电视上播着动画片,只是音量不高,看上去像背景音,不知道这几个闹多久了。

"妈妈!"闻琰眼睛一亮,冲过来抱住钟影大腿,仰头,"妈妈你下班啦?"

钟影蹲下来摸了摸闻琰头发,忍不住去亲她粉粉嫩嫩的脸颊:"对呀。"

"不是说今天会晚点吗?"秦云敏看了看她脸色,担心她身体,给她倒了杯水。

赵慧芬忙问:"感冒好点了吗?"

"好多了。"

借着喝水的工夫，钟影打量了眼秦云敏和周崇岩，看上去应该没事了。

回去路上，钟影牵着闻琰，又问："周叔叔什么时候到的？"

闻琰背着小书包，蹦蹦跳跳。她就不是安静的性格，一点也不像钟影小时候，一边回答妈妈的问题，一边仰着头说："云敏阿姨带我放学的时候，他就在校门口等着了，叫的是'秦老师'。妈妈，云敏阿姨和周叔叔是不是吵架了？"

小姑娘实在敏锐。

钟影笑了，竖起一指，悄声说："吵完啦。"

闻琰笑得前仰后合，扒拉住钟影："妈妈你好好玩。"

"我好玩吗？"钟影笑问。

"嘿嘿！"小姑娘恨不得黏妈妈身上。

"对了，妈妈。"想起什么，闻琰忽然拉住钟影，"陈知让说他暑假也要去英国，和我参加一个项目。妈妈，那个项目现在还可以加入吗？"

突然出现的不是很熟悉的名字让钟影一愣。

"是今早坐你后面的同学吗？"她问。

闻琰点点头。

"这个妈妈不清楚，得问你吴奶奶。"钟影想起家里还有一本宣传册，便说，"你明天把那个册子带过去，可以打上面的电话问问。"

"好的哦，妈妈。"

过了会儿，没走两步路，她又是一声："对了，妈妈。"

钟影好笑地问："怎么了宝贝？"

"陈知让说要跟你学钢琴。"

印象里，那个小男孩身体不太好。钟影问："什么时候说的？他和家里沟通过了吗？他家里大人同意吗？"

闻琰没立即说话，似乎在回忆陈知让和她说这些的时候到底都说了什么。

"今天说的。前几天也说过，做操的时候，梦梦说我会弹钢琴，他就说他也要学。"

梦梦也是闻琰的同班同学，大名叫黎梦，是个比闻琰还要闹腾的小女孩。两个人待一块，闻琰都显得文静稳重许多。

"暑假去英国也是今天说的，他还说让我不要担心。我担心什么呢？反正奶奶和吴奶奶都会陪我。"小姑娘美滋滋的，继续说，"然后陈知让就说家里都会给他安排。"

这么听下来，钟影算是明白了。

这个叫陈知让的男生，估计家里也是宠的，要什么就给什么。

想到这里，她便同意了。

就当给人家增加一个课外兴趣班。

只是钟影原本以为这两件事都得从长计议，至少学琴这事，家长先对接一下，聊一聊孩子的性格、习惯什么的。谁知，第二天，周五晚上，陈知让的母亲就通过闻琰写在陈知让作业本上的手机号添加了钟影的微信，说明天把孩子送来给钟老师看看。

钟影扭头看着踮着脚踩在椅子上，一边朝镜子用力龇牙，一边认真刷牙的闻琰，真是不知道说什么。

"琰琰。"

闻琰从镜子里朝钟影看。

"陈知让明天来咱家。"钟影越想越好笑。

闻琰像个大佬，听罢，点点头，然后低头慢条斯理地吐了嘴里的牙膏沫，口齿清晰地安排道："我跟他说了，要是决定跟我妈学，一开始得跟我学。"

钟影瞪大眼，好气又好笑："琰琰？"

闻琰理所当然道："他什么都不会，我都考过级了，所以先用不着妈妈，我会教他基本功的。"

钟影觉得人家孩子听了这话估计会不开心，便问："那陈知让说什么？"

"他没说什么。"闻琰漱口。

钟影皱眉："没说什么？"

闻琰抬头回忆："哦，他说——"

"好的，小闻老师。"她学着陈知让礼貌的语调，朝镜子里的钟影眯眼一笑。

翌日，程舒怡将车开到钟影家楼下的时候，发现前面已经停了一辆黑色的车。

她这辆车是三年前和宋磊一起买的。那时两人感情正浓，商量着十一就结婚，可那年忽然发生了不少事。先是宋磊工作出问题，不得已，单位就先外派他出去学习一年。中间程舒怡父亲出事骨折，第一次手术效果不理想，又换医院，折腾了好几个月。钟影帮了不少忙。这件事程舒怡还是等宋磊回国才跟他说的。

只是结婚的事后来两人都没再提。

再提，就是今年。

可事情似乎渐渐朝着相反的方向发展。

前阵子雨水多，这阵子歇下来，枝头新绿盎然，春光透亮。一连几日的晴好天气，衬得四月芳菲正好，入夏的意味一日比一日浓。

那辆车停在前面,她这辆就不好动,掉头出去都麻烦,程舒怡却没什么坏心情,估计是大清早的晨光实在好,落在车前窗的树影都带着灵动悦人的生机。

她往座位上靠了靠,拿出手机。

"影影,我堵楼下了。"

她给钟影发了语音,说着,视线微抬,注意到前面那辆车比较低调的标识,不由得往前坐了坐,笑着道:"准确来说,是被一座'金山'卡住了。只能委屈我们家小公主了,我这个骑士暂时被金钱蛊惑了……"

说着,传来车门打开的声音,程舒怡估计真去"金山"面前转了。

楼上,听着语音的钟影无奈地失笑,闻琰也听得忍不住笑起来。

一旁,陈知让赶紧同身侧的人道:"小叔,快去挪车。"

陈寓年好笑。

不过他是不敢有什么意见的。陈知让小小年纪身体一堆毛病,心脏还时不时出问题吓唬人,陈家老小尽围着他转。他又是陈家老大陈寄年的独子,这样贵重的身份,怎么养都得提着个心。

陈寓年对钟影说:"实在不好意思,我这就下去。"

钟影笑着解释:"是我朋友,她今天也过来。下面确实有点窄,不好停车……"

话没说完,身后传来两小只的声音。

陈知让:"你的骑士为什么是个姐姐?"

闻琰:"不可以吗?"

陈知让想也不想地点头:"可以的。"

下一秒,他又传来小心翼翼的一句:"那我可以做你的骑士吗?"

陈寓年失笑:你小子别太离谱——就你那身子骨,谁给谁当骑士?

未等他提心吊胆地担心女孩一句话击倒陈家少爷,就听闻琰脆生生地应道:"好啊。"

要不她是公主呢,这样不拘一格招贤纳士的心胸,也只有公主才能有。

程舒怡打量了会儿车子。

出来工作这么些年,她早就明白这个世上确实有那么些人得天独厚。无论是上一辈积攒的家底还是个人的禀赋天资,他们就是比普通人更容易触及想要的。

钟影就是。大学时,程舒怡就觉得这个女孩有天赋,学习、生活看着都毫不费力。只是世事无常。不过有些事不能落在表面,钟影心底到底怎么想的,这些年经历的这些对她又造成了什么影响,程舒怡都无法感同身受。

她站在车前,思绪纷乱,杂七杂八想了点有的没的,忽地,就听耳旁传来一声清朗笑音:"真是不好意思,耽误骑士拯救公主了。"

程舒怡一愣，扭头就见迎面走来的人身形挺拔，不慌不忙，温文尔雅。大概是今天的晨光实在好，落在任何人身上都如锦上添花。

很快，她便明白了是怎么回事，笑着道："麻烦您了。"

陈寓年礼貌地致歉："是我给你添麻烦。"

他看着程舒怡，头顶枝叶间日光闪烁，带着清晨特有的疏朗明媚，那句偶然听见的笑语还在耳边，仔细琢磨，其实带着与极亲密的人说话时才有的骄纵。只是这会儿，这些全数收敛，她笑盈盈的，礼貌又端庄，眼角眉梢有种不卑不亢的距离感，眼底神色更是明显，客气又坚固。

陈寓年有点意外自己会在程舒怡身上想这么多，居然还能想到"坚固"这个词——大概是被"骑士"洗脑了。

"我姓陈，陈寓年，您怎么称呼？"

程舒怡略想了想，笑："我也姓程，程舒怡。"

陈寓年打开车门的动作微顿，未等他惊讶地继续问一句，程舒怡了然地又道："一程路的程。"

话音落下，陈寓年眼底闪过一丝极细微的情绪，没说什么，略微颔首，便上了车。

琴房里，小闻老师已经开始基础的教学任务。

陈知让同学一口一个"小闻老师"，看得认真，学得更认真。一旁，挨着他坐的小闻老师云淡风轻，面不改色，看上去不会因为与陈知让是同学就轻易放水。

程舒怡站在门边笑着瞧了会儿，转头见钟影一脸无奈，越发憋不住笑意，转身往客厅走去。

"我今天才知道他母亲是谁。"钟影给她倒了一杯水，两人在餐桌边坐下。

程舒怡："是谁？"

"今月。"

程舒怡惊讶："那个电影明星？"

钟影点头，小声说："对。陈知让的小叔说，今早本来是他妈妈要送来的，都说好了，可出门就被狗仔撞上，不得已，只好先送去他小叔那儿再送来的。"

一番话实在曲折，程舒怡听得咂舌："真不容易。"

"是的……"钟影叹息。

程舒怡这趟本是奔着周末难得，过来一起吃顿饭。毕竟马上就是周一的正式会演，到时候又有得忙。

只是她见钟影临时有学生要带，便打算先带闻琰出去玩。

小闻老师教了十几分钟基本功，认为陈知让同学表现得非常好，便将其欣然交予妈妈。陈知让心情难免低落，于是，小闻老师一本正经地"画饼"："要是我回来得早，我再教你一会儿。你好好听我妈妈的话，我会检查的。"

陈知让乖巧道："小闻老师，我知道了。"

钟影哭笑不得。

不过，等程舒怡领着闻琰回来，陈知让已经跟来接他的小叔回去了，说是家里有事，下次再来。话是这么说，可他还是在闻琰吃晚饭的时候打来电话，特意解释了一遍。

程舒怡扭头瞧着闻琰趴在沙发上聊电话，不由得问钟影："现在小学生都这么讲究吗？"

钟影不知道。

她只知道她小时候，如果忘记了答应表决的事，或者没做到，确实得打电话好好说，有时候还得当面解释。不过她的哥哥总是温言细语，没有丝毫责怪的意思。

现在想起来，其实很没必要——

像是有所感应，她的哥哥立马发来问候：影影，感冒好点了吗？

钟影看着手机屏幕，没有立即回。

她有点心虚。

3

周一的艺术团展演琴行有很多老师参与，前前后后为了腾出充足的时间筹备、休整，琴行对后续课程都做了大调整。

上台前五分钟，程舒怡还和钟影念叨那份更新的课表。

"下周开始全是早上八点的课，给我挪晚上也行啊……"

说着，她又开始眨眼，今天的妆弄了好久，睫毛上都刷了层闪粉，瞧着是好看，但就是不舒服。她也不敢用手去碰，只能用力眨眼。

见状，钟影好笑地凑近："我给你吹吹。"

她们站的位置比表演的学生要靠前，就贴着一边的帷幕，稍微侧身，能看到第一排的观众席。

程舒怡微微偏了偏面颊，闭上眼，感觉一阵微风拂过，不由得抿嘴笑起来。睁开眼时，她忽然望见观众席上一张有些相熟的面孔，男人正饶有兴致地注视着她。见她瞧着他发愣，他便十分绅士地弯起唇角微微一笑。

程舒怡收回视线，面对着钟影平静道："我看到小闻老师教的学生的小叔了。"

这样紧张的场合，钟影花了一秒才想起来鼎鼎有名的小闻老师是谁，继而又想起小闻老师教的学生的小叔是谁。

只是未等她回应,台上台下都已准备就绪。

这样电光石火的插曲,等一切结束,两个人都不记得了。

直到有人前来敲门,说祝贺两位老师演出成功,有个观众特意订了花,就摆在休息室门口。

闻言,两人一头雾水。钟影同镜子里刚卸完妆的程舒怡对视,程舒怡起身道:"我去看看。"

照理说这样的会演,关注点都在参演的学生上,剧场门口排长队的花都是送给某某学生的。他们这些老师,是衬托鲜花的绿叶,鲜有人专门祝贺,更别说送什么了。

门口是两大捧橙红色的玫瑰,张扬又热烈,绚烂得好像朝阳。

紧邻的第一捧花上,中规中矩地印着"祝贺演出成功"几个字,程舒怡视线一转,就见另一捧花上写着"程小姐,前程似锦"。

她说不清是什么感觉,看着那行字,微怔。清隽挺拔的手写字体,收笔又显出几分从容自如。随即,上台前的那个瞬间窜入脑海——一闪而过的笑容,注视她的漆黑眼眸。

过了会儿,她转身回去,面色如常地看着钟影,低声:"不知道。"

钟影点头,咕哝:"送错了吧。"

演出成功,艺术团团长为表谢意,说要聚餐庆祝。

毕竟这场演出如果没有这些技艺精湛的老师不辞辛苦地细心协助,光凭他们很难达到这么高的表演水准。

但聚餐时间难定,琴行的老师大都收到了新的课表,需要重新协调空余时间。

最后,时间定在无论如何都合适的周五晚上,地点是中心商区最繁华的铂粤酒店。

"听说那里还能看到明星……"不知是谁说了句,八卦的氛围弥漫开。

古筝老师席樱笑着说:"之前我还在微博看到,说今月经常在那里出席活动。"

"今月?"

"演电影的那个?"

"她丈夫就是铂粤集团的大老板吧……"

程舒怡想起今月这个名字,便笑着凑到钟影耳旁:"这个我们小闻老师应该熟。"

钟影好笑,程舒怡一口一个"小闻老师",她都快不认识自己女儿了。

虽说是聚餐,但毕竟是和同事聚餐,某种程度上完全可以视作加班。

不过到了周五,气氛还是很好的。钟影和程舒怡到的时候,一些老师已经开始喝起来了。钟影感冒刚好，不方便喝酒，艺术团的一帮老师看不懂脸色，敬来敬去，程舒怡帮忙挡了好些，但还是不行，她只能借口躲出去。

这一层的宴厅不算大，不过站在临靠电梯的半弧形露天阳台往下看，景色已经十分壮观了。高楼浩宇间，霓虹仿佛沉在窄窄的水族箱里，似五彩金鱼一般摆尾游弋。

这几日南州天气晴好，云层淡了许多。身后富丽堂皇的走廊灯光好像一束聚光灯，照过来时，浮光掠影一般，在漆黑的半空里，如同一扇敞开的梦境。

钟影坐到角落看秦云敏发过来的视频。

今晚自己要聚餐，闻琰本来应该去奶奶家，顺便明天再去北湖公园例行划个船。谁知秦云敏又截和，把她带了回去，说"白居易"好久没学诗了，小闻老师赶紧督促下。

不知道"小闻老师"这个称呼到底怎么传起来的……钟影好笑又无语。视频里，小狸花听得格外认真，一双猫眼炯炯有神，真像听得懂似的。

突然，身后传来一阵稍重的脚步声。

钟影关了手机，还未站起，就已经有人走进这个半露天的阳台。下一秒，打火机的声音响起。

"……东捷每年多少个亿，在乎南州这点？"

"那吴总为什么把独子放到这里来打工？离深州那么远……"

"谁知道……"

一群中年男人，吞云吐雾。

"我们吴总什么人？"说着，里面一道比较年轻的声音响起，"这么些年，她老人家深谋远虑，我们怎么可能猜得到。"

"就是。"

脚步声来来回回，像是饭吃到一半烟瘾犯了出来抽烟，能看到零星的烟头划过这片朦胧的漆黑，他们赶紧抽着，嘴上八卦得也快。

"这里——"话音忽然压低，其中一位语带笑意，"铂粤陈家的二公子管着的。铂粤集团知道吧？这位，听说就是个玩的，长得人模人样，跟在自家大哥后头吃分红——这才是名副其实的二世祖。"

"比起来，还是我们吴总教导有方……"

"那是，这趟来得值吧？等以后这位接手，我们也算露过脸……"

不知为何，钟影仿佛看到逢年过节被一众长辈围着的裴决，面无表情，机械应答。

他们没有待多久，烟都没抽完，就赶着回去了。

钟影重新打开手机，还是暂停的视频画面，听到后半段，小狸花打了个哈欠，难得厌学。她退出视频，裴决的对话框就在屏幕最下方。

最近几天他们联系不多。上次问完她感冒后，裴决好像很忙，许久都没回消息。她也不清楚他日常的排班作息，也没敢贸然打扰。

忽然，上方显示"正在输入中"。

钟影愣了下，以为自己看错了。

但确实就是这样。

只是裴决"输入"了好一会儿，都没发来一句。她等来等去，越想越好笑，都想自己问一句了。

终于——

裴决：影影。

裴决好像一个正经的兄长，有事之前先叫一声确认。

钟影瞧着这两个字。

暗荧荧的灯光里，好像有什么魔力，看着看着，她就笑了起来。

裴决许久没有体会这样的感觉了。

过度的酒精摄入并没有带来太多晕眩与不适，他坐在座位上，整个人反而比平常清醒，甚至更为敏锐。

他的父亲应该应酬过很多次这样的场合。

只是相比父亲和母亲的八面玲珑，自己在这帮人眼里，估计很难相处。

酒过三巡，这些深州总部来的业务骨干渐露疲态，一个个松弛下来，出去抽烟的、换桌劝酒的，都与一开始的小心谨慎、察言观色大为不同。

不过在场留下的人，还是会时不时朝他看来。

裴决垂眼，两指拨弄还剩一点底的酒杯。透明酒液沿着杯壁摇摇晃晃，宴厅明亮的顶灯在桌面折射出几道斜斜的光纹。

似是察觉了他的疲惫，这个时候并没有人来打扰，就连近处的说话声都小了许多。

意识到这点，裴决抬头，笑着对在场众人说："这几天大家辛苦了，回去休息吧。"

安排好的房间就在楼下，为了招待这群来自总部的骨干工程师，东捷还是很大方的。

裴决话音刚落——

"哪里……"

"裴总说的什么客气话……"

"就是。难得来一趟，能见裴总我们高兴还来不及……"

众人迭声应和。

裴决没说话，面上只是淡笑。

随即，场面上的客套销声匿迹。总工程师王部长起身招呼大家离开，临走前贴心地叫来服务员，说给裴总上点解酒的，说着，又扭头看了眼裴决，笑着道："裴总，这么晚了，代驾不方便，要不您也在这里——"

裴决面色如常，微微摆手，总工程师便识趣地关上门离开。

夜风从窗口汇入，临到跟前，风声都淡了。

服务员很快端了杯解酒茶进来，见偌大宴厅里只有他一个人坐着，便没关上门。

裴决没喝茶，拿起搁在一边的手机。他脑子这个时候还是很清楚，所以知道自己在做什么、想做什么。

只是置顶的对话框已经许久没有消息了，他要说什么呢……

犹豫了许久，他只是发了一句：影影。

发出去后脑子好像就不那么清醒了，想了想，他又问她：在做什么？

一墙之隔的走道——

往回走的钟影低头看着裴决发来的第二条信息，同那些出来的工程师迎面撞见。

她正准备回，程舒怡的信息一连进来好几条。

程舒怡：要不你还是回去吧。团领导来敬酒了。搞笑呢吧！

程舒怡：这怎么喝？疯掉了！这帮人算好了明天不上班是吧……

钟影问她：你呢？

程舒怡：我躲卫生间呢。

钟影笑回：包怎么办？

程舒怡：我去楼下和服务员说一声，让他帮我们拿出来。你记得去前台拿。

钟影：好。

她低头回着信息，耳旁忽地传来几句碎语。

"……交道是不好打，把握好分寸就行了，回去别说些有的没的。"一位瞧着像是领头的中年男人压低声音道。

"吴总至少面上和和气气，还能和我们开玩笑……这位说话都要提着心。"

擦肩而过的这群人，钟影想起来应该就是之前去露台抽烟的。他们嘴里说的，自然就是吴宜和裴决。

"他又不是你儿子，你提什么心？按时发工资就好了呀！"

一道插科打诨传来。

"说什么呢！"前面说话的人顿时又气又笑。

"哈哈哈！"

气氛骤然松快。

钟影听得也忍不住笑，正要回裴决，就听等在电梯前的那帮人又说：

"没给裴总安排房间吗?这么晚了,他喝了不少啊……"

"问王部。"

话音落下,一道佯作心虚的声音笑着传入:"我提了,要不你们谁再进去问问?"

瞬间,无人应答。

电梯抵达的声音传来,众人仿佛无事发生,脚步飞快地进去,没一会儿,电梯门就关上了。

钟影回头,莫名好笑。

迎面走来的服务员有些好奇地瞧了眼站在原地不动的钟影,见状,钟影拉住他,问道:"刚才那些人是在哪里聚会的?"

服务员往前指了指:"走到尽头就是。"

东捷包下的宴厅明显要比他们艺术团订的大许多,钟影进去第一眼都没找到人。

正对巨大的落地窗,能看到南州中心商区的繁华熙攘。

室内用绿植隔开了休息区,光线往里暗了许多,不过还是能看到背朝她、坐在沙发上正低头盯着手机屏幕的裴决。

黯淡的屏幕光朦胧地映在他轮廓分明的侧脸上,鼻梁到下颌的线条利落,他整个人有种规整又迷离的错觉。

"裴决。"钟影朝他叫了声。

话音传到耳边,他一下怔住。眼前的信息还未得到回应,耳旁却像做梦似的响起钟影的嗓音。

他扭头,望着不远处的钟影,试图清醒地问:"你怎么在这里?"

钟影笑着朝他走来:"团里庆功聚餐。"

"刚才看到你公司的人出去。"说着,她伸手往外指了指,"好多人,说你喝了酒……你喝了多少?要不要我送你回去?我没喝酒。"

裴决盯着钟影的嘴唇,试图去分辨她说的每一个字。大概有那么几秒,他确实是听清了钟影在说什么,可剩下的所有时间,他只能盯着她,动都不能动。

"……裴决?"

钟影在裴决身旁坐下,见他看着自己不说话,伸手在他面前晃了下。

裴决握住她的手腕,闭了闭眼。这种感受太陌生——以往那么多次醉意上头,都没有一次有这样的感受。

钟影低下头看着自己被握住的手,没有说话。

面前的夜色无边无际,晚风不知道从哪扇窗口拂进,带着极浓的春夜气息,掺杂着一点微醺热意。

"裴决……"

"影影。"

两人同时开口,望向彼此。

"你想说什么?"裴决握紧她的手,低声询问。

钟影望进他深不可测的漆黑眼瞳,恍然明白,他是真的醉了。

只是不同于十六岁那年,裴决高考后的那次喝醉。那时她也被他这样盯着,沉默又压抑,仿佛要拖拽着她的灵魂进入他的身体。她不知道自己脸红了,只感到一阵惊慌、无措,和急于想要逃离的冲动与不安。仿佛只要慢一步、半步,她就再也跑不掉了……所以,她甩开了裴决。

时隔多年,再次被这样的眼神凝视,钟影却觉得难受——没有惊慌失措,也没有失魂落魄,更没有想要逃离的冲动。

她看着注视自己的裴决,良久才低声:"喝多了是不是很难受?"

裴决愣了下,似乎有点意外,又像是意识到什么。钟影感觉自己的手又被他握紧了些许。

半晌,只听裴决也低声道:"还好。"

钟影看着他,忍不住想笑,觉得他怎么有点小心翼翼。

未等她说什么,裴决又低声:"下次应该不会再喝这么多了。"

4

车门关上发出很轻的声音。

钟影将车倒出去,后视镜里能看到地上绿莹莹的出口指示标。

裴决沉默地坐在一边。他也帮她注意着后视镜,瞧着还蛮清醒。尽管在离开的电梯里,他站都站不直了,只能靠着墙壁闭目养神,弄得钟影有些担心以自己的力气一会儿能不能搞定他。

电梯中途打开,他睁开眼一副"我好了"的样子,直起身若无其事地往外走——要不是钟影眼疾手快拉住他的手臂,他就要和迎面进来的陌生人撞上了。

"笑什么?"裴决无奈。

他热心的妹妹从坐进车里开始,嘴角就没下来过。

钟影笑得眯眼:"没笑啊。"

她又瞥了眼副驾上的裴决,注意到什么,一边乐,一边指了指安全带:"一加一现在等于几?"

裴决动作缓慢地拉上安全带,不是很想理钟影,但过了会儿,还是不情不愿地说:"一加一无论什么时候都等于二。"

钟影差点笑出声。

时间不算太晚,从铂粤酒店出去就是灯火通明的闹市区。周五晚上热闹了许多，几乎每个红绿灯都要等，车子走走停停，耳旁传来忽远忽近的人语喧嚣。

裴决望着窗外，不知道在想什么，瞧着深思熟虑。钟影现在是不怕他了，也知道他此刻脑子里全是糨糊，想了想，笑着追问："那五加二呢？"

裴决转头佯怒，语气严肃地点了个名："……钟影。"

顿时，钟影脸上笑容更大。

她不是没有见过裴决喝醉的样子。

只是相较十六岁紧张又不安的自己，这么多年再次遇上，她的感受变得完全不一样。

也许是中间发生了太多事，多到天翻地覆，一切疮痍满目又烟消云散，他们的关系也早就不是年少时那般——青涩又莽撞，来不及思考，来不及道歉，也来不及理解和珍惜。

成年后交往的好处，大概在于所有的关心都可以有名目，而只要有名目，就是名正言顺。

那横亘在他们之间的名目是什么呢？

是"像小时候一样"？

还是"什么都好"？

十字路口光线骤亮。

钟影的侧脸笼罩在一片亮堂里，好像突然特写的电影镜头，乌黑的睫毛、弧度明显的嘴唇，一点点细微的张合，唇红齿白，神色柔软又娇艳。裴决望着她弯起的唇角，她看起来人畜无害，捉弄人的本事可不容小觑。

不过他还是会理她的。

半晌，他才道："你说等于几就等于几。"

钟影笑着转头看他，她是真的被逗乐了，眼底都亮晶晶的。

裴决移开眼，过了会儿，也弯起嘴角。

靠近北湖公园最堵。

远处的湖面五光十色，夜游的游船徐徐徜徉，晚风都变得轻快。这块是有名的相亲活动场，放眼望去，全是成双成对的。

"我没划过船。"冷不丁地，裴决说。

只是他的语气不像是遗憾自己没划过船，倒像是说这有什么好玩的，我倒要看看。

钟影愣住，听得头皮发麻，感觉越来越不妙——她都后悔逗裴决了。

裴决却像猛然打定了主意。

他指了指前面入口处刚好空出来的停车位，语气如常："停那儿吧，影影。"

她找事就是"钟影"，换他找事，就是"影影"。

人实在多,钟影把车子停好,两人跟着人潮往前走,花了好些工夫才进了公园。

眼前的光景实属热闹,钟影一度觉得湖面都要沸了。

裴决目标明确,径直走到租赁游船的地方询问。没多时,他好像变回了少年,扭头朝正四处打量的钟影一脸兴奋地招手:"影影。"

这个点上船的其实没有多少人了。

等游船循着既定的路线缓缓游到湖心,周遭已是一片浮光掠影。不过岸上还是很热闹,人影攒动,说话声隔着潺潺水声,一阵一阵的。

钟影往水下望,乌漆墨黑的,深不见底,她和裴决说:"我不会游泳。"

裴机长正在琢磨这套驾驶设备同天上的有何区别,闻言忍不住笑:"我知道。"

钟影不明白这有什么好笑的,就听裴决说:"小时候让你学,你不学,嫌水不干净。啧。"他一副了如指掌的样子。

他真是喝多了,说起话来都不给妹妹面子,和之前一点都不一样。

钟影气得不想理他,起身直接坐到了最后一排。

裴决也是脑子发昏,租的时候被告知只有这种大船了,他想也不想就租了。这会儿他扭头,见钟影离自己八百米远,忍不住笑出声。

"影影。"裴决将船停稳,扭头唤她。

钟影抱臂望着远处的湖心亭,暖色灯光从背后照过来,映在微波荡漾的水面,好像倾倒的月光。

这么一想,她抬头,好像真的看不见月亮。

不知道今晚的月亮去哪儿了。

裴决见她兀自转头、抬头、四处望,就是不理自己,他笑了下,起身朝她走去。

"在看什么?"

钟影还是不说话,面上一副从容淡定,当他是空气。

——这就和小时候一模一样了。

她生别人的气比生他的气来得话多,裴决甚至怀疑钟影出生就有个不能更改的设置叫:"生裴决气的时候千万不能说话"。

"我错了。"裴决向她道歉。

钟影看了他一眼:"你今天到底喝了多少?"

裴决往后靠了靠:"来的都是比较重要的工程师,其实我没喝多少,就是喝得有点杂。"

两人的视线在半空虚虚地接触。钟影瞧着是有笑意的,但不明显。裴决专注地看她,见她一缕头发不知何时搭进了后座的缝隙里,便伸手过去帮她拂了下。

气氛就是在这个举动后变得不对劲的。

那些借着年少相熟的笑闹逐渐褪去,耳旁的水流声忽然间大了许多,钟影移开目光,想去看看是从哪里传来的。

裴决不作声,看着她近在咫尺的面容,即使灯光昏暗,他好像还是能看清她根根清晰的眼睫,澄澈水润的眼眸。

"在看什么?"裴决问。

他的声音比水声更近。

钟影没抬头,望着光影迷离的湖面。春夜的热意顺着水汽弥漫,空气里能嗅到潮湿的水草味道,带着点又咸又涩的气息。

"今天没看到月亮。"钟影轻声道。

"是吗?"裴决抬头去望。

察觉到他视线的收回,钟影莫名感到一阵轻松。她伸手搭上椅背,歪头靠上手肘,继续盯着湖面,心里也不知道想什么。

"影影。"过了会儿,裴决叫她。

"嗯。"

"要不要回去?"裴决问。他也没看到月亮。他以为钟影想回去了。

钟影抬头,望进裴决眼里,忽然问:"你还晕吗?"

裴决微愣。

钟影望着粼粼湖面,轻声道:"我以为你还晕着呢……"

两句话来得毫无由头,却合情合理。可即使合情合理,也显得有些突兀。他问她要不要回去,她却觉得这一切都是一时兴起的酒后晕眩。

裴决看着神色淡淡的钟影,许久没作声。

过了会儿,他伸手摸了摸钟影的头发,说:"我一直都很清醒。"

回去路上两个人都没怎么说话。

靠近栖湖道,周遭幽静空旷,似乎还能听到蓝山深处传来的鸟雀鸣叫。

裴决看着钟影熟练地将车倒进车库,脑子里忽然冒出一个念头——除了这次送他回来,其余时候,钟影很少自己开车。不过这个问题他是不会问她的。因为只要稍一联想,就能想到和谁有关。那次同秦云敏吃饭,秦云敏说闻昭是因车祸去世的。

他无法想象这件事到底给钟影带来了什么影响。就像八年前,秦苒的意外去世一样。可只要想起那天她发高烧,难受得捂脸哭,他的心情便也变得沉重。以前没找到人时,他总梦到小时候的事,尤其是把人搞丢那次,几乎成为他的噩梦。现在找到人了,他却还是时常睡不好,总担心她。这份担心在看到她后,变得愈加清晰。

物业认得裴决的车,在监控里见他回来,便安排了两个负责人,早早笑着迎在公寓门口。

有时候许多事就是这么巧。

"裴先生,这些日子总见不到您人。"

裴决本来就很忙,今天碰上休假,还要招待从深州来的工程师。如果回来得再晚点,物业明天势必要上门。

负责人的视线在裴决身旁的钟影身上转了转,没有随便叫人,但心里似乎已经明白,脸上笑得愈加灿烂。

另一人手里拿了几张表,一边笑着递来,一边道:"琴房已经装得差不多了。就是这个新风系统,考虑到是书房改装的,顶有点高,师傅们商量着加一层隔断。这是设计图,您看看……

"后续的顶灯也要重新考虑下高度,其实可以做成这种隐藏款,现在很多家庭都这么搞,简洁大方,不影响亮度,也很美观……"

负责人殷勤说着,伸手指了指图纸上几个额外设计的模型。

裴决看向神情怔愣的钟影:"要不要进去看看?"

钟影发现事情开始变得奇怪,她不知道自己该做什么、说什么。

负责人笑盈盈地迎着两人进屋,仿佛在办什么喜事。

钟影站在装修得差不多的琴房门口,有那么几秒,她以为自己到家了——相似的色调,同类型的窗帘,就连角落绿植的品种和摆放位置都一模一样。只是这个琴房大得不可思议,顶也奇高。

"你觉得怎么样?"

裴决似乎真的在询问钟影的意见,并且只要她说,他就会付诸实施。但仔细辨别,就能发现他语气里的不安与紧张。

他自然十分清楚,眼前的一切落在钟影眼里,她会怎么想。

——只要比当初那件事好些就行了。

裴决冷静地安慰自己。他不想再吓到她,不想让她再害怕自己。不会太糟的,至少,他已经找到她。

似乎察觉了什么,两个负责人交换了下眼神,默契地选择离开。

门关上发出极轻的动静。

钟影往琴房里走了走,耳旁似乎还能听到湖心亭的水声,不知道从哪里冒出来,还有裴决在她身边的说话声,带着笑意。他的手拂过她的头发,最后安慰似的摸了摸她的后脑。

成年人的交往固然需要名目,但有名无实总是脆弱。像一层宣纸,稍有不慎,轻易破碎,便是覆水难收。

"影影,我想照顾你。

"让我照顾你。

"和小时候一样就好。

"是不是一直都怕我?
"怕我说你。
"担心自己做不好。
"怕我生气。
"可是……
"可是,在我这里,你怎么样都好。"
…………

钟影在角落坐下,钢琴还未安置,面前只有一张简易的桌板,上面零碎搁着之前书房的一些东西:裴决的大学毕业照、几张不同时期的全家福。看得出来,这个房间在改装成琴房之前很少使用。而即使改装了,主人对原先的这些物件也不是很上心,甚至没有提前收拾。

他潦草地处理这间屋子,又慎之又慎地将其装修成一模一样的。

窗帘厚重,风声进不来,屋内屋外都无人说话。

裴决感觉自己越来越清醒,酒精仿佛变成某种催化剂,电流一般淌过他的神经。

他沉默地注视着钟影,已经想好,如果她选择离开,他肯定会让她走,而不是像当初那样,自以为是地拦下她,因为嫉妒,对她的痛苦视而不见。

钟影拿起相框,那年她没有去参加裴决的毕业典礼,即使之前说好了。但很多事就是这样,事与愿违才是常态——而如果能够按照既定的愿景一直走下去,何尝不是一种幸福。

照片上的青年没有毕业的意气风发,眼神漆黑,沉默而阴郁,一只手握着花束,就只是握在手里,没有捧在胸前。

时间似乎过去很久,久到裴决靠着门板,脑子里空空荡荡。又好像只过去了一刻钟,千头万绪都只在这一刻钟里。

"裴决。"

忽然,钟影转头看向他。

裴决望着她,沉默地等待。

"为什么不把这些收起来?"

她起身,将随意搁在桌案的照片、几本书一件件收好,然后,走到裴决身边,递给他。

5

秦云敏往门边站了站。

俱乐部训练馆内冷气开得太足,尽管身上穿着件针织衫,她的手肘部分还是有些发凉。

四月春末,距离五一还有不到一周的时间,里面瞧着却像已步入盛夏酷暑，热火朝天。数双鞋底与地板剧烈摩擦，刺耳的声音伴随一阵接一阵的篮球撞击声传来，每位球员都满头大汗。最近一排的看席上坐了几位衣着正式的经理人，他们神色专注，视线在球员们身上来回。

周崇岩正背朝秦云敏同些前来评估的球队经理人说话。他也是一身西装革履，两手撑在栏杆上，身体微微前倾，显得肩宽背直，整个人尤其挺拔。

"嫂子！"

突然，一位瘦高个从最外圈风风火火地跑过，瞥见门边的秦云敏，笑着高高地扬起手。

秦云敏认得他，是队里今年新招的球员，叫谢迟，年纪比较小。

她朝他点头笑了下。

这边话音刚落，周崇岩闻声扭头，视线在谢迟身上微顿，很快便看到秦云敏。下一秒，他转身就要走过来，但被一旁的人叫住。

周崇岩偏头，略说了几句，穿过场子大步跑了过来。

"下班了？"周崇岩看了眼腕表，"这么早？"

秦云敏拎起脚边的两箱节礼，对他说："下午没课。"

周崇岩一手接过来，另一只手十分自然地环住她的腰，头也不回就往外走。没两步，他就跟被抽了骨头似的，弯腰笑着凑她跟前："晚上吃什么？"

场上一群猴子早在他像一阵风跑过时就眼巴巴望着了，这会儿见状，一个接一个起哄，闹得不行。

秦云敏刚要回头，周崇岩不让："别理他们！"他跟只护食的狗似的，秦云敏被他箍着腰，身体也没法动。

到了楼上办公室，周崇岩才看清那两箱东西是什么——两大箱保健品，还是进口的，看说明是对眼睛好。

"给你爸带去吧。"

周父前些年眼睛做过手术，这几年视力还是越来越不好。

秦云敏看着周崇岩脱下身上的西装外套，走过去帮他把领带解了。

他的性格确实像狗。远远瞧着，英俊又高大，偶尔还有点威风凛凛。估计他也知道自己外形不错，所以有时候犯了错，会直接觍着脸凑上来。不过挨得近了，真是要闹死人。他话多、爱乱动——各种意义的乱动，当然，也只在秦云敏面前。平时对着一帮球员，他还是很能唬人的。

听见她说的，周崇岩低头仔细瞧她。

想起前阵子两人吵架，就是因为他爸烦人，于是，他脑子一动，故作聪明道："我不给。给他干什么？浪费。"

秦云敏怎么可能不清楚他那点浅得不能再浅的脑回路，抬眼，语气微淡:"别这么幼稚。"

这两个字对周崇岩来说是命门。

瞬间,他蔫了:"我不说话了。"

这间办公室说是办公的地方,其实就是周崇岩的休息室,但他也没怎么特别布置。一侧墙上是历年签下的明星球员大头照,下面则是俱乐部日常聚餐的照片。秦云敏时常出现在上面。她是编外人员,合影时不好意思,好几次要往边角站,结果下一秒就被周崇岩拉到中间抱着。所以照片里的她总是好气又好笑。

楼下传来教练的呼喝,伴随着哨声。

秦云敏打开衣柜门,除了边上挂着几件应付场面的西装,其余都是些运动服,色调统一是黑白灰。

她扯下周崇岩的领带,刚要挂进衣柜,他人就跟了过来,握住她的手,弯身将下巴搭在她肩上,小声说:"我瞎说的,待会儿我就送去,我爸肯定开心……你别多想。他就是闲着没事,催这催那,给自己找点存在感。老婆,你刚才见到我都没笑……"说到最后,他像是才抓住重点,语气里有种恍然大悟的委屈。

秦云敏笑着转身,仰头瞧他:"这样笑吗?"

原本秦云敏只是报着嘴,这会儿对上人,脸上笑意怎么都控制不住,眼睛也忍不住弯起来。周崇岩盯着她,眼神比前一刻正经许多,忽然,他扭头朝门看去——要不怎么说他像狗呢,只这一个动作,秦云敏就知道他要干什么了。

"过去。"她推开人,指了指沙发,"过去坐好。"

周崇岩眉宇间闪过一丝急躁,盯着秦云敏的嘴唇,抬手用力挠了下头发:"行吧。"

他换了身比较休闲的衣服,两人一起去外面吃完晚饭,秦云敏顺便提前订了这家私房菜的五一包厢。

"五一你要请客啊?"

周崇岩翻了翻菜单。这里的菜做得好吃是好吃,就是分量忒少。

秦云敏正留着这边包厢经理的电话,抬头看着他说:"裴决——你还记得吗?我和你说过的,小时候在宁江,我们几个一块长大的。前阵子遇到了,想着一起吃顿饭。"

周崇岩有点印象:"东捷航空的机长?"

秦云敏点点头:"对。"

餐厅经理在一旁出谋划策,见两人停下对话,便指着前菜里一盘樱桃煎说:"要是有小朋友,可以点这个。我们是用古法做的,不会太甜,清爽开胃。"

周崇岩凑过来看，随即皱眉："这么点。"

秦云敏笑："你想什么？给琰琰吃的。"

"这个季节就有樱桃了？"周崇岩问经理，"没应季吧？"

经理愣了下，似乎没想到樱桃应季的问题。

秦云敏想起什么，说："樱桃一般五月初上，这个点是有些早……"

等把请客的菜点完，他们准备离开。

车上，周崇岩问秦云敏："你怎么知道樱桃一般五月初上？"

问完，他自己找到了答案，直接道："你是老师，老师什么都知道。"

秦云敏好笑，靠着车窗，说："影影小时候种过。"

周崇岩朝她看来："嫂子？"

在他眼里，瞧着十分安静的钟影大概率是不可能从事这项活动的。

"她小时候喜欢自己琢磨着玩。樱桃树种了五六年，没一年出果的，花倒是连年开，白色的一大片，很好看。后来她上了初中……我记得是初一，那会儿我高中，不知怎么就结果了。"

意外结果的樱桃树引来家属院好多人观赏。当然也有人随便摘着吃的。钟振十分得意，不过不是得意女儿的精心栽培，而是得意这么多人目光的聚焦。那会儿，他的事业逐渐边缘，研究所更新换代极快，他这样的老工程师如果不精进技术，很容易被淘汰。只是吴宜和裴新泊念着往年的情谊，还有秦苒早年的帮衬，便一直将他留在研究所的核心部门。

"樱桃树一直不结果，突然结果了，好些人都来讨点尝尝。"

秦云敏望着川流不息的街道，语气淡淡的："影影放学回来，一树的樱桃都被钟振摘了下来，拣出好的分了，送给什么领导、主任，说是讨个吉利。"

周崇岩沉默地听着。

"影影自然是气死了。我这个妹妹，生起气来也是没什么动静的。她把自己关进房间，死活不去裴决家送樱桃。"

"钟振快把房门都要敲烂了。姑妈好不容易才把他劝下来。"

秦云敏语气里有种冰冷的寒意，好一会儿都没再说话，思绪仿佛也跟着回到了那样尖锐的过去，钟振那些话似乎仍震荡在她耳边——

"你有骨气！行啊！我告诉你，反正你以后就是要嫁去他家的！老子养你是为了什么？"

"裴家哪里不好？嫁过去就是过你吴宜阿姨那样的日子！你还不要？真是和你妈一样，骨子里假清高！"

车子在红灯前慢慢停下。

秦云敏目光冷漠地看着远处仿佛赤红双眼一样的红灯，过了会儿，转头对周崇岩说："可能你不知道，影影在嫁给闻昭之前，其实宁江的长辈们都默认她以后是要嫁给裴决的。他俩从小一起长大,是名副其实的青梅竹马。"

这个周崇岩真不知道。

他瞪大眼,转头看着秦云敏,想起马上到来的五一聚餐,难以置信:"那……"

秦云敏笑了下,没说话。

"不对——"

周崇岩转回头看还是红灯,又赶紧转了回来:"你怎么会知道得这么清楚?"

秦云敏愣住,半响,无奈道:"因为樱桃结果的那天,我放学也跑去吃了。想起来还是觉得很对不起影影……"

她苦笑着抬手遮眼:"那个时候,他们家那样吵,我还坐在桌边吃樱桃……我的天,恨不得一墙撞死自己,或者撞死钟振也好。"

…………

也许是车上的氛围太过沉重,到了周崇岩家,秦云敏还是有些沉默。

她歪倒在沙发上,怀里抱着抱枕,不知道在想什么,神情同下班来场馆找他时一模一样。

"你今天有心事。"

周崇岩给她倒了杯果汁,然后大跨步坐到沙发上,将人整个拥进怀里。他力气大,体格又壮,秦云敏在他怀里,小小一只。

秦云敏扭头看他,不由得好笑:"我感觉我跟'白居易'差不多。"

周崇岩把下巴搁在秦云敏肩窝,轻轻嗅了嗅:"还好吧,你比'老白'乖,'老白'见我就捶我。"

秦云敏笑。

阳台窗户没关,傍晚的余晖携着微热的晚风,徐徐淌进。

"也不是有心事。"

她靠在周崇岩肩头,有些走神。

大概是前阵子和周崇岩闹别扭让她产生了一种被推着走的感觉,还有今天下午去工会拿节礼,好些老师聚在一起聊天,聊五一有什么打算。秦云敏也聊了几句,只是说着说着,话题都转到她身上。相熟的老师倒没说什么,几个不在教学岗的男老师忽然笑着说"秦老师年纪也不小了吧?三十三?可以考虑结婚了,再耽误下去,生孩子都吃不消。我家领导就是……"他们一副过来人的语气,很有经验似的。

"年纪往上,恢复得慢是真的……"一旁老师没有多说什么,只是就这点还蛮赞同。

那一刻,秦云敏内心涌上一股从未有过的厌恶感。

屋子里静悄悄的，秦云敏一直不说话，周崇岩也安静下来。

这些年，他很了解她。虽然她在很多事上缺乏坚定的意志和明确的想法，但自我内心的界限却十分清晰——她好像深知自己能够掌控的东西太少，所以对一些事也格外较真。

"就是很讨厌一些人。"末了，秦云敏笑着说。

周崇岩点点头，语气理所应当："保持下去，自己的情绪自己做主。这几年我都很少讨厌人了，反正都是群猴子。"

秦云敏忍不住笑出声。

手机上收到秦云敏发来的五一聚会的时间和地点时，钟影抬头看向闻琰，笑着叫她。

"琰琰。"

"嗯。"闻琰扭头朝钟影看来。

"五一云敏阿姨请我们吃饭。"钟影笑。

闻琰点点头，却认真道："妈妈，我没办法去了。"

她拿起一旁的小本子，上面是公主的待做事项。她举起来，指着五一那几天，一副答应别人就要做到的严谨语气："我已经和陈知让约好了，五一那两天给他过生日。"

"……过生日要两天？"钟影不解。

闻琰放下本子，眉头微皱，叹气："是的……他说他一般都要过两天。一天和爸爸妈妈、爷爷奶奶、外公外婆过，一天和乱七八糟的人过。"

"可以和陈知让同学商量下吗？云敏阿姨请吃饭，不好不去吧。"钟影建议道。

闻琰想了想，秦云敏毕竟是亲的，便接受建议："那我去给他打个电话。"

没一会儿，闻琰跑来说："陈知让说等我吃完饭，他再来接我去他的生日宴会。妈妈，我先答应了陈知让，云敏阿姨没有事先告诉——"

钟影举手："是妈妈的问题，是妈妈没有提前和你说。"

闻琰点头，按下钟影的手，说："好的。因为妈妈你的失误，所以现在只能这样。毕竟我确实先答应了陈知让。"

可能是觉得自家儿子的行为霸道且离谱，过了会儿，陈知让的母亲今月给钟影打了电话，说真是不好意思。钟影觉得，比起照顾大人的感受，孩子间的承诺与情谊更重要。她同今月交换了吃饭的时间和地点。今月表示会照顾好闻琰，结束后好好将孩子送回家。

钟影低头看着今月发来的几条信息。

两边家长还是很有商量的，客套的场面话尽管也说了几句，但字里行间都是将自家孩子的感受排第一位。

天色不算晚，玫瑰色的晚霞还映在天边。

钟影回头望向闻琰，不知怎的，忽然间视线一错，仿佛看到当年那个同样坐在书案前、却充满恨意的女孩。

虽然那件事和裴决一点关系没有——甚至，他从头至尾都没出现过。

他只出现在钟振恶毒的言语里。

但就是这样，她没有办法不迁怒他。

钟影记得很清楚，当钟振拿起拣好的一篮樱桃亲自送去裴决家时，她冷静至极地走出房间，在秦苒担忧的目光里，找到了一把比较长的剪刀。

秦苒吓得半死，拦下她，以为她受刺激了，要做什么对自己不好的事，可她只是冷静地说："妈妈，我要把樱桃树剪了。"

听完，秦苒就哭了。

后来她就没剪。

不过那棵樱桃树没再结果。

作为被迁怒的一方，裴决有一周都是莫名其妙的。钟影一句话不跟他说，甚至当他是空气。上学的路上、教室外的走廊、大课间的操场，每每碰见，他铁石心肠的妹妹跟看不见他似的，目光冷漠又无动于衷。有几次他拦下她，想要问问到底怎么了。她就是不说话，看着他，等他将她放开——不说话的人最狠，这是裴决慢慢在钟影身上体会到的。

不过裴决觉得这些都没关系，只要妹妹还在身边就可以。他总是关心她的，也爱护她——等她心情好点，应该就没事了。

可他发现，等妹妹心情好，就像在六月等飞雪。

思来想去，他只能寻求外援。

秦云敏记得，那个时候，她讲完来龙去脉后，少年的脸有片刻的苍白。

后来，知晓内情的裴决也不再去钟影跟前了。他也没说自己知道了，心里似乎明白这件事对妹妹自尊的打击，只是更加沉默地待在她身后。

那个时候，他格外心疼她。

他怎么都想不明白钟振为什么会对自己的亲生女儿说出那样的话。他一点都理解不了，甚至一度觉得天底下做父亲的，连同自己的父亲可能背地里都是这样丑陋且不堪的。所以有几次在裴家的饭桌上，裴新泊莫名接受了几回儿子冷漠探究的目光审视。

相比钟影的不言语，裴决的沉默更具有存在感。慢慢地，等钟影回过神，心底的迁怒渐淡，她忽然发现，裴决或许是知道了。

少年人之间的心照不宣类似于义气——

我知你，你也知我，我守着你，你自然也清楚我为何守着你。

她远远地同他对视，移开目光后，不会像之前那样转身一走了之，她会忍不住再回头看他。

迁怒变成愧疚,此前加诸在裴决身上的,最后都成了钟影的自责。其实跟他没有一点关系,他是从小照顾自己的兄长……甚至,他的存在比钟振都来得重要。

和好的具体日子她记不清了。

只知道是个雨天。

她在教学楼下等雨停。一旁的初三学生放得晚,挨个检查好卷子才能离开。裴决来到她身边,撑开伞问她要不要一起走。

钟影抬头看他。少年眉目清朗,烟灰色的雨天里,尤为瞩目。她点点头。回去路上,两人都没说话。

似乎长达两周的沉默已经成为某种习惯。

裴决是想说什么的,可又实在无从说起。太寻常的话显得不够重视,而太严肃的话,他又担心妹妹多想。钟影也想同他说话,可迁怒在前,她的道歉又因为彼此的心照不宣变得无从启口。

雨在半途停下,街边的水果摊依次又推了出来。时令的樱桃沾了些许雨水,色泽鲜亮,一颗码在编织精巧的翠绿小竹篮里,十分好看。

裴决顿住脚,低头看着樱桃,没说话。

钟影也低头去看。

两个人的默契在这个时候达到了顶峰,他们都没说话,但想的是同一件事。

最后,裴决买了一篮樱桃,钟影一边吃一边往回走。

"甜吗?"

钟影给他递过去一颗。

裴决一手撑伞,一手提篮,便张嘴接了,吃下去才发现不是很甜。

他说:"没你种的甜。"

钟影低头吃着不说话,过了会儿,悄悄抿嘴笑了下。

钟影和裴决已经快半个月没联系。

参观琴房的那一晚,她现在想起来还是觉得奇异。除此之外,要说对裴决有什么新的认知,那是完全没有。毕竟窗户纸在成为窗户纸之前,他们都知道里面是什么。就像一开始的名目——因为太清楚需要遮掩的是什么,名目才变得如此重要。

"妈妈。"

钟影抬头,闻琰靠过来,贴着她。

她手边是两张琴行的新课表,还有艺术团下阶段演出要带的学生名单。这次的学生都来自各大高校艺术学院,据说五月底六月初左右,要在艺团准备一场大型毕业演出。

名单上的学生信息还是很全的,钢琴、管弦、民乐,分门别类。钟影只需要给里面钢琴专业的学生发一份艺术团彩排时间表就可以。但是钟影从上往下只勾选了两个学生,后面钢琴系的,她好像没见。

闻琰扭头瞧了瞧钟影专注沉静的侧脸,歪着身子凑在她面前,站也不好好站,两手撑在她身上,仔细去看她的表情,一脸认真,好像要数一数她的眼睫毛有几根。

钟影一眼就知道她在想什么,母女俩视线对上,都笑起来。

"怎么了?"钟影把小姑娘抱到怀里,亲了亲她脸颊。

"你怎么了吗?"小姑娘也去亲钟影脸颊,嗓音软软地撒娇。

"妈妈在想事情。"

闻琰点点头,继续凑近:"什么事情啊?"

一大一小眼对眼,好像心有灵犀。

过了会儿,闻琰歪头点了点,似懂非懂:"哦……感情问题,对吧?妈妈,你还在困扰吗?"

台灯光线柔和明亮,映出小姑娘白嫩脸颊上细小的绒毛,像个小动物,机敏又可爱。

钟影失笑:"妈妈不是困扰。"

"那是什么?"闻琰看向她,一双和闻昭极像的眼睛又黑又亮,仿佛每时每刻都充满能量。

一时间,钟影好像真的被问住了:"你都说了,是很复杂的事。妈妈需要一点时间。"

闻琰很像回事地点点头,慷慨道:"没问题。"

没两秒,她又张嘴:"昨天中午排队领饭的时候,梦梦说她觉得隔壁班的体育委员很帅,好喜欢。我就问她,除了帅呢?"

钟影哭笑不得,但只能听小闻老师继续讲。

"然后她就说不出来了。"

"我就说,你觉得帅,别人肯定也觉得帅,这是外表,所有人都能看见。你要看见一个别人都看不见的,懂我的意思吧?这样才是喜欢。"

钟影愣住,看向闻琰,小姑娘的双眸天真又澄澈。

窗帘被风拂动,泛起细微的涟漪,不仔细去看,根本看不清,好像隐秘的心绪隐藏其中。

搁在桌角的手机忽然亮起。

是裴决。

钟影点开屏幕,发现他和上次在铂粤酒店意外遇见时一样,先叫了她一声"影影"。她看着那个被他从小唤到大的小名,没有和上次一样忍不住笑，而是心头泛酸。

这回裴决没有停顿太久，第二条信息紧跟而来——

他说：不要怕。

钟影怔怔看着，心头微乱。

身旁，小闻老师继续兢兢业业地"传道授业"。

"梦梦后来说，她就觉得这是喜欢，因为她看到他就想上去和他说话。真是的，我说她看到我，不也喜欢和我说话吗？梦梦说，不一样的。"

"好吧。"小闻老师点点头，重复，"不一样的……

"但我还是很佩服她。

"嗯。勇敢的梦梦。

"是吧？

"妈妈？"

第五章·
一个吻

/ 这场延迟又中断的爱意，抵达得太过缓慢。/

1

进入假期的南州，人流量好像忽然间膨胀了几倍。

那些日常奔波在通勤路上两点一线的人，开始在整座城市漫游，地铁和公交变得拥挤，街道变得嘈杂，城市边缘仿佛也被撑开了些许。

入夏的氛围一点点加深。枝叶疯长，虫鸣一夜喧嚣，清晨朦胧的雾气消失不见，取而代之的是橙红色的熹光、微热的空气。

闻琰站在镜子前观察自己的连衣裙。

一条绿色的格子裙，领子的形状类似蝴蝶结，并不夸张，只是在边缘勾勒了下线条，端庄中满是可爱。

"喜欢吗？"钟影也在镜子里瞧她。

只是小公主目光审视，许久不说话。

今天起得早，钟影特意给闻琰编了个比较复杂的辫子，像条灵动的鱼尾，搭在公主肩头，生机勃勃。

打量半晌，闻琰才笑起来，点点头："喜欢。"

钟影快要被闻琰刚才的沉默打败，无奈："考虑那么久，妈妈还以为你不喜欢。"

"欣赏而已。"闻琰扬了扬下巴。

时间已经不早，过去路上还要一阵。钟影匆匆检查了下要带的东西，又拿出手机看了看发给陈知让母亲的时间——待会儿聚餐结束，忙碌的公主要赶赴下一场颇显隆重的宴会。

"妈妈。"忽然，闻琰仰头看着钟影，朝脖子比画了一圈，"怎么不戴项链，这里空空的。"

说着，她凑到钟影的梳妆台前，熟门熟路，伸手就去拉左边第二个抽屉。

"我记得有条珍珠项链,特别好看,我想看你戴。"

大概世上每一位女儿都对母亲的梳妆台了如指掌。

深蓝色的缎面长盒被闻琰拿在手里,她小心翼翼地打开,一双眼顿时亮晶晶,忍不住开口赞叹:"哇,戴吧戴吧戴吧……"

她轻轻捏起一粒珍珠,开始磨钟影。

钟影低头注视这条雪白又细腻的珍珠项链,过了会儿,看着闻琰说:"这是裴叔叔送的。"

忽然出现的人名让闻琰微愣,她反应过来,点点头说:"哦。今天他也要去吃饭。"

钟影笑:"是。"

"裴叔叔眼光真好。"闻琰笑眯眯,另一只手竖起比了个大拇指。

不知道是不是小朋友的世界过于简单——好看、不好看,珍珠选得好就是眼光好。但也可能是他们的世界过于纯粹,只看眼前。

不过,等多年后,长大了的闻琰在母亲的陈述里再回想起这一幕,她还是会说,裴叔叔眼光真好。

——当然,这都是后话。

天气转暖,雨水减弱,空气里尘土的气息便有些重。好在树荫成片地延伸在城中大道上,微凉的风里偶尔携来一丝沁爽绿意。

钟影远远就能看见秦云敏站在车前同周崇岩说话,两人一个低头,一个仰头,挨得极近。见他们聊得上头,她笑着对闻琰说:"不好当电灯泡吧?"

闻琰吐吐舌头,小声道:"真烦人。"

钟影好笑,伸手点了点闻琰脑门。

母女俩只好先进去。

原本以为裴决开车过来也要一段时间,谁知,钟影和闻琰刚进去,就看见裴决已经坐在了座位上。

两人目光相接,一时间都没说话。

这是那晚后他们第一次见面。

钟影替裴决收拾了那几个相框。时间也不早,她的离开顺理成章,裴决没有理由阻拦。之后,就像有着既定路线的轨道暂时交错,他们各自的生活一如从前,日复一日。

包厢门口人声鼎沸。

裴决抬头看钟影,没有立即说话,目光好像平静的湖面,让人捉摸不透。他的背稍稍后靠,瞧着漫不经心,但仔细看,在钟影进门的一瞬,他整个人就变得紧绷,手背不自然地动了动,即使他面上还是一副波澜不惊的沉稳从容。

钟影被他无声注视着，似乎周遭都渐渐安静下来。

"裴叔叔好。"闻琰清脆的声音在耳旁响起。

裴决移下视线，弯起唇角："你好。"

钟影笑了下，牵着闻琰进去："来的时候看到停车场有点堵，还在想你停车会不会不方便。"

裴决见她走来，拉开身侧的椅子，语气如常："是吗？"

钟影在他身旁坐下。闻琰挨着妈妈，点点头，证实道："对，超堵的。"

服务员进来添茶，笑着问："请问都到了吗？"

钟影拿出手机，皱了下眉，低头准备拨电话："秦云敏……"

说不清是因为秦云敏迟迟未到，还是因为自己正挨着裴决坐，她发现自己点手机屏幕的手都有些不自然，紧张得动作僵硬起来。

茶水在闻琰那里先上。

服务员见有孩子，便耐心细致地问她想喝什么饮料。闻琰说想喝西瓜汁，另一位服务员便很快出去准备了。

茶水接着上到钟影这儿，只是她还低头等着电话接通，一时没注意，便听耳旁传来："女士，我这里给您——"

她的肩头忽然被握住，整个人朝着一边倾倒。

服务员笑着朝裴决点了点头，然后对愣住的钟影说："我给您倒些清火的花茶。这是我们这里的特色，味道很好。"

潺潺水流从壶嘴倾泻，清澈芬芳，服务员嗓音带笑："您尝尝。"

闻琰也凑过来："好香啊。"

似乎所有人都没发现有什么不对劲。

钟影感觉自己灵魂正在出窍，裴决的手还握住她的肩头，掌心烫得要命。她感觉自己应该是脸红了，但不知为何，她越是这么感觉，心底竟然奇异地、一点点地平静下来。

她知道裴决为什么不撒手了。

他看见她的项链了。

来的路上，裴决想过很多种钟影看见他时的反应。

开头确实如他所料，和平常一样的几句寒暄。

可他只猜中了第一步。

莹光流转的珍珠项链安静地躺在妹妹的锁骨上，温润细腻。包厢灯光更亮些，他挨得近，能看见她雪色肌肤上紧贴着的一颗颗珍珠落下的细碎光影。伴随气息起伏，那一点光影好像被赋予了生命，如花蕊般轻盈。

裴决松开手，不意外地看到了钟影通红的耳朵。

他低声笑了下。

有件事他始终不敢确认，不过眼下，他好像又可以确认了。

妹妹心里是有他的。

可有他，和喜欢他，距离还是远。

裴决不作声地坐着，目光落在钟影通红的耳尖。他想要钟影的喜欢，可他也亲耳听见过钟影说——"永远不会喜欢裴决。"

没多时，秦云敏和她的男友匆匆赶了回来。他们笑着道歉，说一时忘记了时间，然后便说起在停车场遇到的熟人，似乎钟影也认识。很快，三个人就聊了起来，语速都有些快，场面一下热闹。闻琰喝到了她的西瓜汁，那个叫周崇岩的笑着作势要同她抢，一大一小闹得不可开交。

听秦云敏说，周崇岩似乎是闻昭的好兄弟，裴决发现，他几次瞥向自己的眼神都带着点打量和迟疑。

裴决忍不住好笑地想，他们这些体育生是不是只会把心里想的写在脸上。

裴决不否认自己揣度中带有的恶意——的确如此，从闻昭和钟影谈恋爱开始，每分每秒，他都是满怀恶意的。

见他沉默坐着不说话，钟影转头看着他说："今天还喝酒吗？"

她脸上的神情是裴决熟悉的关心，她是真的关心他，但裴决可不只是想要这些。

他没立即说话，只是凝目注视她，视线慢慢落在她的脖颈。

于是，在他的沉默里，场面也渐冷。

秦云敏的视线在裴决和钟影之间徘徊，表情犹豫。周崇岩似乎看出裴决对钟影的影响，皱了下眉，可待要开口却突然顿住。裴决想，应该是秦云敏在桌子底下用力踢了一脚。因为他都感觉到桌面细微地晃了晃。

裴决起身，笑着说："我出去抽根烟。"

他也不知道为什么，仅仅一串项链的出现，就会让他这样失控。

大概是他又变得贪婪了。

三月份重逢，他就有过相似的感受，然后在自己冠冕堂皇的承诺里，规规矩矩了一阵，再后来，就是钟影来到他家里的琴房——不过那晚钟影走后，他在琴房待了整整一晚。

"永远不会喜欢裴决"的咒语好像一直在灵验，裴决无力地想。

可每当他这么想，他狡猾的妹妹就会向他丢来烟幕弹。

他又能怎么办。

他只能被轻易就相信他的妹妹牵着鼻子走。

假期游人多到数不清，停车场确实很堵，只是饭点到了，进出的车辆并不那么频繁。

裴决打开自己的车门坐进去。

当年秦苒走得实在突然。裴新泊给他发消息时，他正在上理论课。看到信息他整个人恍惚了好几分钟，下一秒就订了最早一班飞机回宁江。只是那天天气不好，飞机延误，不然，裴决想，他会和钟影一起到家。如果这样的话，他就不会让钟影独自一人面对那些。而他自己，也不会被一个咒语困住多年。

至今他仍然想不明白，为什么世上会有钟振这样的父亲。

灵堂布置得过于仓促。他的母亲哭到崩溃，瘫软得根本起不来。他的父亲沉默得好像一尊雕塑，陪伴在母亲身边。陆陆续续有接到消息的熟人赶来，匆忙又惊愕。他们或站着或坐着，悄声言语，说着过往的旧事，叹息着眼前的悲剧。

只是他找不到钟影。

他担心得要命，问了许多人，才知道钟影去找她爸了。

钟振在医院取死亡证明。

傍晚天气阴沉，风雨欲来，病房里脚步走走停停，走廊外，钟影蹲在墙角，像头濒死的小兽，浑身发抖，神情漠然又恍惚地听着里面传来的说话声。

裴决记得说话最多的是钟影的大伯，隔着一扇门，他已经开始操心自己丧妻的弟弟后半生怎么过。

"……那边怎么说？要结婚吗？要不去那边？孩子几岁了？"

一开始裴决还不明白"那边"是什么意思，后来他就明白了。因为钟振压低声音烦乱道："还有好多事呢。影影大学还没毕业……倒是没提结婚。"

"尽早打算啊，裴家不是打算搬研究所了？你能跟过去吗？这么些年，谁不知道……"

说着，另一道稍显年轻的声音加入——

"爸，你还烦什么？他俩从小情投意合，影影以后就是要嫁过去的。二叔到时候肯定不会吃亏！说不定还能拿点股份。"

钟影似乎受不了了，她慢慢站起来，走到门边，推门的手都在发抖——

"滚。"她嘶哑着对里面的人说。

"都给我滚——"

钟影发了疯一样尖叫，沾血的泣音，震耳欲聋。

一瞬间，裴决感觉自己被利斧凿开，五脏六腑都在淌血。

他几乎就要冲过去，手握得很紧，但看到钟影从未有过的疯了一样的背影时，他还是没动。如果此刻自己出现，钟影破碎的自尊就会化作更为锋利的刀片，一刀刀刺向她痛苦不堪的内心。

他只能站在原地。

有那么几秒，他开始恨自己，恨自己同她一起长大——他成了她背负的耻辱、脸上响亮的耳光。

悲恸欲绝的钟影歇斯底里："我——从来——就没喜欢过裴决！以后——永远——也不会喜欢裴决！

"带着你们的如意算盘给我滚——"
…………

外面似乎阴了下来，雷声隐隐，这会儿进出停车场的几辆车上都带着雨水的痕迹。

裴决再次回到包厢。

秦云敏正在说他们几个小时候的事，钟影笑起来，在宁江，确实有一段相当美好、天真烂漫的时期。

裴决也记得很清楚。

校庆，钟影要上台表演钢琴独奏，裴决坐在下面给她鼓掌，与有荣焉。回去同秦云敏说起，秦云敏说这是我妹妹，于是非要钟影关上门给她单独弹奏，以示亲疏。

运动会，钟影长跑第一，见裴决不信，她得意地说："咱俩比比？"秦云敏看热闹不嫌事大，让裴决倒退两百米才算公平。裴决还真倒退了。结果当然是妹妹赢了，不过他觉得这没什么。

还有樱桃树，后来它没再结果，连带着花也不开了。裴决说要不种点别的？秦云敏说种花吧，只要不结果，都好。她被钟振上次的架势弄恶心了。于是，选来选去，钟影选了山茶花。他陪她跑了几趟花鸟市场，出谋划策、担任苦力。

只是没等山茶开花，所有的一切都面目全非了。

2

今晚小闻老师行程紧张，不然钟影三人的"宁江故事会"势必还要持续半个多钟头。

陈知让的母亲今月打来电话说车子已经停在餐厅外。

"外面下雨了。我儿子估计已经进去接了。您看现在方便吗？不行让他等等，他肯定很乐意。"

钟影愣了下，赶紧朝外瞧。裴决也跟着她往外看去。秦云敏和周崇岩不明所以，还以为是什么大人物来了。

没多时，只见一个穿着蓝色雨衣的俊朗小男孩在一旁像是管家的陪同下，跟着服务员朝包厢走来。

闻琰远远看见，从座位上举起手："陈知让！"

陈知让也笑得蹦起来："闻琰！"

两人好像多年未见的好友。明明昨天还一起放学的。

"阿姨好，秦老师好，叔叔们好。"即使面对着一屋子陌生长辈，陈知让表现得丝毫不怯场，礼貌又得体。

闻琰走到他面前，陈知让看着她，笑着说："你真好看。"

闻琰："你怎么过来了？"

陈知让说："外面下雨了。"

不知为何，这种回答方式让钟影莫名想起一个人，这么一想，她就朝裴决看去。

接触到钟影玩笑的目光，裴决愣了下。

陪同的管家将手里拎着的蛋糕放上餐桌，陈知让说："这是我的生日蛋糕，也想请阿姨、秦老师和叔叔们尝尝。是我妈妈做的，很好吃。"

闻琰探头去看："哇。"

陈知让拉住她的手，小声道："家里有更大的，大好多呢。"

钟影忍不住笑，走过去蹲在两小只面前，先对陈知让说："祝你生日快乐。"然后对闻琰说，"玩得开心宝贝。"

闻琰笑眯眯地点头。陈知让保证道："她肯定会很开心的。"

送走了两位小朋友，餐桌上的话题散漫许多。

秦云敏同钟影聊起闻琰暑假的英国之行，转头问裴决："吴宜阿姨也跟着去？"

裴决点头。他今天是不准备喝酒的，但小朋友离开后，周崇岩不知什么时候叫了四瓶酒，顺势就推了两瓶给裴决。

秦云敏看穿周崇岩的心思，皱了下眉："你干什么？人家开车过来的。"

周崇岩不解："我也开车过来的啊。老婆，你忘记了？"

秦云敏被他闹得顿时脸红，好气又好笑。钟影在一旁看热闹，忍不住也笑起来。

裴决拿起酒杯："没事。"

出乎意料的是，两个人都喝多了。

秦云敏难以置信地看着两瓶酒下肚就趴桌上说胡话的周崇岩，叫来服务员，一问，这是一款古法酿造的果酒，滋味甘甜，但确实容易醉。说着，服务员得意道："一般人半瓶就醉了。"

钟影和秦云敏面面相觑。

秦云敏扶着周崇岩站起来，只是人死沉死沉，她一秒气上头，直接踢了他一脚。

钟影瞧得一愣。难得见表姐这么气急败坏，她坐在座位上都有点不敢动。

周崇岩吃痛，眯眼揽住秦云敏，凑近去问："老婆，你好像踩到我了……没事啊……"

钟影笑出声。

"我先带他回去。"秦云敏看着笑眯了眼的钟影和座位上仿佛入定似的裴决,欲言又止,"你看着办吧。"

钟影点头:"嗯。"

她不是没有见过喝醉的裴决。只是不同于上次还能即兴拉着她划船、领着她回家一本正经地看琴房,这次,他好像完完全全地醉了。

裴决抬手抵住额角,眉宇微皱,似乎有些难受。

服务员很快送来解酒的茶水,贴心道:"这是我们这里古法配的茶包,很解酒。您放心。"

钟影喂裴决喝了茶,他似乎清醒了一些。至少,他可以在钟影叫他的时候抬眼看向她,目光沉沉,带着他自己都控制不了的情绪。

包厢里安安静静。

外面的雨好像还挺大。不过入夏往往多雷雨,下不了多久。

钟影看了看时间,靠近裴决轻声:"我送你去车上。"

离得近了,珍珠温润的光泽在眼前盈盈闪烁。

裴决点点头,神情不知为何有些落寞。他注视着珍珠,好像在注视一个美好的虚影。

停顿几秒,他站起来,酒醉后起得猛,一阵天旋地转,他忍不住往后倾。钟影眼疾手快,让他的手臂搭上自己。很快,裴决闻到她身上淡淡的香水气息,太淡了,他甚至怀疑自己的嗅觉是不是出了问题。她柔软乌黑的长发也细细密密地贴近他,好像同他有话要说。

"影影。"裴决小声喊。

"嗯。"

可是他只是叫了她一声,就没下文了。钟影抬头瞧他,只见他黑眸幽深,仿佛浸在深潭里,一瞬不瞬地凝视她。

不知为何,钟影觉得他好像一肚子委屈——这个念头冒得太奇怪,她不知道是不是自己感觉错了。

之后两人都没再说话。

坐进后座,关上车门,裴决仰头靠着椅背,不知道在想什么。

"车钥匙呢?"钟影问他。

裴决:"口袋里。"

说完,他伸手要掏给她。钟影却直接过来自己掏了。

裴决察觉到,低头,唇角微弯:"我还没醉到这个程度。"

钟影气笑了,这一路过来,她额头都出汗了,她看着裴决,语气微讽:"刚才是谁走不动路?"

她继续去他口袋里掏钥匙,刚摸到,就感觉裴决的指尖抚过自己的颈侧。

她抬头，裴决正垂眸注视着她，眼神好像在看她，又好像在看某个时空里的她。
　　他盯着她脖颈间的珍珠项链，低声问："喜欢吗？"
　　钟影微愣，对视的当口，她慢慢直起身，看着他。
　　裴决视线跟随着钟影。
　　钟影忽然发现，裴决似乎真的有些委屈。尽管他的神情带着醉后的昏沉，唯独一双眼眸是压抑的、黑沉的。
　　那种酸涩的感觉又来到她心口。
　　她低头看向自己颈间。
　　"喜欢的。"
　　话音未落，她的下巴被人稍稍抬起。两人目光交错的瞬间，裴决小心翼翼地吻上了她。
　　对裴决来说，这是一份迷失在时间和空间里的喜欢。
　　他很认真地吻着钟影，只是吻技实在生疏。嘴唇触碰的几秒，他都没想好做什么。钟影睁开眼，借着吻，裴决神情里的委屈越来越明显，眼睫垂下，有些落寞。因为喝了过多的酒，眼圈都发红，漆黑眼底压抑的克制却渐渐变得犹豫。
　　简单的一个触碰，所以分开也十分简单。
　　"影影。"裴决叹息，往后靠了靠，逃避似的闭上眼睛。
　　钟影注视着眼前的男人，没说话，慢慢坐直。
　　事实就是这样。
　　裴决喜欢她。喜欢的程度钟影无法测量，但应该是很喜欢很喜欢——
　　就像大学毕业那天她下定决心永远离开家、离开宁江，再也不回来，裴决向她表白时说的那样。
　　那个时候，她还没从裴决扔掉房门钥匙的震惊与愤怒中回神，接到消息的秦云敏怒气冲冲地跑过来给她撬门。门打开的一瞬，她看见裴决站在不远处，手里紧紧攥着钥匙，神情是几近木然的绝望。
　　她飞快地收拾行李。秦云敏瞪了眼裴决，一边帮她一边向她确认真的不回来了吗。钟影不说话。只有裴决清楚，她不说话，就是心最狠的时候。不过秦云敏还是不大相信钟影舍得。毕竟，秦苒和秦荣是亲兄妹，钟影没理由同他们也断绝关系——直到那年除夕，秦荣发现真的联系不上钟影。这个孩子早就毅然决然地消失在人海。
　　行李很快收拾好，秦云敏下楼给她叫车。
　　"影影，可不可以——"裴决声音里带着颤抖，他完全没了办法，说到一半，有种茫然的无措。
　　钟影扭头看向他，裴决张了张嘴，认真道："我喜欢你。很喜欢。

很喜欢。"

幼年相伴、少年相依的数十载光阴被他匆匆诉之于口。只是太匆忙了，对于那个时候的钟影来说，他们的时间、他的存在、他的爱，她根本来不及细看。

于是，在楼下秦云敏的催促声中，钟影漠然地转开眼，拎起行李往楼下走，将他同整个宁江一起扔在身后。

时隔多年，重逢后，他再也没说"喜欢"二字。

他说"像小时候一样"，说"不要怕"，说"怎么样都好"。

唯独"喜欢"，他从来没说过。

车厢内安静了太久。

透过密闭车窗，能看到进出停车场的车辆又多了些许。车鸣短促，好像隔着相当长一段距离，昏暗光线里，如同深海鲸声，神秘又遥远。

在钟影伸手触碰自己眼睛的时候，裴决都觉得有些不真实。

他睁开眼。

"这么委屈吗？"钟影轻声问。

裴决微愣。如果他没有听错，妹妹的声音里似乎带着一点笑意。

"弄得我像个罪人。"钟影语气里的笑意更明显。

裴决愣住了。

妹妹怎么是罪人呢。

天底下所有人都可以是罪人，妹妹绝不可能是罪人。

他稍稍坐直，想要问明白些："影影，你在说——"

她的掌心还贴着自己脸庞，指尖还在小心地触碰自己的眼角，裴决却再也感觉不到任何。

唯独嘴唇。

好像浑身上下，只剩嘴唇能够感知。

钟影吻住了他。

即使经验为零，吻技生疏，可不代表裴决没有本能。

很快，钟影抚在他脸上的手被他用力抓住，掌心滚烫，他紧紧注视着钟影，整个人克制到紧绷。

钟影被他握得手痛，望进裴决幽暗的眼眸，眨眼的瞬间，意识到什么，眼底泛起笑意，抿了抿唇。

这样的笑容突然出现，使得眼前更像一场梦。

裴决望着这样的她，眼神下意识地微微迷茫。对他来说，这份延迟又中断的爱意，抵达得太过缓慢。比起本能的冲动，他更需要一点时间确认。

空间狭窄，待久了，气息都缠绕在一起，对视的几秒，两人都出了些汗。

钟影不知道，原来这么短的时间里一个人的眼神会转变得如此之快。

大概因为这是裴决。他从来都不是表面看起来的那么不动声色。前一刻因为落寞显得委屈又可怜,此刻通通消失不见。他牢牢注视着她,泛红的眼眶如同离开丛林伪装的野兽,站在一望无际的旷野里,暴露出更深的、毫不避讳的欲望与侵略。

他抬起手,先是摸了摸她微热的面颊,而另一只手还和之前一样,紧紧抓着她。

"笑什么?"裴决用手指轻轻碰了碰钟影嘴唇,没有离开。语气很淡,近乎严肃,但仔细听,又有种不易察觉的谨慎和小心。

换作之前,面对这样神情几近审视的"严肃裴决",钟影会有习惯性的紧张和不安。只是今时不同往日,她早就在裴决明里暗里的纵容下得寸进尺,所以开口,笑意依然。

她说:"你是不是不会?"

裴决眼里映着她脸上粲然的笑意,看久了,他忍不住也笑,语气直接而坦荡:"是不会。"

完全出乎意料的回答,钟影愣在原地,嘴唇微张,不知道说什么好。

裴决盯着昏暗光线里水润潋滟的红唇,雪白的贝齿露出一点,好像跟主人一样惊讶,又不知如何是好。

他低低地笑,忍不住凑近,一只手捧着她的脸,十分小心地说:"你要教我吗?"

说完,两人的嘴唇再度相碰。

"影影。"裴决也张开嘴唇。

好一会儿,两个人气息都有点急。钟影根本不能呼吸,胸口的热意蔓延到锁骨。裴决的手从她发烫的脸颊移下来,摸到她颈间同样温热的珍珠,手指屈着,轻轻捏起一颗。

也许是在车厢待了太久,空气本就稀薄,慢慢地,钟影感受到一阵缺氧的虚软,直起的上身支撑不住。意识混乱的间隙里,裴决拉了她一下。钟影感觉自己被带起来,后腰被环抱住,坐在了他身上。但她来不及反应坐姿的变化,她只想尽快结束这个具有教学示范意义的吻。

于是,她伸手去推裴决,只是颈间传来又酥又麻的力道让她的手不自觉伸过去握住裴决坚硬的腕骨,一时间,好像在借力。

渐渐地,水声变得难以忽视,钟影感到前所未有的羞耻。裴决好像听不见似的,但知道她缺氧,于是好心地将吻暂时挪到唇边,含吮着她唇角的潮湿,然后,借着这几息的氧气摄入,转头吻得更深。

钟影受不了了,转手去推紧靠着的坚硬胸膛。

毕竟是妹妹亲自来推,裴决只能退开一点。

他明亮又深邃的目光在钟影脸上仔仔细细地徘徊,笑着摸了摸她的脸颊，开口带着明显的愉悦："还有吗？"

天知道，钟影已经完全忘了他们接吻之前说的话。

"还有什么……"她愣在原地，嗓音微哑，看裴决的眼神都不一样了，好像不认识他似的。

裴决不作声，目光打趣地盯着钟影，忽然，手伸向一旁将车窗打开了一条缝隙。

入夏的空气涌进来，竟然带着点凉意。

钟影的脑子逐渐清醒，明白过来裴决问的"还有"是什么了，他在问她还有什么要教的……

眼见妹妹要生气，裴决凑上去亲她开始冒火的、亮晶晶的眼睛。钟影被他亲得忍不住闭眼，刚要说话，裴决的吻又落在她鼻尖，紧接着就是嘴唇，下一秒，又落在了她潮湿的颈侧。

感受到他沉重而急促的滚烫鼻息，瞬间，钟影后背就是一个激灵。

她望着窗外，脸上一阵微风一阵热意。过了会儿，她顾左右而言他，小声嗫嚅："裴决，我不想坐在这里了……"

随即，裴决就笑了，他怎么可能不知道钟影为什么这么说。他低头埋在她香水气息很淡的颈侧，笑声低低，可没一会儿，肩膀都止不住颤抖。

他的目光落在她几乎滴血的耳朵上，凑过去亲了亲，语气耐心地征询："那你想坐哪儿？"

3

车子开出去的时候，雨已经停了。城中大道香樟茂密成荫，树梢雨重，经风时便在车前窗落下一阵淅淅沥沥。午后阳光隔着云层洒落，时阴时晴。

裴决靠在后座，望着窗外，鼻端似乎还能闻到钟影发丝间的香气。

刚刚那会儿，代驾刚出现，这边她就下了车，头也不回，没走两步还小跑起来，一双高跟鞋"嗒嗒嗒"，也不知道吃不吃力。

这么一想，裴决就有点想笑。

他抬手抵了抵太阳穴，忍不住弯起唇角。那碗茶确实很解酒，眩晕已经消失，下一秒，浮现在他眼前的全是刚才车里的一幕幕，指腹似乎还残留着珍珠圆润潮湿的触感。

他拿出手机找人：回家了吗？

这是废话。但似乎接吻之后，这些没用的、无意义的对话就变得不一般起来。好像每一个字、每一笔画，就连标点符号，都暗含着"我想时时刻刻和你说话"的意思。

只是钟影隔了会儿才愿意和他说话：回家了。

裴决握着手机，低头看着这三个字，不作声地弯唇笑了，妹妹真的好乖。

下午三点多，太阳才彻底露出来。

钟影收拾完了闻琰的房间，又将冰箱和抽油烟机清理了下，然后是客厅地毯、沙发边角、置物橱柜吸尘消毒。等好不容易扔了垃圾，她站在明亮整洁的客厅，落日余晖已经铺满阳台。

闻琰要吃了晚饭才回。不知道小家伙玩得开不开心。钟影趴在沙发上，想了想，决定待会儿就煮个面当晚饭吧，她是真懒得动了。

迷迷糊糊要睡过去时，她空下来的脑子慢慢地、跟放电影似的，十分自然地冒出她凑过去亲裴决的画面。她不自觉地伸手摸了摸还在颈间的项链，回来换衣服那会儿她想摘下来的，但最后还是没摘。一通家务做完，中间她都没感觉。唯独这会儿，好像裴决的指腹又回到了她的颈间，正捏着她的珍珠。

没一会儿，她还是睡过去了。

放松下来的思绪很快带她进入一片更加耀眼又炙热的明媚。

楼下忽然传来少年清朗干净的说话声。

七月份的暑假，宁江刚结束梅雨季，日头暴晒，绿荫下的石砖都变得烫脚。

裴决刚游完泳回来。那会儿他已经上了高中，个子蹿得极快，远远瞧着，挺拔清俊。钟影午睡被吵醒，走到窗前掀开窗帘眯眼往下瞧。少年光着上身，明晃晃的日头下，健康的肤色看得人眼晕。

他身后跟着好几个同学，个子都很高，正七嘴八舌聊着高中班里的事，还有暑假几个省内的竞赛报名。钟影拉回窗帘，转身扑到床上准备再睡一会儿。谁知他们上楼都还在聊天。本来家属楼隔音就不好，楼道里七八个人聚一起说话，跟面前摆着开着最高音量的电视机一样，吵得人头疼。

她马上初三，这个暑假不仅有查漏补缺的课外辅导，还有钢琴考级的课要上，每天都睡眠不足。

她从枕头下摸出手机，给裴决发去短信。

口袋里传出轻微振动，走在最前面的裴决拿出手机。

影影：轻点。[哭][哭][哭]

从小一起长大，他当然知道钟影这个点在做什么，说的又是什么意思。毕竟深受隔音困扰的不止钟影一人。

裴决不作声地收了手机，抬手朝众人"嘘"了下，随后掏出钥匙将其中一把取下交给一位同学，转身往下走的时候说："你们先去拿资料，我一会儿再来。声音都小点。"

只是刚拐过一层楼梯，就听楼上传来笑嘻嘻的一句。

"……辅仁的校花也住这儿？"

裴决脚步微顿。

"我妹说是的。就在家属院这块，待会儿裴决回来你问问。他初中不也是辅仁的？肯定知道钟影。"

"和校花住一起，羡慕！"

"哪层啊？好想看看……"

紧跟着，就是几声窸窸窣窣的、意味不明的笑。

裴决眉眼骤冷，慢慢往下走着，心底涌起一阵厌恶。

过了会儿，他抱着一个西瓜一步三级阶梯大跨步地上了楼，不过回的不是自己家，而是钟影家。

他从口袋里掏出钥匙开门。

钟影已经又睡过去了。

她穿着白色睡裙趴在床上，对墙空调开着，凉被一半被抱在怀里，一半搭在小腿肚上。裴决轻手轻脚地过去，仰头看了看空调温度显示，又看了眼床上睡得头发乱蓬蓬、脸都瞧不清的钟影，忍不住笑。

脑海中回想起之前那几个男生说的话，他皱了下眉，出去时替妹妹好好关上了门。

生物钟作祟，没几分钟，钟影也醒了——中途被吵醒，后面就睡得迷迷瞪瞪，一阵沉一阵浅的，总之睡不好。空调吹得嗓子干，她爬起来眯着眼睛趿拉着拖鞋往外走。

转过墙，刺眼的日头从客厅一路照过来，通向厨房，裴决正背朝她切西瓜。案旁摆着一只她常用的鹅黄色的碗，甘甜弥漫在灼热空气里，十分清爽。

少年肩背宽阔，明亮的光线遥遥落在他身后，挺拔又好看。

钟影愣神瞧着，冷不丁地，脸就红了。她也不知道自己为什么脸红。下一秒，视线挪开，看到自己身上皱巴巴的睡裙，她转身就往房间跑。

听到声音，裴决转头："影影？"

钟影关上门，靠在门后。

裴决过来敲门："醒了？吃不吃西瓜？我——"

"待会儿待会儿。"钟影用力拍了下脑门，小声，"我换衣服。"

"哦。"

闻声，裴决下意识地后退两步，他也有点无措，转身想走，但想起自己还未说完的，又转了回来。

"那个……晚饭想吃什么？"

隔着几步，裴决看着门板说话。只是不知为何，说完他便脸红了。

"啊？"钟影没反应过来。

"我爸说今天他不一定早回来，得去省里开会。你妈妈不是去看你外婆了？"

"哦哦。"钟影明白了，"你想吃什么？"

"我都可以。我给你做糖醋茄子吧。"裴决笑道。

"那我做个鸡蛋汤好了。你再煮点米饭，一点点就好。不过晚上我可能要晚点回来，今天有小测验。"

"没事。我等你。"

…………

手机在耳旁振动，钟影睁开眼，暮色四合，窗外已是一片鸦青色。

在沙发上睡得四肢酸痛，她翻身往里靠了靠，过了会儿，从头顶摸到手机。

裴决给她发来信息：影影，晚上吃什么？

信息是十多分钟前发来的。

那会儿钟影还在梦里，被宁江炙热明亮的盛夏裹挟，眼前的窗帘拉着，刺眼的白光细细密密透进来，门后少年的声音十分遥远。

可等她拿起手机，声音又变得极近，好像在上一秒的耳旁。

钟影回：还不知道……

信息发过去，钟影坐起来，靠着沙发，思绪如同停泊入港的船只，她转头朝阳台看去。

换下的床单被罩在晚风里轻轻摇曳，大团的不规则图案，配色是闻琰喜欢的，童趣又天真。透过那摇摇晃晃的缝隙，星光在暮色边缘闪烁，傍晚柔和而宁静。

过了会儿，裴决回她：我也是。

不知怎么，看着这三个字，钟影好像能感受到裴决打字时欲言又止的心情，想了想，她笑着问：头还晕吗？

裴决很快回：不晕了。已经醒酒了。

两人琐碎地聊着。

大概是内容太平常、隔着屏幕的语气又太平淡，渐渐地，今天中午发生的事好像被一点点稀释掉了。

钟影起身去厨房准备做点什么，手机接连振动了好几下。

是程舒怡，她转来一则《备婚：结婚登记照穿搭指南》文章。

程舒怡：第一套好看吗？还是第二套？

按照很久之前定下的，今年五一，宋磊和程舒怡两家父母得碰个面。虽然之前闹了一些不愉快，程舒怡一度崩溃过，但今天她还是带着父母去了。

钟影：今天怎么说？

程舒怡没立即回。

钟影等了等。

只是手机刚搁上餐桌,人还没转身进厨房,程舒怡的两条信息就进来了。

程舒怡:我发现人走路的时候是不能左顾右盼的。这个世界诱惑太多了。它会让你迷失自己,迷失原本要走的路。

程舒怡:今天吃饭时我一直在想,这难道不是我一开始就想要的吗?

钟影心底隐约感觉到别的什么,在桌边坐下,思索着问道:舒怡,到底怎么了?是不是吃得不开心?

这条信息发过去,程舒怡的电话就打了过来。

"影影……"她的语气有些疲惫,闷闷的,似乎也刚醒。

钟影叹气:"要不再想想?"

电话那端沉默着,好一会儿,她只听得到程舒怡淡淡的呼吸声。

"上次吵架,我没和他多废话,也跟他说要不咱俩再好好想想……他就哭了。我也不知道我怎么了。婚前焦虑?"

程舒怡深吸口气,似乎是坐起来了,声音清楚许多。

"你知道我们这一路是怎么过来的……我也很舍不得。我对他蛮了解的,他想什么我一眼就能看明白……

"以后……就算他要变,我也知道他会变成什么样。

"我不会像对他那样再去了解第二个男人了。

"影影,你知道我在说什么吗?"

钟影沉默,半晌道:"知道。"

程舒怡舍不得的,是宋磊与她相识相知相恋的每一步。可这么一想,不知为何,钟影感到有些难过。

那边说着,又笑起来。

"他今天可尿了,一句话没提他妈和他的打算,估计是知道我会炸……怕我掀桌吧。"

钟影也笑,想起什么来,说道:"以前在学校,你生气就跟火药桶似的。谁不怕?"

"我不是你,生气不说话的,急死人。"这会儿,想起以前的事,程舒怡好像有点开心了,笑声也大了些。

两人聊了一阵大学时期,钟影刚把面煮上,闻琰就回来了。

她刚出去,就见闻琰站在玄关同陈知让道别。陈知让母亲陪同在一旁,明艳娇丽的大美人,她瞧着,莫名觉得自家玄关都亮堂不少。

见钟影出来,今月笑着朝她点头:"给您添麻烦了。"

闻琰小小一只,扭头看了眼妈妈,转回头的时候摆摆手:"谢谢阿姨,陈知让再见。"

钟影觉得她情绪有些低落,便在她身边蹲下,摸了摸闻琰的背。

陈知让似乎有话想说,他看着闻琰,又仰头看自己母亲,像有点害怕似的，瞄了眼钟影，挪着脚走近两步，小声问："那你明天还来吗？"

听到他这么问，钟影微微皱眉，察觉两个小孩应该是闹了点不愉快。

今月居高临下地注视着儿子，表情是那种"我倒要看看你小子还能怎么办"的戏谑。

闻琰摇头，礼貌道："不去了。你家好多人。我明天要去看我奶奶，我奶奶很想我。"

不知为何，陈知让听完就急了，顾不得什么面子，再次凑近，语气慌张："闻琰，说好的——"

"妈妈。"闻琰扭头看向钟影。

钟影把人搂到怀里，抬头对陈知让和今月说："要不先这样吧。今天很晚了。"

今月伸出一指往后勾了勾自家儿子的后脖领，笑道："那我们先回去了。"说完，她另一只手放在耳边，对钟影做了个打电话的姿势。

钟影点点头。

"闻琰再见——说再见。"今月点了点陈知让的头。

陈知让好像被提取掉灵魂的木偶王子，呆呆望着不看他的闻琰，低声道："再见闻琰。"

闻琰搂住妈妈肩膀，头也不回地敷衍："嗯嗯。"

"还有阿姨。"今月又点了一下。

陈知让担忧地看着钟影："阿姨再见。"

门关上，小姑娘松开妈妈，坐到一边的鞋凳上换鞋，好像瞬间就变得开朗了。

前一刻的不自在、疲惫、敷衍，还有不得不张口的礼貌，这会儿通通抛之脑后，连带着每根发丝都无拘无束起来。

钟影蹲在一旁仔细瞧她，过了会儿，伸手摸了摸闻琰软嘟嘟的面颊，笑着问："宝贝怎么了？"

小姑娘的辫子被重新编过，虽然编成了和早上出门那会儿一模一样的，但瞧着精巧许多，乱蓬蓬的碎发和鬓角的绒毛也被十分细致地梳理过。凑近了，身上还有股极淡的玫瑰香氛，闻着似乎和今月身上是同一款。

闻琰换上橙色的狮子拖鞋，小手抹了把脸，看着钟影，半晌，十分用力地长叹口气。如同身负重任的公主，出去一趟亲眼见证了王国的内忧外患，故而发此感叹。

公主站起来往里走，姿态轻松许多，好像巡视领地的小狮子，边走边说："我下午就想回来了，陈知让不让我回来，我好生气。要不是看他身体不好，我都想揍他了。"

她抬头，同跟在身边的钟影说："他家里好多人。我以为就爸爸妈妈、爷爷奶奶、外公外婆这些……"说着，她又叹了口气，指了指自己头发，"还有个小男孩，和高浩宇一样讨厌，吃饭的时候老扯我辫子。"

钟影皱眉，神情变得严肃："什么小男孩？"

闻琰用手比画了下："这么长吧。"

"是很小啦！"

她坐上餐桌，扭头对钟影委屈道："可那是你早上花了好多时间给我弄的，我坐在车上都没往后靠，就怕弄乱……"

钟影赶紧走过去把她搂到怀里，轻轻拍着闻琰小小的身体。

闻琰也抱紧钟影，委屈巴巴："我就喜欢妈妈给我扎的，别的阿姨扎得再好看我都不喜欢。"

"明天妈妈再给你编一个。"钟影俯下身，亲了亲闻琰脸颊，语气温柔又包含无条件的宠溺。

闻琰笑起来："不要，很花时间的。出去玩的时候编就好啦！"说完，她也凑过来亲了亲钟影脸颊。

小姑娘算是彻底放松下来，瞧着钟影的眼神都亮晶晶的："妈妈你吃饭了吗？"

"还没。"钟影问她，"蛋糕好吃吗？"

闻琰点点头，笑道："好吃。"

时间不算晚，钟影给自己下了一碗面，一会儿就端上了桌。

闻琰两手搁在桌边，歪头看着钟影吃面。

好一会儿，母女俩都没说话。面汤清澈鲜香，闻久了，闻琰也凑过去，钟影就笑着舀了几勺汤喂给她。

"妈妈。"喝完汤的闻琰重新趴回去，不作声地瞧了半晌，忽然叫道。

"嗯。"钟影抬头应她。

"我还有一点不开心。"闻琰小声道，有点愁闷。

钟影放下勺子，耳朵凑过去，赶紧道："妈妈想听。"

她此刻的神情，像是在探听十万火急的重大机密。闻琰被逗笑了，语气放松下来："其实也没什么啦。"

"说吧。"钟影用肩膀靠了靠闻琰幼小又稚嫩的肩膀。

"就是我头发不是被弄乱了。换成高浩宇，早被我打趴下了。可是我还要装作没事的样子，和那边的大人说没关系。还要说小弟弟真可爱——他一点都不可爱！臭弟弟！"

钟影忍不住笑。

闻琰将下巴搁上手背，闷声道："我不喜欢说没关系。但是因为这是陈知让的生日，我只能说没关系。我总不能在他生日的时候教训那么点大的臭弟弟。"

钟影伸手去摸闻琰的后脑勺："这是大人的问题，一会儿妈妈就和陈知让妈妈说。"

闻琰摇头："今月阿姨已经帮我说过了。"

"算了。"她嘟囔道，"以后再也不去他家了。"

钟影揉了揉她头发："交给妈妈。"

闻琰笑着打了个哈欠。

今月打来电话的时候，闻琰刚吹好头发钻进滑溜溜的被窝，抱着新换的小被子在床上一边打滚，一边朝钟影撒娇："好香呀，妈妈！妈妈最好了！是最好最好最好的妈妈！天底下我最喜欢妈妈！"

她的性格其实很像闻昭，直接而坦荡，无论是爱意的表达，还是委屈的控诉。但偶尔，也会为了在意的人稍稍妥协。

钟影站在衣柜前笑看着女儿从床头滚到床尾："妈妈也最喜欢琰琰，琰琰是妈妈的宝贝。"

得到了母亲毫无保留的爱意，闻琰瞬间躺平，心满意足。

对她而言，这是早就笃定的，是证实在血脉里最真切、最无与伦比的爱意。也因此，她成了所向披靡、无所畏惧的公主。

台灯关上没一会儿，公主就睡着了。

很快，公主的梦里迎来一头更大的狮子。大狮子驰骋在一片广袤无垠的草原上，小狮子紧紧跟在后头，广阔天地间，无忧无虑。

"确实闹了点不愉快……琰琰很懂事，路上还说没事。不过我们都是从小女孩过来的，怎么能不知道心情呢，真是添麻烦了……"

今月的声音带着歉意，从电话里传来，十分好听。

钟影不是很喜欢听别人说她女儿懂事。

因为她小时候，被夸得最多的就是懂事。那个时候被夸多了，她好像也十分喜欢懂事的自己——但其实不是。

她对今月说："给您也添麻烦了。那琰琰明天就不去了。放假到现在，她还没去看过奶奶。"

话音刚落，电话那边就传来一声被打断的停顿。

钟影知道陈知让也在听，便没多说什么，等了等，等来今月无奈又歉意的一声"好的"。挂了电话，钟影莫名觉得，等假期结束，小闻老师必然要找陈知让好好谈谈他们之间的友谊。

等钟影收拾好厨房，把床单被罩收回来，时间刚过十点。

也许是下午睡了一觉，钟影还不是很想睡，在客厅看了会儿电视。明天可以睡个懒觉，然后带闻琰去赵慧芬那儿。赵慧芬假期最忙，因为北湖公园的相亲活动这个时候最多，要不就是赶趟地参加婚礼，她是牵线搭桥的，估计整个南州小半的婚礼上都少不了她。

晚间新闻正临时插播一条出城高速上发生的追尾事故。画面是从半空拍的，不是很清晰，但还是能看到地面大片深褐的血迹。背景音里，新闻主持声音冷静，语气警示："在此提醒各位市民，假期出行，千万注意交通安全。严守交通法规，珍惜自己和他人的——"

钟影关了电视，在沙发上怔怔坐着。

客厅灯光很亮，阳台玻璃模糊倒映着整间屋子。夜风带着白日的熙攘，雨水潮湿的痕迹彻底消失，拂面干燥又温暖。

钟影扭头去看闻琰的房间，慢慢地，心才定下来。

她洗完澡，准备上床睡觉时，裴决忽然发来信息，是一条稍长的语音。开头几秒，他没有立即说话，似乎有些迟疑。

钟影不由得笑，想起傍晚那番若无其事的琐碎闲聊，眼下的裴决好像变了一个人。

他语气慎重地说："影影，我醒酒了。"

明明醒酒的事他之前就同她发过信息，这会儿说出来，像是一种自我确认。

这句之后又是漫长的停顿。

钟影一度怀疑语音播完了，她低头去检查，耳旁便传来裴决的叹息："可我觉得好像还没醒，像做梦。"

最后三个字说完，他自己倒笑了。

钟影拿起手机。不知为何，一个念头蓦地冒出脑海，无缘无故。但细想，又不是那么没缘故，毕竟，裴决做这事已经不是一次两次了。

她握着手机穿过客厅。

深蓝夜色笼着四周，午夜晚风里，树影婆娑摇曳，好像深海游鱼，起伏潜落。

裴决站在车前，仰头望着，神色平静。

如所想的一样。

看见他的时候，钟影也变得平静，心口却一点点热起来，如同被人紧紧攥住。她站在暗处同他对视，有那么几秒，她觉得裴决应该是看到她了，但下一秒理智又否认。在他眼里，整栋楼估计都是一片漆黑的。

但他还是仔细注视着这团漆黑，就像在拥挤的时间刻度上，耐心地寻找之前的某一刻。

钟影转过身，出门。

电梯打开，光线过分亮了，刺得人眼睛发酸。停到一楼，迎面拂来的夜风更加浓郁,带着入夏的成熟气息。

她慢慢往外走着。

裴决还靠在车前,两手插兜,视线却不是那么直直往上了。他好像也感觉到什么,目光朝钟影的方向看来。

隔着一段距离,两人无声对视。

"影影。"

片刻,裴决直身朝她大步走来,夜风掀起他的衣角,带来一丝隐秘的愉悦。

钟影忍不住笑,走近了说:"我是不是很了解——"

她被人抱进怀里。

晚风熏染的气息,温暖的、稍显急促的呼吸,还有干燥的触感,这一切在漆黑的夜里变得无比清晰。

"现在呢?"钟影低声问。

裴决摸了摸她后脑,不是很明白:"什么?"

钟影好笑:"做梦。你说的。"

裴决愣了下。

过了会儿,他也笑起来,语气无奈:"更像做梦了。"

4

"不放假吗?"

"理论上是不放的,假期最忙。"

"明天几点的飞机?"

"晚上十点多,飞深州。"

"可以去看叔叔阿姨。"钟影想了想,觉得可行。

裴决点了下头,没说好不好,看着她的眼底有笑意。过了会儿,他拿起水杯喝了口水。

客厅没开灯,厨房灯光照过来,朦胧的暖黄一路蔓延到餐桌边缘。钟影撑着手肘侧头瞧他,浓密发丝散落下来,零星的暖光在她身侧变得细腻又温柔。

"笑什么?"见他不作声地弯唇,钟影忍不住问。

裴决却看了眼时间,很晚了。

他放下水杯,伸手摸了摸钟影温热的脸颊,站起来说:"不早了。快去睡觉。"他好像没听见钟影的追问,神情依旧带笑,动作却利落,说走就要走的样子。

钟影跟着起身,心底莫名不大高兴。

他这会儿的表现太游刃有余了。似乎这一趟过来真的只是确认不是在做梦，顺便摸摸她的头，摸摸她的脸，仅此而已。钟影感觉自己的情绪莫名被吊了起来。前一刻楼上望见、楼下被抱住的悸动还没缓好，这一秒他就跟个兄长一样，严肃、理智又体贴地告诉她，不早了，该去睡觉了。

钟影冷不丁地说："是谁要来的。"

前面的人脚步微顿。

裴决转头瞧她，眼底笑意愈加明显，不过确实是自己来得太晚，他向钟影道歉："下次不会了。"

可钟影不理他了。

两人一前一后往玄关走。

路过琴房，钟影忽然不跟了。她瞪了眼裴决后背，打开房门进去，然后利落地关上了门。

见状，裴决又是一愣。第一次见这样送客的，送一半没影了。

不得了，这下真不是做梦了。

在原地站了几秒，裴决走到琴房门口，敲了两下门，小心地建议："不送送我吗？"

没人搭理。

裴决想，估计是隔音太好，钟影没听见，于是，他开门进去。

窗帘厚重，只拉了一指宽的缝，因此光线实在昏暗。钟影坐在琴凳上低头擦拭钢琴，看不清表情，但是从她细细抹过每个琴键的动作看，挺认真的。

裴决走过去，低声问："不去睡觉吗？"

钟影："你不走吗？"

说着，她手上力气稍重，带出一道闷闷的琴音。她吓了一跳，赶紧站了起来，虽然房间有隔音布置，但深夜寂静，弄出声音还是不好。

裴决瞧着她手足无措的样子，忍不住笑。

钟影走到窗前往外瞧了瞧，把窗帘拉上，莫名心虚。

只是窗帘拉上的瞬间，琴房顿时伸手不见五指。

下一秒，钟影就知道更糟的是什么了——她压根看不见裴决。

眼瞳在极短时间陷入更深的黑暗，她担心裴决比她更难适应，张口便叫他："裴决？"

裴机长只闭了会儿眼，闻声睁开眼，就瞧见几步外呆立原地的钟影。

为了惩罚妹妹不愿意送他，他没说话。

"后面就是门，你过去——"

触觉在这一刻清晰到无以复加。

有人来到了自己身边。

钟影转身，对着面前的人笑着说："你看得见是不是？"

裴决失笑："我又不瞎。"

气氛慢慢变得愉悦。

裴决低头专注地瞧着钟影，瞳仁黑亮，在一片幽暗里更显深邃，眼底因为始终存在的笑意，注视钟影的目光分外温和。

"看什么？不走吗？"钟影学着他的语气，老成道，"不早了，快去睡觉。"

裴决低低笑起来，心情似乎越来越好了。

"这有什么好生气的。"

听见他说的，钟影一双眼登时格外亮，目光灼灼地瞪着他："那你怎么还不走？再拖下去，天都要——"

嘴唇蓦地被吻住，钟影都没反应过来，人已经被裴决带到一旁的沙发椅上。

她陷在沙发里，后颈被人托起。裴决是个优等生，领悟力不是一般的好，她被他亲得头晕眼花，整个人一直往下塌。察觉到她的不着力，裴决很快将另一只手托住她的后腰，这下，两人贴得更近。

他的呼吸很快同车上那会儿一样，带着沉重滚烫的鼻息，却按捺着将吻挪到她的唇角，好像原地逡巡的野兽，踟蹰着，急切又镇静。

"我说的都是假的，你不要生气。"裴决低头埋进钟影肩窝，他觉得自己真是脑子不清楚了，怎么可以这么对妹妹，赶紧起来啊。

可是他一点都不想起来。

这么一想，他语气极低地说："我一点都不想走。"

钟影被他急促的呼吸激得肩膀发麻。听到裴决说的，她笑起来，拿他冠冕堂皇的话回道："可是时间不早了。"

裴决深吸口气，无奈至极："影影。"

也许是空间过于密闭，两人的呼吸时刻缠绕在一起，清晰又暧昧，肩头的热度再度挪到唇边，钟影伸手抱住裴决。睡衣的领口不是那么贴肤，临时披上的外套早就不知落在哪个角落，于是，她的肩带很快掉了下来。裴决低头注视着，好一会儿都没动。半晌，他抬起漆黑的眼眸，仔仔细细地望着钟影，眼神炙热又压抑，犹如隐匿在地心的岩浆。

钟影被他看得脸上发烫，发丝都要烧起来。

也许人在某一刻是会忘记如何呼吸的。但即便氧气变得稀薄，却还是想要接吻。

只是忽然间，裴决变得冷静许多。

他慢慢起身，搂着钟影的腰，低头去亲她汗湿的额头。好像在安抚她，又好像只是在理智地平息。

钟影没说话。她感觉自己整个人都在发烫，脸颊更是热得烧红。过了会儿,她一点点挨近裴决颈侧,感受到他比她更热的温度,坚实的脖颈、坚硬的下颌线条,还有不自觉吞咽的喉结……她挨个蹭了蹭,不出声地笑起来,似猫一样狡黠又机敏。

"影影……"气息的克制带来声线不自然的停顿,裴决伸手往一旁摸了摸,摸到外套,给钟影轻轻披到肩上。

"我没有不想。"

似乎前一刻袒露的诚实让他明白,在她面前,他根本掩藏不了一丝一毫。稍微的亲密与暧昧就能让他失控,再也想不了任何。

"车上那会儿我就在想了。"说完,裴决又去亲她露出来的耳朵。

钟影忍不住笑,这样的裴决很难不让人心存逗弄。

于是,她在他怀里坐好,举手投足都是架势,然后,她抬眼去看神色认真的他,眼神中带着热意与灵动,唇角弯起,笑道:"想什么?"

裴决愣住。他以为钟影这么规矩地坐好,是真的有要紧话同他说,谁知她压根没想和他认真说话。

可即使妹妹不正经,也比不上他这个"登徒子"——

哪怕此刻他面容严整,眉宇英朗,也丢不掉心口鼓噪的食髓知味、意乱情迷。

这已经是从未有过的亲密了。

钟影没想过,裴决更不可能想过。

或许年少时他想过,但之后的一切过于惨烈,入梦的记忆又时常令他心惊胆战。

钟影乌黑的发丝早就乱糟糟地散开,落在裴决抱着她的手背上,轻轻撩动着,轻巧的、试探的。

裴决收紧手,眸光沉沉。

"你说呢?"

第六章·
抱一抱

/ 她是公主，他是为公主守住城堡的人。/

1

房间窗帘忘记拉，等清晨阳光刺眼一些，钟影就醒了。

她也不知道自己是怎么回到卧室的。琴房后半段的记忆又湿又闷，那间屋子真的很不通风，她后面是真的力竭，囫囵睡了过去，浑身汗湿得一塌糊涂。不过她还记得裴决曾叫她起来洗澡，但也只有那么几秒钟，之后就陷入深梦。

入夏天亮得早，钟影看了眼时间，打算去浴室再洗一下。之所以是"再洗"，是因为她发现自己身上被人用热毛巾擦过。

洗完澡出去做早餐，阳台照过来的光线清澈明亮。

厨房的案台上有一个空水杯，钟影走过去拿起，日光遥遥落在上面，折射出淡淡的光晕。

等把蒸锅上的点心摆好，小米粥也煮上了，钟影去闻琰房间看了看。

窗帘拉得严实，公主睡得天昏地暗，像只草莓糯米团子，钟影忍不住凑过去捧着她脸蛋亲了好几下。公主嫌吵，还想睡，头一歪，一个劲地往枕头下躲。

外面的日头已经让人睁不开眼，温度逐渐上升，但穿堂风一过，竟然有些凉爽。

早餐准备妥当，钟影再去看闻琰的时候，小姑娘睡得还是很沉，看来昨天累坏了。钟影上床将人连着薄被一起抱进怀里。闻琰懒得抵抗，秉持"我不动就能继续睡"的原则，眼睛闭得紧紧的。

母女俩搂在一起睡到十点多，最后还是被上门的赵慧芬挨个叫起来的。

赵慧芬风风火火，进门就开始收拾。不过昨天钟影回来已经打扫过一轮，这会儿她也只是忙着给早餐加料，然后一遍遍催促母女俩赶紧吃早饭。

闻琰坐在餐桌前边吃牛肉包,边给小米粥降温,钟影则站在她身后给她编昨天的同款辫子。包子是赵慧芬一早买了带过来的,在南州很有名,去晚了就没有了。

"我好忙啊……"闻琰打了个哈欠,仰着脖子咬肉包。

赵慧芬正往她书包里装酸奶和点心,听到孙女的抱怨,乐了:"那别跟奶奶吃喜酒了。"

闻琰歪了下脑袋,笑眯眯地说:"喜酒要吃的。"

这些年,她跟在赵慧芬身边吃过的喜酒钟影都数不清。赵慧芬是有点迷信的,觉得自家孙女得沾喜气,越多越好。

"妈妈你去吗?"辫子编好,闻琰转头问钟影。

钟影在一旁坐下,接过赵慧芬递来的包子,说:"妈妈不去。过去听奶奶的话。"

顿了顿,她想起什么,伸手捏了下闻琰软嘟嘟的腮帮,笑着说:"领小朋友一起上台表演的时候看着点,不要再掉下来了,不然膝盖又要青半个月。"

闻琰皱着眉头,用力点了点头。

假期还剩最后一天。

整个五月钟影要忙的,除了琴行的课程考核,就是艺术团那边的毕业演出。

之前她发邮件联系的同学陆陆续续回了大半,但也有那么几个估计是不常查看邮箱,她发过去的排练时间和注意事项都没回。等假期结束,她想着打电话联系,或者找下学校,通过院系的辅导员老师再沟通下时间。

钟影打开电脑对着名单准备再确认下那些没回的邮件时,闻琰的笑声从楼底传来。她走到阳台上,祖孙俩刚到楼下。闻琰戴着一顶小黄帽,正蹦蹦跳跳地坐上赵慧芬的电动车,天真烂漫。

忽然,耳旁传来一声收到新邮件的提示。

钟影以为是同学的回复,结果是一封赛事通知。标题还是十分简洁的,符合国际赛事一贯的风格——舒尔曼国际音乐大赏下半年将在港城进行预选赛的筹备选拔。

这是一项影响颇广、国际上久负盛名的音乐赛事,赛制也别出一格。第一年是钢琴,第二年是小提琴,第三年轮空,以此循环。

很快,钟影便发现主办方给自己发邮件的原因了。

今年的赛制有些变化。

大赛组委会宣布,延续二十多年的三年轮空制将在今年迎来改革,原本轮空的一年加入大提琴和声乐比赛。为了广而告之,组委会便给历年的参赛选手都发了邮件。

钟影是毕业那年报名的钢琴选拔。只是那会儿，比起国际上一流的钢琴家，她初出茅庐，只是重在参与罢了。毕业后的几年，她的生活变动很大，渐渐地，对这项赛事也不是那么上心了。

今年的改革备受瞩目，钟影便给程舒怡发微信：收到邮件了吗？

大提琴有自己领域的专业赛事，程舒怡毕业那会儿也报过名。但和钟影一样，重在参与。不过今年既然有舒尔曼这样重磅的赛事加入，钟影想，程舒怡不可能错过，她是有实力的。

程舒怡很快回：真是想不到。

早在主办方发邮件通知之前，她在的那几个大提琴群里已经有了风声，大家都快猜到今年的评委是哪几位了。

钟影：考虑下？［激动］

程舒怡过了会儿才说：我想想吧。

培英小学每个双周的周三是副课日。顾名思义，就是这一天都没有主课，全是音乐、美术、自然、手工等副课。

节后就是双周，赶上周三，小朋友们玩完还能接着玩。

闻琰拉着黎梦在座位上坐好，等待手工课老师进来的时候，陈知让从后面小心翼翼地戳了两下闻琰。

闻琰笑眯眯地转头："怎么啦？"

黎梦也扭头瞧过来，视线在闻琰和陈知让之间转来转去。

她一直都不是很喜欢陈知让，因为他太黏闻琰了。闻琰心软又乐于助人，他就是靠这个几次三番地抢她最好的朋友。陈知让咳个嗽，闻琰都担心得不行，更别提他三天两头还发烧请假。她悄悄瞪了眼陈知让。

闻琰的笑容实在灿烂，陈知让都觉得自己是不是多想了。他放在桌上的手握拳又松开，过了会儿，低下头小声纠结地说："没事。"

闻琰继续笑眯眯地点了点头。

今天的手工课是包粽子。分发材料之前，手工课老师先给他们上了小二十分钟的文化知识课，告诉他们端午节的来历，和为什么要包粽子。

大家都学得很认真。唯独陈知让，浑浑噩噩，一会儿抬头瞅瞅闻琰的后脑勺，一会儿低头心灰意冷，神思不属。

从他家回来后，闻琰就没回过他的信息。今早到校，陈知让上前问了句，闻琰便抬头看着他，态度温和却直接，说："下次不要发信息了，有什么事在学校里说就好啦！"

他听着闻琰欢快的语调，如遭雷劈。

…………

闻琰包了两个绝美的粽子，准备带回去，一个给钟影，一个给赵慧芬。

陈知让一个粽子没包成，最后被要求留下来课后再跟着老师学一学。闻琰没有和以前一样站在一旁耐心等他。于是，手工课老师第二次抬头的时候，便看到面前的同学居然泪眼汪汪。

手工课老师吓了一跳，赶紧问："陈知让，哪里不明白？要不……老师再带你包一遍？"

陈知让摇摇头，抬起手背抹了把眼睛，抽噎着说："不是的，老师……我就是想下课。"

七岁的陈知让伤心欲绝。

手工课老师赶紧放他下课了。

下一节课是体育课，上课铃响后，班长见人齐了，站在门口叫大家出来排队下楼去操场。

闻琰猛地起来就往门口走。天知道，上节课她坐在陈知让前面，简直如坐针毡、如芒在背。

陈知让见状，立即起身跟上去，手都不带扶桌角的。

中间突然被插队的黎梦："哼……"

到了操场，体育老师让他们先原地活动，然后叫上几个男生一起去教材室拿跳绳。

体育老师一走远，很快，同学就散开了，三三两两站在一起说话，你碰我一下、我打你两下。班长一边苦口婆心地维持秩序，一边声嘶力竭地叫他们原地伸展手臂。

闻琰还是很听班长话的，站在班长面前往左伸伸手臂，往右转转手肘。

黎梦不是很能待得住，没一会儿就跑到花坛前和隔壁班的体育委员说话了。

"闻琰。"陈知让走过来，小声问，"你在做什么？"

闻琰笑眯眯："伸展运动！"

陈知让看着她，伤心又生气，但又不知如何是好，便哽咽着说："你是不是生我气了？"

他当着她面哭，闻琰就不好再笑眯眯了。她垮下脸，郁闷道："你别哭啦……"

陈知让用力抹了把眼睛，不说话，一双眼红通通的。

闻琰低头，揪着手指，重重地叹气："你这样对身体不好，我也会难过的。"

陈知让面无表情："真的吗？"

闻琰抬头："啊？"

"你说你会难过，这是真的吗？"

陈知让直直望着她，眼眸如黑曜石一般闪亮。

闻琰张了张嘴："这……"

童年时期的友谊似乎更加排外，常常把"最好的朋友"这五个字挂在嘴边。

但是对陈知让而言，他只想和闻琰做朋友。

为什么呢？今月问他。

面对母亲的提问，陈知让说，因为闻琰是他见过的最勇敢、最善良、最聪明的孩子。

"这孩子似乎有点慕强。"今月转头对丈夫说。

铂粤集团董事长陈寄年无奈地笑了，他的理解有些不同。思索片刻，他对妻子说："或许可以说，儿子在她身上看到了他最想要的品质。"

陈知让从来都不觉得自己勇敢、善良，乃至聪慧。

病痛时常让他在妈妈怀里痛哭流涕，彻夜难挨。而他有时会阴暗地想，为什么自己要遭受这些？为什么不是别人？

还是因为病痛，落下的课程总让他接受全班的瞩目。忘性大的老师会不记得他落下哪些课，于是，站在讲台前脑子空白的那几秒钟，是他最屈辱的时刻。

但闻琰是完全不同的。

她会对招惹她的所有人重拳出击，即使自己鼻青脸肿也没关系，只要赢了就可以。谁敢嘲笑她，就得接受她毫不留情的质问。她永远一往直前，永远兴致勃勃，永远天真烂漫。没人会不喜欢她——热情的、开朗的、自信的、蹦蹦跳跳的狮子公主。

陈知让想，他只想和闻琰做朋友。

因为和闻琰做朋友，是世界上最令人感到安全的事。闻琰永远不会背叛她的朋友，永远会在意她的朋友。

…………

"陈知让，我们还是不要做朋友了，做同学就好了。"

一年级下半学期，五一假期之后的体育课上，闻琰和自己说——陈知让的日记本记录下了他成长阶段里最痛苦的一天。

"为什么？"

也许是难受到了极点，陈知让看着神情歉疚的闻琰，心里居然无比平静。

体育老师还没有回来，班长还在大声维持秩序，不远处的梦梦还在和隔壁班的帅哥有说有笑……闻琰感到前所未有的"独立"。不同于此前任何时刻，这是只能她自己面对，不能靠妈妈，更不能靠老师的时刻。

狮子公主深吸口气，强迫自己镇定下来。

慢慢地，她注视着陈知让的眼神变得温和，她好像知道自己要说什么了。

"虽然朋友就是要互相理解、互相帮助，但是我觉得做朋友更大的意义是快乐,开心才会在一起玩啊。可是陈知让,我和你做朋友不是很开心,我会担心你,经常担心你,担心你不舒服、不开心——说实话,你生日那天是我最不开心的一天。但我还是要装作很开心的样子。

"我们做同学也很好啊,也可以互相帮助,一起进步。你放心,以后学习上我还是会帮助你的!"

狮子公主一诺千金。

初夏的日光带着蓬勃的热意,头顶的玉兰刚开了一轮,白馥馥的一片,充满生机。可陈知让却感觉自己一个人待在阴暗的角落里,没有阳光,孤零零的。

"为什么不开心?"他低下头,失魂落魄地问。

闻琰也低下头,总不能说有人弄坏了妈妈给她编的辫子?好幼稚。

过了会儿,她低声却冷淡道:"你家一看就很有钱,我家虽然没那么多钱,但是我很爱我妈妈,我不想让她给我做的东西被别人乱打量。"

陈知让点点头,没再说什么。

少年时虽然天真,但也极其敏感。

于是,那天,回到家的陈知让,面不改色,在餐桌上向陈家众人发出灵魂质问:"我家什么时候破产?"

对面,备受家族宠爱的小叔差点一口噎死,看着他,目露惊恐。他爸爸神色复杂地看了他一眼,然后和妻子交换了眼神,捏起勺子继续不作声地喝汤,当没听见。他妈妈低头忍耐许久,最后还是没忍住,在餐桌上哈哈大笑,笑得眼泪都快出来了。

陈知让委屈至极。

他才是要掉眼泪的那个啊。

2

钟影收到培英小学发来的五月迪士尼春游包裹清单时,正和程舒怡在琴行对面的商场吃午餐。这边新开了一家川菜馆,听说很地道。

程舒怡喜欢吃辣的。大学那会儿,他们几个一起吃饭,钟影还能接杯清水陪着她吃,闻昭和宋磊是一点都吃不得。不过闻昭是小狗性格,爱凑热闹,钟影干什么,他也愿意跟着一起干什么。

"你回邮件了吗?"

钟影照例接了杯水,牛肉片过水筛下一层红油一层辣子,放进嘴里还是很香。

程舒怡摇头,点开手机,又去看那封关于赛制改革的邮件。黑金字体十分亮眼,在屏幕上折射着光。她低着头,语气迟疑:"十月我要去趟香港,整整一个月的培训和预选……哪有时间。"

钟影不解："琴行肯定没问题啊。你和主任说，他巴不得你去，回来就给你在墙上贴好——入围舒尔曼国际音乐大赏预选赛。"

"那备婚呢？"程舒怡抬眼，好笑地瞧她。

钟影手上动作微顿，点点头："几月份？"

程舒怡："宋磊在订十月的酒店了，时间还蛮紧张的。"

其实钟影还想劝一劝，这两件事要说时间上有多冲突，那是不可能的……可她毕竟不在程舒怡的处境下。

"有什么需要帮忙的和我说。"钟影笑着抬头。

程舒怡也笑："放心。"

这家餐厅实在火爆，两人吃着的工夫，外面又开始排队叫号，锣鼓喧天的，又吵又闹，很难不引人注意。

钟影抬头，朝外望了眼："我们过来时就在排队了，怎么现在还在排？"

程舒怡似乎没什么心思，筷子在碗里点了点，随口道："商家策略吧……你觉得好吃吗？"

"好吃。"钟影笑着点头。

程舒怡放下筷子："我觉得一般。"

话音刚落，身后传来一声疑惑请教："程小姐，请问哪里一般了？"

两人一愣，一个抬头，一个扭头，就见陈寓年笑吟吟地立在一旁，一身西装革履，自带矜贵气质，分外惹眼。

陈寓年身后跟着一位瞧着像是经理的中年男人，神色紧张，手正往兜里摸，似乎在找小本。

见程舒怡愣着不说话，陈寓年抬眼向钟影微一颔首："钟小姐。"

钟影点点头，也去看程舒怡，小声劝道："要不给他个好评？"

"……可能我吃惯了川菜，感觉确实和一般餐厅没什么不同，随口说说的，陈先生不要在意。"程舒怡重新拿起筷子，面不改色道。

陈寓年看着她被热气熏红的侧脸，若有所思地点点头，转头吩咐道："这桌免单。"

经理像是早有预料，点头如捣蒜。

程舒怡无语："……陈寓年。"

她都想说有钱了不起——但未免太幼稚，太矫情。

见陈寓年闻声朝她望来，程舒怡默默地翻了个白眼："谢谢你了。"

陈寓年欣然一笑。

原本以为这就算完，谁承想刚离开几秒，人又回来了。

这下，钟影终于琢磨出那么点意思了。她放下筷子，撑着下巴饶有兴致地瞧着对面一站一坐的两人。

陈寓年指了指程舒怡，对经理说："以后这位程小姐来，或是带朋友来，都免单。"

经理想了想，谨慎地拿出手机对着程小姐拍照。

钟影忍不住笑，赶紧伸手捂住脸。

程舒怡脸上已经不能用红来形容了，她似乎有些窘迫，又很想笑，站起来，语气哭笑不得："陈寓年，你没事吧？"

也许是家教严格，即使被人当面指着鼻子这样问，陈寓年也只是施施然一笑："我每年都做体检，应该是没事的。程小姐还有什么吩咐吗？我这边还有两家新店要去看看。"

钟影感觉自己脸要笑僵了，伸手拉了下程舒怡。

程舒怡泄气似的坐下，摆手："你走吧。"

后半段动静有点大，前后已经有几桌望来，程舒怡有些愣神，好一会儿不知道在想什么。

钟影不作声笑着瞧她，半晌伸筷子给她夹了道菜，语气拉长："说吧，怎么回事？"

程舒怡抬头，也笑："没什么，就是一朋友。"

"挪车的朋友？"钟影回想道。

不知道是不是刚才这么一交锋，程舒怡胃口倒起来了，一边埋头吃菜，一边说："你还记得上个月团里会演结束我们去铂粤酒店庆功吗？"

钟影当然记得。

那天裴决喝多了拉着她游湖，当然，记忆最深刻的，当数那间凭空冒出来的琴房。

"后来不是说领导敬酒吗，我就躲了出去，给你发微信来着，正好碰到他，聊了几句，顺便感谢他送花——"

说到一半，程舒怡话音微顿，赶紧抬头去看钟影。毕竟送花的事，她压根没和钟影提。

不过钟影似乎在走神，程舒怡叫了她一声："影影？"

钟影看向手机，点开和裴决的聊天框，笑着重复："聊了几句？"

见她没在意送花的事，程舒怡心下微松，笑道："随便聊了几句。"

这话说的，随便聊几句就全给免单——一字千金啊。

钟影抬眼好笑地觑她。

程舒怡低头吃菜："爱信不信。"

钟影指尖在与裴决的聊天界面停留太久，冷不丁地，一句空白语音就发了出去。

等她回神，裴决已经来问：影影？

钟影笑，索性拿起手机回他："我刚刚手滑。"

语音刚发过去，程舒怡听着她带笑的说话声，抬眼便瞧她眉眼莹莹、神色温柔，觉得对面不简单，正要问，钟影手机又是一串信息进入的提示音。

"要春游了。"钟影看看瞬间满满当当的屏幕，笑着说。

程舒怡大概知道培英小学每年的春秋游阵仗有多大："今年去哪儿玩？"

"迪士尼。"

程舒怡乐了："每年都有迪士尼，果然是孩子们的最爱。"

钟影点开秦云敏发到每位家长邮箱的包裹清单，清了清嗓子，念道："一套干净的换洗衣物，两双轻便的鞋子——括号：运动鞋最佳。再带一双拖鞋，舒适即可——"

"拖鞋？要住一晚？"程舒怡问。

钟影点头："对。这次好像是有几个家长资助的。"

两人研究了会儿春游的物品清单，准备离开时，餐厅又送来果盘。

程舒怡哭笑不得，钟影算是看明白了，但也没多问。

回到琴行，裴决发来信息：我刚落地。你什么时候下班？

钟影想了想，下午不用去艺术团，琴行也没什么课，正好去超市把闻琰春游的东西买了，便说：下午没事，一会儿去超市。

这句发过去，界面上方显示了好一会儿"正在输入中"。

过了会儿，裴决问她：可以一起吗？

钟影看着这句话笑。

没等她说什么，裴决正经地补充：我好久没逛超市了。

钟影便也假模假样地回他：那你来我这里是不是太远了？我记得栖湖道就有好几家超市。

另一边，裴决看着信息也笑了。

段启淮回来两趟，见他还是盯着手机，便凑过来——

"影影？谁啊？"

冷不丁一声，裴决按灭屏幕，换上一副寻常神色，不过眼底笑意依旧。段启淮打量一眼，莫名瘆得慌："你别这么笑。我都起鸡皮疙瘩了。"

他这话不假。裴决不是什么好相处的性格，平时见人并不带笑，话也不多，有时候多看人一眼，别人只会怀疑是不是哪儿出了问题。哪像这会儿，如沐春风，见谁都很顺眼似的。

乘务长正巧过来，听到这句，好奇："怎么了？"

"你们裴机长谈恋爱了。"段启淮摸了摸手臂。

乘务长张了张嘴，对上裴决毫无波澜的一张脸，忍不住道："奇迹。"

段启淮收敛神色，认真地问道："谁啊？哪里找的妹妹？"

要不说这人神呢，后半句要多神就有多神。

裴决看着段启淮，忍不住笑起来。

段启淮真是被他笑得头皮发麻："你说啊，别光笑！哪里找的妹妹？"

裴决笑着说："从小找的妹妹。"

下午天又阴起来。

天气预报说要下雨，裴决到超市入口时，钟影正在围观小推车里摆出来出售的透明雨伞。

裴决笑着走过去，跟她一起弯腰去看上面新标的价格。

同他俩一起观察的，还有一众老爷爷老奶奶。老人家心直口快，已经开始七嘴八舌地数落超市不要脸。

"这么贵。"看清后，裴决也忍不住道。

虽然清楚价格一定会涨，但涨这么离谱的，他也是第一次见。

钟影点点头："就是说，幸好我带了伞。"

她笑着从包里取出一把黄色的折叠伞。

两人说着话，身后忽然传来热情洋溢的一声："钟老师？"

钟影回头，裴决也跟着她扭头去看。

是艺术团负责统筹的老师，叫聂文。程舒怡很反感这位男老师，觉得他有点猥琐。当然，最主要的原因，是他好几次来她们休息室通知事情都没敲门。幸亏她们防范意识强，关门锁门都是随手的事。

钟影微微点头："聂老师。"

聂文似乎是替艺术团过来采购的，手里还拿着一沓表。他看了眼钟影身后相貌英俊、身形挺拔的男人，笑着问："这位也是琴行的老师？要我说，你们琴行真是人才辈出……"

钟影忍不住笑着扭头去看裴决，发现裴决也正低头瞧她，神情温和。

"他不是琴行的老师。"钟影说。

聂文一愣，迟疑道："那是？"

换作以往，钟影懒得和他废话，这人爱打听又爱胡猜，真是很令人讨厌。

不过眼下似乎有些不同，一个念头跟鱼吐泡泡似的突然浮上心间。

鱼在水底游了许久，自然要出来吐吐泡泡。

钟影往后靠了靠，身侧垂落的手臂感受到贴近的温度，潮湿微凉的雨雾里，好像忽然凑近的两只猫科动物。

裴决垂眼注视钟影后背倾泻的乌黑发丝，一秒间，他是打算认真思索下妹妹此举何意的，但手臂好像嫌他反应太慢，下一秒就迫不及待地伸去搂妹妹腰了。

裴决盯着手，跟它不属于自己似的，皱了皱眉，转眼去看妹妹脸色。

接着，耳旁传来钟影笑意明显的声音："我男朋友。"

拢在她腰间的掌心微微又收紧了些。

话音落下，聂文诧异道："男朋友？"

他语气里的惊讶太直接，十分不礼貌，裴决抬眼冷漠地看去。

注意到两人动作，聂文神情微顿，但视线刚碰上裴决，他随口就道："哈哈哈……钟老师什么时候有男朋友了？上回还听程老师和我说——"

这就是信口胡诌了，程舒怡压根不会搭理他。

钟影皱眉，打断道："舒怡怎么会和你说我的事。"

聂文似乎还真想就地编几句，谁知他刚张嘴，旁边就传来一位老太太喜滋滋的声音。

"登对的咯！是伐！"

说着，老太太抬起胳膊肘捅了下身旁还在弯腰皱眉数落雨伞价格的老伴。她老伴转头扫了眼钟影和裴决，点了点头，嘴上继续说："真是瞎来。投诉去伐？"

聂文尴尬地移开视线，抬了抬手里的东西，匆匆道："不好意思啊。我还有事，先进去了。"

他一走，老爷爷老奶奶也成群地进去了。

没一会儿，入口处就只剩钟影和裴决。

外面雨已经下了起来。

"裴决……"钟影憋着笑，深吸一口气，目视前方道，"我怕痒。"

裴决低头凑到她脸旁："嗯？"他走神了，一时没听清。

钟影忍不住伸手去摸自己腰侧的手掌，裴决顺势将她的手握住，明白过来了，点点头，若有所思的语气："哦。"

两人慢慢往里走。

钟影感觉自己手心出了点汗，裴决的掌心却很干燥，就是有点热。她抬头看他，发现他还是一脸若有所思的神情，便笑着问："在想什么？"

裴决回忆道："你小时候不怕痒的，怎么长大后怕痒了？"

"……我小时候不怕痒？"钟影不解。

"云姐挠你，你都不躲的。"裴决见识过几回两姐妹的打闹。

钟影："……我干什么躲，躲了就输了。"

闻言，裴决忍不住笑，点点头，觉得很符合妹妹的性格："原来如此。"

之后好半晌，两人都没再说话。

一路往里走，钟影也不说要看什么买什么，好像忘记带来的春游清单。裴决似乎也不记得这趟过来原本是要陪妹妹做什么。两人牵着手漫无目的地往里走，好几分钟，琳琅满目的货架渐渐变得跟他们一样安静。

今天天气不好，也不是节假日，就是一个十分普通的工作日下午。超市里的人少得可怜，冷鲜区前都没几个人。

一个穿着T恤和牛仔背带裤的小女孩蹲在最边上，正低头仔细瞧着买酸奶附赠的餐具，是一个模样小巧的陶瓷杯，上面印着色彩鲜艳的卡通花朵。说不上多精巧，可爱罢了。只是小女孩没瞧半分钟，就被身后的家长催着依依不舍地走了。

钟影也过去看那个压根装不了多少的陶瓷杯，黄色、红色的花瓣，绿色的叶子，很符合小孩天真的想象，简单又纯粹。

"我小时候也缠着我妈买过这种赠品，好像也是个杯子，黄色笑脸的。"钟影蹲下来，看了看，仰头对裴决说。

裴决在她身边蹲下，拿起和酸奶绑在一起的陶瓷杯，仔细打量。

"钟振嫌它中看不中用，转手就送给了亲戚家的小孩。

"我那个时候其实很不明白，这一点不值钱，还是赠品，为什么他要抢走，还要送出去做那点微不足道的人情。

"后来我明白了，他只是在我这里、在家里，宣告他所剩无几的权力罢了——随手剥夺的权力。"

裴决放下酸奶，转头去看钟影。

他记得这件事。

因为后来秦苒把这件事当作烦心事随口告诉了吴宜，吴宜在饭桌上摇着头提起。第二天，他就偷偷跑去超市想买个一模一样的。只是他知道得太晚，超市促销活动早就结束了。

"你后来是不是想去买个一样的？"忽然，钟影笑着转头看他。

裴决微愣，他以为这件事只有自己知道。

"我看见你了，因为我后来也去超市问了。"

裴决笑了下，没说话。

他垂眼依旧去看那盒带有附赠礼物的酸奶，平静而温和，好像在看某个时光里的他和钟影——被欺负的妹妹，束手无策的他。大概所有人在成长的某个阶段都会遭遇这样无力时刻，就像他站在摆手说没有了的售货员跟前，感到茫然一样。

"那个时候你在想什么？"钟影看着他。

裴决弯起唇角，再次抬眼看向钟影的时候，摸了摸她的头发，低声说："想快点长大。"

不知为何，钟影眼圈一下就红了。

过了会儿，她看着裴决说："我也是。"

裴决凑过去，亲了亲她泛红的眼睛。

钟影看着他，慢慢靠过去，下巴搁上他的肩头。三十岁的裴决身上还是有少年时的影子，她抱着他，凭着经年累月的熟稔，时间久了，就能捕捉到。

过了会儿,她叹了口气,似乎在替过去的自己松口气。

裴决察觉,忍不住笑,安抚似的拍了拍她的背,没说话。

忽然,钟影想起什么,低低地说:"那个时候我就知道,在你心中,我可能是不一样的。"

青春期情绪的转换最让人措手不及。

对钟振的厌恶让钟影不甘心就此算了,那日放学后她较劲似的跑到超市,非要买回一模一样的赠品,好像凭此就可以和钟振一决胜负。结果,她一头撞破少年青涩的心思。她站在原地,忘了这趟来是做什么的了。如同误入一场花期,少女心头乱糟糟,脸却一点点红了。

闻言,裴决轻声笑了下,语气缓慢:"可能?"

钟影也笑,但没继续说下去。

等她站起来,裴决看着她说:"影影,你一直都是不一样的。"

3

培英小学发来的春游清单上需要临时购置的物品并不多。

钟影买了几样零食、水果,想着回去再给闻琰做两盒便当,另外的应急药物学校会妥善准备。

从超市出来雨已经停了。

裴决问钟影还回琴行吗,他送她去。钟影看了眼时间,这个时候赶去培英正好接闻琰放学,回琴行就得麻烦秦云敏暂时接一下。况且,她还带着这么多东西,其实没必要。想了想,她拿出手机和程舒怡说了不回去,便对裴决说:"我要去接琰琰放学。"

裴决点点头,拎过购物袋:"走吧。"

隔着一条熙熙攘攘的步行街,已经能听到培英小学独有的放学铃声。欢快灵动的鸟儿啾鸣,配合小动物四处奔忙的窸窣动静,如果周遭再安静些,就十分引人入胜了。

校门口,陆续抵达的家长们开始按照高低年级在两边排队。

下过雨的地面还是有些湿,倒映着一碧如洗的蔚蓝天空。

看到规规矩矩在队伍末段插兜等着的陈寓年,钟影朝他笑着点了点头,想起今天中午的"免费午餐",忍不住给程舒怡发去信息:你猜我看到谁了。

程舒怡回得很快:不会是中午那位吧?

陈寓年似乎认识裴决,他笑着和钟影打了声招呼,便看向裴决,思索着道:"东捷?"

裴决不认识他,礼貌道:"你是?"

"铂粤,陈寓年。幸会。上回和兄长去深州谈生意,正好碰到令堂。"

陈寓年正经打起交道来还挺像回事，完全不像今天中午捉弄程舒怡跟捉弄小姑娘似的。

裴决点点头，语气如常道："我不太管东捷的事。"

他的意思是，你们和东捷生意上的往来我不了解，也不清楚。如果要谈生意，还是去找正式的负责人——其实是很简单的一句话，但落在做惯了商人的人耳朵里，就容易有别的意味了。

陈寓年赶紧道："裴先生哪里的话，您在东捷地位可不一般啊。"说着，他还想拉个人附和一下自己，紧接着便同钟影道，"是不是，钟老师？"

先不说他怎么就知道钟影一定清楚裴决和东捷的关系，退一步，就算钟影清楚，他这么一拉，弄得裴决刚才那话就很做作。

钟影真是好笑又无语，但字面上总是没错，便笑看看向裴决说："是。"

裴决也看着她笑。似乎钟影的附和对他毫无影响，甚至，从他注视钟影的神情看，他还蛮喜欢听钟影说话的，说什么无所谓。

两人这样眉来眼去，陈寓年还有什么看不出来的，当下便止住话头，耸了下肩，不说了。

半晌，余光瞥见钟影和裴决还在低声交谈，陈寓年突然想起什么，笑着拿出手机，给程舒怡发去信息：你家钟老师有对象了。[放大镜][脚印][放大镜]

程舒怡：不可能。

程舒怡心想，他这个不知道哪里冒出来的男人竟敢凭空造谣，等着——

陈寓年看着说了没两句就气势汹汹打来的电话，愣了下。毕竟是在私底下八卦，不好当着钟影和裴决的面就这么直接接，于是，他对钟影说："我这里有个电话，能不能麻烦钟老师待会儿帮我看一看小闻老师的学生，叫陈知让。"

钟影哭笑不得，点点头："好。"

陈寓年笑着走开去接电话。

见人走远，裴决低头问："小闻老师？"

虽然他知道指的是闻琰，但这个称呼从陈寓年嘴里说出来就很奇怪，好像他和他妹妹，还有他妹妹的女儿很熟似的。不对，裴决自动纠正了下：好像他和他女朋友，还有他女朋友的女儿很熟似的。

这么一纠正，裴决忽然感觉，自己倒不是很计较这个他不知道的称呼了。

钟影便笑着将闻琰前段日子教陈知让钢琴的事说了。

两人说着话，不远处响起清脆的一声——

"妈妈！"

闻琰一眼精准定位人群里的钟影，背着书包、提着便当盒风风火火地冲了出来，长腿的小兔子挂饰在她书包肩带上比她蹦得还要闹腾。

她一头冲得猛，钟影预感到了，还是被撞得一歪。裴决伸手揽住她的腰。

闻琰瞧见，抬头望见裴决，愣了下，嘴上却客气："裴叔叔。"

裴决笑着说："你好，小闻老师。"

闻琰不好意思，扯开话题，敏锐道："裴叔叔也是来接我放学的吗？"

这下换钟影愣住，她弯腰看着闻琰，闻琰仰头冲她咧嘴狡黠一笑，很懂的样子。

"……陈知让呢？"她朝不远处接电话的陈寓年看了看，蹲下来问闻琰。

一路狂奔就是为了躲人，这会儿从妈妈嘴里听到要躲的人的名字，闻琰愣住，额前头发乱糟糟的，她装作有忙的样子低头去整理，嘴上糊弄道："不知道啊……我没看见他……应该早就被接走了吧！哈哈！"

话音刚落，就听身后传来一声："没有被接走，我还没看见我小叔。"

陈知让礼貌地和钟影说了声"阿姨好"。

不远处——

听到陈寓年描述的程舒怡沉默了，对方姓裴，她还有什么不明白的。

陈寓年听电话那头不说话了，乐了，笑道："怎么，我说对了吧？什么时候请我吃饭——你说如果我没造谣，就请我吃一百顿饭。"

"我是男生，大度点，十顿吧。"

程舒怡："呵呵。"

下一秒，她灵机一动，笑眯眯："就去那家川菜馆吧！一百顿。说好的，就一百顿。我可不是言而无信的人。"

陈寓年："呵呵……"

小朋友个子矮，在人群里视野还是很受限的。

钟影朝不远处陈寓年的方向指了指，牵起陈知让的手："阿姨带你过去。"她又对左顾右盼、瞧着十分忙碌的闻琰说，"琰琰跟裴叔叔去车上等妈妈。"

闻琰巴不得赶紧走人，闻声接连点头，生怕少点一下钟影的话就不作数了。她主动上前拉住裴决，拔腿就往另一边转："走吧，裴叔叔。你的车在哪里？是那辆黑色的吗？还是白色的？黑的吧？我有印象……"

这会儿，估计闻琰看地上的蚂蚁都比看陈知让认真。

陈知让站着没动，目光幽怨地盯着闻琰的后脑勺，忽然落寞道："所以做不成朋友，就连再见都不能说吗？"

闻琰脚下一滑，幸亏裴决拉得稳。

只是这会儿周围的气氛过于活泼了，陈知让突如其来的悲伤十分不合时宜，但也不容忽视。

钟影好笑，喊住还在使劲拽着裴决想赶紧走人的闻琰："琰琰，怎么了？"

　　妈妈发话，闻琰瞬间垮下肩膀，慢慢转过身，目光先是同钟影交流了下，带着一点无奈、一点泄气还有一点灰扑扑，她叹了口气，很小心地看向陈知让。

　　钟影和裴决交换了下眼神，裴决笑了下，蹲下来瞧闻琰，然后朝钟影摇了摇头。他从小到大跟女生相处的经验都来自钟影，可妹妹从来不会对他这样——不说话就是不说话，不理人就是不理人，根本不管哥哥死活。

　　"再见，陈知让。"

　　闻琰张了张嘴，小声解释："没有不和你说再见……刚刚忘记了……"说完，她朝陈知让十分灿烂地笑了下。

　　看着她，陈知让的眼神变得很难过，他点点头低下来，也很小声地说："其实你一点都不想和我说再见。"

　　钟影见他眼睛红了，吓了一跳，赶紧安慰地摸了摸他的脑袋，替闻琰解释："陈知让，琰琰很想和你说再见的。她刚才忙着找她裴叔叔的车呢，你别难过……琰琰，好了，不要那么笑了，你裴叔叔都笑了。"

　　裴决：……我有笑得这么明显吗？

　　"怎么了这是？"

　　陈寓年终于想起自己的侄子，走来瞧着这阵仗，不由得愣住。

　　"吵架了？"他想也不想。

　　话音刚落——

　　"没有……"陈知让心灰意冷。

　　"没有啦！"闻琰急了。

　　两小只异口同声。

　　陈寓年伸手点了点陈知让脑门，好笑："没吵架你装什么装。"他一副"我就知道"的表情，见惯了似的。

　　"和你妈说的一样，在闻琰面前——"

　　"小叔。"

　　陈知让仰头打断，琥珀色的眼瞳瞪着他白痴一样的小叔，语气很淡："你在说什么。"

　　见状，裴决罕见地微微抬眉。

　　他看着几步外相貌已经十分突出的俊朗男生，又去看自己身旁眼见牵扯的大人越来越多、有些不知如何是好的局促闻琰，忍不住笑了下——这小子不得了。

　　一会儿工夫，培英一年级的学生都走得差不多了。

　　身边经过几个同班同学，闻琰和陈知让都和他们打了招呼。

　　陈寓年无语地和陈知让对视，这小子有事装没事，没事装有事，特能唬人，拿捏起人来一套一套的。

陈知让不客气道："你刚才去干什么了？我要告诉我爸。"

"嘿。"陈寓年更加无语，"我怕你？我又不是没爸。"

陈知让："……呵。"

他朝闻琰看了看，犹豫片刻，还是走到她跟前，先是拉了拉她的手，然后看着纠结的她，说："明天见，闻琰同学。"

闻琰讷讷道："明天见，陈知让同学。"

陈知让便朝她笑了下。

这场单方面的友情告罄开始朝着奇怪的方向发展。

回到车上，闻琰跟打了八百场仗似的，精疲力竭地靠在钟影怀里，一句话都不想说。钟影担忧地摸着她的小脑袋瓜，又给她把辫子重新编了一遍。

母女俩在后座你忙你的、我想我的，挨在一起十分亲密。

这个点通常都会堵车，空气里弥漫着食物翻烤的香酥气味。

"妈妈，我饿了。"闻琰转过身埋进钟影怀里，闷声嘟囔。

裴决看了眼，对钟影说："可以暂时停在前面，要去买点什么吗？"

这条街上的吃食钟影都熟了，她笑着点点头："十分钟就好。"

车门关上，没了妈妈柔软的依靠，闻琰细细抹了把脸，慢慢坐好。先是照顾了下书包肩带上的粉色长腿兔子，带着它原地走了几步，又去看窗外钟影的背影，见她走向自己最爱吃的那家蛋糕店，顿时笑起来。

前面的车窗忽然打开。

闻琰望过去，见裴决也注视着钟影的背影，视线无比专注。

小姑娘眼睛一转，乌黑的瞳仁好像最懂这世上最难的问题，一瞬间变得无比灵动。她对着裴决的后脑勺，笑眯眯道："你们在谈恋爱。"说完，在裴决愣住扭头望来的时候，她像是十分满意自己说的话，兀自对自己的结论点了两下头。

裴决看着面前好奇又兴奋的小姑娘，有些迟疑，短时间内，他还不知道要怎么同闻琰认真地交谈这件事。

"我——"

刚开口就被打断，闻琰继续笑着说："我知道妈妈很喜欢你。"

这个裴决倒是不大清楚，尤其不清楚"很"的程度。

他笑了下，想了想问："你怎么知道？"

"你每次给妈妈发信息，妈妈都会笑。"闻琰似侦探一般道，没歇口气，马不停蹄又说，"我还知道你们从小认识，是青梅竹马。"

"但你们没在一起。"

"被我爸截和了，嘿嘿。"

"我爸是不是很厉害？"小姑娘莫名得意。

半晌，在闻琰充满期待的眼神里，裴决好笑道："……是。"

"那你们为什么没在一起？"

得到长辈承认的闻琰还不好意思起来，想继续说什么，于是，拐了个弯，忍不住关心起裴决。

裴决看了眼后视镜，默默在心底催促钟影回来："……有点复杂。"

"多复杂？"闻琰不解，"比王子解救城堡里的公主还要复杂？"

裴决愣住。

这大概是大部分孩子对"爱情"的理解——

注定要遭受的磨难，注定要写在结尾的幸福结局。复杂的只是王子的经历以及解救公主的过程。

很快，钟影买好蛋糕走来。

她走得有些快，似乎知道他们正在看她，笑着朝这个方向扬了扬手里色彩缤纷的两只蛋糕纸盒。

裴决注视着她，忽然对闻琰说："你妈妈可不是城堡里等待解救的公主。"

"那是什么？"闻琰靠近。

"是离开城堡的公主。"

这下换闻琰愣住。

故事开头发生变化，情节也变得意想不到。但这个故事不能只有勇敢的公主，闻琰想，必须还有一个人。

"那你是谁？"

裴决笑了，同走近的钟影对视，她浓密乌黑的发丝倾泻下来，似乎想凑到车窗前先给他一块蛋糕。

裴决说："大概是，想为她守住城堡的人。公主还是需要城堡的，是不是？"

他笑着扭头看了眼闻琰。

闻琰望着他，似乎有些明白裴决给予钟影的"城堡"是什么，便笑着点了点头："是！"

4

童年最担心的事，排行前三必然有春游下雨。

闻琰已经认真记录了一周的天气预报，临睡前还是不放心，希望妈妈帮她盯盯早上的云层密度。

"App 上有。妈妈，你看看五点钟的实时监测就行，如果天快亮的时候云层密度过高，局部落雨的概率就很大。"小闻老师专业道。

钟影哭笑不得，安慰："你裴叔叔说了，明天肯定不会下雨。他的工作需要精确的天气预测。接下来一周都不会下雨。前两天中午下雨是因为夏天刚——"

还没说完，闻琰就用一副无可奈何的宠溺神情瞧着她，两只小手偷偷从被子里伸出来，握上薄被边缘，然后轻轻叹了口气。

"怎么了宝贝？"钟影赶紧凑上前。

"原来'恋爱脑'就是这样的呀。"

小姑娘笑眯了眼，拉着被子边缘一点点往脸上蒙，自己倒不好意思起来。

"闻琰。"钟影好笑。

被点完名，闻琰直接拿被子蒙过头顶，裹住一翻，滚到了床的最里面，笑得被子都在动。

童年对什么都好奇，连路过的一只蚂蚁都觉得了不起。当然，最好奇的对象还是父母。

"现在小孩都这样。"

程舒怡点开手机下单了两杯冰拿铁，头也不抬地笑着说。

一大早，钟影将闻琰送去学校，看着一车满满当当的小黄帽，心疼了秦云敏半秒。之后出了地铁碰到程舒怡，说起已经踏上春游之路的小闻老师，两人就边走边聊了起来。

"那么点大，说起恋爱比谁都懂。"钟影无奈。

程舒怡乐了，转眼瞧她，笑着打趣："可我觉得小闻老师说得没错呀。"

两人走到咖啡店，这个点正赶上最忙的时候，程舒怡看了眼手机上的取号，还得等五分钟。

"对了，我和宋磊打算六月底先订婚。"

钟影正在看前面展示的月度咖啡新品，闻声扭头，有些惊讶："这么快？"

程舒怡点点头，一边打开手机上刚给她推送的兴趣帖子，一边说："订婚就是个流程。现在都这么搞，凑个热闹。我看网上那些婚书还蛮有意思的。"

想起她之前说的，钟影问："不是说还在订十月的婚宴吗？"

程舒怡笑："酒店已经订好了。"说这话的时候，她脸上的笑容大了些，似乎想到了什么。

"订好了？宋磊订的哪里？靠谱吗？"

两人之间闹了好些日子，钟影心底不知怎么，还是不放心，生怕哪个环节出问题。这会儿听她说订好了——前头刚说难订，这会儿就订好了？

"铂粤。"

钟影愣住。

铂粤是南州标志性的酒店。听说婚宴起码要提前一两年订，订不订得到还两说。程舒怡这么紧张的婚期,居然临到头还能订到铂粤?

程舒怡看着钟影,笑容依旧:"还是托你的福。"

钟影又是一愣。

程舒怡就将那天和陈寓年打赌的事说了。

"一百顿饭是我随口说的。本来我还在想这事怎么办。你记得之前我们吃的那家川菜吗?巧不巧?我就请他去吃了。在饭桌上聊起,他说能帮我解决酒店的事。

"用我的婚宴换那一百顿饭。"程舒怡笑起来。

她的五官其实带些攻击性,是一种稍显凌厉的美。眼角尖细,像狐狸,没表情的时候瞧着就很凶,但只要笑起来,眼尾上翘,别样妩媚动人。

闻言,钟影却有些默然。

她想起之前电话里程舒怡和她说的,这是程舒怡一直想要的……既然这样,那应该就是最好的。

她笑着对程舒怡说:"确实是解了燃眉之急。"

"到时候你过来,顺便带上那位裴先生。"

程舒怡朝钟影眨了眨眼,十分了然的样子。她没有多问裴决与钟影在宁江的过去,也没有问两人相遇后的感情发展。那次在艺术团后台碰见,她就觉得两人站在一起十分登对,从小一起长大的亲密无间,让他们分隔多年,相见依然。

钟影笑:"好。"

今天确实一整天都是阳光灿烂。

中午秦云敏给钟影发来一段视频,一个个"小黄帽"坐在色彩缤纷的旋转木马上,像古灵精怪的小精灵,活泼又可爱。

"和妈妈打招呼……"

"亲爱的妈妈,我在好好玩哦!你也要好好吃饭哦!"

闻琰冲着镜头笑眯眯。

而她身旁,陈知让抱着旋转木马正认真瞧她,一双琥珀色的眼瞳分外明亮,似乎很喜欢看她热情洋溢的样子。

钟影简直心都化了。

下午又有好些视频发到了班级群里。

钟影想着赵慧芬一个人在家,闻琰去春游了,她肯定也想念,傍晚便过去了一趟,把视频放给她看。

裴决发来信息说下班过来找她一起吃夜宵的时候,视频刚放到一半。

赵慧芬看着上方冒出的以"影影"开头的一段信息,转头笑着看向钟影。

钟影愣了下:"妈……"

"赶紧去吧，这都几点了？"赵慧芬装作无事发生。

虽然裴决的语气十分正常，但钟影的反应已经说明一切。

赵慧芬不是什么老古董。

她心疼钟影，就像心疼自己的女儿。

…………

裴决说是下班过来还真是下班过来。

两人前后脚到的新月湾。

钟影看着探出车窗朝她招手的裴决，他身上还是一套规整利落的制服，瞧着是很沉稳，只是神情奕奕，整个人不像刚下班，倒像是专门来约会的。

"我以为你要晚点呢。"钟影笑着上前。

裴决打开车门走过来："我给你发信息的时候就在路上了。"

他这几天飞的都是国内一些中短航线，算不上紧凑，一头一尾空出的时间也多。

"晚饭都没吃吗？"钟影皱眉瞧他。两人边聊边走进电梯，见他正在看一侧贴的小区电路检查通告，她便也凑过去，越看越认真，还拿出手机记了下时间和注意事项。

裴决垂眼瞧她，好笑："平时都不看吗？"

钟影也笑着抬眼："我发现你还是和以前一样。"

裴决微微一愣，电梯门打开，他跟在妹妹后头，边走边请教："我以前怎么了？"

"钟影，下周的体检通知你让叔叔阿姨签字了吗？

"钟影，你们年级下学期有全副科的学业考核，你知道吗？

"钟影，一中从你们这届开始好像要分梯队班了，你知道吗？"

裴决真没想到，时隔多年，妹妹的记忆力如此之好。不过她说的这些，他也还是有些印象。他仔细回忆了下，笑着否认："我可不是这么说的。"

"就是这么说的。"钟影开门，转过身看着裴决，一副"我怎么会记错"的神情，好心劝道，"你再想想。"

她站在门口，十分笃定自己的记忆。黑白分明的杏眼炯炯有神，像极了小时候同人轻声细语讲理的样子。只是那个时候，她讲理的对象从来不是裴决——她可不敢和裴决讲什么道理。哥哥总是权威的，有着无法置疑的可信度。实在不行就阳奉阴违，顶多被抓住念几句，到时候跑快点就好了呀。

裴决笑着注视着她，身后的感应灯很快熄灭，家里没开灯，光线倏地变得昏昧不清。钟影下意识眨了眨眼，脸颊忽地被一只宽阔手掌捧起，后腰也被另一只手搂住。裴决一边欺身进来，一边笑着亲她的嘴唇。

"想好了，你说得对。"

门在身后轻轻关上，屋子里光线更暗。

钟影有了一个新发现。只要她据理力争，或者多说点，裴决就会被说服——轻易的、毫无反抗的、自然而然的。他好像从始至终都没什么主见，见她说什么，便是什么。

为什么以前自己不同他多争辩些呢，钟影懊恼，早知道他这么好说话，她还怕他干什么，真是的。

"裴决……"钟影往后靠了靠，仰起头，喘息着垂眼，语气讷讷，"你不饿吗？"

裴决后退看她，见她眼眸湿润，口红旖旎，双颊透着热红，便把人抱到沙发上，蹲下给她整理了下头发，笑着逗她："怎么这么虚？"

下一秒，不知道哪里来的抱枕一下就撞上了他的脸。

"我天没亮就起了，然后送琰琰去春游，下班后去看我妈，做饭，然后赶过来——"

"好好好……"裴决赶紧哄似的拍了拍妹妹肩头，又后退几步捡起抱枕，也不敢靠近了，想了想，拎着抱枕往厨房走。

"你拿去哪里啊？"钟影有点不能理解，从沙发上坐起来，"不要乱放。"

裴决只好规规矩矩地又把抱枕给妹妹送回去。

厨房很快灯火亮堂，微醺的暖黄弥漫过来，钟影歪头靠着抱枕，注视那一片光晕里驻足冰箱前思考做什么的裴决，半晌，忍不住笑。

其实这样的场景对她，或者对他而言，一点都不违和，甚至称得上亲切与熟悉。

想起电梯里那些脱口就能细数的点滴，钟影心头渐渐泛起一阵恍然，好像时光在这一刻回到了过去，在她的成长阶段里，裴决早就超出一个邻家兄长的角色。他们一起长大，是两小无猜的青梅竹马，也是朝朝暮暮的陪伴与依靠。

因为长她两岁，裴决堪称她最佳的学业指导，他关心她的每一场考试。但钟影自己清楚，那时的她其实是有些不耐烦的。考得好就算了，考得不好，她都怕见裴决——天知道，回家的那段楼梯，她每一级都走得小心翼翼，生怕数着点的裴决听到动静，开门就问她："影影，考得怎么样？"

但若是见她像受惊小鹿似的紧张又不安，裴决也只是无奈，语气愈低，近乎哄着说："我看看卷子。"他坐在一边给她讲题，少年眉眼长开，有了青年成熟的轮廓和愈渐沉稳、不动声色的气质。钟影趴在亮堂堂的桌前听他讲题，眉眼耷拉着。青春期的少女心思细腻，裴决根本不可能搞懂。他想问她是不是没在听，又担心自己话说重了。几句话搁在嘴边反反复复，愣是察言观色好一会儿，最后还是没问出口。他根本不知道怎么对待她，轻一点似乎不大好，重一点他也舍不得——说起来，都说钟影是他妹妹，天知道，他把钟影当祖宗。

可能就是因为这样——

他陪伴在她身边，辅导她功课，监督她学习，照顾她生活，慢慢地，他的陪伴，比这世上所有的天经地义还要天经地义。

耳旁倏地一静，厨房的油烟机关了，刚出锅的食物香气渐渐弥漫。钟影睁开眼，不远处的餐桌前，裴决正往杯子里倒鲜榨的石榴汁，空气里夹杂着很淡的清甜味道。

"醒了？"

抬眼就见她出神地瞧着这边，裴决笑着问。

钟影点点头，坐起来看了眼时间，也才过去二十多分钟。

"睡得好沉。"

裴决端着果汁走来："早上几点起的？"

他在钟影身边坐下，杯子递过去时，伸手轻轻拂开钟影面颊上的发丝。她睡了太久，侧脸印出一点微红的痕迹，贴着不知道哪里跑来的又细又软的几缕头发，十分可爱。

面颊上贴着的掌心带着干燥的热意，钟影歪头靠上去，望着裴决说："早上要检查的东西太多，五点不到就起了。"

裴决点点头，思考道："春游这么麻烦吗？"

"你没春游过？"钟影瞥他，好笑。

裴决便也笑。

他当然春游过。不过每次都是妹妹顺便给他准备东西。他本就不是特别麻烦的人，尤其早些年大人们忙着事业，生活方面他更是极简。只是抵不过妹妹操心，所有东西都要分他一半。有回春游在车上从书包里掏出一包可爱至极的樱桃小丸子湿巾，他也能面不改色地同周围同学说："我妹妹分我的，一袋里正好有两包。"

当然也有离谱的时候——

在书包里摸到一本不算薄的书，裴决心想，妹妹居然还会给他找本书打发时间，真是贴心。结果拿出来一看，粉红带闪的亮晶晶封面上，漫画少女满脸娇羞，上题《咬你一口——霸道总裁的心尖宠》……他很快把书塞回书包，心里想了好一会儿见钟影怎么说。妹妹要面子，直接说肯定完蛋，大概这辈子都不会理自己了，可总不能不给她。裴决纠结半晌，把书掏出来，同后排关系好的同学换了座位，说自己昨晚没睡够，正头疼，想单独休息下。

于是，一路上，裴决不吃不喝，赶在下车妹妹来讨之前，看完了《咬你一口——霸道总裁的心尖宠》——说实话，"心尖宠"那三个字对少年时的他来说，不啻于一个新概念。

妹妹果然来讨了。

裴决远远就瞧见钟影跟几个玩得好的女同学站在停车场边缘，翘首以盼。看了一路小说，他头都疼了，这会儿望见妹妹，忍不住笑起来。钟影拖拖拉拉挪过来，隔着几步小声叫他的名字。裴决勉强压下嘴角笑意，换上一副比较严肃的神情，向她走去。还未到跟前，他的书包就被拉住："我东西好像落你那儿了……"钟影压根不敢看他，手速飞快，就这么囫囵把小说塞进了自己包里。

"我走了。"她低头拉书包拉链，嘴上支吾。

裴决笑，装作好奇的样子，开口："是什——"

钟影转身就跑："没什么！"

不过书被翻了一路，只要稍微仔细地看一看，就知道肯定有人读过。于是，意料之中，裴决迎来了为期一周的"冷处理"。换作往常，他还能找点别的事留住妹妹说几句，这次比较难办，他总不能向妹妹讨教那本书吧。

……但也不是不可以。

"影影，你喜欢男主角还是那个男二？"裴决认真地问。

钟影睁大眼看他，但他的语气和问她这道题选 B 还是选 B 毫无区别。见他问得实在认真，钟影想了想，说："都喜欢，都是很优秀的人。"

裴决点头，有理有据地附和道："确实。"

为了讨妹妹欢心，他真是什么话都说得出来。

…………

"所以你真的看完了整本？"

饭桌上，回忆起这事，钟影还是不敢相信。

裴决点点头，低头吃自己做的炒饭，过了会儿，说："很简单的小说，看起来很快的。"

时隔多年，记忆中的羞耻早就消失不见，钟影慢悠悠地喝了口石榴汁，又问："那你喜欢里面的女主角吗？"

裴决握着筷子的手一顿，惊叹妹妹的脑回路，好笑地看她一眼，很无奈似的："我怎么可能记得。"

钟影笑眯眯。

一碗鸡蛋炒饭很快吃干净，裴决望着碗，忽然想起什么，问钟影："你和闻琰平常就吃饭团？"

钟影愣了下，不是很明白："饭团？"

"冰箱里好多饭团。"

裴决表情困惑，他难得露出这样的表情，似乎真碰到了难以理解的事。

对视半响，钟影总算反应过来，当即笑得肩颤。

"不是……这是我早上给琰琰准备的便当，弄多了。"

真是难为裴决了。他先前从冰箱里拿出一盒圆滚滚的饭团时，一边挨个戳开，一边想着该怎么同妹妹说，要是以后每顿饭都得这么吃……也不是不可以，毕竟家里有小朋友。

　　"你不会真想以后都得这么吃吧？"钟影凑过去，忍不住笑，"裴决，你好幼稚……"

　　裴决微微一笑，站起来把碗端去厨房。他不会告诉妹妹，他都想好了以后团饭团的任务要怎么分配。

　　水声响起，伴随碟碰撞的清脆声。

　　钟影跟着走过去。

　　"对了。"想起一桩正事，她走到裴决身旁，垂眼看着池子里的泡沫说，"你记得程舒怡吗？"

　　裴决擦了擦手，转过身面朝她："艺术团？"

　　钟影想起那次艺术团会演结束后他们在后台碰见的场景，点点头："她是我大学同学，我们关系很好……"

　　她抬头望着裴决："我们，我和闻昭还有她和宋磊，大学时都在一块。"

　　裴决不作声，只是看着她。

　　他脸上的神情和前一刻那种始终带笑的神情稍稍显出一些不同。虽然注视钟影的目光还是带着宠溺的笑意，但唇角已经放下，面部稍显紧绷——即使不大看得出来。平静与温和似乎是最直观的，不过，钟影还是细微地察觉到他心底的审慎与淡漠。

　　想起来，这是他们关系确定后第一次面对面提起闻昭。

　　见裴决不说话，神色愈加如常，像是在等自己继续说下去——但钟影知道，不是的，他是在想些什么。

　　于是，她直截了当地问他："你在想什么？"

　　裴决似乎也清楚这个时候问自己想什么的妹妹，到底想知道什么。他的妹妹早就长大了，感情上也比他更游刃有余。

　　片刻，他忽然反问："你觉得我在想什么？"

　　一个名字而已，出现在钟影嘴里连一秒钟都没有，他能想什么，也不值得他想什么。

　　闻言，钟影勾了下唇角，心底却莫名泛起一丝不是那么开心的情绪。

　　她对他说："你以前嫉妒的时候也是这样吗？装作什么事都没有。"

　　裴决微微一愣。

　　钟影看着如同旁观者、局外人一样的裴决，忽然感到一阵难以抑制的委屈。

　　只是她自己都不清楚这点微不可察的"委屈"到底从何而来，心口仿佛被人堵上了一面墙，她原地徘徊、毫无办法，只能一股脑地说："你以前看我和他出去,还有一次,他送我回来,你就在楼梯上等我——"

也许人的感情就是这么奇怪,当清楚地知道了一个人深刻而恒久的爱意后,就希望得知他为人的全部——好的、坏的,甚至希望他主动剖开来,献祭似的全部给自己看。无论如何,只要和自己有关,通通都得和自己有关。

钟影想,原来自己这么霸道。

裴决没让她继续说下去,把她抱进怀里,轻轻拍了拍她有些激动的后背。他一点都不想因为那两个字同她产生不愉快。

毕竟,他确实嫉妒得要死。

他说:"我希望他消失。"

5

怀里的人许久没动静,裴决搂着钟影没说话。

少年时的恶意宣之于口,于他而言,更像是爱意的袒露。

这本就是一场必须有人出局、容不得第三人的爱恋。不管那人是死是活。钟影既然想知道,那就告诉她好了。裴决想,他在她面前做了十几年良善宽厚的兄长,再做下去,他都要疯了。

他从小呵护她、珍惜她,希望她无忧无虑地长大,当然也希望她属于自己。

只是这世上有太多一厢情愿的事。

有时候裴决会想,其实自己这样的求而不得一点都不稀奇,甚至称不上命运的捉弄。这实在太平常了,平常到,与钟影重逢的第一眼,他才觉得是命运的捉弄。

"他死了。"

不知道过去多久,钟影靠在他怀里轻声道。

她的语气好像呓语,好像深陷在一场从未走出的噩梦里,眼前虚虚实实——她说着闻昭离开的话,却伸手紧紧抱住了裴决。长久未曾袭来的恐慌与不安,此刻如同楼宇崩塌前的裂缝,一寸寸地蔓延开,在她心底盘桓,只等着那一声轰然。

慢慢地,她抱着裴决,在他坦诚的爱意里,仿佛感受到了更大的、即将重蹈的崩塌。好像所有对她展露的深刻与恒久,都必将在猝然间离她而去——母亲是,闻昭也是。

裴决敏锐地察觉到钟影情绪的起伏,他低头吻了吻她发顶,低声说:"所以我很担心你。"

到现在,裴决其实都无法清楚地知晓闻昭的离开对钟影而言意味着什么。

重逢后他与秦云敏的那次谈话,言语间,她并没有多谈闻昭的突然去世对钟影造成了多大的打击，她只是告诉裴决，幸好有闻琰，还顺带提及了秦苒的去世对钟影的影响——

"你懂我的意思吗……姑姑去世后，她就有点抑郁。"

他当然懂。

因为那个时候，一直陪伴在钟影身边的，是他。

她一度是恍惚的，饭也吃不进去，短短几天暴瘦。母亲的骤然离开是她根本无法接受的现实。她把自己关在房间里，好长时间，哭到没有声音。

她有多依赖秦苒，这份打击就有多锥心。

过往岁月里，秦苒暗暗地、柔软地呵护着女儿坚硬又脆弱的内心。尽管那个时候的她也是千疮百孔的。

但因为和钟家人在医院闹了一场，裴决在钟影面前，总不知如何应对，仿佛他才是那个根底上的罪魁祸首。他给她按时做了每一顿饭，每一顿都按时叫她吃，但她根本吃不了几口。有时候坐上餐桌，低头看见秦苒铺的碎花桌布，她都会哭到崩溃。

直到闻昭赶来。

说实话，裴决那个时候是很感激他的到来的。钟影的状态差到极点，好像只要闻昭再晚来几天，她的精神就要彻底崩溃了。

慢慢地，顺理成章地，裴决好像也没必要再在宁江待下去。学校催了他好多遍，学业耽误太久，他的考核会无法通过，而只要有一项考核出问题，他就会失去成为飞行员的资格。于是他回了学校。后来在电话里他听裴新泊说，闻昭把钟家上上下下揍了一顿——当然这是夸张的修辞，大概意思却差不多。

"秦苒留了一笔钱，指名给影影，数额很大。这段时间一直是你妈在打理，要在秦苒走后一次性交付给影影……钟家人不干，你猜怎么着？那小子跟只狼狗似的，见谁就咬，差点把钟影她大伯的手掰断，还是钟影出来叫住的。

"后来说要去法院，这小子不知道从哪里叫来一帮人。他才来宁江多久，就认识了不知道哪个犄角旮旯里的人，说要把钟振干的好事全部贴上街，还有钟振他大哥儿子的工作好像也有蹊跷……钟家人好面子，你知道的，总之都给吓回去了。"

裴决安静听着，许久没有说话。

对那个时候的钟影来说，闻昭不啻于她内心最坚实的壁垒。

所以，重逢后的一段时间里，裴决常常忍不住想，闻昭走后，钟影到底是怎么挺过来的。

厨房的光线落在钟影脸上，好像温暖的面纱。

她靠着裴决太久，被他紧紧抱着，面颊都沾上他的体温。她抬起头，注视目光担忧的裴决，牵起嘴角笑了下："我有什么好担心的。"

裴决不说话，伸手摸了摸钟影脸颊，粗糙的指腹带着暖意，还有一点点温柔与无奈。

钟影握住他的手腕，低下眼睫，不作声。

过了会儿，她说："下个月月底，舒怡在铂粤订婚，你和我一起去好不好？"她的声音很低，像是从回忆里慢慢苏醒，语气带着一点疲惫。

裴决低头去亲她动得不是很明显的嘴唇："好。"

时间不算太晚。

两人一起看了部电影，真人传记，讲的是一位十分有名的数学家如何以强大的精神力与自身对抗的故事。钟影在电影后半段就开始四处找纸巾，裴决忍不住笑，一边看着屏幕上的男主角自强不息，一边瞧着身边的妹妹感动抽泣。

她的情绪似乎好了些。

裴决注视着暗光下钟影潮湿的眼睫、莹莹的眼珠，好像浸在清澈湖水里的琉璃珠子，分外迷人，渐渐地，他也不那么担忧了。

电影播完，钟影还是很感动，想起男主角在最后对妻子的致谢，忍不住问裴决："你印象最深的是什么？我觉得递钢笔那段真的好难过……"

裴决垂眼憋笑，想起以前给她讲题，她也是这样，乖巧又认真地表达自己的想法，让人瞧着就心生爱怜。

他想了想，佯作回忆，慢慢道："大概是男主表白的那段——我们彼此喜欢，可是按照传统，发生性行为前，我们需要谈一段柏拉图式恋爱。"

他一本正经，看来印象很是深刻。

钟影看着神情坦然又带着几分戏弄笑意的裴决，莞尔笑着转开脸，过了会儿，越想越好笑，忍不住趴在沙发上。

裴决伸手抚摸她背上的长发，语气里笑意更明显："我背得不对吗？"

"你背它干什么？"钟影扭头，笑开的眉眼愈加生动，整个人有种慵懒的惬意。

裴决还是一副认真的模样，他的手往下，一把捞起钟影的腰肢，笑着没说话。

也许是今晚的氛围实在好，好到令人心动，又或许，前一刻的两人足够剖白了自己，一个需要最坚硬的壁垒支撑，一个需要最柔软的怀抱容纳，所以，他们情不自禁地相拥。

…………

后半夜钟影倒忽然睡不着了，好像一下子想起许多从前的事，同裴决说个没完。裴决懒洋洋地听着妹妹说话，偶尔去亲她的嘴唇。

"你知道我是什么时候决定不叫你哥的吗？"钟影语气得意，像是怀揣着一个巨大的秘密，准备拍卖兜售，且价高者得。

裴决还真不知道。

也许他本就对钟影叫他什么不敏感，又或者，那个时候她叫他哥哥，他潜意识里知道这个称呼算不得真。不过说起来，这个称呼也确实让他兢兢业业地实践了十几年。

"什么时候？"裴决好像高高举起竞价拍的商人，眼里只有那个秘密。即使没人同他竞争，他也不惜一掷千金。

"你还记得那回你给我送错题本吗？"钟影抬头望着他，目光明亮。

正是学业最紧张的时候，她忘带了重要的错题本，真是焦头烂额。打电话回家，大人都不在。可这个点赶回去拿，回来晚自习都结束了。钟影握着班主任递来的手机，真是欲哭无泪。

可电话却突然在长久的忙音后接通了。家属楼本就隔音差，铃声响了太久，有心人总会听见。

"喂？钟振和秦苒去单位——"

"哥！"钟影激动得险些飙泪。

"影影。"裴决笑着叫她小名。

月光皎洁，一级级楼梯最下面，裴决骑在自行车上，朝跑下来的钟影笑，少女快乐得像是要飞起来。

接过裴决递来的错题本，钟影笑着躬身道谢："大善人大善人。"

裴决忍不住乐，长腿撑地，伸手过去叩了叩她脑门："丢三落四……走了！哥哥我作业超多好吗……"

少年潇洒地转身，自行车轮在如水的月光里像是划开一道清澈的涟漪，映着他俊朗清隽的面容和挺拔磊落的身姿，好像世间最美好的存在。

钟影笑着抬起头，眨眼望见。

晚风徐徐吹过他雪白的衬衣衣角，却鼓动起身后少女的裙摆。

"裴决！"

"吱呀"一声刹车，远远的，裴决扭头，没好气："祖宗？"

钟影眯眼笑，朝他伸出手："谢你的。"

"什么？"

裴决还真一脚蹬回来看，待看清那团空气，佯怒："钟影——"

钟影转身跑得飞快，一边跑一边笑着说："真心啊！真心！你看不见吗？"

"真你个鬼！你给我回来！"裴决好气又好笑，注视钟影一级级往上。明月钟爱少女，为她量身定做最美好的皎洁月光。

自此，这成了钟影少女时代关于裴决最大的秘密。

经由时光的掩藏，再度往回看，只会愈加熠熠生辉。

· 第七章
偏爱她

/ 他的主角,永远是她。/

1

闻琰坐在小马扎上,小手放在身前,抬头挺胸。

前面,负责讲解自然科学知识的老师正给他们播放卡通故事片,他们正在一艘巨大的木船上,船身悠悠荡荡,四周的场景模拟着地球进入冰河时期的种种地貌,分外逼真。

过了会儿,坐在闻琰身边的黎梦悄悄看她一眼,视线又朝后瞥去。陈知让和她们隔了两排,也正抬头认真看着老师。

进"船"前,陈知让和几个男生走过来问能不能坐一起,方便一会儿的小组合作——他们需要两两组队,完成一个和气压有关的实验。黎梦抢在前面说自己已经和闻琰一组了,让他们另外再找组员吧。闻琰不知道一会儿还有实验,看着陈知让点点头:"梦梦一直和我组队。你们也可以两两一起。"陈知让便没再说什么,转身去了后面坐下。

果不其然,故事片放完,老师要求小朋友们分头组队做实验。

"大家不要私下组队,学号最后一位数字相同的同学两两组队。没有相同,或者三个相同的,都来老师这里,老师安排。知道了吗?"

黎梦睁大眼,难以置信:"这个迪士尼的老师是怎么知道你和陈知让的学号最后一位数字一样?"

陈知让抱着自己的小马扎笑着走来:"好巧啊,闻琰同学。"

他的脸上完全没有黎梦的惊讶,全是开心,和一丝一闪而过的狡黠。

"我妈妈说我暑假去英国的夏令营申请通过了,我可以和你一起去英国了。"

陈知让礼貌地等在一边。黎梦唉声叹气地抱走小马扎,他挨着闻琰放下自己的小马扎,一边说着话,一边转头瞧闻琰,神采奕奕的,就是不知道是因为出来玩,还是此刻坐到了最好的朋友身边。

闻琰点点头:"哦。"

木船依旧仿照航行的情景轻轻摇晃,讲解老师从旁边经过,挨个给他们每组递发了实验小卡片。

陈知让靠近去看闻琰手上的卡片,看着上面印着的实验步骤,他心里想的却是另一回事。

"闻琰。"过了会儿,他叫她,声音里有些不易察觉的紧张。

"嗯。"闻琰正在记卡片上的步骤,轻轻应了声。

"暑假里,我们还能继续做同学吗?"陈知让注视着她,神情格外认真,"我的意思是说,暑假虽然不上学了,但也可以做同学吧?"

他似乎好好记下了闻琰的话,不要做朋友,于是担心起离开学校后做同学的资格。

闻琰看着他,一时间不知道说什么。

她捏了捏手里的卡片,过了会儿,叹了口气:"那要不我们还是做朋友吧——就暑假做。"最后四个字仿佛是公主最后的倔强。

话音未落,陈知让就笑起来:"好。"应得干脆利落,似乎知道这是眼下能拿到手的最好答案。

他笑得不是那么明显,嘴角弯起,牙齿很含蓄地没有露出来,望着好心的闻琰,像是被点亮的星星。

只是他应得太快,闻琰转头对上,又觉得好像有什么不对劲。

等他们做好实验,出了木船,站在阳光明媚的城堡下,脑袋被晃得晕晕乎乎的闻琰这才恍然大悟。

"他这是以退、退、退为进!妈妈!是不是!"

"臭小子!臭陈知让!"

公主回到家,叉着腰在客厅里发泄小狮子般的怒火:"太可恶了!小小年纪!"

钟影哭笑不得,想了想,蹲下来安慰暴跳如雷的公主:"是你让人家难办了呀。你说不要做朋友,那你们暑假还要一起去夏令营,那不是同学了,做朋友——"

"怎么不是同学?"闻琰睁大眼,"妈妈,那个时候,我们是夏——令——营——的同学!"

…………

晚上钟影将这事说给秦云敏听,秦云敏笑得不行。

"原来如此,我说今天上午陈知让怎么过来问实验组队的事。

"本来是想让他们自己组队的,但那边的老师对学生不熟悉,想对着花名册组方便认人。估计他听到了,就过来说按学号的最后一位数字组队。我那会儿还觉得这小子聪明——真是聪明啊。"

钟影想起陈知让他每回来自己这里练琴,明里暗里都得拉上闻琰,不由得好笑:"这个陈知让。"

"琰琰生气了?"秦云敏有点担心两个小孩真闹不愉快。

钟影:"没有。她心里不放事,你是知道的。"

秦云敏笑:"确实。不像你,想什么我们都不知道。对了,今天我和崇岩去看干妈,知道了点事。"

她说得委婉,钟影怎么可能不知道是什么。不过秦云敏还是和以前一样,没有多问她和裴决,只是说:"干妈很心疼你。"

"嗯。"钟影低声道。她当然知道赵慧芬对她有多好。

"老人家就喜欢念以前的事。"说着,秦云敏叹气,"今天她又说起你刚生产完那阵,说着就哭。你知道吧,周崇岩泪点超低,后面一边扯纸巾一边跟他干妈嗷嗷哭,我都无语了。"

钟影忍不住笑。

"她说,要是姑姑还在,心得疼得碎掉。她这个做婆婆的心都揪疼,当亲妈的不得滴血。"

钟影鼻腔忽然泛酸,低下头,好一会儿没吭声。

等电话里传来秦云敏叫她的声音,她才抬起头,语气带着几分无奈,又有些如释重负:"姐,不是没事了吗?

"我现在有琰琰。我舍不得她,一点都舍不得。我怕她被人欺负。"

秦云敏没说话,默了半晌,忽然道:"你和裴决说过吗?"

"我为什么要和他说这个?"钟影笑,"再说了,这都过去多久了……好了,都怪你,干什么又提起来。"

"怪我怪我。"秦云敏也笑。

不过钟影还是隐隐觉得,裴决应该是察觉到了几分——他说他担心她。

也只能是裴决了。

小时候钟影就觉得他能看穿自己,现在长大了,他的看穿换了个境界,变成了自问自答。

就像今天早上,他要赶去上班,临行将后面一周的排班时间发给了她。钟影看着上面为数不多空出来的时间,有些好笑,但没说什么。

裴决瞧着她,忽然道:"你是不是在想,虽然是我的时间表,但自己的时间也好像被支配了?"

钟影没理他,难道不是吗?

裴决一眼看穿她心里的腹诽:"不是的。影影,这只能代表我的时间属于你。要不你也给我做个时间表?"

钟影真是气笑了:"你还不走吗?现在是你的什么时间?和我扯皮的时间?"

裴决一边套外套,一边很无可奈何的样子,看着她摇头纠正:"是谈恋爱的时间。"

入夏后天亮得越来越早。

闻琰在培英的课外活动开始多了起来。有时候吃完午饭睡好午觉,培英的老师会带着他们进行户外活动,所以钟影经常要起得很早为她准备两个书包。出门一身整洁校服,可能下午回家就是一身灰不溜秋的登山服了,偶尔捎带几只昆虫标本。

"妈妈你怕不怕?"

闻琰笑嘻嘻地指了指自己做的标本,狭长的甲壳,泛着颇为诡异的青紫金属光泽。

钟影面不改色,虽然心里已经有点抓狂,但还是说:"是不是都湿透了?"她把手伸进闻琰衣领,果不其然,一身的汗。

"这个叫桃金吉丁,好听吧?我觉得蛮好看的,可是梦梦说吓人,陈知让同学说还好……但是我知道陈知让同学很害怕,因为他说还好的时候往后退了!哈哈哈!"

闻琰昂首挺胸,颇为得意,一边扒饭一边念念有词。

"妈妈你别害怕,我会保护你啦。它都被我做成标本了,说明什么?说明我是老大啊!有老大在,怕什么。"

钟影忍不住笑:"好的,老大,要不要再吃点胡萝卜?"

闻琰笑眯眯,双手递碗:"没问题的!老大妈妈!"

…………

"哈哈哈!钟影,闺女给我养吧。"

晚上和程舒怡聊起这事,程舒怡忍俊不禁。

钟影也笑,想起她的订婚宴,便问:"准备得怎么样了?"

"差不多吧。就是一些流程得记住,已经约了摄影师跟拍,到时候也会帮忙盯流程。"

"那就好。"

这段时间两人很忙。艺术团和高校合作的毕业演出最终定在六月初,后面也就剩一周左右的时间留给程舒怡筹备订婚。琴行的暑期课程也陆陆续续要上线了,钟影看了下暑期课表,真是符合热火朝天的七八月。

"琰琰什么时候去英国?"程舒怡回忆了下之前钟影和她说的时间,"肯定能来吧?"

钟影:"放心,就在后面几天。先送她和她奶奶去深州。"

"去深州？"程舒怡问，"裴决爸妈那儿？"

"对，琰琰没去过深州，他们想招待下。"

说起来，一开始赵慧芬还心想没必要。她本就觉得给人家添麻烦了，再过去绕一趟，不是更麻烦？谁知吴宜直接坐飞机过来同赵慧芬商量。她是见惯场面的吴总，哄得赵慧芬同她相见恨晚。不过两人聊得最多的，还是钟影母亲秦苒。赵慧芬没怎么问过钟影她母亲的事，只从闻昭嘴里知道个零零碎碎，后来也不好多问。那回吴宜来，两人聊了许久。

吴宜是一个人来的南州，裴决组了个饭局，秦云敏和周崇岩也去了。

饭桌上都在说以前宁江的事。换作以前，秦云敏真是不能想。可自从上回五一请裴决吃饭，再到吴宜过来，钟影看上去放松了许多，她坐在裴决身边，挨着古灵精怪的女儿，和以前一点都不一样。

吃完饭，正好在商场，裴决就和钟影带闻琰看电影，是一部动画片。那个时候，秦云敏还想，幸好自己没孩子，不然让她坐上一个半小时看动画片，真是要抓狂。她把这个想法和周崇岩说，周崇岩委婉道："老婆，谢天谢地，我也是这么想的，我只想打球。"

秦云敏觉得好笑，回去路上给钟影发信息，问她动画片好不好看。

钟影隔了好一会儿才回：蛮有意思的。

秦云敏盯着这五个字，忍不住笑：大小姐谈了恋爱就是不一样。

手机光线荧荧，映着钟影笑起来的面容。电影结束，她和裴决说："云姐还想问你电影观后感，我说你看得比我认真，她不信。"

裴决笑："是还可以。"

闻琰仰头，眯眼一笑："是吧，裴叔叔。"

时间过得还是很快的。

六一儿童节那天，闻琰收礼物收到手软。

等放学，钟影看她费劲地提着一大包装饰精美的毛绒玩具，以为是秦云敏送的，结果一问，是陈知让。

"陈知让说这是他妈妈从香港带回来的蛋糕兔子最新款，他说如果我不要的话，他心脏就会出问题。"

闻琰紧皱眉头，叹气："妈妈，怎么办？"

小闻老师似乎也颇懂大人之间的礼尚往来。虽然表面看这只是象征单纯友谊的礼物，但做大人的总得表示些。

到家，裴决正在做晚饭。他落地的时间不固定，但碰上时间正好，还是能赶上一顿晚饭。

饭桌上聊起这事，裴决想了想，对钟影说："下周我有一趟飞香港，到时候去看看。"

闻琰指了指沙发上的超大毛绒玩偶，叮嘱道："最好拍照哦，裴叔叔。"

裴决笑："好。"

虽然礼重有负担，但一点没妨碍闻琰晚上抱着睡觉。柔软至极的兔子蛋糕，温暖明亮的配色，简直是小女孩的梦中情物。

看着翻身就自然而然搂住礼物睡觉的闺女，钟影好笑。

似乎在闻琰的世界里，任何问题都可以解决，实在不能解决，那就在梦里解决好了。

从房间里出来，见裴决正坐在餐桌边，钟影走过去，看了眼他手机上搜索的玩具价格，顿了顿，实在忍不住："……这里面是不是有金子？"

半响，裴决放下手机，语气严谨地对钟影说："刚才我看了下它的成分，应该是没有的。"

钟影笑着转身往沙发走，裴决伸手揽住她的腰，笑："这就走了？"

"不然呢？"钟影说着忍不住笑，"听你继续胡说八道？"

裴决只是笑，没再说什么，拉着她坐在自己身上。

两个人挑了会儿送给陈知让小朋友的礼物，想起近在眼前的程舒怡的订婚宴，便也一起选了礼物。

周末，闻琰照例去赵慧芬那儿参与北湖公园的大型活动，裴决就和钟影带上礼物拜访陈家。

邀请他们进来后，陈知让还一个劲朝门口望，似乎对小闻老师的缺席十分遗憾。

钟影笑着解释："她每个周末都要去看她奶奶，就在北湖公园。"

话音刚落，陈知让礼貌道："那我一会儿可以去北湖公园找她吗？"

钟影："当然可以。"

少年天真无邪，只想抓紧时间和最好的朋友在一起。

于是，回去路上，钟影就接到了赵慧芬的电话，说是琰琰的同班同学找来了，让钟影放心，正带着一起围观相亲活动呢。

"小孩子挺安静的，跟着我们琰琰，说干什么就干什么。"赵慧芬觉得蛮有意思。

钟影和裴决对视一眼，都不知道说什么。

从此，闻琰的周末例行活动多了一个小跟班。

闻琰是不觉得有什么的，毕竟跟班谁不想要，走出去也威风。

六月气温直线上升，天气却变得不是那么晴朗，多数时候阴沉沉的。

梅雨季要来了。

两人在车上说着话，外面就荡起细细密密的透明雨丝，空气里渐渐弥漫开潮湿氤氲的雨水气息。

"我都怀疑她那些大道理是看人家相亲看来的。"

钟影关上车窗，转头笑着对裴决说："你不知道，她三岁不到就跟着她奶奶去人家家里看相亲。一开始被她奶奶抱在怀里，后来大点，进了人家家里，都能自己熟门熟路地找地方坐着看了。"

听到最后，裴决忍不住笑出声："不无聊吗？"

他目视前方，唇角弯起，耐心细致地听着钟影说话，看来心情是极不错的。

钟影摇头，语气里全是笑意："回来还会说，可有意思了妈妈，没一对成的，奶奶都要急死了，招牌要砸了！"

裴决笑得转头瞧她一眼："后来呢？"

"后来跟她奶奶一块急。"

雨丝已经成帘，覆盖在车窗玻璃上，外面的光景都被牵扯得歪歪扭扭，耳旁传来愈渐滂沱的雨声。

天气虽然不好，但车内氛围十分好。两个人有一搭没一搭聊着，快到商场时，正赶上前面红灯，车子跟随着缓慢停下。

"人家学龄前都要学一些课本知识，她不——"

忽然，侧后方传来一声尖锐的碰撞，夹杂在雨声里，好像一记短促的爆破。

钟影扭头去看，车窗稍稍打开，雨线蒙面，带着湿漉漉的凉意。

"怎么了……"

"撞倒了……开太快了……又下雨……"

"没事吧？人呢？"

"滚下面呢……不知道。"

…………

车窗忽然被关上。

钟影望着玻璃上映着的模糊面容，好像有些不认识自己。

下一秒，她脸颊传来干燥的触感，耳旁响起裴决担忧的声音："影影？"

他很快地摸了摸钟影面颊，然后在车鸣的催促声中将车开了出去。

过了会儿，钟影低下头，浓密的发丝遮住她大半面容。

她对裴决说："我没事。你开慢点。"

周末商场人很多，热门餐厅都在排队，两人挑了家人不是很多的餐厅吃午餐。这边靠近栖湖道，吃完裴决问钟影要不要去走走。

"正好琴房装好了。"他说。

不知道是不是远离市区，栖湖道虽然也在下雨，但比起市区的压抑，这边的天空格外开阔些。

裴决将车停在栖湖道外圈。

虽然下着雨,但这里还是有人在跑步,浑身淋得湿透也不管。隔一段,还有专供咖啡和冷饮的长廊,周末过来玩的学生就围在廊下小声说着话。

钟影和裴决并肩站在长廊最边上,咖啡还要等十分钟。

"说是上周就分手了……要不这样,一起请了呗。分了肯定都不来了,要是还在一起,到时候不就知道了?"

"不是,到底谁传他们分手的?"

"他们朋友说的,看到他俩在雕像后面吵架,吵得还挺厉害。"

"多厉害?能看出要分手?"

"不清楚。要不现在打个电话问问?"

…………

钟影没忍住,转开脸,似乎在笑。裴决想起什么,也不由得弯起唇角。两人好一会儿都没说话。

很快,几杯冷饮和咖啡递出来,空气里渐渐弥漫开焦糖和牛奶的香气。学生们撑起伞,七嘴八舌地往前走,临走也没讨论出所谓的"真相"。

人群散开,角落的长椅空了出来。

钟影走去坐下。她还在笑,神情比下车那会儿轻松许多,好像脑子里徘徊的事渐渐淡去,心头的不安也被别的占据了些。

"笑什么?"几步外,裴决看着她。

钟影抬头,目光接触到裴决,脑子里灵光一现,笑着说:"你是不是在想那件事?"

两人这是想一块了。闻言,裴决语气微顿,思索着问道:"为什么进了一中要装不认识我?"

像是被裴决稍显认真的语气逗乐了,钟影脸上的笑容更大。

"我那个时候不知道怎么处理和你的关系。"

回想少女时期的心思,她慢慢道:"你又不是我真的哥哥,我怎么和别人说你……都好暧昧。"

"索性就不说了。

"但装不认识真不是故意的。那个时候大家都在聊你,我是真的不好意思。"

现在想起来还是很好笑。

就像钟影说的,那时的她确实不知道要怎么处理和裴决的关系,正好处在青春期,很多情绪都是莫名其妙的——尤其当周围所有人都认识那个和自己从小一起长大的人时,自己这份独一无二的熟悉与亲密就变得微妙,甚至是暧昧。

当然,这份微妙和暧昧也只存在于钟影脑子里。裴决是完完全全不知道,甚至一头雾水。

"我还担心你生气呢。"

裴决在她身边坐下，望着视野尽头朦朦胧胧的蓝山影子，语气无奈："钟大小姐，我那个时候还在想我哪里惹到你了呢。"

他现在三十岁，再说这样的话，早就没有了少年时的无措与疑惑，只剩显而易见的宠溺。

钟影的心口被人慢慢抚平，她靠上裴决肩头，弯起唇角没作声。

高一入学那天似乎也是这样的天气，只不过没下雨，阴沉沉的天，铅灰色的云，大中午的也好像傍晚一样。钟影跟着同班的几个同学一起往校门口走。他们刚分完班，正是熟悉的时候，七嘴八舌地聊着，结果路过荣誉栏，都被裴决的证件照吸引。

他望着镜头，眉眼俊朗，白色衬衣领口挺括严整，衬得肩宽颈直，风华正茂。

那会儿，钟影心里想的是，拍得真不错，一中的摄影水平可以。周围的同学却开始八卦起来，聊裴决的竞赛获奖、大学保送，以及他有没有女朋友等刺激性八卦。钟影站在后面，听他们聊到离谱的地方，不由得替裴决尴尬。

"听说他住家属楼那块……钟影，刚才你是不是说也住那儿？"

钟影"啊"了声，正不知道怎么说，又听同学紧接着问："你认识他吗？是不是真长这么好看？他有女朋友吗？"

"……不大认识。"钟影左右小心瞥着，越说越小声，跟说什么坏话似的，"倒是听说过。他确实很帅，人长得也高——"

"钟影。"

蓦地，伴随一阵急刹车，身后传来一句堪比阎王的冷漠的声音。

众人循声看过去。

钟影睁大眼，瞪着空气，愣是没敢回头。

裴决皱眉瞧地扎着高高马尾辫的后脑勺，看钟影跟看自己家开口还"咿咿呀呀"的一岁侄女似的："你在说什么？"

钟影真是想以头抢地，她慢慢转过身，望着裴决，选择和以前一样保持沉默。

"上来。"

裴决依旧皱着眉头，微微偏头瞥了眼自行车后座："不是说在班里等我吗？"

钟影不敢去想身后一群同学的目光会有多匪夷所思。不过比起同学目光的聚焦，她更怕裴决严肃的眼神。

她抱着书包慢吞吞地坐上去。

裴决一脚蹬上，嘴上开始絮叨："班里找不到你，我还以为记错了，下来又去看分班名单……今天家里有客人，听说是以前研究所的同事。你回去放好书包就来吃饭。

"好像还送了你爱吃的笋。不过你妈妈说这个季节的笋不会太嫩。要是你吃着觉得不好，就别吃。别听你爸的。"

身后一众人寂静无声，钟影简直要麻木了。

"……影影？听见了吗？"

她从没觉得裴决这么啰唆过，声如蚊蚋："听见了。"

"什么？"

"听见了啊……"

钟影一脑门磕上裴决后背，破罐破摔："听见了听见了听见了……"

琴房确实装好了。

总体的布置和新月湾那套差不多。顶灯设计别出心裁，是那晚钟影意外过来时撞见的其中一款设计。四面墙的装饰也另外摆了些。主要空间实在大，走进去跟逛隔音影院似的。

钢琴估计刚搬进来不久，音没来得及调，琴键刚按下，钟影就知道了，她扭头笑着朝站在门边的裴决看去。

裴决了然，点了点头说："已经约了师傅上门调音，就这两天。"

钟影没说什么，挨个按下去。

隔着几步，裴决注视着她沉静精致的面容，想起她在车上目睹车祸时惶然又不安的神情，心头仿佛有什么碎开了，又一点点地弥合。

琴音跌跌宕宕，跟随钟影的指尖。

他看着她，忽然说："是我不对。"

琴声骤停，钟影转头，目光微微疑惑。

他看着钟影说："你说不知道怎么处理和我的关系——是我不对，影影。"

时隔多年，长大后成熟的自己回头再去看那段时光，和过往的那个少年对视，有些心知肚明，也有些后知后觉。

"我太自以为是了。"

他低下眼睫，眉宇间神情落寞，语气却如常："我以为这么一天一天地过下去，就能够证明什么，好像就能顺理成章。

"但其实不是的。"

裴决抬起头，望着钟影："我如果能早一点，至少比闻昭早，是不是——"

是不是你就不会经历这样痛苦的失去。

裴决没有说下去。因为没有意义。如果说出口的话可以立即灵验，那他早就说了无数遍，在那六年里。

钟影似乎知道他在想什么。

他总是敏锐的，即使那些年的朝夕相处没有带来完满的结局，但至少带给他们彼此一份独属的心照不宣。

她站起来，走到裴决面前，轻轻抚摸裴决的面容："我没事。"

他的目光定定地落在她脸上，眼底情绪极深，深到钟影同他对视，一时间忘了自己要说什么。

"你还记得我小时候把你弄丢吗？"裴决握住钟影抚摸自己脸庞的手，忽然说。

钟影微微一愣，这件事她一点印象没有，还是后来听两边父母提起才知道的。

"我以为我只把你弄丢过那么一次。"裴决把她抱进怀里，"可是我怎么觉得，我把你弄丢过好多次。"

心底仿佛沙砾一样塌陷，钟影抱住裴决肩膀，轻轻拍了拍。

过了会儿，她扭头亲了亲裴决脸颊，小声道："我真的没事，哥哥。"

2

"这个月搬过去？"

"等琰琰从英国回来。她的房间还在装修，要过段时间。"

休息室外一如既往的闹哄哄。前来庆祝毕业的学生家长挤满了走廊，合影的、送花的，还有协调统筹的老师在大声点名。

钟影和程舒怡有一搭没一搭地聊着，说起栖湖道的房子，程舒怡虽然觉得搬过去是好，但平常再想和钟影聚，就没住新月湾那套房子来得方便。毕竟，新月湾距离艺术团也不远，以前两人这边结束了，还能去钟影家里喝点。

程舒怡边聊边翻看手边的演出时刻表，忽然发现自己带的其中一个学生的独奏被挪到了稍后的位置。这样临时更改，对没怎么经历过正式演出的学生来说，容易扛不住。

"我出去一下。"

程舒怡紧皱着眉头，几步走到门口，大声说话："聂文老师呢？谁看到聂——哦，好的，我去看看……谢谢啊！"

钟影瞧着她风风火火地闯出去，低头喝了口咖啡，忍不住又打哈欠。

今天的起床时间应该是这半年来最早的一次了。

四点左右钟影就爬起来刷牙洗脸。那会儿裴决刚落地到家，站在桌边仰头灌水，看得出有些匆忙，桌上还搁着随手扔的车钥匙，身上的制服外套也没来得及脱,只松了领带。

裴决放下水杯就见钟影梦游似的出来,两人眼对眼,一时都有些愣住。看了下时间,裴决想起来了,好笑道:"这么早?"

钟影困得不行,将头发随手挽了下,点点头,艰难地动了下嘴唇,只是"早上好"三个字还没出声,张嘴一个哈欠打得眼泪掉下来,但她还是很顽强地走向厨房准备早餐。

裴决笑着跟过去,打横抱起钟影出了厨房。钟影没反应过来,还在一个劲打哈欠。裴决低头吻了吻她温热馨香的额角,身上带着夤夜归家的晚风凉意,披星戴月,眉眼却奕奕。

"我来做吧。你再去睡一会儿。"

钟影抬手抹眼泪,开口含含糊糊:"你不是刚回来?"

"还好。习惯了。"裴决把她抱进房间塞进薄被,顺便脱下自己的外套,低声问,"下午什么时候结束?我去接你。"

钟影扒拉下枕头,仰头瞧他:"差不多一点。后面是他们学校领导致辞,我们这些老师不用留下来。"她的眼睛亮晶晶的,含着眼泪,睫毛也潮。卧房没开灯,只有浴室的灯光漫溢过来,朦朦胧胧。

裴决蹲下来抚摸她的脸颊,想说什么,低头去吻她嘴唇的时候就有些忘记了。

"不去做饭吗……"钟影有点受不了,滚烫鼻息流连在她的颈侧。

裴决沉声道:"我快一点。"

钟影忍不住笑起来,这下她感觉自己算是彻底醒了。

…………

等钟影洗好澡出来,急于弥补信用的哥哥已经做好早餐,只是他一副神清气爽的样子,半点没有熬夜的痕迹。天已经蒙蒙亮,偶尔传来两声鸟雀啾鸣,就是不知道今天天气怎么样。梅雨季里,好像随时都会下雨。

不过等日头照起,落在行道两旁葱郁树梢间的晨光还是分外清透明亮的。

两人先送闻琰去学校。小姑娘今天有课外活动,背了两只书包,在车上问钟影想要什么标本,她给钟影留意下。钟影哭笑不得,说宝贝喜欢的就是妈妈喜欢的。闻琰领悟力超群,当即道"好的妈妈,我捉两只",转头又问"裴叔叔你喜欢什么虫子?给你抓个最大的好不好"。裴决差点没握住方向盘,十分委婉地拒绝了,为表歉意说下回一定抢两张昆虫展的票,让钟影带着她去。

公主胸怀宽广,认为虫子确实不是谁都喜欢,便欣然颔首同意。

在培英小学门口放下公主,依依惜别后,钟影感觉自己缺的觉一股脑全上来了。到艺术团前,裴决先去给她买了咖啡,坐进后座才想起一早回来就想对钟影说的话:"我妈寄了点东西。这里结束了,我带你去看。"

钟影笑:"好。"

休息室门被敲了两下。

钟影抬头,一杯咖啡灌下去,没感觉到困意消除,这两声敲门倒是分外提神。

是宋磊。

"舒怡呢?"他自顾自进来。

身后,人满为患的走廊里,说锣鼓喧天也不为过。

钟影指了指门外:"有点事出去了。"

"你们这环境也太差了……"他随手放下手里的花,不知道从哪里临时买的,几朵红玫瑰花瓣的边缘都有些泛黄。

宋磊在程舒怡之前坐的地方坐下,继续说:"我这一路进来头都被吵大了。"

"您是主编,天天坐办公室,当然不适应我们这样的环境。"钟影见他一身西装革履,还蛮正式,便笑着问,"专门来给舒怡送花的?"

宋磊点了下头,又摇头,说:"社里有新闻在这里采访。如今不是正值毕业季吗,关注大学生就业,正好你们搞毕业演出,我就过来看看。"

他有正事,钟影便问:"有什么要帮忙的吗?"

他们几个大学时要好,认识久了,说起话来也直接。

"你们能帮什么?又不是正经新闻专业出身的。"宋磊好笑,见钟影面无表情地看着他,又笑着补了句,"我这人说话就这样,你又不是不知道。闻昭还骂过我呢。"

"……行了,没事出去吧。"钟影转过身,懒得理他。

"我等下舒怡,有事和她……对了,我先问问你。"

他这话跟审人似的,钟影皱眉:"你来我这儿采新闻?"

闻言,宋磊笑:"你说话好搞笑,你能有什么新闻?不对……"说着,他倒是想起来了,打量着钟影说,"舒怡说你找了个富二代,住栖湖道?"

钟影冷冷看他一眼:"怎么,不可以?"

以为钟影听了自己说的肯定得急着反驳,谁知倒被反问,宋磊愣了下,身体往后靠了靠,笑着打哈哈:"可以,怎么不可以?你是钟大美女,不稀奇。我就是替我兄弟不好受……你说你们女人是不是都——"

"宋磊。"

门外的程舒怡盯着宋磊,怒道:"滚出来!你在里面说什么!"

"开个玩笑,你知道我说话就这……"

"你给我闭嘴吧!"

程舒怡似乎有些崩溃。隔着一扇门，钟影看不见他们是怎么吵的，但以往的经验告诉她，程舒怡应该很想揍宋磊了。但凡宋磊再蹦一个字，程舒怡就要上手了。

"怎么，我们这些跟你认识久的活该听你这样说话？别以为我不知道，你怎么不跟你社里同事这么说呢？"

宋磊小声地对程舒怡说："我跟我同事说这些干什么？好了……"他的语气还是那种面对程舒怡发怒时惯常的轻飘飘，不想当回事，希望轻拿轻放，就此揭过。

"你就是自私！这两年你变得越来越自私了！不考虑别人感受，觉得自己了不起，想当然地以为别人都得奉承你！你难道忘了三年前自己什么鬼样了吗？"

三年前，宋磊工作陷入低谷被外派，程舒怡是一点点看在眼里的。

外面依旧"锣鼓喧天"，喜庆又热闹，争吵的两人陷入一种荒诞的氛围。钟影坐在休息室内，替程舒怡感到疲惫，她想起上回电话里聊的，想起上上回程舒怡在这里快要哭出来……她也不知道为什么开端那么好的感情最后会变成这样。

"程舒怡，你说这话就没意思了。"

宋磊似乎被刺激到了，瞬间变成了另外一个人，他尖锐道："我哪样？你也不看看你现在什么样！"

钟影听得心头冒火，猛地站起来往门边走去。

"还我自私？我妈那么大年纪，为了咱的婚礼愁得头发都白了，你一句说不要就不要，当着老人家面就这么撂下，到底谁自私？"

程舒怡似乎明白了什么："所以就是你给你妈出的主意吧？先斩后奏，料定我不会弄到最僵。"

程舒怡笑起来，苦涩中又有些连自己都不清楚的茫然。她看着面前熟悉到不能再熟悉的人："宋磊，我真是……我真是看透你了。你什么时候开始往我身上要心眼——"

"我要心眼？"

宋磊打断她，忽然，镜片后的眼神一变，他望着她嗤笑，开口意味不明："那我至少是愿意娶你的。"

钟影脚步顿住，宋磊说得古怪，好像不知道从哪儿听了什么，话语里又隐隐含着警告。

"你什么意思？"程舒怡的声音带上一丝颤抖。

"我什么意思……"宋磊慢慢重复，垂眼打量着程舒怡，语气轻蔑，"你觉得铂粤的二公子会娶你？"

钟影用力握上门把，目光冷寒。

"你想想清楚,你一个拉琴的,这要搁以前,放他们大户人家,就是个妾——"

"啪!"

两人都没料到门会突然打开。

程舒怡双目含泪,扭头愣愣看着突然出现的钟影。

钟影没作声,走到被程舒怡一巴掌打偏头的宋磊面前,伸手又是狠狠一巴掌!

"宋主编有文采,刚刚说什么?再说一遍。"

宋磊忙不迭扶好眼镜,瞪着钟影,脸上一阵青一阵白。

"我就知道……我就知道……"

他伸出手点了点钟影,一副恍然的表情,目光一瞬间变得狰狞又阴鸷。

他同面色极冷的钟影对峙,压低声音,恶毒道:"钟影,大学那会儿你就哄得闻昭跟狗似的,现在傍上个富二代,钓男人功夫了得啊!怎么,还想拉着我们舒怡跟你一样?你放心,她没你这本事——"

"啪!"

此刻,程舒怡看宋磊的眼神已经不是震惊,她死死盯着眼前这个男人,抬起手又是狠狠一巴掌。

"滚。"她说。

休息室里,聂文战战兢兢地瞧着钟影和程舒怡。处理妆造的老师刚刚离开,她俩坐在座位上,浑身冰雪,好像下一秒看谁不顺眼,巴掌就跟着上来了。

"那个……演出马上开始了,两位老师真的可以吗?要、要不我去找后面的老师问问能不能——"

"可以。"两人异口同声。

"哎、哎。"聂文慢慢往门边走。

"对了——"

程舒怡叫住前来通知的聂文,语气严肃:"聂老师,下回调我学生的表演时间能不能提前说?至少先和学生沟通下吧?你这样临时搞,我学生怎么办?"

聂文都要吓死了,赶紧点头:"哎哎,好的了解,没问题的,程老师。这不是事情多,弄完没顾上,下回一定,下回一定啊……"

天知道他赶过来看到钟影和程舒怡揪住那个衣冠楚楚的男人打的时候,惊得眼珠子都要掉下来了。最后保安赶过来才分开三人,那个被打的男人一瘸一拐的,脸上根本不能看,青一道白一道红一道,眼镜都不知道哪儿去了。

门关上,休息室安静下来,似乎好久好久没这么安静了。

前面,正式的毕业演出已经开始。数十种乐器统一鸣奏,空气仿佛都被不知名的弓拉响,极细微地震颤着、搅动着,声势愈渐磅礴。

钟影扭头注视表情愣怔的程舒怡。她还没缓过来,整个人做梦似的,目光也不知道看哪里。

"舒怡……"钟影小声喊。

听见钟影叫她,程舒怡动了动嘴巴,可好一会儿,她才说:"我早就想打他了。这些日子……这些事……"

她慢慢说着,却有些哽咽。

"以前吵的时候就想打,现在真的打了,一点都不痛快……"没说完,程舒怡眼眶就红了,眼泪跟着扑簌掉下来。

钟影倾身过去抱她。

程舒怡伏在钟影肩头:"影影,对不起……"

听她道歉,不知为何,钟影也有些难受,吸了吸鼻子,低声道:"我没事。舒怡……你别难过。"

宋磊来的那会儿,她就觉得他话里话外有些奇怪。她不清楚两人之间到底发生了什么,还有那个只出现过几次的男人。

"这个婚怎么能成这样?"过了会儿,程舒怡低声道。

时间也才过去半小时,可这半小时,她好像已经精疲力竭。

只是话音刚落,又有人来敲门通知时间。

程舒怡深吸口气站起来,凑到镜子前小心擦了擦眼睛。钟影也凑过去帮她看。过分明亮的白光映出程舒怡布满血丝的眼白和湿漉漉的睫毛,她眼底近乎崩溃的情绪似乎在这几秒里沉没了下去,只偶尔泄露在抿着的嘴角,好像随时都可以哭出来。

钟影有些担心她的状态,只是见她这样认真地补妆,看起来也不想说话,欲言又止的心情也跟着沉下。

所幸演出还是顺利的。轰然鸣响的乐器好像洪水,眨眼间就将所有人裹挟,容不得片刻喘息。

等全部结束,钟影回到休息室,没找到程舒怡,她的表演在前,估计结束后就先走了。钟影拿起一直没来得及看的手机,程舒怡也只发来一句:我回去了,好多事啊,影影。

钟影低头看着,眼眶忽然就红了。

下午一点多,裴决按时过来接人。

远远地,他就瞧见钟影情绪不对。她走得不算快,像是有心事,表情比起早上那会儿,一个天上一个地下,瞧着不开心。

"怎么了？"

裴决打开车门走过去，伸手摸了摸她的头。她头发才刚刚拆好，还乱蓬蓬的。他低头望着她眼睛，一边牵住她的手一边轻声唤："影影？"

钟影感觉自己手还在痛，估计是打得太用力了。她张了张嘴，却不知道怎么说，总不能说自己打人了吧。

裴决牵着她上了车，等车门关上，过来给她系安全带。见她还是紧蹙着眉，片刻想起什么，眼底怒意十分明显，过往经验告诉他，肯定是出了事——这架势，瞧着像打架了。

但他又立即赶走了这个离谱至极的想法。

这可是文静的妹妹。

他想了想，算了下时间，伸手过去摸了摸妹妹的肚子，低声问："吃坏肚子了？"

钟影扭头看着裴决，一下笑起来。

"笑什么？"

她这样望着自己笑，眉眼盈盈的，裴决就有些不知如何是好。好像小猫远远瞧见了心爱的物件，一下弹跳到面前，下一秒就要伸爪仔细拨弄拨弄了——虽然这样的比喻不恰当，但裴决无法否认自己就是那个物件。

果不其然，妹妹靠了过来，伸手环住他的肩膀。

在一起之后，她好像很喜欢这样抱他——张开手臂，完完整整地搂住他。

"宋磊和舒怡吵架，话说得很难听，我扇了宋磊一巴掌，后来和舒怡一起揪住他打。"

温柔可人的妹妹在他耳边轻声细语，虽然这么庞大的信息量一时间接收起来比较卡顿，但裴决下意识的反应还是很直接的。他原本搁在钟影后背的手赶紧伸去摸她后脑，仔细孬了两下，又小心翼翼地去摸妹妹的头顶，生怕不留神，妹妹被人打了头。

摸完最关键的地方，裴决又捧起钟影的脸，视线跟着往下，去看妹妹身上的衣服。他皱着眉头仔细观察，语气不是很好："没碰到你吧？"他清楚一个男人力气有多大。

钟影没想到裴决会问自己这个，眨了眨眼，回忆了下摇头说："应该没碰到。"

"应该"二字让裴决脸色瞬间沉下。他这样就很像钟影记忆里的兄长，面容冷峻，一言不发。这也是钟影最招架不住的裴决，于是，她也选择了一种让裴决更招架不住的方式：默不作声。

裴决立即败下阵来，放缓语气对她说："下次这样，给我打电话。"

钟影低声问："你要来帮我打吗？"

裴决好气又好笑："不可以打架，如果对方报警怎么办？"

这个钟影倒真没想到。那会儿她们简直气上了头，恨不得就地把人揍扁。不过裴决说得很对，万一宋磊选择报警，那裴决就不是来这里接她了，估计要去派出所了。

她叹气："确实。"

"确实？"裴决有点无奈，"钟影，就确实？"

上车前"影影"，上车后"钟影"……钟影又不说话了。

下午天色又阴起来，早晨的阳光倏忽不见。

钟影不说话，裴决也没办法，他看了眼妹妹脸色，开车去往栖湖道。

路上谁也没说话。

钟影像是在思考裴决的理智，裴决像是在理解妹妹的冲动，总之两人之间像是有许多话要说，又像是一切尽在不言中。

到了栖湖道，车子没一路往里开，和上回一样，停在了跑道的外圈。

钟影知道他有话同自己谈，下车后先说了句："我知道我有点冲动——"

"他说什么难听的话了？"裴决问道。

他的脸色还是很严肃，只是望向钟影的目光分外柔和。

钟影愣了下，在裴决绕过车头过来牵她手的时候，才说："说我傍上个富二代，吊男人功夫了得。"

话音刚落，裴决顷刻面沉如水，他握了握钟影的手，忽然问："他是做什么的？"

"《南州新报》的主编。他骂舒怡才气人，我都不想说。"钟影咬牙，杏眼一下亮起，怒气冲冲。

"这样的人怎么能做主编。"

裴决的语气很淡，似乎只是在评价无关紧要的人，又或者他已经决定了什么，便落下这句结果。

过后，他便没再说什么。

到家时已经有两箱东西摆在玄关，大概就是吴宜寄来的。

"我妈说你当年走得太急，什么都没带，搬去深州的时候就整了下老房子……相册应该都在这儿了，没有钟振的照片，让你放心。好像还有你上学时的奖状……"裴决拿来剪刀，蹲在箱子前小心打开。

钟影没说话，也在裴决身边蹲下。

当年她的离开确实匆忙，上了火车才发现行李箱都没装好。回想起来，关于那半天的记忆也只剩零星，似乎宁江的所有过往都被剪成了碎片，再也拼凑不出一张完整的。

"是不是很可爱？"

裴决拿起最上面的一个相框，包得很细致，边角裹了塑料泡沫。

是钟影幼年时的照片，小姑娘扎着双马尾，怀里抱着一本书，端正又大方地朝镜头望着，精致的五官柔和又清丽，圆瞳乌黑，嘴角略略弯起，就像印在画报上的小人，温雅灵动。

钟影看着自己的照片，没说话，也许是时间过去太久，她竟然有些陌生。

后面一张是和裴决一起拍的，看得出来是同一时间，不同的是，原本抱在钟影怀里的书到了裴决手中。

"我为什么要拿你的书？"三十岁的裴决看着这张照片，十分困惑。

钟影抱着膝盖，下巴搁在手背上，望着第二张照片忍不住笑。

照片上，被迫拿书跟着摆造型的裴决也有点困惑，站在妹妹身边，表情一点都不自然。反而妹妹却很大方，两手自然下垂相握，朝着镜头弯唇一笑。

"好奇怪，不看了。"裴决语速有些快，他似乎同那时的自己共鸣了，草草放下这张照片继续往后翻。

"我觉得挺好看的。"钟影笑着拿起来，转头揶揄道，"是不是，哥哥？"

"哥哥"两个字仿佛是某种封印，裴决不说话了，妹妹说得都对。

后面几张照片也是同一时期拍的，看背景，估计是两家人一起去了宁江某个公园。钟影穿着嫩黄色的碎花裙，粉雕玉琢，漂亮得像个小仙女，让人移不开眼。她坐在秋千架上，仰头朝手里拿着相机的裴决笑眯眯地看去，只是相机镜头靠得太近，就差贴在妹妹脸上了。

裴决："我在干什么。"

钟影笑得不行，照片上的裴决是有点呆。

"想吃什么？"裴决站起来，深吸口气，顾左右而言他道，"我去看看冰箱里有什么。"

钟影仰头瞧他，一边笑一边说"好"，等裴决快步走开，她自己继续往后翻了翻。

后面年龄稍长，裴决越发稳重，有了兄长的模样，脸上就没再露出那种不自在的表情，或是对着妹妹做一些"犯蠢"的行为举止了。

除了一些特别镶在相框里的照片，大多数照片都一张张排在相册里，看得出来，确实被拿掉了一些。还有好些连拍的照片：不知道几岁、跟在秦苒后面的小兔子一样追着跑的她；装模作样地在桌前翻书的她；生日时她对着蛋糕上的蜡烛吹了好几次都没吹灭，最后还是裴决凑过来，一副无可奈何的神情帮她吹灭蜡烛；还有她上小学时学骑车，是一辆大人骑的自行车，前面还有横杠。

一连十几张照片都是她骑在自行车上小心蹬着脚踏板，钟影感觉那时的自己坐上去应该脚都不能着地，就是不知道谁抱她上去的，给她拍照的人估计也慌——这么一想，记忆里能干出这事的，她想起来了，是秦云敏。

好些照片都是糊的，只能看出她一边抿嘴笑一边骑，车头歪歪扭扭，有些甚至扭出了九十度。不过后面似乎骑上手了，速度快了起来，照片也更糊了。

钟影正要翻过这页，忽然注意到什么，重新翻回去。

几乎每张模糊的照片上，自行车后座上都有一双手。

那双手上戴着那会儿小学男生惯常都会戴的黑色机械手表，是裴决，他小心翼翼地扶着她后座，从没离开过。

那些一度想要遗忘，甚至丢弃的时光，此刻以另一种方式展现在钟影眼前。重新拾起这些过往，钟影忽然发现，她从没仔细想过裴决对自己到底意味着什么。

她扭头去看站在冰箱前的裴决。

他早就长成了一副成熟男人的模样，变得不动声色，也愈加从容，举止言行间表露出沉稳与利落。

如他们各自希望的那样，他们都已经长大了。

相册一共好几大本，钟影不知道自己什么时候拍了这么多张照片。

也许是秦苒的溺爱。

但也可能是裴决的偏爱——许多张照片里都有他的影子，可主角永远是自己。

慢慢地，一页页翻过去，她一点点长大，而他在她身边守着，好像成了时间的刻度，不声不响。

照片戛然而止在她大一那年寒假。

那年发生了一件事，她的外婆去世了。过后就是秦苒和钟振的决裂，一发不可收，直至彻底崩塌。

春珈盛产橙子，外婆去世后的半个月里，她和秦苒将老宅院子里没来得及收拾的橙子一个个挑拣出来，寄给亲友。裴决就是那个时候来的。他寒假本来要去外地参加飞行集训，也不知道哪里来的时间，总之前后都很匆忙。

他到的时候也没什么动静。那会儿，钟影拎着一大篮橙子准备上楼，身侧冷不丁地就伸来一只手，帮她提了过去。

她有些惊喜，原本以为他过年不回来就不会再回来了。

"怎么不和我说？我好去车站接你呀。"钟影走在前面，见他单手拎着都不吃力，便笑着说，"一会儿帮我把剩下的也拿上来吧。"

裴决扭头去瞧，点点头："好。"

台阶高几级，她同他平视，打量一眼，又笑："你头发好短。"

许久没有被她这样直直看着，裴决难得不自然，他别过头，快步上了几级台阶，唇角微勾："有吗？"

"有，像干了什么坏事。"妹妹天真无邪。

门打开,秦苒正在做饭,热气腾腾的饭香味在冬日里分外温暖。

"妈,裴决来了!"

秦苒也十分惊讶,关了火出来,望着裴决,皱眉说:"不是没空吗?前阵子你妈还说——"

"有空的。姨,您别听我妈说。"裴决淡淡笑道。

三个人一起吃了午饭。

饭桌上,秦苒问起裴决学业,说着又去看自己女儿。裴决跟着她一块瞧钟影,钟影莫名其妙地笑问,都看着她干什么。裴决就不看了,低头吃饭。后来秦苒琢磨着想,大概是缘分没到。

饭后,裴决将剩下几篮橙子搬上楼,就和钟影去后面的山上看她外婆。春笋已经冒了尖,正是最鲜的时候,钟影说晚上有鲜笋汤:"你来得巧,有口福。"

山路不是很好走,弯弯绕绕,又湿又滑。等走过水库,转过一侧竹林,还要再往上爬几级才到老人家的坟。

两人都出了汗,半途坐在水库边垒的台阶上,向四周望着。

刚出正月,气温比起前些日子暖和不少。亮晶晶的日头大片落在钟影的面庞上,雪白的面色愈加莹润,衬得唇色艳艳,清丽又娇媚。

她撑着下巴看看身旁不作声的裴决,又眯眼去瞧远处白蒙蒙的山雾,神情灵动。

印象里,裴决那会儿确实越来越沉默了。

"你在想什么?"钟影忍不住好奇。

一起长大,她对他还是有着下意识的亲昵。

裴决微微一笑:"没想什么。"

他转过头,注视着钟影问:"冷吗?"

虽然水库这儿阳光正好,但毕竟在山里,四面刮来的风阴飕飕的。

钟影摇头。

裴决便没再说什么。

水库里养的鱼一会儿冒一下头,粼粼水面便泛起一阵波澜,动静不大,只看得到徐徐泛开的金色涟漪。

过了半晌,两人不约而同站起来往竹林边上走。这不是正经铺设的路,泥地上放着乱七八糟的砖块,得低头瞧着走。

过了会儿,钟影听裴决在身后问她:"你和闻昭……怎么样了?"

钟影回头笑:"就这样吧。谈恋爱只会越谈越没意思。"

她虽然这么说,但脸上的表情可完全不是。

裴决便没再作声,他好像一下沉没到了水底,什么声响都没有了。

"你呢?谈恋爱了吗?"钟影笑着扭头,语气揶揄,"肯定有很多人追你吧，哥哥——哎！"

裴决眼疾手快，一把抓住她的手腕，冷声道："我没空。小心点。"

他一下变得格外严肃，好像钟影走错路是什么十分不好的事情。

钟影被他突如其来的冷淡与严厉弄得心头惴惴，小心地走了两步，见手腕还被抓着，便想收回来。

但没成功。

裴决低声："别乱动。"

他这一趟确实匆忙。

从山上下来，天刚擦黑，他就赶去了车站，也没留下来吃笋。钟影陪他买票检票，注视他的背影消失在匆忙人群里，好像一尾潜入水底、悄无声息的鱼。

…………

"外婆去世那年，你来春珈看我，上车的时候有没有发现口袋里有两个形状特别好看的橙子？"

裴决微微一愣。

钟影不知何时走到他身后，伸手抱住他，面颊贴着他温暖宽阔的背。

还"特别好看的橙子"……裴决好笑，不过说起来是有点印象。只是妹妹不声不响地给他搁进去，也不说，羽绒大衣本就厚，等他一路紧赶慢赶到学校，橙子都软了。但他是不会告诉钟影的。

于是，他说："发现了。"

"好吃吗？"钟影低声问。

裴决点点头，低头看着钟影搂在自己腰间的手，不知为何莫名紧张："好吃。"

"有多好吃？"

裴决没多想，理所当然地哄她道："特别好看的当然特别好吃。"

钟影没吭声，好一会儿，她都抱着他，不说话。裴决也不好动，只能带着妹妹在冰箱前罚站。

"你骗人。"

忽然，钟影冲着他的脊梁骨说："你骗我，你根本没吃对不对？你那会儿肯定很生我气，晚饭都没留下来吃，怎么可能吃我的橙子。"

这个罪状来得莫名其妙。

"我为什么要生你气？"他转过身，低头去看钟影表情。见她气得眼圈都红了，他真是头大。

他一把将人抱起，搁到对面的厨房台面上，倾身仔细去瞧："怎么了？"

钟影心头苦涩，别过脸，怔怔望着窗外六月里不甚明亮的梅雨天。

人长大了似乎有一点不是特别好。

过往那些沉没在记忆里孤零零的细节，想起来就会在心头穿针引线，带来陈年的酸涩与疼痛。

裴决注视着沉默的钟影，再度去回想，便很快知晓钟影此刻情绪的由来。他无奈地弯起唇角，语气放轻："影影，我是个正常的男人，肯定会嫉妒。"

钟影转回头看着他。

裴决便去亲吻她的嘴唇，低声带笑："但我也不至于和两个橙子置气，它们懂什么。"

钟影有些愣住。

"当然更不可能生你的气。"裴决将她微张的嘴唇吻住。

钟影搂紧他。

唇齿间的旖旎总是浪漫的，但时间久了就不大好。裴决稍稍退开，眸色有些深。他一只手撑在一旁，另一只手抚在钟影后腰，想了想，承认道："我确实到了学校才看到，你又不和我说。"

话音刚落，钟影瞪他，反应极快："是你一路上都不讲话！"

她很少这样同裴决说话，像在撒娇，神情妩媚又蛮横，一双圆瞳气势汹汹地瞧人，实则半点气势没有，横着秋水，顾盼生情。

裴决十分专注地看着她，眼底笑意明显。

钟影被他盯得脸红，想要转开脸，一侧脸颊又被后腰撤来的掌心捧住。

裴决的拇指摩挲了下她柔软的面颊，好半响，忽然问："如果那个时候我让你和他分手，你会吗？"

钟影愣住。

裴决紧紧盯着她脸上的神情，追问："会吗？影影？"

裴决也不知道自己此时此刻为什么会追问起这个毫无意义的问题。他只是隐隐地觉得，偷偷塞给他两个特别好看的橙子的妹妹，心底有他，舍不得他。

钟影转不开脸，同裴决对视着。过了会儿，纤长细密的眼睫垂下，她低声道："我不知道。"

话音落下，裴决心尖好像被什么凿开，就像地壳深处裂开的缝隙，能看到炽热翻滚的岩浆。

裴决笑起来："你会的。"

吴宜打来电话的时候，两人正在收拾箱子里的照片。

"收到了吗？我是不是太着急了？上次去南州看琰琰就想带过去。但大师说得慢慢来，我想着也对，还是先去见见赵慧芬，聊聊你俩的事……回来再寄……"

电话里，吴宜的声音介于激动和忧愁之间，又因为"大师"的介入，变得神神秘秘。

钟影和裴决对视一眼，裴决怀疑自己听错了："什么大师？"

那头稍稍停顿，半响，裴新泊的声音传来："还不是为了你。"相比吴宜的忧愁与兴奋，他单纯一副恨铁不成钢的态度，"你不知道你之前什么鬼样啊？"

钟影靠着柜子，歪头笑盈盈地瞧他。

她发现每当裴决不自在，或是感到尴尬，他就不会看她。

"一潭死水的，你妈想着找人给你算算，以后怎么过……后来大师算了，说你去南州是个好决定，不然我怎么会同意你去，我脑子不好？"裴新泊越说越气，"放着早点退休不要，在这里给你拼死拼活？我马上六十了！臭小子！"

"影影呢？"旁边的吴宜问。

"我在。"钟影站直，凑到手机前，笑着说，"刚刚就在整理照片。"

"是不是很可爱？"吴宜笑，"我拿出来寄的时候越看越觉得可爱。这小子在你面前从小就五迷三道的，看出来了没？"

闻言，裴决比他爹还无语："妈？"

钟影一边笑一边说："可我看他很喜欢做哥哥。"

"可不是！"吴宜叹气，"假正经！"

裴决起身走开。

钟影笑得弯腰。

闻琰今天要过来吃饭，顺便看看自己正在装修的房间，公主得给点意见。裴决就去厨房收拾今晚的食材，物业已经预备得很充分了，水果都是应季的，一篮新鲜浓郁的荔枝摆在最外面，底下晾着冰块。

他挑了些进房间，钟影还在和吴宜讲电话，只是没蹲在柜子前了，改躺在床尾的软榻上，仰头望着样式简单的顶灯，乌黑浓密的长发倾泻在榻边。

"他没和我说……"

听见身后动静，钟影偏头，望着走来的裴决笑道："阿姨说初中的时候，你班上有男同学给我写信，托你转交。"

"是吗？"裴决微微一笑，将一盘荔枝搁在对面的茶几上，"我不记得了。"

他坐下来剥荔枝。

怎么可能不记得，那几封"不知好歹"的信应该还在宁江老宅的床底下吃灰。

"阿姨说后来在你床底下翻到了。"

钟影笑出声，跟吴宜说再见后挂断电话，起身走过来。见裴决专心剥着荔枝，她便弯腰去瞧他脸上的表情，笑着问："信里写的什么啊？哥哥？"

裴决拉着她坐在身上，喂她吃荔枝，面无表情道："我怎么知道。"

钟影咬着荔枝，点点头，吐核的时候说："这样是不是不好？"她的语气有些严肃，又有些认真，好像真的在指责裴决处事不道德。

裴决冷笑："钟影，那会儿你才几岁？"

钟影靠在他肩上，笑着不说话。

时间变得有些慢。

她走神想了会儿程舒怡的事，担心最后要怎么解决。渐渐地，她都替程舒怡感到心烦，想起宋磊这两年变得越来越可憎的面目，又感到一阵厌恶。

许是她蹙着眉头的样子保持得有些久，裴决擦了擦手，问她在想什么。

钟影垂下眼睫，盯着他下眼睑最边缘的地方，轻声问："哥哥，你这里有颗痣。我以前就发现了，你猜是什么时候？"

裴决搂着她，嗓音不知为何有些发哑："什么时候？"

"你高考结束那天。"钟影抬眼，幽幽的目光浸入他黑沉的瞳仁，"记得吗？你喝多了，拉着我，不让我走，我就一直、一直这么看着你，看了好久才发现的。"

"你后来跑了。"裴决看着她说。

"对。我以为你要亲我，吓死了。"钟影朝他欣然一笑。

荔枝的味道很快蔓延在两人的口腔，钟影双颊一点点红起来。过了会儿，裴决退开些，问她："你怎么知道我要亲你？"

钟影说不出话，转过脸咬住下唇："哥哥……"

裴决的吻又落在她耳边："抱你去睡觉好不好？"

战栗如电流一般席卷全身，缚住钟影的手脚，酥麻的、温热的，裴决将她抱起来。

…………

醒来黄昏都快消失了，房间里悄无声息，不知道睡了多久。

钟影翻身坐起，能听到餐厅传来的说话声。

"妈妈还在睡觉吗？"闻琰回来了，今天估计又是一身汗，但想来成果也是颇丰的。

裴决的声音带笑："对，还在睡。今天妈妈是不是起得很早？"

"是蛮早的。"公主很体贴。

钟影整理了下衣服，简单扎好头发，出去才发现闻琰已经坐在餐桌前吃晚饭了。

裴决还没吃，正和闻琰说话："你妈妈小时候不喜欢吃胡萝卜。"

"为什么啊？胡萝卜这么好吃！兔子都爱吃！"闻琰看上去有点饿了，吃得腮帮鼓鼓的。

"你妈妈有点挑食。"

179

闻琰一副若有所思的样子，点点头："看得出来。"
裴决没忍住，低头笑出声。

3
程舒怡请了一周的假。
这是第二天钟影去琴行才得知的消息。
她打电话过去，好一会儿都没人接。中午的时候，程舒怡才发来信息说在和房东交涉退租的事，打算先搬回父母那儿住几天。
她说：影影，别担心。
一周后，梅雨季来势汹汹，从早到晚淅淅沥沥，没完没了。
钟影下了课照例去艺术团排练，在休息室门口撞见席樱。她走过去又走回来，犹豫着小声问："程老师是不是真的辞职了？"
钟影怔在原地。
"你不知道吗？"席樱皱眉，"我也是刚听聂文老师讲的。今早他在台下打电话给你们琴行，问程老师什么时候回来，毕竟后面还有排练，然后琴行那边说她已经辞职了。"
钟影心头发慌，点点头，好一会儿才摸出钥匙开门，进去后赶紧打电话给程舒怡，这回电话却显示忙音。
所幸前些年程舒怡母亲来南州看病，钟影手机里存了她母亲的电话。
打过去一下就通了。
程母笑着叫她名字："钟影吗？"
钟影笑："阿姨，是我。"
两人没有讲多久。
片刻，钟影坐在椅子上，望着身旁程舒怡的座位，放下手机，深吸了口气。
原来宋磊还去程家闹了。
他说铂粤那里临时取消婚宴的赔偿金需要程舒怡全部负责，又说程舒怡和铂粤的二公子牵扯不清，把程家上下弄得鸡飞狗跳。不过后来，也不知怎的，他没有继续闹下去，听说单位出了点事，他连夜赶回南州，到现在也没消息。
"我们舒怡去香港了，说要参加什么比赛，她爸觉得也好，就让她去了。"
"铂粤那边呢？"钟影想，自己手头上的钱应该够。
"不清楚，她也没和我们仔细说，只说不要紧，问多了就有脾气……小影，要不你帮我们问问？"
程母语气迟疑，觉得这样麻烦人不好，但也想不出办法。
钟影应下："可我打不通她电话。"
"她前天过去的。估计换了号码还没来得及说，我给你号码。"

说到香港,钟影大概能猜到程舒怡去做什么了。不过现在距离十月份还早,这个时间过去,她住哪里?

新号码打过去,程舒怡不知道是刚睡醒还是刚忙完,整个人蔫蔫的,说话有气无力。电话那头听着十分嘈杂,车流声、说话声、踩楼梯的声音全部混在一起,从四面八方包围过来。

钟影真是又气又心疼:"程舒怡!"

话音未落,那头似乎弹起来了,紧跟着传来好几下"叮呤咣啷",程舒怡整个人却精神不少:"影影!"

之后的一分多钟,钟影从没觉得声音会在某一刻如此具象。她甚至能听得出程舒怡在屋子里一共走了几步,走去干了什么,又回到了什么位置。

"……不瞒你说,你打来的前十分钟,我刚租到房子。本来打算安顿下来就和你说。我都两天没合眼了。

"你还记得我们学院合唱团的李老师吗?她一直在香港办声乐培训机构,我就问了问,正好她缺一个搞弦乐的老师。

"她说培训结束后可以免费给我提供练习场地,我也好准备十月份的比赛。"

听得出来,程舒怡疲惫不堪,但语气却是十分明朗。

钟影不知道从经历宋磊带来的崩溃到下定这样的决心她花了多长时间,前方的所有都是未知的,她孤身一人,毅然决然。钟影想为她做点什么。

"铂粤那里多少钱?你和我说。"

闻言,那头忽然一顿,过了会儿,程舒怡轻声:"我已经按照合同付清了。"

"付清了?"钟影愣住。

虽然她没仔细问,但从之前程母的语气里,她也听出应该是笔不小的数额。

"就月底订婚的宴席赔得多,因为时间太近了。你别担心。其实还好,我手头的钱够撑到年底了。而且我在这里也是有工资的,真的。"也许是钟影的语气过于惊讶,程舒怡一通话说得有点紧张。

钟影没立即说话。

整件事似乎有个人一直没出场,但又时刻在场。

"你和陈寓年联系了吗?"

似乎知道她肯定要问,程舒怡立马说:"宋磊取消了所有的宴席,他问我怎么回事。"

"你说什么?"

程舒怡苦笑道:"我说'我男朋友怀疑我出轨你'。"

这下换钟影愣住:"……舒怡。"

"我没事。我就是……"程舒怡欲言又止，停顿片刻才继续，"后来他说不要我赔，我想着，还是按白纸黑字地赔吧。我把钱存在卡里，交给川菜馆的孙老板了，等他老板过来巡店的时候给他。"

钟影沉默。

挂电话之前，她问程舒怡要了香港的地址。程舒怡说这段时间可没空招待她，要过来还是等过段时间吧。钟影答应了。

从头至尾，两人的交谈都充斥着乱糟糟的声响和冷不丁的动静，混乱又失序。

钟影坐在空荡荡的休息室里，听着窗外雷声隐隐，忽然觉得，程舒怡需要这样不顾一切搅动所有的嘈杂。

六月中下旬，闻琰开始准备期末考试。

陈知让的钢琴课除了第一次是陈寓年送来，之后一直是他家司机鞍前马后。但期末考试结束的那个周末，陈知让领着他小叔过来了。

钟影一眼就知道是怎么回事，但看到陈寓年递来的银行卡时，还是有些不知道说什么。

陈寓年淡淡一笑："钟小姐肯定有办法联系舒怡，帮我把这个交给她吧。不关她的事。"

钟影想起那次艺术团在铂粤庆功，偶然从东捷一帮员工嘴里听到关于陈寓年的评价——二世祖，凭着得天独厚的家世，游手好闲。可几次接触下来，他虽然让人看不透，却也不像别人嘴里说的那样。

钟影没说什么，视线落在陈知让身上。两人都姓陈，如果陈寓年的品性真的很差，那陈知让应该也不会好到哪里去。但这个孩子她是教过的。

她接过银行卡，点了点头："要不要看她自己，我不能替她做决定。如果不要，我让陈知让带回去。"

被点到名，陈知让仰头乖巧道："钟老师，没问题的！"

陈寓年摸了摸陈知让的脑袋，笑了下："好。"

两小只转身交头接耳。

"我小叔是不是闯祸了？"陈知让难免忧心。

闻琰耸肩："不知道。估计是惹到我干妈了。我干妈脾气很不好的，让他小心点。"

陈知让叹气，想了想，以防万一道："他虽然是我小叔，但他和我爸年纪差很多，后来分到这边的酒店管理才住来我家。他自己也有房子的，我回去问问我妈能不能让他独立出去。其实他老早之前一直在我爷爷那儿，和我们关系也不是特别近，就过年——"

陈寓年无语："陈知让，我听见了。"

这小子六亲不认的速度实属让他有点震惊。

陈知让扭头，眼神复杂："就是让你听见的。"

时间过得很快，细雨蒙蒙的梅雨季一过，阳光灿烂的盛夏眨眼近在眼前。

闻琰去深州的前一晚，钟影焦虑得睡不着。加上这阵子发生了太多事，程舒怡不在身边共事的这些时间，她其实也很不适应。有时候在电话里聊起，程舒怡一副快要笑死的语气，说："影影，不知道的还以为你是我妈。"

睡不着，脑子里便越装越多。

闻琰这一趟出远门满打满算要两个月，自出生后，这是她第一次离开钟影这么久。虽然身边跟着两个关怀备至的奶奶，还有专业的老师、熟悉的同学，但钟影一想起她那么小来到自己身边，一点点养到现在活蹦乱跳，就越想越舍不得。

半夜三点，钟影坐起来，撑着额头，竟然冒出一个念头，还是不去好了。那么远的地方，那么长的时间，如果有什么……她一点都不敢想，闻琰还是待在自己身边，哪里都不要去吧。

背上传来温暖的抚摸。

"她以后还要去更远的地方。"裴决说。

钟影点点头，转过身埋进他怀里："我知道，可我就想她现在待在我身边。她太小了，才一年级。"

裴决摸了摸钟影，过了会儿，突然说："你一年级的时候已经敢一个人走夜路了。"

钟影抬头和他对视："什么？"

裴决垂眸望她，眼底有笑意："不记得了吗？果然，哥哥什么都是骗人的。"

钟影笑起来："你说啊。"

"算了。"不知为何，又想到什么，裴决翻身搂住钟影，笑道，"赶紧睡觉。"

钟影被他搂得发热，一边笑一边推他："说啊！"

等她好不容易从裴决环抱中用力探出，裴决还是不说话，闭目装睡，想想还是不能说——

三年级的哥哥赌气离家，一年级的妹妹闻声赶来，一路呼天抢地、崩溃寻他，哭到路过的野猫都弓起身子不敢动。

后来长辈问起，原来在妹妹心里，哥哥大概已经没了。

…………

相比自己母亲整夜的担忧与不舍，小闻老师一大早精神抖擞。

她像是即将出发去巡视自己的王国，阳光普照的清晨，站在客厅摊开的行李箱前，神情严肃地叉腰低头仔细检查。扭头瞧见钟影走来，她笑眯眯地道："妈妈，我可以再带一个发箍吗？"

钟影笑："自己去挑一个。"

公主蹦蹦跳跳地跑回房间。

裴决路过公主的行李箱，看了眼，不是很明白，走到妹妹身边小声汇报："已经六个了。"

钟影轻声哄她单纯的哥哥："一周有七天呢。"

中午十二点多的飞机，落地深州估摸是下午三点。

去机场前，三人先去接赵慧芬。

赵慧芬看着心情不错，搂着闻琰和钟影聊天，不免提到程舒怡。近在眼前的婚礼搞成这样，还有反目成仇的架势，想起那张格外隆重的喜宴请帖，老人家心里也不舒服。

沉默半晌，赵慧芬叹气："我知道这姑娘心地好。你月子里那阵，我照顾琰琰，云敏和她轮流照顾你。她心疼你，在我跟前难受得掉眼泪，转头还能和你笑着说话。没有她俩，你那样，我还真不知道怎么办。"

钟影垂下眼睫，那段痛苦不堪的日子如今回想起来，如果没有她们陪伴在自己身边，她也不知道会怎么样。

"妈，放心吧，我和舒怡一直有联系。"钟影笑着回头同赵慧芬说。她知道裴决在看自己，不过这都是过去的事了。

赵慧芬拍了拍钟影肩膀，担心道："虽然她不像云敏经常来我这儿，但我还是能看出来的，她心气高，会藏事，你得多问问。别真有什么事，自己扛着不说……"

钟影点点头，她最近是打算去趟香港。

闻琰坐在奶奶怀里，一边和马上成为朋友的陈知让同学发着信息，一边不是很明白地问大人："干妈怎么了？不结婚不好吗？干妈之前还和妈妈抱怨说两头结婚好烦，这下不正好。"

话音落下，车里三个大人都被噎住。裴决看了眼身旁的钟影，忍不住好笑。

入夏日头灼人。

小姑娘下车没让任何人推行李箱，自己一个人跑在前面，像个即将奔入森林的小狮子，一会儿就满头大汗，但也实在精力无限。

钟影真是无奈，想起自己昨晚的焦虑，再看看眼前兴奋得恨不得眨眼就飞走的女儿，好气又好笑。

裴决帮闻琰和赵慧芬办理自助值机。钟影拉着还想凑上去看的闻琰，哭笑不得："琰琰，妈妈很舍不得你。你看，你从来没离开过妈妈这么久，对吧？"

她试图在机场留下一幕母女情深。

一旁，裴决听到她说的，忍不住笑。他第一次见妹妹这么挽留别人。

闻琰还在看裴决在机子上的操作，听到钟影说的，扭头一脸怜爱地张开手臂飞快地抱住钟影的腰，然后便转回去继续瞧，嘴上安慰道："是的妈妈，是有点久。但你不要担心我，我是去学习的。"

钟影气笑了："你是去玩的。"

闻琰也不反驳，接过裴决递来的登机牌，点点头，嘿嘿笑："谁不喜欢玩呀！"

时间还算充裕，等待时，钟影见到了这一趟飞深州的机长，听裴决介绍，叫段启淮。

他像是专门过来瞧人的，满脸兴奋。钟影有些惊讶，裴决则有点无语，似乎没料到他的同事会直接过来，跟闻风的猴子似的。

"影影弟妹是吧？不好意思啊，不知道你姓什么。就上回，不小心看到裴决置顶的人叫影影，肯定就是你了。"段启淮笑着朝钟影伸来一只手。他长得高，就是有些瘦，模样十分精神，来回瞧着裴决和钟影。

钟影也笑，同他握了握手。

裴决看着段启淮，半晌，语气克制："钟影。"

"原来是钟小姐。"段启淮乐了。

他不能待太久，和赵慧芬打过招呼，在闻琰面前详细介绍了一会儿自己怎么开飞机后，便又一阵风似的跑了出去。

"他是我大学同学。"裴决言简意赅。

钟影笑："挺有意思的。"

裴决："呵。"

原本以为上飞机前闻琰肯定会想起即将离开妈妈很久的这一事实，结果，等钟影反应过来，小姑娘已经牵着奶奶的手，一蹦一跳朝着安检区走去。

钟影愣愣站在原地，心情都低落了。

裴决好笑，想了想说："我感觉你俩倒过来了。"

钟影转头看他，神情还是有些落寞。

裴决把人抱进怀里："她是妈妈，你是女儿。"

钟影忍不住笑。

航站楼外，盛夏白花花的日头晃得人眼晕，前阵子梅雨季充沛的水分眨眼蒸发得一干二净，迎面拂来的空气带着强烈的灼热感。

坐到车里时，钟影还有些茫然。

短短几周，她身边最好的朋友、最亲的女儿和母亲都出了远门。她待在原地，根本没法适应，尤其是闻琰的离开。钟影回头看了看后座，想起来的路上，闻琰在那儿低着头，字斟句酌地点着拼音发信息。头上的发箍还是今早新选的，带着淡紫色的小玫瑰装饰，十分漂亮。

裴决陪钟影坐了会儿，摸了摸她的后脑勺："时间过得很快。"

钟影点点头。

过了会儿，她对裴决说："我下周想去趟香港看看舒怡。"

裴决问："去多久？"

钟影："看看能请多久的假。"

裴决想了想："我陪你去。"

钟影笑："好。"

几天后，琴行和艺术团都给了回复。

琴行的意思是暑期最忙，钟老师最好和自己学生协调后续的补课时间。这个其实还好。麻烦的是艺术团那边，回复模棱两可，只说暑期是学生活动最多的时候。钟影有预感，这边有得磨了。

和秦云敏聊起，她有些不能理解，请假能这么难？她现在是最闲的时候，学生放了假，她在家看看自己感兴趣的教育心理学。周崇岩不忙的时候过来和她的猫争个宠，还挺有意思。

钟影笑，抱起蹭到脚边的小狸花，叹气，过了会儿，小声说："我都好几天没看到裴决了。"

撒娇撒到姐姐这儿，秦云敏很稀奇，笑着说："这居然是裴决能干出来的事？他小时候可是上学都要领着你。"

钟影也想起来了，忍不住笑，解释说："他要和我一起去香港。但是他请假比我更麻烦，所以最近一直在调后面的班。白天我上班出门，他正好落地回家，晚上我回家，他已经起飞了。"

秦云敏好笑道："怪谁？还不是你招的。"

她越想越好笑。晚上两姐妹出去吃饭，见钟影确实有些闷闷不乐，便给裴决发信息：我妹妹居然开始抱怨看不到你人了。姐姐我开眼了。

今天落地还算早，裴决打开手机看到消息，不由得也笑。他是得意的，便在凌晨四点回复秦云敏：我妹妹喜欢我。

翌日早上才看到信息的秦云敏无语地翻了个白眼。果然"恋爱脑"里是什么都装不了，连个妹妹都要一字一字地抢回去。

裴决到家时天还黑着，进门看到餐桌上钟影固定给他准备的消夜和温水。想起秦云敏的"通知"，他一边换衣服一边进主卧瞧钟影。

她好像听见他进门的动静了，正坐起来朝门边望。他笑着走过去，摸了摸她头发，屋子里气温不高不低，空调还开着。

"云姐给我发信息，说你不开心。"他还挺谦虚，只说妹妹不开心，没说和自己有关。

钟影躺下,仰面看着他说:"艺术团请假有点麻烦,我可能得找个老师帮我顶下。"黑漆漆没开灯的屋子里,只有从窗外透进来的一点光。她微微蹙着眉,眉眼间的神情和小时候一样。

裴决似乎听到她说的话了,略点了点头,但又好像没听进去,俯身亲吻她柔软的嘴唇。他身上还带着盛夏午夜磅礴的热意,健壮的身躯很快便伏了下来,好像逡巡领地的猛兽,偶然寻到可口的消夜,便迫不及待地俯身享用。

空调的冷气很快不够用,床榻变得聒噪。

过了好长一段时间,钟影裹在薄毯里,气喘吁吁地想,所幸明天可以休息。去冰箱前灌完冰水的裴决回来问她要不要洗澡。她摇了摇头,心里头不忿地想,果然人与人之间不相通,他竟然还有体力。

人与人之间如何,裴决不知道,但哥哥注定是清楚妹妹的。他抱起钟影,笑着说:"别骂我了,伺候你洗澡好不好?"

4

闻琰打来视频电话的时候,钟影正在收拾她的房间。等她从英国回来就要搬去栖湖道,现在收拾起来正好,公主房间零零碎碎的东西最多,钟影都得列个清单,挨个做好标记。

闻琰一下认出钟影在哪儿,好奇:"妈妈你在干什么?"她这会儿还在深州跟着奶奶玩,下周才去英国参加夏令营。

"收拾你的房间。"钟影仔细瞧了瞧她,见她小脸红扑扑的,脑门全是汗,便问,"在哪里玩?"

闻琰熟练地切换摄像头。

屏幕上是一片蔚蓝海湾和近在咫尺的金沙闪闪的海滩,玫瑰色落日笼罩着狭长天际,璀璨夺目。只是周遭实在静谧,没什么人,浪潮和海风的声音就在耳旁。

把画面切给妈妈看了几秒,公主笑眯眯的小脸迫不及待又凑到了屏幕前。

"好看吗,妈妈?"闻琰捧着手机,小声说,"只有我一个小朋友。"

钟影听得心软,也跟着小声问:"其他小朋友呢?"

闻琰摇头:"吴奶奶说这个地方就是她家,让我随便玩,可我想和好多小朋友一起玩。"

忽然,身后传来动静,钟影扭头,裴决不知什么时候来到门边,正笑着听她们母女讲话。

他十分了解自己母亲霸道且过于热情的性格,便对钟影道:"我来和我妈说。"

"裴叔叔想看他妈妈吗？"那边，听见裴决的声音，闻琰操心道。说着，画面开始灵活且迅速地移动。

裴决想也不想，开口拦住："等下，我不想。"

闻琰："哦……"小姑娘这才继续和妈妈聊天。

等这边视频结束，裴决就给吴宜打了个电话。

也不知道吴宜在那头怎么挪揄了一番自己儿子，总之，打完电话的裴决表情都有些不对。回到房间，见妹妹正扒拉闻琰床底下的收纳箱，便过去帮她。

箱子实在大，积了不少灰尘。

"幼儿园的玩具全在这儿了。"

钟影笑，她擦干净箱子表面，打开盖子，最上面是几套十分齐整的积木拼图。

"你知道这些是哪里来的吗？"

她低头拨弄积木，笑着说："那个时候，我去幼儿园接她。别的小孩老早就排好队、挎好水壶等着家长来接了，看见爸爸妈妈眼睛都一亮。她不，她一点都不想回来，还想玩，还拉着我一起玩。后来实在没办法，天都黑了，幼儿园老师说要不买一套回去吧。她站在一边拍拍手，还挺替我发愁，问我可以吗？这个也不贵吧？"

裴决："……和你一点都不像。"

他和钟影一起坐在床边的地毯上，转头注视着笑容灿烂的她，揽在她肩头的手抬起摸了摸她的脸颊。

钟影以为他说的是这些玩具："我在幼儿园不玩玩具？"

裴决笑："不是。"

"那是什么？"

"你上幼儿园的目的只有一个，就是等着回家。"裴决注视着她，眼底笑意十分明显。

"我妈说我以前去接你，一秒钟都不能耽误，在教室里提前收好书包，打铃就出门左拐。二年级的时候，放学时间比一年级晚了半小时，我妈说我生了学校好久的气。"

说到最后，裴决似乎对自己有点无语，语气渐渐疑惑起来。

钟影笑得不行："那我上幼儿园肯定天天哭。"

"那倒没有。"裴决叹气，"你太乖了。"

至今他记忆里好像还有着一幕——

远远瞧见哥哥跑来的身影，妹妹能高兴得蹦起来。那是她为数不多情绪张扬的时刻，眉眼瞬间放出光彩，好像见到救星。

…………

太阳完全落山,两人才出去吃饭。

只是外面还和蒸笼一样。南州入夏的气候又干又燥,行道两旁的树叶也蔫蔫的。

"我刚来南州的时候,这个季节总会流鼻血。"

暮色覆盖下来,远处形状规整的楼宇好像钢笔画,细细密密的线条渲染出一块块错落不一的明暗。

听到钟影说的,裴决也回想了下自己刚到这里的情形。但想了一会儿,记忆始终都是混乱的——在裴新泊刻意安排下过分忙碌的工作、颠倒的日夜和时差,让他对时间的感知都变得迟钝,更何况季候的变迁。

但记忆里,好像也有那么几次,他确实感受到南州与宁江的不同。

一次是初到那年的生日。公司里的同事给他庆祝,他也不知道自己怎么就喝多了,在路边吐得一塌糊涂。那个时候,他闻到南州风里凛冽的血腥气。不过他还是很清醒地叫了代驾回到新装的栖湖道,然后在玄关愣愣地坐了一夜……现在他已经想不起那一晚醉醺醺的脑子里到底想了些什么,但终归都和钟影有关。应该是想过去每一年的生日——她在自己身边,看自己吹蜡烛,祝他生日快乐之类的。说实话,每到礼物环节,裴决总觉得钟影有些敷衍,好几次送的都是书。她觉得自己是书呆子吗?不过来了南州,她送的那些书都快被他翻烂了。

最近的一次就是三月份遇到她。春寒料峭的季节,他站在楼下抽烟,混合着辛辣烟草气息的冷风毫不留情地灌入他的肺腑,四肢百骸都动弹不得。

见裴决有些沉默,钟影关上车窗,转头笑着问他:"你呢?来这里的时候适应吗?"

裴决弯起唇角,温和道:"确实不是很适应。"

钟影点头:"这里和宁江很不一样……"

车子绕过南州的地标建筑,停在最后一个红绿灯前。铂粤酒店边缘泛起忽明忽暗的宝蓝光泽,霓虹在夜色里闪烁,好像深海斑斓的游鱼。

"我其实有一阵很想念宁江。"钟影望着窗外,忽然说。

裴决转脸看她。

钟影低下头,注视窗外交错的光影落进来,虚虚晃晃地落在指尖。

"但我从没后悔离开那里。

"就是想念,想妈妈……也想你。

"想你在做什么……"

似乎人在脆弱的时候总会向过去寻找依靠。只是那个时候,记忆里能给予她支撑的人,不是已经离开,就是再也不见。

她再也不是那个乖乖等在幼儿园的秋千架上就能等来命中注定的救星的小女孩。

"什么时候？"裴决问。

钟影没抬头。

过了会儿，她说："生完琰琰的时候……每天都很痛苦。"这句话就这么偶然地袒露了出来，在一个不经意的时刻，袒露在裴决面前。

裴决伸手摸了摸钟影的头。

后视镜里，川流不息的车尾灯拉出一条绵长又汹涌的暗流。

忽然，裴决目视前方笑着说："来这里的每一天，我都在想你。"

钟影抬头，神情微微怔愣。

"每天。

"过生日的时候最想，还会生你的气——为什么老是送我书？"他语气带笑，似乎在逗钟影。

钟影也跟着笑起来。

"对不起。"她朝他靠了靠，解释说，"好几次我想送别的，但是又担心你不喜欢，还是书最保险。有一套宇航的图书我找了好久呢。"

裴决："所以一套三册送了三年？"

妹妹的偷懒真是让人意想不到。不过生日礼物而已，她送什么都可以，其实不必想那么多。反正他还是很开心。

"今年一定好好送你礼物。"妹妹举手保证。

裴决点点头："你最好是。"

秦云敏远远就瞧见钟影和裴决手牵手走过来。

对面，周崇岩在手机上下好单，头也没抬地说了句："老婆，我下单咯，还想吃什么吗？"

"等下。"秦云敏笑着站起来，朝徘徊在火锅店前的小情侣招手，"影影！"

周崇岩抬头，乐了："嫂子。"

这家私房菜看上去是新装修的，进去就是古色古香的藤窗隔断，一扇窗一桌人，瞧着倒有些赏心悦目。

周崇岩殷勤地将自己手机递去。

"嫂子，这个三黄鸡不错，烤得很脆。来之前云敏就说要吃，要不我再点一份？"

"嫂子，这个泉水松茸又鲜又甜，尝尝？"

"嫂子，想喝什么？"

只是说完，就看到秦云敏朝他看了眼，周崇岩默默叹气，知道得到此为止了,过后便没再以"嫂子"开头造句。

钟影也去看裴决,语气带笑地同他说话:"你有想吃的吗?"

他当然不是小气的人。

裴决合上菜单道:"你们定吧。"

饭桌上还是很融洽的,彼此交流了近况。

秦云敏是最清闲的时候。周崇岩和钟影一样,暑期最忙,忙着带队打联赛。说起来,这支队伍里的几个核心还是当初闻昭在的时候组的,以前钟影跟着一起聚过餐,后来就不怎么去了。这会儿聊起来,说起熟悉的人,钟影笑着问了几句。秦云敏便又去观察裴决,见他专心地给妹妹剥虾,神色如常,忍不住啧啧称叹:真是当年那个裴决,一点都没变。他只在意钟影,在意他从小一起长大的妹妹。

这边菜上齐,那边故人的熟络告一段落。

问起钟影请假的事,秦云敏说:"你们艺术团就是嫌麻烦。学生活动多,缺一个老师,就得找人顶,那边肯定不愿意。而且我记得艺术中心归南州市里管,你这假要是批下来的话,还得有人给你专门跑一趟。"

钟影点点头:"确实很麻烦。"

周崇岩笑:"出来单干吧!想放多久假放多久。"

话音刚落,秦云敏抓住他话里的漏洞,笑吟吟:"我见你也没给自己放多久啊。每次去你那儿都是我等你。"

周崇岩一时无言。

见状,钟影笑着说:"其实还好,以前我不会这个时候请假,主要担心舒怡。"

说起这个,秦云敏也略知晓些。

她问钟影:"就这么算了?男方闹成这样,总得给个说法吧?"

她不知道具体内情,只从赵慧芬那儿听说闹掰了,可婚礼的赔偿竟然全部由女方担负。

钟影想起前两天和程舒怡通的电话,语气迟缓:"应该就是这样了,她和宋磊后来一直没联系。"

说着,裴决将剥好的虾搁到钟影面前,擦了擦手,忽然问:"宋磊怎么了?"

难得见裴决对这事好奇,钟影愣了下:"我不知道啊,舒怡就说他工作出了问题……"

秦云敏摇了摇头:"遭报应了吧。"

裴决笑了下,没再说什么。

吃完饭,四个人又去看了场电影。

周末影院人多,没什么好位置。四个人凑得又临时,进了场,全挨边上。

还是一部文艺片，开头好一阵故弄玄虚，钟影今天本来就没睡够，这下天时地利，醒来时脑袋都快从裴决肩头滑落。

散场灯亮起，周崇岩像是得了什么"恋爱脑"恐惧症，拉起秦云敏就走，不敢多看一眼。秦云敏乐得不行，她和周崇岩坐在后面一排，见妹妹睡得头发乱蓬蓬，好像一只夯毛猫，忍不住伸手摸了两把，笑着道："这么累吗？"

钟影脸颊一直蹭着裴决外套，衣料偏硬，她坐起来皱眉看了眼裴决，有点迁怒的意思，顶着半边压得有些痒的红脸，对秦云敏含糊道："不好看……"

裴决点点头，虽然不明所以，但还是想也不想就支持钟影："确实不好看。"

秦云敏："……走走走。"

这回换她赶紧拉周崇岩离开，好像慢一秒，脚下就跟着黏黏糊糊了。

原本以为请假的事多少还得再费些劲儿，钟影甚至想好实在不行就拜托琴行的哪位老师了。谁知过了个周末，艺术团突然发来通知说，假批下来了。

她过去一问才知道，原来是七月份的暑期活动安排出来，钢琴演出因为学生报名不够，砍了好几个。这下真是应了那句话，失之东隅，收之桑榆。

回去她和裴决说，裴决问："去年也是这样吗？"

钟影慢慢摇头，思索道："去年好点。家长们一阵一阵的。今年学钢琴，明年学小提琴，后年再弹个古筝……"语气不像失落，但也不像开心，好像面对突如其来的运气，一时间都没反应过来。

裴决瞧她，忍不住弯起嘴角，觉得这样摸不着头脑的妹妹过于可爱了。

假期定下，时间也开始加速。

几天后，闻琰从深州坐飞机前往英国参加夏令营，第一站就是牛津。只是小姑娘水土不服，刚落地就生病了，上吐下泻，入夜又开始发烧。钟影是第二天下午才知道这件事，电话打过去，那边是早上八点多，经过一夜，小姑娘已经退烧了。两个奶奶陪在身边，还有一个时不时冒在画面后头、小心翼翼地趴在闻琰床边的陈知让同学。

钟影急得心慌，坐不住，在屋子里走来走去，脚边正在收拾的行李箱变得令人烦躁。

听赵慧芬说没事了后，手机被递到闻琰手里。看得出来，她烧得满头满脑的汗，湿漉漉的额发贴着苍白的小脸，一双乌黑的眼瞳格外深。忽然，一只小手伸进镜头，屈指轻轻抹了抹她汗涔涔的鬓角，然后替她撩开额发。

虚弱的公主看到镜头里可怜巴巴的母亲，眨了眨眼，忽然笑嘻嘻地来了句:"妈妈,How are you(你好吗)?"

钟影心疼得眼泪要掉下来。

临去香港前一晚,因为闻琰,钟影连行李都顾不上收拾,整个人心慌意乱,晚上都没怎么吃下饭——她是焦心的,女儿在千里之外生病,虽然身边跟着熟悉的人,但到底她没陪在身边,时时刻刻都在担忧。

裴决陪在钟影身边,见她吃不下什么东西,便也没劝,一个人先把行李收拾妥当。

晚上八点多,吴宜打来电话,安慰说闻琰已经没事了,正在大口吃饭呢,说着发来一张照片。看得出来,初愈的公主胃口不错,埋头吃饭都顾不上和镜头打招呼。陈知让难得严肃着一张面孔,正挨着闻琰坐,仔细盯着她张嘴吃饭,眼神都不错一下,好像生怕她吃快了噎住。

闻琰接了吴宜的手机,又和妈妈说了好一会儿,钟影这才稍稍放心。

裴决在客厅检查行李和证件,明天上午的飞机,扭头见钟影神色放松些许,便笑着问:"好了?"

钟影点点头,走过来,说:"她从小没生过什么大病。小病都是一晚上就好,第二天跑啊跳啊,精神比我足。"

听见她念叨闻琰,裴决没说什么,放下手里的证件,拉她坐在身上,亲了亲,忽然道:"我一直有个问题。"

他语气还挺正经,钟影一愣,微微笑着问:"什么问题?"

"她真的是你女儿吗?和你一点都不像。你小时候生病,起码要拖一周——感冒一周,咳嗽一周。就连小学三年级撞在教室门上,脑门青都要青一周。"

裴决叹气:"闻琰真的是你女儿吗?"

钟影笑起来,想了想,似乎在犹豫,但对上裴决同样带笑的眼神时,弯起嘴角:"听说女儿都像——"

裴决面无表情道:"好了。"

钟影望着他直笑,过了会儿,她捧着他的脸,小声说:"是你要问的。"

裴决点点头:"嗯。我应得的。"

第八章·
安全感

/ 她只是需要一份笃定而坚实的爱。/

1

七月的港岛热浪滚滚。酒店在半山腰,还得走一程。但山里并没有凉快多少,耳旁虫鸣鼓噪,热风扑面,草木成熟的气息夹杂其中,呼吸愈加窒闷。

这一趟走得人眼冒金星,到了酒店,几米外就是一股直冲天灵盖的冷气。

裴决去前台办理入住,钟影站在一旁,拿出手机联系程舒怡。

程舒怡看起来比在南州时还要忙,消息回得断断续续。落地那会儿发过去的信息,说他们到了,她急哄哄地丢下一个激动的表情。到这会儿,问她午饭吃了吗,还是了无音信。

约着见面的时间在明天,正好是周末,一起吃个饭,钟影还可以去她工作的地方看看。可这会儿,钟影又担心她这样忙碌,明天能不能准时见面都难说。

"怎么了?"办理完入住,裴决转身见钟影对着手机发呆,伸手揽住她肩膀,朝电梯走去。

"舒怡又没消息了。以前我们一起出去玩,她有几次就睡过头了。"钟影叹气,"这还不是要命的。她手机习惯静音,打都打不通。"

两人等在电梯前,裴决想了想,正要给妹妹出谋划策,面前的电梯门打开,迎面走来一对情侣。

身材高挑、明眸红唇的女人望见裴决眼前一亮,笑着叫他的名字:"裴决!"她身旁那位应该是她的伴侣,她伸手亲昵地挽着,视线很快落在被裴决揽住的钟影身上。

钟影一愣,转头去看裴决。只见他微微一笑,点了点头,然后偏头对她介绍:"这是我以前的同事,韩薇。"

闻言，韩薇神情揶揄地摇头，重复裴决的介绍："以前的同事……真不愧是你裴决。"打趣着说完，她灿然笑着同自己丈夫介绍，"这就是我跟你讲的追了好久的同事，东捷航空的裴决——我眼光是不是很好？"

一语落下，场面稍静。

钟影笑眯眯地去瞧裴决，见他面不改色，好像说的不是自己。韩薇的丈夫原本以为就是个路人，也没打算好好打量裴决，但妻子话音一落，他抬起的眼眸已经牢牢盯住了裴决，好像很想看看这家伙到底有什么好的。

正巧遇上，四人就在一旁坐着聊了会儿。

韩薇的丈夫也是飞行员，叫谢霁清，供职国外某个航空公司。韩薇从东捷辞职后，也去了那里。两人几个月前刚结婚，还拜托段启淮专程给裴决送了喜糖。

忽然，钟影就想起两人遇见的那个雨天，裴决手里拿的那袋喜糖。这么一想，她望着韩薇，觉得事情真是奇妙。

许是钟影看向自己的眼神格外亲切，忍了许久的韩薇凑过去问她："你们什么时候在一起的？"

钟影笑，见她像小女孩一样好奇，便认真地说："也才不久。"

只是她刚说完，裴决就没再听那边谢霁清同他聊的，扭头问钟影："什么不久？"

话说一半的谢霁清：……好的，我才是路人。

钟影："我说我们在一起时间不久。"

听钟影这样说，裴决点点头，没吭声，但能明显感觉到他有点不开心。

见状，韩薇真是开眼了。眼前的裴决像是换了个芯子，虽然面上依旧是那副冷淡至极的表情，言谈举止间恰到好处的距离感也无一丝变化。只是不知为何，他好像离不开他女朋友似的，动不动就朝他女朋友看一眼。搁他女朋友后背的手跟有多动症似的，一会儿屈指缠两下发梢，一会儿抬手顺几下头发。

很快，钟影便瞧出他心底的想法，她弯起嘴角，觉得裴决的小气来得也太让人招架不住。昨晚说到闻琰的父亲时，他还可以装作无事发生，这会儿只是说在一起没多久……这是事实啊，他竟然还生气了。

但不解归不解，哄还是要哄的。

钟影笑着对韩薇说："我们认识很久了。"

韩薇点点头，下意识地认为："大学同学吗？"

钟影摇头："我们从小一起长大。"

话音落下，裴决总算有些回神，可以开始正常社交了。

他笑着接下谢霁清的话，说："国内的航空公司确实没什么固定航线，我们都排班的，好班坏班一样飞。"

谢霁清点点头："我常年飞英国和中国香港。这次和薇薇结婚，就过来度蜜月。"他话里的重点在后半句。

只是听完他说的，裴决点头表示了下，便极其自然地转头去看同韩薇说话的钟影。

"原来你们是青梅竹马！"韩薇笑道，"难怪啊。"

钟影："难怪什么？"

韩薇："他一直想你呢。真是绝了。他想了你这么多年，你就没什么心灵感应吗？"说完，韩薇自己倒乐了。

"对。"裴决好像被提点了，他认真地问钟影，"没有吗？"

钟影哭笑不得，转过脸不想理他。

四人遇上得实在巧，一问，裴决和钟影两人今晚也没什么事，韩薇便提议晚上一起吃饭，再去好好喝一杯。因为喜糖，钟影对韩薇始终有好感，见她这样热情，便欣然同意了。订好餐厅，韩薇还嫌人不够多，便问裴决，段启淮这阵飞香港没有。

结果，巧的是都凑在今天了，眼下段启淮就在中环给他怀孕的老婆采购。

几人约好后先行分开。

房间里，落地窗正对一望无际的海面，炙热的阳光照进来，虽然冷气很充足，但钟影还是能在刺眼的光晕里感受到那股热烫。

她一边往窗前走，一边随手扎起头发，这一路都披着，也算考验她的意志力了。

裴决放下行李箱走过去。

她出了好多汗，头发撩起才看到薄薄衣裙上沾了汗的痕迹。因为要扎头发，露出的一截后颈雪白纤长，蝴蝶一样美丽的肩胛骨在洇湿的衣料下若隐若现。

"要不要洗个澡？"

裴决来到钟影身后，伸手捏住她裙子后面的拉链一点点往下，大片滑腻的雪色展现在眼前，他语气如常："影影，一起洗个澡吧？我也出了好多汗。"

钟影转头好笑地瞧他。

…………

在浴室里待久了缺氧。

直到躺上床，钟影都还觉得脑袋发晕。空调又太低，她觉得鼻子不通气，裹着被单在一旁找遥控器，后背发梢垂落的水珠被明亮光线折射着，晶莹剔透。很快，有人比她先一步找到，揽着她的腰将她抱到身上。

"几度？"裴决注视着她还是有些红的面颊，亲了亲，"调几度？"

"高一点就好了。"

开口声音氍氍，钟影搂住裴决，歪头靠着他宽厚的肩膀，望着窗外亮片一样的白光，忽然叫他："哥哥。"

"嗯。"裴决正在研究钟影嘴里"高一点"的具体含义。

"三月份的时候，你手上拿的喜糖是不是就是韩薇的？"现在想起来，虽然记忆模糊，但那天天气实在暗沉，唯一亮眼的就数喜糖了。

裴决动作微顿。说实话，他都已经忘得一干二净了，关于那天所有的记忆都定格在钟影脸上——焦急的妹妹、茫然的妹妹、淋雨的妹妹，还有生气的妹妹。

"怎么了？"他放下手里的遥控器，伸手摸了摸钟影有些凉的后背，拉起被子裹好，顺带再把妹妹往怀里摁了摁。

"就是感觉很奇妙。"钟影笑，撑起身体低头望着裴决，长发落下，在两人眼前隔出一小片牵动的光影。

裴决望着她，笑着问："这样就奇妙了吗？"

钟影好笑："那你觉得怎么才奇妙？"

他好像并不能理解钟影将喜糖和他们之间联系起来，不过像是被提醒了，他又摸了摸钟影的后背，问她："我想了你这么多年，你真的没感觉吗？"

钟影看着他，微微一怔，而后伏在裴决胸膛上笑得肩颤。

他以为两人有什么心灵感应吗？钟影忽然发现，大多时候理智得不行的裴决，某些时候，又有些幼稚，好像固执的小朋友，执意想要获得什么似的。

见她笑得这样开心，裴决觉得说什么都无所谓了，她认为是什么就是什么吧。他翻身去吻怀里的人，注视着阳光下她像玻璃珠一样乌黑澄澈的眼眸。

两人对于重逢再见的理解或多或少确实存在差别。钟影倾向于是偶然，裴决却觉得是自己念念不忘必有的回响……但到底都太过浪漫。后来，等钟影睡着，裴决又想，其实通通不是。

因为无论如何，总有一天，他会被逼疯的，他会去找秦云敏，这样，他总是能找到钟影的。

想见她的欲望从始至终都存在。

时间早晚罢了。

暮色时分，海水最先冷却。

这边距离港岛最繁华的地段有些距离，不过隔着朦胧的夕照，隐约还是能望见入夜后那一角的灯火辉煌。仿佛隐匿的热气找到了另一种方式在此间停留，于是便彻夜不休。

闻琰打来视频的时候，钟影正在换衣服。

红色长裙套上身，她反手去摸后背藏着的拉链时，手机就响了。她拢起肩头细细的吊带，海藻一样柔顺乌亮的长发倾泻在肩头。因为要出门，她还化了淡妆，玫瑰色莹润娇艳的嘴唇朝镜头弯起，一双眼尤为妩媚。

闻琰睁大眼，朝着镜头直起身，凑上来就是："哇，好漂亮的妈妈！"

公主那边是清晨，她手里捏着一块烤得金黄的牛角包，手边搁着一杯牛奶，望着镜头一眨不眨，对着妈妈一大口咬下去，听声音就知道掉了好多酥皮。只是很快，有人帮她在桌上铺好纸巾。

钟影愣愣瞧着在闻琰身边忙前忙后的陈知让，不由得好笑，但又实在不知道对自己大病初愈、胃口奇好的女儿建议些什么，只好和往常一样问道："宝贝今天做什么？"

闻琰便开始边喝着牛奶边向钟影汇报待会儿要去参观的博物馆。钟影看着她一嘴的白沫，神气十足的模样，忍不住笑。

忽然，面前的梳妆台伸来一只骨节分明的手。

裴决先是在她的首饰盒子里挑了挑耳环，琥珀色的珠子、宝蓝色的水滴、酒红色的耳钉，最后，修长指尖停在一双珍珠耳坠上。

钟影抬头，朝裴决笑。

她浓密的发丝很快被人从一边肩头撩开，裴决宽阔的掌心衬得她耳朵十分小巧。温润洁白的珍珠轻轻晃动，蹭着她细腻的肌肤，偶尔躲进乌黑细密的头发丝里。

有了珍珠耳坠，剩下的好像不必说。

钟影摸了摸刚被裴决轻轻捏过的耳朵，笑着指了指行李箱，于是，乐于装扮妹妹的裴决便过去找那串珍珠项链。

她幼时去幼儿园，急起来没扎好辫子，或是手忙脚乱扯断了皮筋，都是裴决帮她，站在她身后小心翼翼地握着妹妹一撮头发往皮筋里套——他以为只要套进去就可以了，谁知眨眼就滑掉。钟影扭头往地上看，鼓着腮帮，小声对哥哥说："要绕两圈——嗯，三圈。三圈就可以了，哥哥。"裴决神情严肃地点点头，捡起皮筋仔细吹了吹，再次小心翼翼地捏住妹妹又细又软的头发。只是辫子扎得又歪又低，等到学校，钟影才放下来自己扎好——毕竟哥哥已经很努力了。

房间里的两人很安静，裴决在翻行李箱，钟影坐在桌前专心看女儿。闻琰絮絮叨叨的，恢复了生气的她积攒了太多的见闻——

"昨天老师让我们自我介绍，我生病了没去。

"陈知让说他帮我介绍了——他说我是世界上最聪明、最漂亮的小朋友。"公主翻了个大大的白眼。

"妈妈，你说离不离谱？"

钟影哑住。

随即，一旁传来陈知让倔强的超小声反驳："本来就是。"

公主颇为苦恼："那我今天过去，别人一看，生病的小朋友一点都不漂亮。万一我口语再出问题，又不聪明了。真是的！"

陈知让赶紧辩驳："不会的！"

很快，那头两个小人开始吵起来。

陈知让试图证明闻琰就算生病也是漂亮的，以及，闻琰的口语已经很流利了，根本不需要这样担忧。闻琰则觉得就算这样，那也不能用"most"，这个前缀会让别人笑话的。陈知让说他没用"most"，他用的是"best"。

话音落下，钟影和闻琰同时卡住。

身后，路过的吴宜啧啧称叹，陈知让小小年纪，还挺会哄人的。

好不容易劝完架，钟影感觉自己眼泪都要笑出来了。她扭头对拿着项链盒子的裴决说："这就是小学生吵架，是不是很离谱？"

裴决不置可否，起身朝她走来："我觉得陈知让一开始说得很对，没必要反驳。在他眼里，闻琰就是这样。怎么到头来还怪人家。"

……钟影觉得她哥哥也挺离谱。

虽然打小知道钟影好看，但当钟影戴好珍珠项链站起来，裴决望着她，脑子里忽然就冒出一个十分荒唐的念头。这个念头浮出得太过自然，以至裴决意识到的那瞬间，神思都一怔。

一袭红裙窈窕，实在明艳，细细的一根肩带藏在如瀑的黑发里若隐若现，贴着莹润光洁的肌肤，旖旎的风情含蓄又婉转，珍珠也十分衬她。

钟影撩起背后的头发，转头同裴决笑，裴决便上前替她拉好拉链。

"在想什么？"

见他有些沉默，钟影摩挲着锁骨上的珍珠，从镜子里笑着问裴决。

裴决没作声，也望向镜子里的钟影。他的目光看着很平静，好像波澜不惊的潭水。镜面微微反射着屋子里的光线，模糊了他眼底的情绪。

过了一会儿，在钟影扭头过来想仔细瞧他的时候，裴决低头吻住她艳丽的嘴唇。

"影影，人真的很自私。"裴决叹息，"就算我已经和你在一起了，我也不想任何人看你。想你永远在我身边，哪里都不能去。"

"要是能回到小时候就好了……"说到最后，裴决惋惜着叹气，语气天真又执拗。

钟影好笑，抿了抿嘴唇，转身，伸手去抹裴决嘴巴上沾的口红，笑着说："为什么和我说这个？"

裴决凝视着她，还想去亲，他觉得妹妹被吻过的嘴唇看上去更好看了。

他一点点凑近,轻声坦诚道:"就是想告诉你,自私的哥哥——大概是这样。"

钟影笑着搂住裴决的脖颈,很用力地吻住他。

"那你要一直自私下去。"

2
两人到得有些迟。

口红蹭乱了,补妆花了些时间。裴决虽然耐心等待,但钟影心急,第一次正式见面就迟到总是不好。她上了车都蹙着眉,不作声地望着窗外飞驰而过的车流霓虹——也不知道怪谁,毕竟最后是她要去亲裴决的。

她焦急地坐着,头发被窗口热风吹起,拂到裴决脸上,好像自己不好过,也不想让身边的人安安稳稳。裴决把人往身边揽了揽,一双手拢住她多得不得了的头发,开始分三股编起来。

打发时间的方式有许多,缓解焦虑的却只有那么几个。

钟影忍不住笑,望着降下的半面车窗上裴决专注的面容,一时间也忘了前方的目的地。

"在想什么?"

辫子编好,露出妹妹白皙纤直的肩颈,明明是大热的酷暑天,裴决的手煞有介事地摸着妹妹后颈,感受了下窗口吹进的风,问她:"冷不冷?"

"……你的手好热。"钟影没好气道。

裴决握了握掌心,语气莫名:"还好吧。"他是真的担心,没了那么厚的长发披着,七月的盛夏,妹妹会被冻到。

钟影笑着推开他的手,裴决只好去搂她的腰,妹妹真是任性,他还挺无奈。

后座氛围实在黏稠,司机一脚油门,到达目的地。

车门打开的刹那,入耳的喧嚣好像剧烈翻涌的海潮,铺天盖地地呼啸而来。不算宽阔的街道,时刻拥挤的人群,视野变得局促,但放眼向前,五光十色的霓虹又好像在一瞬间拓宽了时空的隧道,直抵尽头广袤无垠的黑海。

段启淮也刚到,正在街边等他们,脚边垒着一大堆采购的母婴用品。这会儿扭头望见裴决和钟影,他笑着抬手"嘿"了声。

钟影也笑着同他点头。

三人一同进去,韩薇和谢霁清已经到了,两人正头挨着头笑着说话,手里都拿着菜单,只是没人在看。

等走近了,拎着大包小包的段启淮看看身边这一对,又看看眼前那一对,无语:"我过来干什么?"

他这话问得合情也合理。

饭局开场一分钟,这个问题越来越凸显。

左手边一对轻声细语地聊着,裴决根本连个眼神都不给他,专门盯着自己女朋友,上菜了夹菜,上酒了倒酒。右手边一对也大差不差,只是韩薇更能聊些,时不时拉段启淮参与聊天——段启淮又不是傻子,巴巴去当电灯泡吗?

"我说——"忽然,他站起来。

随即,四人抬头看他。

裴决的眼神是"你没事吧",而第一次认识、抱着礼貌的谢霁清还蛮认真地瞧他,韩薇则和钟影笑着对视,不知道他要干什么。

"你,还有你,"段启淮点了点裴决和谢霁清,"都坐过去。"

"你俩……"他颇为绅士地朝钟影和韩薇笑道,"麻烦请坐一起。"

相比两位男士的磨磨蹭蹭,段启淮话音刚落,钟影就笑着起身去和韩薇同坐。临走时收回一直被哥哥攥着的手,整个人瞧着都有些开心。裴决坐着没动,看着妹妹雀跃地离开。没一会儿,被韩薇撵走的谢霁清不尴不尬地来到钟影的位置。裴决不咸不淡地看了眼段启淮和谢霁清,扭头喝酒。

这么几下,场子瞬间显出几分温差。

"老早就看见你这个珍珠了,真好看,哪里买的?"

韩薇轻轻碰了碰钟影的珍珠耳坠,又去看她颈间的项链,一串光泽流转的圆润珍珠令她明艳动人的容色愈加沉静娴雅。

韩薇简直爱不释手:"我也想买一条,真好看……"

钟影摘下项链给她看,笑着说:"我也不清楚,是裴决买的。"

这边话音刚落,韩薇就朝谢霁清看去一眼。

谢霁清正往杯子里倒酒,闻言清了清嗓子,慎重地转过头问裴决:"那个,哪里买的?"

……段启淮怀疑自己隔在中间像隔着空气。

裴决看着面前的酒杯,想了想,说:"时间过去太久,忘记了。"

于是,谢霁清扭头看过去:"老婆,他说他忘了。"语速之快,好像生怕裴决突然记起来要跟他说似的。

另一头,韩薇给钟影重新戴上项链,又道:"你头发好多,从小就这样吗?"

钟影点头:"嗯,弄起来挺麻烦的。"

韩薇笑着给她拍了个侧面的照片,指着照片对钟影说:"我看这辫子编得还蛮好看的。"

钟影笑,没说什么。

另一边,裴决也不作声地笑起来。

"那个……"

相比之下,这边场子冷得太明显,段启淮环顾左右,忽然,自觉十分机智地拎起脚边一大袋购物纸袋,热情洋溢地问兀自喝酒倒酒的裴决和谢霁清。

"那个,你们想看看我给我老婆买的东西吗?"

话音未落,裴决和谢霁清同时扭头看他,神情不可思议。

段启淮乐了,以为他们感兴趣,立马得意道:"跟你们说,这可是我找了好久,对比了起码——"

"不感兴趣。"

"不必了。"

两人异口同声。

段启淮:"呵……"

入夜霓虹璀璨。

五个人吃了晚餐,出来转场去这边最有名的酒吧喝酒。

听说运气好的话,还能见到鼎鼎有名的港星。韩薇和谢霁清都是港片爱好者。一顿饭的工夫,韩薇就已经挽上钟影了,边走边科普她最爱的几部港片。她说得有趣,钟影听得也认真。

隔岸的高楼矗立着,霓虹倒映在海面。这座城市,意乱情迷的氛围似乎无处不在。可能是人与人之间的距离太近了,局促的擦肩而过,某一刻,不知来自何方的呼吸似乎都能在瞬间被两三人感知。从陌生人到恋人,时空的压缩在这里似乎可以忽略不计。

转过拐角,金鱼装在一排排塑料袋里,青绿色的铁架子上,从顶端码到最底下。金鱼在透明袋子里吐着泡泡注视路过的形形色色,路过的形形色色也朝它们投去匆匆一瞥。那些如金箔一样洒落的璀璨缤纷的霓虹光影笼罩着金鱼袋子,也笼罩着袋子外的。

钟影和裴决站在一旁等韩薇和谢霁清拍照。段启淮在另一边缓慢踱步,准点给他媳妇做电话汇报。这个时候,好像必须得分分秒秒肩挨着肩手牵着手,依靠在一起,才不会在绿灯亮起的瞬间,被汹涌的人潮冲散。

几人坐下一起喝酒时,氛围更显熟络。

说多了,段启淮好像是他们几个里最能碰上无厘头趣事的人。

"老太太第一次坐飞机,说实话,我比老太太还紧张。"

他说的是他丈母娘。当年他和他老婆郑苓谈恋爱,他丈母娘还挺满意他的工作,觉得他有责任心。但之后坐了一趟他的飞机,丈母娘就不大开心了。

"明明是正常颠簸,她老人家就不行——她还以为是鸟呢,直上直下,抖都不带抖一下。下了飞机说吓死了,我老婆都无语了。"

众人忍不住笑。

不过也有比较严肃的场面。韩薇说起谢霁清所在的航司,大家不约而同聊到一位都认识的同事,而钟影也曾在新闻上见到过,是一位很了不起的机长。

"……谁也不知道那个时候拉回手柄会造成超高速俯冲。万幸自动驾驶没坏,三分多钟吧?才回到巡航高度,是不是?"段启淮看了眼裴决。

裴决点了点头。

"说起来,咱俩在北达科他航校那会儿,是不是也出过类似的事?"段启淮笑着说。

他随口一说,钟影却听得心头一跳,赶紧扭头看向裴决。

裴决摸了摸钟影的头,附耳过去笑道:"没那么严重,他这人说话其实很夸张,你听百分之十就好。"

百分之十?不就是让她不要听。

钟影好笑,他说话也蛮夸张的。

聚会的氛围到了后半程越来越热闹,他们几个谈起职业相关的,很容易谈深,酒就喝得少了。

钟影自觉酒量可以,谁知等裴决发现,她已经一个人边听边一小杯一小杯地喝完了一整瓶酒。裴决看着像没事人一样、一眨不眨朝他望着的乖巧的妹妹,下意识就伸手去摸她额头,弄得她止不住笑。

一旁几人见状也是一愣。

主要裴决态度区别得太明显,他好像生来就对钟影偏心。

时间已经不早,回去还要走一段才能打到车。段启淮先一步离开,他要赶明天最早的一趟飞机。韩薇和谢霁清是最后走的,他们在度蜜月,时间是最不重要的。

裴决和钟影站起来同夫妻俩告别,猛地,钟影眼前一花,垂头差点磕在桌上。

裴决眼疾手快捞住她。

韩薇乐了,也来扶钟影,顺手拿起那瓶全进了钟影嘴里的酒,笑着对裴决说:"这个度数不是很高,可能她喝太多了,之前又喝了些别的。"

裴决也拿来看,谁知被他搂着的钟影也悄悄凑了上来,脑袋靠在裴决肩头,一双眼瞧得分外仔细。

裴决笑着放下酒瓶,碰了碰钟影微微发烫的脸颊,问她:"走得动吗?"

钟影点点头。

她好像清楚自己喝多了,于是举止变得规矩,甚至有点谨慎,像极了小时候犯了错惴惴不安的模样,话都少了。

维港那边还是一片人潮汹涌，热风鼓噪，空气中似乎都带着点微醺的味道。两人走了一段路，人才渐渐少了，海港拂来的气息慢慢变得清澈湿润。

两人找了个空阔的台阶坐下。

"难受吗？"裴决有些担心，往四周看了看，准备找个药店。

钟影摇头，坐下来转身抱住裴决，额头抵着他宽厚的肩膀，低声嘀咕："好晕啊。"

裴决笑，抬手抚了两下钟影后背。

两人依偎着靠在一起。忽然，裴决听见钟影很轻地叫自己，问他："美国的生活是怎么样的？是不是很有趣？"

她始终想着他们刚才的聊天，只是裴决说得实在少，她又特别想知道。

裴决弯起嘴角，环住钟影，伸手一点点拆开她乱了的辫子，动作很轻，语气带笑："不是不感兴趣吗？"

他这话是有由头的。

那个时候的钟影确实不感兴趣，偶尔还会觉得每隔一段时间对裴决例行的关照是长辈留的任务。电话打过去，裴决又不傻，那个时候聊起来，聊钟影的内容都比聊裴决自己的多。

听他这样说，钟影不吭声了。她牢牢抱着裴决，力气大到自己都没察觉，脑海里平常极细微的思绪，此刻好像被酒精泡发，开始膨胀，挤压她的理智。

于是，好一会儿，钟影恼怒地想，裴决就是故意的，他在寻她"隔夜"的仇。他在气自己那时候不理他，嫌他啰唆又麻烦。这个念头越扎越深，酒精也从中作梗，不遗余力地浇灌，拔苗助长似的希望今晚谁都别好过。可下一秒，随着辫子被那双手拆开，弯弯曲曲的发丝散下，那股冲天怨气戛然而止，一股莫名的委屈袭上心头。

钟影愣愣地望着不远处波光粼粼的海港，忽然哽咽道："没有不感兴趣……"

这下把裴决吓了一跳，他松开钟影，就见她哭得眼都不眨，泪水直往下淌。

"怎么了？"裴决发誓，说这话的时候他是一点不想笑的，他怎么可能笑难过的妹妹？下辈子都不可能。

但是，话说完的瞬间，他忽然笑出了声。

他自己都愣住了，更何况妹妹。

钟影看着面前笑容止不住灿烂的哥哥，突然不认识他似的，一边掉眼泪一边问他："你笑什么？"

裴决真是不知如何是好，心头好像忽然撞进好几个钟影——小时候的、少女时期的，还有就是眼前的，她们都在掉眼泪，都在问自己笑什么。

裴决没说话，注视钟影的目光笑意温柔。

他给她擦干眼泪,然后去亲她湿漉漉的嘴唇。喝了太多酒,舌尖都变得酥麻,他一点点深吻着她,交缠着她芬芳的唇舌,粗糙温暖的指腹耐心地、安抚似的摩挲着她湿软的面颊。

他吻了她很久,久到钟影都快忘了一开始的愤怒与委屈。

但是快忘了不代表忘了。

于是,吻完,嘴唇还没离开妹妹的裴决就听到妹妹义正词严、依旧哽咽的声音:"我没有不感兴趣。

"真的。"

忙碌的出租车汇聚成一条闪烁的灯河。

车门打开又关上,冷气袭来,裴决揽住钟影肩头,两人都没说话,也许是有第三人在场。

维港前的场景似乎只在钟影脸上留下一点潮湿的痕迹,在盛夏的热浪里可以忽略。眼下冷风一吹,肌肤传递的触感就格外明显。

钟影不作声地转过脸,埋进裴决的肩窝。

裴决当然清楚钟影此刻的情绪,不过他觉得那件事不是特别重要。那个时候,她的心思不在自己身上,这是事实。就算强求她的关心,大概只会适得其反。就像当初阻拦她离开宁江——隔着一扇他自己锁上的门,他向她承诺,永远都不会让钟振及钟家所有人进入她此后的人生。可她不愿意。那个时候,他存在的意义,一定程度上代表了钟振。他是钟振一直放在嘴边引以为傲的"女婿",是以后的发家致富之路。

也许是意识到这点,在联系秦云敏的那几年里,见钟影和不伤害钟影,成了最折磨他的两个念头。

话说回来——

裴决垂眼看了看怀里抱着自己不作声的妹妹,忍不住想,自己觉得不重要,但钟影觉得重要,那就应该是一件十分重要的事。

不过,在他绞尽脑汁转换思维,试图抓取妹妹敏感思绪里的一点一滴时,钟影慢慢睡着了。

酒店在半山腰,出租车停在近处的公交站台。

裴决直身付款,钟影醒了。

她像是从一场格外疲惫的惊涛骇浪中千辛万苦地回了港,抬头望裴决的眼神都带着几分迷茫,好像不知道自己此刻在哪里——十几分钟前的愤怒、委屈与哭泣,当然也忘得一干二净。

下车又是一阵热浪。

山脚夜色愈深,霓虹的光影落入海港,远远望去,好像海市蜃楼。耳旁也变得安静许多,虽然虫鸣此起彼伏,但拥挤嘈杂的人潮仿佛是很久以前的事。

钟影慢慢走在裴决身边,随着两人的步伐,高跟鞋"嗒嗒"响。

过了会儿,裴决转身摸了摸钟影头顶。"是不是困了?"说着,他背朝钟影蹲下,"上来吧。"

钟影笑,脱下鞋子就去搂裴决。

支棱在石阶旁的路灯映着两人重叠的影子。

"其实没有他们聊的那么有趣。"稳稳当当地走了几步,裴决忽然说。

钟影靠在他肩膀,扭头望着远处的星星点点,要睡不睡,闻言,神情微顿,没作声。

"合作的航校位于美国最北部,夏天很热,冬天……应该找不到比那个地方还要冷的州了。不过除了一两个月里比较多的暴风雪天气,其他时候其实很方便我们日常训练,但生活方面就……"

裴决语气带笑,话音止住,似乎在找一个合适的词。但等他再次开口,没有沿着一开始的说下去,而是换了一句:"适应了之后都还好。就是吃的方面,难吃。"

最后两个字里表达的嫌弃实在明显,钟影忍不住笑。

"每天都很累,五点多起床,要飞一整天。冬天还好,碰上暴雪就不用飞了。夏天才难熬,挤在那么小的机舱里,又闷又热,下了机舱感觉自己像是从海里出来……"

钟影笑:"就你一个人吗?"

"单飞攒时间的时候是一个人。其他时候教练员会带着,也会和同学一起。教练员比较严格,话不多,看着好相处,但给成绩的时候会让你体会什么叫一落千丈。"

他很少开这样的玩笑,听着只会让人觉得形势果真严峻。

果然,钟影紧张道:"那你过了吗?"

妹妹真是可爱,裴决微微一笑:"不过我现在在做什么?"

钟影注视着裴决侧脸,忍不住凑近些许。他的语气、说话的样子、嘴角偶尔弯起的弧度,还有眼底映出的那一小片明暗,她都看得很仔细。

"很枯燥。想家,也想你——"

裴决语气自然,想了想,揶揄道:"我知道你肯定不想我。"

钟影没说话,搂紧抱住裴决的手。

只是她一下搂得有点紧,裴决以为她又生气了,赶紧岔开话题:"对了,有件事。"

"什么?"钟影闷闷道。

"我准备离开的那个冬天,有一阵下了三四天的暴雪。学校发邮件,说和隔壁州接壤的公路发生了交通事故,警车和救援车子暂时开不过去,调飞机也没我们这里快,就问有没有同学愿意帮助。"

钟影:"你去了?"

"嗯。"

"危险吗?"

"还好。雪已经停了,就是积雪太厚,我到的时候车都快被埋了。附近农场弄来了好几辆吊车,我们和医疗队下去救人。十几辆车,后面一辆辆地拖,天都亮了。"

现在想起来,裴决印象最深的,大概是精疲力竭后躺在雪地上,望着天际一点点浮出火红的朝阳,身后传来喜极而泣的欢呼和呼啸而过的警笛。白雾蒙蒙的眼前,呼吸里带着明显的血腥气,喉咙和鼻腔又干又涩,心脏却跳得厉害。那个时候,他脑子里已经想好怎么和钟影描述这件事,只是后来直到回国,去了春珈,他也没有找到合适的机会。再后来,他自己也忘了。

不过此刻聊起,激动的心情依旧清晰,似乎并没有随着时间远去。

"回去后学校给我们准备了庆祝早餐——"裴决没继续说下去。

钟影察觉他的欲言又止,笑着问:"是什么?"

"热的牛肉饼。"裴决面无表情,"以前都是冷的。"

钟影一下笑出声。她喝多了酒,笑声也明朗,情绪比起往常外放些。

"还想知道什么?"

到了酒店门口,裴决将人放下。

钟影弯腰穿鞋,直起身后望着裴决,眉头微微蹙着,半晌,却摇了摇头。

"怎么了?"裴决牵住她手,低声询问。

钟影没说话。

两人一起走进大厅,电梯前等候的游客意外的多,进去时,裴决搂着钟影往里站了站。

钟影靠在他身前,视线落在他凸起的喉结上。忽然,她自己都没反应,手已经伸过去摸了两下。

裴决低头望着她,漆黑眼底有笑意,也有几分她根本察觉不到的欲望,然后,他握住妹妹手腕,规规矩矩地给放了下来。

每层都有人走出去。

等电梯里只剩他们两人,裴决看着钟影笑道:"想什么呢?"

钟影没吭声,她一下变得乖巧,任由裴决握着手,过了会儿,思索着说:"我喝多了。"

裴决笑出了声,带她走出电梯:"我知道。"

"那你明天再给我讲一遍。"她低着头对裴决说,"万一我忘记了呢?"

裴决扭头,注视着钟影有些红的面颊和湿润乌黑的眼瞳,一时没说话。

"喝多了就是会忘事的……"

钟影似乎有些歉疚，继续说的时候还是没看裴决，视线盯着自己红色的裙摆，浓密的发丝垂落下来，露出白皙光滑的后颈，珍珠若隐若现，光泽动人。

裴决心口塌陷得毫无预兆，他注视着她，良久没作声。

他忽然意识到一个十分严重的问题——

和钟影谈恋爱并不是一件容易的事。

幸亏他已经不是二十出头，不然这会儿估计连自己姓什么都忘了。

3

"这是喝了多少？"

冰箱门打开又关上，三颗冒着冷气的冰块"咕咚"掉进杯子，玻璃杯眨眼变得半透明。

早上九点多，阳光已经足够刺眼，一大束金灿灿照进屋子，犄角旮旯也亮堂堂。悬浮的尘埃好像装饰的金箔，在半空中一闪一闪，十分好看。

头顶的风扇慢慢悠悠地转着，不一会儿，焦糖混合牛奶的甜蜜气息弥漫开，一杯色泽鲜亮的咖啡端到钟影面前。

钟影撑着额头接过，笑着对程舒怡说："没注意就喝多了……"

楼下，两辆双层巴士迎面驶过，响声"叮咚"。

这栋公寓建得有些久，隔音不是很好。钟影进门那会儿就听到周围不知哪户人家准备出门过周末的招呼声，隔着条老街，对面一层店铺门口偶尔的洽谈声也时不时传来。

这边大部分都是一层是店面、二层往上是住宅的设计。茶餐厅紧挨菜市场，菜市场正对居民楼，热气腾腾的光线交织在人群里，比起中心区域的光鲜与繁华，这里的市井气息更浓郁。

"其实还好。我白天不在家，就晚上回来睡一觉。晚上这里还是很安静，灯也少。不像市区，亮一整晚，晃得人头疼。"

程舒怡盘腿在对面坐下，喝了口咖啡，见钟影始终懒洋洋的，好笑道："真是难得，你能喝成这样……"

说着，她视线朝几步外的床看去："去躺会儿。"

咖啡太冰，钟影抿了口，下一秒就跟得了指令的机器人似的，扭身往程舒怡的床上爬。

"我看你这里虽然小，但是……"钟影闭着眼揉太阳穴，"很方便。"

"麻雀虽小咯。"

程舒怡灌了一口咖啡，利落地站起，环顾一圈，又去水池边接了点水，走到窗台给茉莉浇水。忽然注意到什么，她探头往下望了望，过了会儿，好笑地扭头对钟影说:"你家那位在捞金鱼呢。"

清澈透亮的晨光里,逆着光线的成年男人蹲在满是金鱼的红色塑料盆边,搭在膝上的手里拿着个网兜。住在这边的小朋友不知何时一左一右簇拥了过来。盆里的金鱼五颜六色、种类繁多。小朋友们一眨不眨埋头紧盯,他们手里都拿着早点吃,偶尔指点裴决哪条金鱼没睡醒,这时候下手正好。

他一早将钟影送来,没有多待,送到门口就下去逛了,留钟影和程舒怡在楼上说话——莫名有点像小时候送妹妹去幼儿园。

程舒怡说完,倒是令钟影想起什么,她坐起来,伸手往一旁椅背上的包里掏了掏。

"舒怡。"

是那张银行卡。

程舒怡转过身,看清是银行卡,神情微怔。手里的水壶往下滴了两滴水,坠落的间隙里,斑斓的光晕一闪而过,她身后,湿漉漉的雪团茉莉在阳光下格外娇媚。

程舒怡没动,她发现自己一点都看不明白陈寓年。难道他不知道为什么会有这张卡吗?或许他是不知道的,程舒怡想,大概对他们这些人来说,钱就是人情,可以送出去,也可以退回来。

可这是人情吗?

她想起撕破脸之后,宋磊跑到她父母面前说的话,说她早就和别人有一腿,在外面一起吃饭,还被熟人看到了——"我就说呢,这么大笔钱,酒店说不要就不要,哪门子关系这么好?"当然,宋磊话没说完,她的父亲气不过这样的人诋毁自己女儿,立马把人赶了出去。

见程舒怡站着不动,钟影站起来,走到她面前。

程舒怡这才放下水壶,伸手接过卡。

好一会儿,两人都没说话。

钟影拿起冰块已经融化的咖啡,放到嘴边喝了口。奶味太足,糖也有点多,咖啡的涩苦倒不是那么明显了,喝起来像奶茶。

她看着握着卡不知道在想什么的程舒怡,忍不住担忧:"宋磊没再找你吧?"

在艺术团闹了这么大阵仗,宋磊后面还去了程舒怡家,钟影不清楚他有没有追到香港来。

程舒怡将卡搁到窗台,笑了下:"没有,你别担心。"

钟影点点头。

"他好像工作丢了。"

冷不丁地,程舒怡拿起水壶的时候来了这么一句。

钟影愣住:"什么?"

程舒怡转过身继续浇水,语气很淡:"以前聚会,我加了他几个同事。前阵子有一个人的朋友圈瞧着像升职,看下面评论,似乎顶替了宋磊在南州新报的位置。"

话音刚落,就听身后钟影咬牙:"恶有恶报。"

程舒怡好笑,扭头瞧她。视线交错的瞬间,记忆里闪过一个颇为久远的画面。好一会儿,她独自一人定定地站在阳光明媚的窗前,再次转回头的时候,眼眶不知怎么就有些酸涩。许是直视日光太久,眼前的茉莉露水盈盈,泛起一层层雪白的光晕。

"我记得大学那会儿,你还夸他热心仗义。"只是未等钟影说什么,程舒怡赶紧又道,"他以前是挺热心的。"

她接自己的话接得太快、太急,钟影很快就明白了她此刻起伏的心绪。

钟影走上前,默默抱住程舒怡。

"闻昭组队打校级联赛,缺人,他硬是顶了一学期的比赛。身高不够,他就打后卫,跟着闻昭一起训练。我俩下了课去看,真是被虐得够呛,那个时候……也真是心疼。"

就像冰块堆在玻璃杯里,时间长了,化成一摊水。人也是会变的。程舒怡说的这些,钟影也有印象。只是她早就经历过那些痛苦不堪的面目全非,付出了至亲的代价,现在想起来,心底竟然没有半分对宋磊的怜悯。

两人说着话,忽然,外面楼梯响起一阵动静。

"是钟伯——"

程舒怡抹了下眼睛,朝厨房走去,对钟影说:"住我楼上,也姓钟,你说巧不巧?我看你们钟家对我有恩,哈哈哈……"

钟影微微一愣。

程舒怡火速从厨房抱了一罐糖出来,打开门就追了上去。全程也就一分多钟,等她回来,手里已经空了。

她笑着对坐在床边的钟影说:"很可怜的老人,为了给儿子治病才来的这儿。"

钟影点点头,没作声,她觉得自己过于敏感了。刚才的说话声透过门缝传来。那人声音十分苍老,听上去确实像一位生活不易的老人。

"……听房东说,他是有老婆的,只是来这儿的时候老婆跟人跑了。也不知道真的假的。"

闻言,钟影莫名放下心,笑着说:"你别老是打听人。"

"我没打听。"

两只空了的咖啡杯倒挂在水池边,几缕水痕沿着杯壁一点点往下淌。窗外风向转换,茉莉香气浓了许多。

程舒怡擦了擦手,一边又探头往下瞧,一边问钟影:"待会儿想去哪里吃？这里茶餐厅蛮多的，有几家比较正宗，要尝尝吗？"

钟影继续躺倒在床上，揉着还有些疼的太阳穴，刚要说什么，就听程舒怡疑惑道："咦，你家那位呢？"

钟影好笑："你说他在捞金鱼的。"

"对啊，刚才是在捞的——骗你干什么。"

程舒怡走到钟影带来的果篮前，拿起一颗苹果："一人一半？"

钟影笑："好。"

半分钟前——

裴决注视着老了许多的钟振一步步进入阴影。他慢慢直起身，手里拎着的一袋金鱼似乎还在睡梦里，不知道已经被人明码兜售，前途未卜。

过了会儿，他转身叫住刚才一直围着自己出主意的少年，面无表情的脸上笑容微显，他送出金鱼，对高兴的少年说："叔叔想问一下……"

4

敲门声响起，连续的两下，礼貌又简短。

似乎料定了他在家，于是便只有两声。

一般这个时间点，是不会有人来找他的。房租一年一次性交付，钟振记得上回见到房东，还是楼下那个学音乐的女孩搬来的时候。听声音就知道，性格真是和小影不一样。他白天需要睡觉，所以专门下去同女孩说了声。女孩还算可以沟通，只是张口闭口叫他"钟伯"，他真有这么老？

想想也是。自从那个婊子扔下凯阳拿钱跑了，他就没过一天安生日子。

钟振放下刷牙杯，厌恶地狠皱了下眉，低头朝水池啐了口。

镜子里，他的脸上已经看不出早年在宁江的风光。双眼混浊，皮肤暗黄，眼角双颊褶皱得厉害，黄褐色的斑挤在里面，没了当初的人模人样。阴沉冷漠的表情做多了，不仔细看，就像变了个人。日夜颠倒的作息导致他精神不济，动作也不利落。

镜子下的瓷砖裂开几片，细小的纹路像蛛丝，有些地方裂得厉害，能看到里面灰扑扑的石砖。窄小的洗漱池长久无人打理，边角水垢积得发霉，池子最底下漂浮着怎么都冲洗不掉的灰尘。

深色的窗帘并不完全遮阳，卫生间始终蒙着一层暗光，人在里面走来走去，好像深色的幽灵。

钟振拉开布帘洗好手，才走出去开门。

也就几步路。

一张床、一张桌、两把椅子，门边一侧进去是厨房。天气太热，厨房正对东面，一大早没有遮挡的持续暴晒，能闻到一股油污发霉的刺鼻气味，掺杂了过夜的饭菜馊味。

经过床前的饭桌，看到上面摆着的糖罐，钟振心想，年轻人知恩图报倒是挺好。他顺手扭开风扇，"吱呀"的声音响起，他抬手打开了门。

门外，等了不多时的男人正微微低头，漠然冷峻的目光停留在他花白的头发上。

对上钟振见鬼一样的神情，裴决没立即开口，他弯了下唇角，躬身进了房间，神态闲适，先是环顾一圈——左右贯通的"鸽子笼"，只剩脏乱。

视线转回钟振脸上，裴决注目良久。

钟振惊疑不定，看着他，始终不敢确信。

彼时的记忆里还有青年的影子，这会儿已经是成熟稳重的男人。他身上似乎没有裴新泊和吴宜的八面玲珑、与人为善，而是长成了一副不动声色的冷峻模样，不说话的时候，那股凛然的压迫感尤其明显。

裴决进来的这一分多钟，钟振居然冒出一个念头：他是来看自己死没死的。

过了会儿，裴决走到窗边，茉莉的香气隐隐约约，说话声细碎。

他重新看向门边警觉的钟振，神情里的淡漠逐渐隐去，笑着叫了一声："钟叔，好久不见。"

上午十点多，紫外线越来越强，直射进来的白光里似乎能看到过度曝光的彩色光晕。外面的街道也安静许多，至少没晨起那会儿闹腾了。

程舒怡啃完手上的半个苹果，走到一旁洗手，问床上瞧着精神好些，还在吃苹果的钟影："所以你们什么时候结婚？"

钟影抬头："啊？"

程舒怡好笑："啊什么啊？琰琰回国不是就搬过去了？这回我申请做你的伴娘。"

钟影笑，想了想说："我们没谈过这个。"

程舒怡背靠水池，回忆了下钟影说的关于他们的一些事，便问："你怎么想的？"

在她看来，恋爱结婚、男婚女嫁，两个人在一起，好的结果不就是进入婚姻？

只是程舒怡问完，以为会得到一个深思熟虑、至少也会是比较慎重的回答。谁知，钟影看着她，一边笑一边语气轻松、随意道："我没怎么想啊。"

她一会儿坐起，一会儿躺下，头发很快乱蓬蓬。程舒怡不由自主地跟着笑，见她神情明媚，笑意纯粹，倒像个不知世故的小女孩。

"我算是看出来了。"程舒怡很慢地点了两下头。

"看出什么？"

程舒怡啧声摇头："看出来——你真的好爱你哥哥。"

…………

窗口的茉莉顶着日晒，肆无忌惮地发散香气，又一辆双层巴士"叮咚"穿街而过，楼下传来女孩子打闹的声音——

"我天！你居然脸红了！哈哈哈……老天爷……八百年了……这男人有毒吧……"

"能不能声音小点……舒怡！"

相比楼下的愉悦明媚，楼上的光景好像骤然曝光的洞穴，阴暗腐臭的一切摊开，流淌出人性最深的丑陋。

"小影在楼下？"

钟振扶着桌沿慢慢坐下，他没看窗口的裴决，低头瞧着脚边，眼底闪过一丝喜色。未等裴决说什么，他兀自说了起来，话比起裴决刚进门那会儿多了些，语气稍稍上扬。

"你们……在一起了？"

"我就说，小影肯定是要跟你的。她眼光不行的，还得我这个爹给她选。"

钟振抬头，笑容几近谄媚地望向窗边逆光、看不清表情的高大男人。

裴决是裴家独子，钟影嫁过去，那自己眼下的境况，还有凯阳的病情，都不算什么！就是钟影的态度……这点自知之明钟振还是有的。只是每当想起，他总是不满自己的亲生女儿居然那么恨自己，真是不孝。不过现在裴决愿意主动来找自己，钟振又想，只要裴决这边说好了，钟影大概也没什么关系。

他充满希望地看着裴决，那张老迈的脸上居然有了一丝狡猾和审慎。

裴决没作声，也看着钟振，眸色平静。忽然间，他暂时收回了接下来要说的话——他想看看这个人能蠢到什么地步。

于是，他很轻地笑了下。

听到裴决的笑声，钟振便愈加以为自己说得入耳。他神色振奋，一下站起来往厨房走去，边走边说："钟叔我这些年过得不好，你看得出来吧？"

厨房传来碗碟磕碰的声响。接着，水龙头打开，他似乎准备烧壶水好好招待裴决。

"你也知道，我有个儿子……特别聪明，就是身体不好，要不我现在累死累活为谁？等小影愿意见我了，她肯定也会喜欢她这个弟弟的——"

橱柜挨个打开又关上，钟振似乎在找什么。很快，铁皮罐头打开的声音十分清脆，伴随几下扒拉塑料袋的声响。

"你们什么时候结婚？"

烧水声越来越大，钟振扬声问道。

只是半晌没等到裴决回答，他以为是烧水声太大了，便走出来，对站在窗边的男人继续说："我女儿我知道。别看她一声不吭，可脾气最犟。

你不愿意也别惯她，女人嘛，你看小影她妈——不提了……"

话音骤止，钟振别过脸，脸上闪过一丝嫌恶，没再说下去，慢慢朝之前坐的地方走去。

"不过，你们从小一起长大……你一直都很喜欢她吧？叔叔我看得出来。"

钟振像是前后一番话把自己说通了，坐下来的姿势没一开始那么僵硬。这会儿，烧着待客的茶水，他甚至有种已经喝上的通体舒泰感。

"你们要是结婚，小影估计还是不大愿意见我的……"

钟振垂下眼，叹息道："她妈死得惨……我也没想到。其实她妈就是拐不过弯，你懂我的意思吧？女人都这样，还是不提了……"

他摆了两下手，顿了顿，撑着膝盖低声："我想好了，小影不愿意见我就不见吧。你也别为难。就是凯阳——"

他抬起头，望着裴决："你们以后也是一家人，这孩子身体不好，但真的很乖、很懂事。等你们结婚了，我带他去看你们。"

伴随一阵尖锐鸣啸，水烧开了。钟振笑着起身："我去给你倒杯水，来这么久，都没——"

"钟叔。"裴决叫住他。

钟振扭头，裴决还是背光，看不清面色。

"你觉得我过来是做什么的？"裴决很有耐心的样子，一步步走近钟振，问道。

钟振微微一愣。

"提亲？"裴决笑了下。

似乎这个词正中钟振下怀，他也跟着笑起来，脸上的皱纹再度扭曲在一起，黑黄的牙齿露出来。

只是下一秒，他突然不笑了。

因为他已经看清裴决的面目，男人看他的眼神，仿佛他已经死在这间屋子里多时。

"你知道我进来的时候在想什么吗？"

裴决的说话声有些低，像是刻意压低，也许是顾及这栋公寓隔音实在差。

"我在想，这个地方很适合你——说不定哪天，就会有一个人像我一样，敲门不应，打开来，你就已经躺在那里了，一天两天，十天半个月什么的……"

楼下又传来很轻、很细碎的说话声，茉莉的香气似有若无。

裴决扭头，注视明亮的窗户。

"好了。"

再转回头，他轻轻拍了拍钟振完全僵硬的肩膀，笑着说："我们还是说正事吧，不要做梦了。"

钟振不是很明白。他站在原地，望着这个自己从小看着长大的孩子，竟然生出几分畏惧。

"楼下有个小孩和我说了钟凯阳的病情，真是不幸——听说前阵子差点没抢救回来？"

钟振瞳孔猛地紧缩。

他震惊的不是裴决知晓得详细，而是最后那句话里的恶意。仿佛这个他视若珍宝的孩子，就应该这样，时时刻刻痛苦不堪。

裴决垂眼，语气怜悯，却毫无起伏："不过我可以帮忙照看。"

前后差别太大，以至于裴决这句话落下好一会儿，钟振还是一副小心翼翼的惊恐神情。

等明白过来，他的表情霎时一松，扯开嘴角要说什么，又听裴决面无表情道："前提是你，从今往后，给我躲起来，不要出现在影影面前。"

屋子里安静得只剩风扇"吱呀"的转动声。

一壶水烧开有一会儿了，钟振这个时候才感到口渴。他咽了咽唾沫，脊背僵直，怎么都说不出话，他觉得裴决大概是疯了。

但从裴决说话的神情看，他自己是一点不觉得。

甚至，眼下钟振突然出现，对他而言，就好像阴沟里的老鼠冒头，会吓到人的——他最不愿意的就是这只老鼠吓到人，他希望老鼠永远老老实实地待在阴沟里。

"我看这里东西也不多——今晚就走？可以吗？"

裴决微微一笑，嗓音轻而低，依旧是一副循循善诱的语气，听着竟然有些善解人意。

"不要留下痕迹，不要告诉任何人。

"如果让影影知道……"

前面的话他都说得无比自然，好像思虑已久，眼下已成定局。唯独到了这一句，裴决注视钟振的眼神和表情才有了细微变化。

仿佛钟影一旦知晓，事情就不是这么简单了。

裴决没有说下去，他神色平静，漠然端详着脸色煞白的钟振。过了会儿，他走到一旁，抬手关了"咿咿呀呀"叫着苦的风扇，屋子里顷刻陷入一种更加诡异的寂静。

"如果我不走呢？"

钟振死死盯着裴决，混浊不堪的眼睛里闪过凶狠和迟疑，过度受惊的面庞一时间难以做出合适的表情，竟然出现些许扭曲。

从裴决进门，他发表完长篇大论的美好愿景，到现在，钟振觉得整件事过于荒谬了。因为即使在他最差的设想里，也只有"钟影不见他"这一条，他至少还是钟影的父亲。但裴决这样，好像他是钟影的噩梦——

可再怎么样，又关他裴决什么事！

似乎知道钟振不会心甘情愿，闻言，裴决很淡地笑了下，慢慢走到门后，抬头注视面前挂着的标有"港平醫院"字样的塑料袋。

钟振视线跟随，身体一点点地往后挪，然后在之前起身的椅子上坐下。

塑料袋里是钟凯阳的药单和最近几次的检测报告。裴决一张张拿出来看，动作很轻，似乎很在意这些，于是看得也仔细。

时间仿佛静止。

钟振渐渐有些坐不住，膝上捏成拳的手开始不受控制地发起抖。他大概是真的老了。

看完，裴决细心收好，像是才想起来，笑着转头问钟振："钟叔刚刚说什么？"

钟振没抬头，佝偻着身躯，好久才说："你会帮我照顾他？"

裴决点点头，开口如同一个大善人："我只尽人事。"

话音落下，老人猛地抬头望向他，面目狰狞："凯阳要是有什么意外——"

"你又能怎么样？"

钟振僵在原地。

裴决冷笑："钟叔，我不说第二遍，就今晚。"

说完，他抬手放上门把，准备离开。

门打开的一瞬间，他听到钟振在后面低低笑着问了句："钟影她妈死的那天，你也在医院吧？"

裴决顿住。

"我看到你了。"

记忆里，那天的天气可没有今天这样明亮，阴沉沉的，仿佛随时就是一场天翻地覆。钟振自知理亏，被钟影赶出医院，站在停车场等着。毕竟这样回去，被秦家人看到，指不定又要闹一番。还有秦苒留给钟影的钱，她一个小姑娘，怎么能拿这么大笔钱？他仰头看着天，心里为难又发愁，忽然就看到楼上某扇窗前沉默伫立的青年。那会儿，他是欣喜的，他希望裴决劝劝钟影。他朝裴决招了下手，但不确定裴决有没有看到自己，招了那么一会儿，他就看到面目模糊的裴决抬起一只手捂住脸，很久都没放开。

"小影不会喜欢你的，她亲口说的。"

身后，钟振竟然"嘀嘀"笑了起来。

"真有意思，真有意思……"

裴决面容冷漠，没再回头，径直关上门离开。

炎炎烈日好像被定格，空气都翻滚起层层热浪。

钟影喝了咖啡似乎精神些，走到窗边往下看。那个原本在程舒怡嘴里消失的捞金鱼的男人，忽然又出现了。他没有继续在楼下的金鱼摊驻足，而是站到街对面，正仰头望着她在的这栋公寓。

盛大耀眼的夏日白光照射在他身上，眉宇英挺，玉石一样黑沉的眼眸格外清晰。只是不知为何，他整个人有种立在冰天雪地的彻骨冷意，没什么表情的脸上透着让人难以捉摸的神思。

下一秒，他就看见她了。

他唇角扬起的笑容好像枝头绿意，清隽明朗，前一刻让人心头莫名不安的神色眨眼消失不见。

他两手插兜，仰头遥遥望着钟影，姿态疏阔，好像少年时，注视她的目光一如既往。

程舒怡正在换衣服，从穿衣镜里瞧见窗口钟影的模样，不由得好笑："你先下去，我一会儿就来。"

钟影点点头，转身拿起包就跑了下去。

似乎知道钟影要下来，裴决没再站在太阳底下，而是走到金鱼摊前的遮阳伞旁等她。水底的金鱼不声不响，躲在阴影里。

随即，身后脚步声响起。

裴决还未扭头，手臂就被挽住，钟影笑着去看那些乘凉的金鱼。

"舒怡说你刚才在捞金鱼。"她抬头看裴决，"捞到了吗？"

她心情不错，看来和朋友在一起很开心。裴决注视着钟影弯起的唇角，忍不住低头去亲。他想起那一阵窗口听闻的细碎话语，换上一副恰巧想起来的神情，问道："聊了什么？"

小摊上兜售的金鱼种类繁多，体形大都圆鼓鼓，裙摆一样的长尾随着水纹安静散开。明亮的阳光照射在一角池边，水面好像剖开的晶石，粼光闪烁。

钟影蹲下来仔细看金鱼，没直接回答，糊弄道："就说了之前那些事……"

她似乎对一尾小红鱼格外偏爱，拿起网兜就去捞。

裴决跟着她蹲下，摸了摸钟影散落的长发，抬手撩到她肩膀上。

"那你脸红什么？"忽然，裴决问。

钟影手上动作顿住，转头瞧着恍若无事、单纯好奇、偷听还正大光明来问的裴决，脸上要笑不笑，抿唇问他："什么？我听不懂。"

裴决点点头，笑起来，没再说话。

小红鱼格外活泼，几次三番逃离网兜，横着眼睛从水底斜睨钟影，似乎有点不屑。

钟影扭头看向裴决。

裴决盯着嚣张的小红鱼，摇了摇头："真是不给面子。"

钟影乐了："你帮我捉它好不好？"

说着，她把网兜递到裴决手边。

裴决接过，但也只是接过，然后注视着笑眯眯看他的妹妹说："那为什么脸红？"

"……你好烦。"钟影站起来往阳光下走，仿佛气极了的小女孩，撒手就不管了。但她料定裴决一定会跟上来，于是走得不算快。

裴决忍不住笑，放下网兜去拉妹妹。

"中午去哪儿吃？"裴决拉她往阴处走。

"我的鱼呢？"钟影低头往他手下看。

"为什么脸红？"裴决笑着继续逗她。

"裴决。"

话音刚落，裴决握着妹妹的手摇了摇："好吧。"

中午两人和程舒怡一起去了茶餐厅，之后又去她暂时工作的地方看了看。不算宽敞的一个培训机构，和南州的艺术团比起来甚至有些寒碜，学员也很少。不过这样的好处是，程舒怡每天用来练习的时间很宽裕。距离十月份的选拔还有两个多月，钟影觉得按照这个节奏，程舒怡拿下预选赛应该没问题。

晚上闻琰照例打来视频。

程舒怡好久不见闻琰，听闻琰叫一声"干妈"都要犯晕。闻琰不好意思，最后只能转移话题："干妈要不生一个小妹妹吧？肯定比我可爱。"

这两句堪比止晕药——程舒怡顿时不晕了，头脑也清醒了。她"呵呵"笑着对屏幕那头的闻琰说："宝贝瞎说什么，干妈有你一个就够了。你是干妈的心肝。干妈只有一个心肝。"

回去路上，公主偷偷发来信息，对自己妈妈说：妈妈，我现在是六个人的心肝。

可钟影数来数去，吴宜、赵慧芬、自己和程舒怡、秦云敏，怎么都缺一个心肝啊。

她便发信息问了句，下一秒，她盯着最末的一个名字，难以置信："这小孩知道什么是心肝吗？"

裴决探头，琢磨道："小学生思维吧，最好的朋友之类的……大人最好不要先入为主。"

钟影气笑了，瞪他："那你小学的时候是什么思维？"

闻言，裴决看着妹妹，坦然道："我就比较简单。"

"什么？"

"长大一定要娶妹妹。"

很奇怪,这样一个日常的瞬间,他说出仿佛命运一样的字眼,一点都不违和。也许是这话听着稚气、天真又直率,好像回到小时候。只是小时候的裴决可不会当着妹妹的面一本正经地说出这样的话,会吓到她的。

钟影笑着扭头,窗外一闪而过的霓虹绚丽,好像从过去追来的时间,一分一秒都变得璀璨。

回到酒店,很快,钟影就睡熟了。

但也没有睡太久。

再次醒来,房间光线朦胧,浴室传来水声。

钟影翻身坐起,昏暗的视野中心出现一个十分可爱的玻璃鱼缸,一尾活泼灵动的小红鱼乖巧地伏在缸底,白日里的嚣张消失不见,这会儿,和钟影面对面,似乎有些拘谨。

水声暂停。

有人带着一身潮气拥住她温暖的身体,裴决吻着钟影散乱的鬓角,笑着说:"现在可不可以说了?我可是专程去捉它的。"

"什么?"钟影脑子完全就是空白的。

"为什么脸红?"

好一会儿,她笑得上气不接下气:"……裴决!"

"真是愁人。"裴决无奈地叹息。

妹妹不依不饶,于是,他打算先把妹妹亲晕。

小金鱼摆了摆尾,转过身子不看。

钟影仰面躺在裴决怀里,笑着问:"你真的过去了一趟?"

她刚从睡梦中醒来,眉眼精致又慵懒。

裴决俯身亲她的额头。好长时间,两个人很近地贴着,鼻尖触碰。他的手被钟影的发丝缠绕,细细密密的头发,柔软得让人不可思议。

钟影注视着他距离极近的俊朗五官,漆黑深邃的眼眸好像雪夜湖心,无声又专注。他没有立即开口回答她的问题,只是温柔地望进她皎皎的乌瞳里。

钟影莫名觉得他今晚有些不一样,但具体哪里不一样,又说不出来。

钟影的眼神一会儿琢磨一会儿打量,心思很直白。裴决在她的眼里看到斑斓细碎的光,忍不住又去亲。宽阔坚实的肩膀朝她俯下,好像起伏竦峙的山脉。

"不然呢?"

想了想,裴决一副状似悟到的神情,他稍稍抬头,看向眼睛露出水面、无聊地吐泡泡的小金鱼,思索道:"是我变出来的。你睡着,我拿了你一根头发——"

他难得这样无厘头说话,偏偏表情又是极度正经的,看上去滑稽又无语。

钟影笑得翻身。她身上还是今早穿出门的浅色碎花长裙，肩带很细，肩胛骨随着动作暴露在发丛里，露出很浅的一点雪白弧度，往下线条曼妙，活色生香。

裴决伸手捞她腰肢，想把人重新抱回到身上。他似乎对刚才那样的亲密无间上瘾，丝毫放不开手。

钟影却坐了起来，一眼狡黠地看穿了他："我要去洗澡。"

她抬起两只手去束脑后乱蓬蓬的长发，眼睫稍垂，嘴角笑意盈盈，好像亭亭玉立的花枝。裴决的视线很快定格，钟影咬着皮筋同他讳莫如深的黑瞳对视着，笑而不语。两三下扎好后，她旋即转过身往床边蹭。

只是刚有动作，腰上就被健壮的手臂环住，裴决稍重地亲吻她薄薄的蝴蝶骨，声线却一如往常："别走。"

他的语气里有种毫不避讳的坦然，后背贴紧的瞬间，钟影觉得自己大概是下不了床的。她望着不远处鱼缸里浅浅休憩的小金鱼，昏昧不清的光经由玻璃折射，陷进小小的鱼缸，笼罩出一幕水意潺潺、浮想联翩的梦境。

渐渐地，钟影感觉到一阵缺氧，她忍不住拍了拍裴决的手："哥哥。"

这好像是咒语。裴决喘息着停下，宽大的手掌撩开钟影后背湿透的头发，将人翻身抱进怀里："弄疼你了是不是？对不起。"

他漆黑的眉眼沾了汗水，仿佛墨一般阒黑沉寂，有点异样。

"怎么了？"钟影蹙眉，去吻他有些凉的嘴唇，不是很明白他压抑的情绪。

裴决凝视她，轻轻抚摸她的脸颊，哑声说："没事。"

也许是今天和钟振的碰面，还有钟振最后对他说的那几句话，让他有些分不清现实和过去。

钟影捧着他的脸，仔仔细细地瞧。裴决被她小猫一样炯炯有神的眼瞳看得心头柔软，忍不住伸出两指轻轻捏了捏妹妹温热滑腻的面颊。

"哥哥。"钟影又叫他，语气有些不满。

"怎么了？"裴决稍稍坐直，伸手去揉妹妹的腰，耐心道。

"你喜欢我吗？"问完，钟影自己笑出声。她也不知道自己为什么要这么问，只是觉得眼下这样亲密的光景，很适合问这样显而易见的问题。

裴决无语，将她的头扣在自己肩窝里，无奈道："喜欢得不得了。"

钟影点点头："我也是。"

裴决一顿，揉小猫似的揉了揉钟影乱糟糟的头发："是什么？"

"喜欢得不得了啊。"钟影一边说一边笑。她今天似乎格外愉悦，也许是见到了想见的人，也许身边正好有一对无比幸福的蜜月情侣，也许就只和裴决有关。

"喜欢谁？"裴决忽然觉得这个问题有必要有名有姓地精确下。

可他突然这样直接，钟影却害羞起来，咕哝："反正就是喜欢……"
裴决非要她说出来。

钟影不作声。

"影影。"裴决把人抱好，亲吻她圆润的肩头，低声问，"是谁？喜欢谁？"

钟影抱紧他："哥哥。"

"是哥哥。"

5

"琰琰幼儿园的时候，我也给她买过两只小金鱼，一红一黑，个头和你这个差不多，就是眼珠大点……"钟影仔细比画。

大概所有浓情蜜意的时刻最后都会归于平淡与日常。裴决从背后抱着钟影，低头埋进妹妹刚吹完的蓬松长发，心头有些好笑，没说话。

已经是深夜，房间里所有的灯都关了。唯独那尾小红鱼，如同一条暗荧荧的红绸，在一汪水池里转转悠悠，似乎一眨眼就会消失不见，然后在梦里出现。

"不记得那个时候老师布置的是什么任务了……一年到头学校活动都挺多的，春天捡树叶，秋天还要捡树叶，过节做南瓜灯、船灯，哦，还有一个好离谱……说是培养孩子的专注力和归纳能力，让小朋友独立思考，就让他们收拾乱糟糟的房间。结果，迪士尼买回来的那些玩偶，每个玩偶都获得一盒牛奶、一根香蕉，还有我的……一支口红。"

听妹妹的语气，她似乎至今都无法理解女儿此举何意。

不过闻琰的脑回路裴决也思考不了，他回想了下家里看到的那些玩偶，好奇道："你有这么多口红？"

钟影好笑地扭头。

"每天都涂吗？"裴决的视线很快落在钟影的嘴唇上，凑近，似乎特别想看看涂了那么多口红的嘴唇，亲起来是什么感觉。

"我现在没涂。"钟影笑得不行，伸手去推他的胸膛，不让他亲。

裴决便也笑，一手轻易地将抵在身前的两只纤细手腕握住，望着她微微抬眉，开口语气如常："我知道，先亲一下，明天好比较。"

钟影抿唇，转移话题："……我记得小时候你家也有一个鱼缸，但是里面好像从来没放过水。"

她回来睡了一觉，这会儿精神好，倾诉欲旺盛。虽然裴决在她睡着后的行程成谜，但眼下也看不出丝毫疲惫。他听钟影说起以前的事，跟着道："嗯，因为我妈说我几个月大的时候从我爸手里不小心滑了进去。估计就是那个时候，我对游泳产生了肢体记忆，后面学起来也快。"

裴决语气平静，一时间，钟影不知道这是冷笑话，还是裴决的怨气。

不过她还是十分体贴的，当即又转换话题："琰琰几个月大的时候从床上摔下去，幸好云姐在床边都垫了毯子。那会儿我才知道她会翻身了。"

裴决点点头。

钟影以为他要对自己说的发表些看法，就听耳后传来裴决幽幽的声音："感觉还是我比较惨。"

钟影哭笑不得，捧着裴决那张成熟稳重的脸，凑上去亲了亲他的额头和鼻梁："你最惨。那怎么办？你掉进鱼缸的时候，我还没出生呢？怎么去救你？"

裴决被逗笑，开心地凑到妹妹耳边，煞有介事地宣称："其实不用救我，有这份心就好了。毕竟你现在都还没学会游泳。"

钟影："哼……"

于是，三更半夜，裴决被钟影毫不留情踢了一脚，离开共享的一只枕头半厘米。

行程第三天，程舒怡约钟影去附近爬山。

说是爬山，其实就是一条可以俯瞰整个海港的山径，也不是那种人挤人的大热景点，一路上去还蛮清静的。

半途下起雨，两人一边在半山腰的石阶上躲雨，一边聊天。

"你不会游泳？"

程舒怡还是第一次知道这件事，尽管她们已经认识很久了。

她将一早调好的拿铁从保温杯里倒出来，还是十分冰，入口凉丝丝，带着股浓郁的奶味。

钟影接过喝了一口，点点头："小时候要学的，后来去了一次游泳馆，好多人啊，我就不想下去游了，感觉会不小心喝进水……"说着，她看了眼咖啡，神情莫名。

程舒怡好笑："现在也可以学。你别想太多，游泳是项技能，学了很有用，还可以锻炼身体。"

"我想想……"钟影转开眼糊弄。

程舒怡一眼看穿："现在正好有假。你们酒店也有泳池，慢慢学起来啊。"

雨已经快停了，两人又顺着山径继续往上走。

远远望去，下过雨的海面雾气弥漫，周遭山色深了许多，好像被晒干的颜色重新浸了水，生机勃勃。

"我也就这个周末有时间……"程舒怡语气抱歉，"周一又要开始忙了，晚上还要练习，要不你来我这儿和我住几晚？咱俩晚上一起说说话。"

她的想法很简单，自己白天没时间，那就晚上凑一起，反正大学那会儿也是常有的事。只是刚说完，她就在钟影脸上看到些许迟疑。

"哈。"程舒怡装作冷漠，"果然，恋爱的人会失去朋友。"

"……这么夸张吗？"钟影小心道，"主要我过去住也打扰你休息呀。"

程舒怡慷慨："为了你，我不睡都可以。"

钟影："……当不起。"

不过钟影看得出来，比起在南州的一团乱麻、有气无力，这会儿心无旁骛忙着比赛的程舒怡开朗许多。她走在前面，步伐轻快，好像面前已经没有什么能阻挡她了。

下山的半途碰到找来的裴决，程舒怡打趣："我跟影影说，晚上去我那儿住，白天你们出去玩。影影答应了。"

裴决转头看向钟影，钟影牵起嘴角，朝哥哥心虚一笑。

裴决笑："我不信。"

回去路上，说起后面几天的行程，钟影便提起程舒怡的建议。

"我学下游泳好不好？"

只是她自己一说完，脸上完全就是一副犹豫得不行的神情。

见她这样，裴决忍不住笑了下，指腹很亲昵地蹭了蹭她的面颊："真的想学吗？"

他倒不是怀疑妹妹的积极性，只是觉得假期出来，其实不必有太多额外的计划，可以随心所欲一点。游泳不着急，另外找时间学也好。

"我觉得舒怡说得有道理……"好像只有最亲近的人才会让她轻易改变主意。

裴决不作声地瞧着她。

下过雨的街道湿漉漉的，五颜六色的住宅楼沿着坡道往上，好像鳞次凸起的彩虹。厚厚的云层从高楼后升起，如同一帧定格的动画。

裴决忽然不吭声，钟影便问他怎么了。

裴决思索道："就是在想以前我劝你学游泳的时候都说了些什么……大概是一些胡言乱语。"说着，他兀自点了下头，十分笃定的样子。

钟影笑到蹲下，裴决站在马路边，有点无奈地顾了顾左右。

住的酒店提供的泳池规模不小，还附带温泉和桑拿。

两人跟着服务员过去看了看。碧蓝色的水一眼望得到底，没有一点消毒的气味。傍晚的光景，已经有不少人在游了。但可能是泳池太大，周围竟然有些安静，来往的说话声也轻。

裴决听着介绍，便见钟影一路走走看看，走到池边，蹲下来轻轻摸了摸水。

她这个动作完全就是下意识，裴决见状直接笑出了声。

听见他忍俊不禁的笑，钟影转头好奇地瞧他，一脸莫名。

"走吧。"裴决过去俯身握住钟影的手，拉她起来，笑着道，"我们换个房间。"

一般顶层的套间才会配备私人泳池，住进这里的客人往往是新婚蜜月的夫妇，布置就会显得有些夸张——铺满床面的玫瑰花瓣像是刚摘下来，每一瓣都十分完整，玫瑰香气馥郁又饱满，充盈着丝丝缕缕的水润气息。

一整面的落地窗正对毫无遮挡的海港。入夜前的霓虹已经铺满了小半海面，但也许是距离太远，此刻瞧着竟然没有前两晚途经时的热闹，倒显得万分静谧，星辰倒置一般缤纷璀璨。泳池呈"T"形，占据了三分之二的露台，水是二十四小时循环的，水温也适宜。

裴决叫了晚餐，转身就见妹妹已换好泳衣坐在池边试探高度。一套绿色的泳衣，样式简单的裹胸和短裤。她侧身坐着，纤长笔直的腿就这么映在玻璃上，白得晃眼。

说实话，池子还是有些深度的，但对成年人来说其实还好。钟影埋头估算了深度，转身笑着抱着两只泳圈，谨慎又欢快地下了水。

裴决看着，他其实不想去纠正"玩水"和"游泳"的实质区别，妹妹觉得是什么就是什么吧。

他走到池边蹲下，看着抱着泳圈一点点蹚水经过自己的妹妹，好奇道："现在在学什么？"

话音未落，钟影一头扎进水里。两三秒后，一个湿漉漉的妹妹又探出脑袋，张嘴用力呼吸："憋气。"

思考良久，裴决竖了竖拇指："……很专业。"

钟影笑起来。她湿透的长发浮在水面，水纹一圈圈漫延开，乌黑的发丝也跟着徜徉。水珠顺着雪白细腻的脸庞往下滑落，湿润的眉眼愈加清丽动人，身姿漂亮得好像美人鱼。

裴决看了眼时间，发现距离送餐还要一会儿，便一把拉住预备从身边"划走"的妹妹。

"我教你一个更专业的闭气方法。"他道貌岸然地说着，神色坦荡，丝毫不觉无耻。

妹妹从小好学，他是知道的。

闻言，钟影立即止住泳圈，两手搭在池边，返回裴决身前。

"什么？"

她擦了擦脸，晶莹的水珠顺着她娇小的面庞滑落，一双黑白分明的眼睛湿漉漉的，惊喜地望着裴决，水色淋漓的唇瓣微张，异常艳丽。

房间没开灯,身后夜色浓郁,眼前美得不可方物。

裴决俯身用力攫住她的嘴唇,他的手带着难以忍受的热度,很快摸到她又湿又滑的肩头。

钟影立时明白,笑得不行,一边笑一边推他:"裴决。"

但很快,她就叫不出他的名字了。偌大的泳池里泛起小范围的波澜,她确实练了好久的闭气,一张脸都红起来。两只泳圈很快没了用武之地,顺着散开的水纹慢慢悠悠地晃荡开。她这才感到水池的那点深度,整个人旋即有点失重,只好牢牢抱着裴决,一刻不停地同他接吻……

门铃声响起的时候,钟影裹着浴巾,窝在池边的软榻上,凶巴巴地一眨不眨地瞪着池子里游来游去的人。

吃饭的时候,她也一直盯着。

晚餐还是很丰盛的,以海鲜为主。硬壳的虾肉又鲜又嫩,裴决给她剥好了放进碗里,抬眼对上,还是忍不住笑:"怎么了?"

看得出来,他的心情格外愉悦,嘴角就没放下来过。

一旁,小金鱼贴着鱼缸从左到右游来游去,似乎对那几盘瞧着眼熟的伙伴产生了不小的疑惑。

钟影转过脸,阴阳怪气:"教得一点都不好。"

裴决没反驳,只是道:"多教几次就好了。"

他手上慢条斯理地剥着虾,嘴角噙笑,俊朗深邃的面容瞧着温文尔雅。

钟影又扭回头狠狠瞪他。

裴决只好夹起剥好的虾喂她。

也许是怨念过于强烈,少年时的印象出现些许裂缝,夜晚金鱼趁隙入梦,身前炙热耀眼的七月转眼变成数九的隆冬。

钟影感觉到有些冷,忽地睁开眼,入目是分外熟悉的装饰。暖白平整的墙壁上贴着她幼儿园时的奖状,小红花一朵接一朵,毛茸茸的纸边泛起暗黄色。厚实又柔软的橙红编织垫一格一格铺在沙发上,手艺考究。隔着一条厨房通道,木质窗框外,大雪洋洋洒洒。

冬日的晨景分外明亮。晶莹剔透的光照进暖融融的屋子,光线几经折射,弥散着袅袅的白雾,传递开外婆家独有的陈旧又安宁的气息。

"影影。"

钟影扭头,外婆的面容隔着一道窗户,看不大清,慈祥又和蔼的笑容却好像近在眼前。

钟影低声道:"外婆……"

"去看看裴决。醒了就过来吃早饭。昨晚下大雪了,幸好让你拿了床被子过去……"

外婆边说边转过身朝厨房走。清脆的声响很快传来,热气腾腾的早点香气跟随冬日的浓雾一点点弥漫开。

记忆仿佛出现错乱,钟影不知道这是什么时候。印象里,裴决确实来春珈住过几次,只是每次他都起得比她早。甚至有一次,天没亮他就起来了,说裴新泊身体不好,要赶回宁江——

思绪缠绕,她转身,打量着面前熟悉的房门,突然,头顶凭空冒出两句话——

"那会儿你睡哪个屋来着?"

"东边的。一大早太阳就把我晃醒了。就是晚上冷。你抱了床被子过来。"

原来如此。

钟影站在原地忍不住笑起来。

敲门的时候却不知为何有些紧张,明明只是一场先入为主的梦……大概因为,即将面对的是真真正正、十八岁、正正经经的裴决。

只是敲门声刚响起,里面就传来一阵惊天动地的碰撞声,似乎有什么从床上摔了下去。

钟影瞬间了然,笑而不语。

"裴决,我进——"她使劲憋笑。

"等等。"

旋开的门把突然被人从后面用力抵住,门后,十八岁的裴决嗓音极哑,带着几分喘息:"先别进来。"

"哦。"钟影捂住嘴,笑得弯腰。

接下来,是一阵不管不顾的窸窣,好像忙着穿衣服。等到脚步声靠近,钟影狠狠咬了下自己的嘴唇,才堪堪控制好表情。

不过门打开的一瞬间,她还是猛地愣在原地。

也许是这几天都和裴决在一起,所以长久记忆里那个沉默寡言、淡漠又阴郁的少年身影一度都好像变得有些模糊。眼下他再度出现,清晰得仿若触手可及——

"怎么了?"眼前被晃了两下,少年裴决朝她弯了下嘴角,语气稍低,"影影。"

他身姿挺拔地立着,隆冬的晨光里,清隽又磊落。

钟影回神,定睛瞧他,不知为何,心底蓦然涌出一股酸涩。她抿了抿唇,别过脸,兀自走进裴决房间。

还没走两步,手臂就被握住,但随即又被放开。

钟影转头看向裴决,裴决没看她,视线状似平静地定格在妹妹头上,说:"去吃早饭吧,我待会儿可能要回趟宁江……"

钟影笑。

今时不同往日。况且,入梦前的裴决太过游刃有余,无耻又正经,气得她牙痒，这会儿的裴决谨慎又端方——此时不拿捏，何时拿捏。

"我坐一会儿。"钟影当没听见，继续往里走。

裴决："……坐一会儿？"

他好像短暂的大脑宕机了，朝门外看看，又朝走近床边的钟影看，语气难得磕绊："坐？"

"嗯。"

钟影走到床边，看得出来，床上被用心收拾了一番，十分整洁，被子叠得也很好。她在床边坐下，抬头对裴决笑着说："我在门口听到有东西掉下去了，是什么？"

裴决愣住。他似乎没想到妹妹会问这个，且这么直接，表情都有些愣怔。

慢慢地，钟影发现，裴决的耳朵开始发红了。

"你耳朵怎么这么红？"钟影又问。

接二连三的"直球"发问，每一下都不像妹妹，又都是妹妹。裴决站在门口，忽然感到一阵茫然。

钟影笑眯眯，想了想，吩咐道："你把门关上。"

但到底年长几岁，裴决很快回过神，皱眉道："影影，去吃——"他试图摆出一副兄长的威严姿态，语气跟着也正常起来。

可是——

"门关上。"钟影瞪他，小鹿一样灵动的眸子灼灼地朝他望去，明媚晨光里，美得不可思议。

话音落下，门应声关好。

"过来。"钟影拍拍身边的位置。

"……影影。"裴决沉声喊，试图唤回妹妹的理智。

钟影不作声，小脸沉得比他厉害。

裴决叹气，走过去在她身边坐下。

良久无语。

钟影更加仔细地观察裴决。她发现不只是耳朵开始红，裴决的背挺得也很直，他好像十分谨慎，又有些难以察觉的克制。

"你生气什么？"钟影凑近。

裴决转头，漆黑的眼眸锁住她，眼底情绪有一瞬的翻涌。过了会儿，他转开眼，面容平静又严肃："我没有生气。"

顿了顿，他又用上一副兄长的语气："影影，这样关上门不好——"

"你都做梦梦到我了，我都没生气，你生什么气？"钟影纳闷。

裴决猛地转头，难以置信。

不知道是不是因为在梦里，这间屋子格外亮。落在裴决身侧的一束晨光将他整个人半明半暗地笼罩，细小的尘埃在光柱里浮游，浮浮沉沉。

钟影凝视着望着她的裴决。

没错，左眼下眼睑最边缘的地方有一颗很淡的痣，好像笔尖落款时的轻轻一点。

许是她靠得太近，裴决的呼吸渐渐变得急促。他还沉浸在钟影知晓他梦境的不可思议里，这会儿，明显的慌乱又毫无防备地击中了他。

"影影……"裴决艰难开口，谨慎措辞，"你怎么知道我梦到——"

"你真的梦到我了？"钟影笑起来。

裴决愣住。

"我瞎猜的，没想到是真的。"

听她说完，裴决脸上的表情已经不能用复杂形容了，他好像完全不知道说什么。妹妹当然还是乖巧的，但乖巧的妹妹从没这么捉弄过他。

"梦到我什么了？"钟影抿着笑，轻声问他，目光却专注。

裴决忽然变得沉默。震惊与无措过后，他慢慢恢复到了那个年岁的模样，没立即说话，眉宇间却透露出些许凝重。

见状，钟影愣住。

"钟影。"

被裴决叫全名支配的记忆还在，于是，钟影下意识地紧张起来，她不作声，安静听着他接下来的话。

"我确实梦到你了。"他极为认真地注视着她，面容沉稳，语气慎重，"但是你还小。等你长大了，我再和你解释，好不好？"

忽然间，钟影发现，这虽然是属于她的一场梦——在她以为可以随心所欲的时候，裴决从始至终都是真实的。作为一个兄长，他一如既往地小心呵护着她。无论他的梦有多荒唐，他都对她珍而重之。

半响，钟影低下头点了点，没说话。裴决弯起唇角，温柔地看了会儿她，然后伸手摸了摸她后脑的头发，起身过去开门："走吧。去吃早饭。"

话音落下，伴随着不知何处传来的塌陷动静，钟影预感门打开后她就要醒了。她上前一把拉住裴决——其实她也不知道自己要做什么，她只想留下他。

"抱抱我好不好？"钟影看着裴决，语气急切，"就一下，你抱我一下。"

裴决站在原地，目光沉沉地落在她身上，一时没言语。

这下换钟影手足无措。

她从没觉得留下这个时间线里的裴决有多重要，毕竟一开始，她就是带着几分戏谑去逗弄眼前的裴决。可就在此时此刻，她真的想进入他的怀抱。一秒都可以。

"哥哥，抱我一下，哥哥——"

钟影紧紧拉着他的手，下一秒，身体就被拥入一个格外宽厚温暖的怀抱。

"你怎么了?"

耳旁传来裴决带笑的嗓音,后背被轻轻拍了两下,他的语气关切:"是不是没睡好?我感觉你要哭了,做噩梦了吗?"

他兀自慢慢说着,钟影伸手将他搂紧,心口的酸涩越来越深,她点点头,说:"是的,梦到我和别人在一起,然后你就不见了。"钟影也不知道自己为什么会这样说,仿佛这一刻现实和梦境颠倒了,现实才是梦境,梦境是可以扭转的现实。

轻轻拥着她的怀抱陡然变得僵硬。

就在这个时候,几步外的门忽然消失——梦境塌陷,时间进入倒计时。

"影影。"裴决低声叹息,像在同她告别。

"我喜欢你。"钟影用力埋进他的肩窝,不管不顾道,"哥哥,我喜欢你——"

"你不喜欢我。"

耳旁传来一句异常冷静的语调。

钟影怔住,抬头看裴决,不知何时,那个拥着她、温声细语安慰她的裴决好像换了一个人——

"你亲口说的,你不喜欢我,永远都不会喜欢我。"

伴随这句话落下,眼前的一切跟着陷落,裴决的面目也变淡,钟影慌乱道:"没有,我没有说过——"

心口传来一阵钝痛,她站在原地,猛然想起,她好像真的说过。紧接着,身体深处传来一阵真实的酸痛,混乱不堪的梦境眨眼变得黑沉。

钟影睁开眼,四肢是从未有过的乏力,好像长途跋涉的旅人,筋疲力尽,只能无力地望着天花板。

好在她确实被人拥着。

钟影转过身,埋进裴决温暖的胸膛,一点点汲取他身上的气息。几股思绪仿佛在打架,眼前出现了好几个裴决,她感觉每个自己都应付不过来,真是头疼。

只是不知为何,身体里的酸痛越来越明显——快要睡过去的时候,她忽然感觉一股潮意从体内涌出。瞬间,她翻身坐起,下床朝卫生间奔去。

怀里一空,裴决睁开眼。

血丝顺着水流一点点冲下,钟影看着布料上沾的那团刺眼的红色,感觉这个夜晚过于惊心动魄了。

"我来洗吧。"

身后传来一声温和的语调。

闻言,钟影肩膀瞬间一垮,她转过身搂住裴决,叫苦:"我做噩梦了。"

裴决好笑,环着她关闭水龙头,弯腰往一旁找洗衣液。

"梦到什么了？"他拿起洗衣液的时候，顺便低头亲了亲她的发顶。

钟影抱着裴决，又困又疼，迷迷瞪瞪，快快道："梦到你了。"

裴决手上一顿。

也许是这几天喝了太多冷饮，傍晚又在水里待了太久，晚餐更是成堆的海鲜，再次回到床上，钟影疼得冷汗都冒出来了。

"热水管用吗？"裴决有点怀疑。

钟影捧着热气腾腾的水杯，有气无力："只能这样了。"

"是哪里疼？"他往她肚子上看。

钟影指了指小腹："这里。"

"我摸摸。"说着，他伸手过去小心翼翼地用掌心碰了碰妹妹的小腹。

他的目光专注，神情认真，动作也谨慎，钟影瞧着，忍不住笑。

裴决抬头看她："笑什么？"

钟影说不出来，只是看着他笑。

裴决就去亲她有些发白的嘴唇。

后半夜疼痛时断时续，钟影蜷缩在裴决怀里，被他温热的身体环抱，慢慢也能睡过去。早上起来的时候，疼痛不是那么明显了，但一天的行程明显要作废。

她歪靠在椅子里，望着玻璃外盛夏的骄阳似火。裴决游了几个来回，扭头见她无聊地发呆，好笑地起身，随手拿起一旁的毛巾擦了擦身体，推门进来。

"要不要看电影？"

说实话，他觉得屋子里比外面闷热，大概因为空调的温度在28℃。

钟影裹着毛毯，撩起眼皮懒洋洋地觑他，摇了摇头。相比之下，他精力旺盛得好像刚被打捞上岸的海鱼，一个劲扑腾。不远处，小金鱼瞅瞅他俩，摆摆尾巴，凑得更近。

"想吃什么吗？"裴决围着她转了圈，他身上还有未擦干的水痕，宽肩窄腰，肩背尤其挺拔。

钟影低头喝热水："没胃口。"这个是真的，经期的第一天，她什么都不想吃。

"去睡一会儿？"裴决轻轻拍了拍钟影的发顶，语气带笑。

钟影没理他，想了想，视线落在裴决坚实清晰的腰腹，便指着外面水汪汪的池子，笑眯眯道："再去游半小时给我看。"

…………

在房间里待了一整天，傍晚的时候，他俩去附近一家老式餐厅吃晚餐。

闻琰的视频正巧打来。小姑娘刚起床，说今天上午要去医院参观一节救生体验课。餐厅灯光明亮,照得钟影本就没什么血色的脸比平常还要白些。

闻琰凑近打量，眉头一皱：“妈妈，你不舒服啊？”

裴决看着菜单，微微诧异，抬头瞧钟影，便见她笑着对女儿说：“妈妈没有不舒服，可能灯太亮了。”说着，她掉转摄像，给闻琰看了看餐厅周围。

过了会儿，赵慧芬过来给闻琰扎头发，和钟影聊起，说这边的东西还是吃不惯。闻琰跟着抬头道："奶奶昨天晚上煮面吃了，和吴奶奶一起。我也吃了一口。"

钟影忍不住笑："哪里来的面？"

"就这边的超市买的，比国内的贵。"赵慧芬咂舌，"蔬菜太贵了。"

闻琰见缝插针，报账似的："冬瓜四十块。"

也许是之前几通视频闻琰身边总有个小男孩晃悠，这会儿没了，钟影倒不习惯，她问闻琰："陈知让呢？"

闻琰没立即说话，仰头喝牛奶，喝完大歇了口气，舔舔嘴唇，无可奈何道："是这样的，妈妈。他说要和我生一天的气，今天就不理我了。"

赵慧芬听得直笑。她年纪大了，见小孩怎么样都觉得有意思。

"昨天布兰克要和我做朋友，等我回国了，给我发邮件。他就不高兴。我说大家都是朋友，如果他也想和布兰克发邮件，我可以把邮箱地址给他。他就说我乱交朋友，我就生气了，他说他也生气。真是没办法。"

闻琰放下杯子摊摊手，接过赵慧芬递来的水煮蛋，咬了口继续说："昨天晚上，他过来说想清楚了。先生一天的气，剩下的以后再说。妈妈，我怀疑他在记账——"

公主神色严肃，一板一眼："几月几日，冒号，闻琰惹我生气，括号，原因和布兰克交朋友，括号，生气三天。就这样。"

钟影笑着说："可你之前不是说，只和陈知让做同学吗？做朋友都是夏令营限定。怎么这会儿大家都是朋友啦？陈知让当然会难过啦。"

小朋友之间还是要讲道理的，但对自己女儿，就算讲道理，钟影也不会太严肃，她的语气甚至有些可爱。

妹妹难得这样讲话，裴决一眨不眨瞧她，忍不住伸手过去揉钟影的后脑勺。

感觉脑袋后面一阵乱糟糟，钟影移开手机瞥了眼裴决，眼神平静。

裴决知趣地收手，转开视线，给她杯子里添热水。

那边闻琰有点不好意思，思虑良久，虚心道："知道了妈妈，吃完我就去找陈知让。"

赵慧芬不以为然，她觉得万事都得以孙女为重，一边给闻琰擦嘴，一边凑到闻琰耳边小声道："那小子又不傻，人精一个。乖宝宝，我们想干什么干什么，妈妈就是说说。听奶奶的。"

话音落下,裴决点头赞同:"我也觉得,姓陈的一看就不简单……"只是视线对上钟影,他顿了顿,坚决道,"但还是要听妈妈的话。"
……………

晚上两人去了附近的老剧院。

钟影靠着裴决,歪头盯着一帧帧转场格外明显的幕布,心想,自己好像没什么艺术细胞——即使她的本职工作和音乐有关,但要问她是不是真的对钢琴格外喜爱,那就值得深思了。

不由得,她想起近在身边的程舒怡。程舒怡对自己的职业还是十分热忱的。上学那会儿,她就有股劲儿,总能在能力范围里做到最好。跟她待在一起,会被带着,所以有时候钟影也觉得自己是喜爱钢琴的。

回去路上和裴决聊起,裴决问她:"你有什么愿望吗?"他好像并不在意钟影担忧的问题,钢琴也好,职业也好,他问她愿望,其实是想问她真正想要什么。

只是这个问题实在突兀,钟影愣住,下意识道:"希望琰琰健康快乐。"

裴决笑:"关于你自己的。"

钟影不作声了。

夏夜总是漫长,街道一如既往的熙攘。

他们在一次旅游中,目的地是明确的,归程的日期也是确定的,钟影想,如果人生也这么简单就好了……但要真是这么简单,估计她也不开心。

"你肯定要笑我。"过了会儿,她低声说。

两人站在街道的尽头往下望,黑色的海水倒映着霓虹。

裴决扭头注视她:"我不会笑你。我看着你长大,我怎么会笑你。"

他话里的意思太过明显,钟影弯了弯嘴角:"那你觉得我对自己的愿望是什么?"

裴决其实一直有答案,只是这会儿真说出来,他却有些犹豫。

钟影晃了晃两人牵着的手:"说呀。"

裴决低头看她的手,没直接说,只是道:"阿姨去世后,你就一直很不好。所以我想,你应该特别想和家人在一起。"

话音落下,他抬起头,毫无意外地看到钟影有些湿润的眼眶。

心下叹息,裴决把她搂进怀里,轻轻拍了拍:"影影,是不是想和妈妈永远在一起?"

钟影没忍住,抱紧裴决,用力点了点头。

她需要陪伴,需要爱,需要安全感。她不是想要成为什么样的人,也没有特别的、孤注一掷的追求,她只是需要一份笃定而坚实的爱。

钟影问他:"你会一直喜欢我吗?"

她肯定不是在怀疑他的爱意,她只是想他拿出来再给自己看看,这已经有些撒娇的意味了——裴决无比清楚。因为他们一起长大，他知道他的妹妹在"讨要"方面一直都十分克制且适可而止，唯独面对秦苒，她会几次三番地撒娇，因为无论如何都会被满足，无论如何都不会被拒绝。

她清楚这个，就像此时此刻清楚裴决的爱意。

这个问题乍看和那次"白痴"的提问一样，但因为场景变换，叠加了额外的前因后果，裴决的回答也变得不一样。

他对她说："我一直都喜欢你。"

于是，好像回到小时候，钟影在意料之中被满足，她开心得近乎雀跃，尽管外人看不出来，但裴决知道。

第九章·
暴风雨

/ 爱也好，不爱也好，谁让她是妹妹。/

1

离开香港前一天，钟影和程舒怡一起吃了午餐，就在程舒怡工作的地方附近。

这一趟本就是来瞧她的。虽然还会有些不放心，可远远看见她背着大提琴，在炽热耀眼的日头下一路风风火火地穿过拐角的红绿灯笑着跑来时，钟影觉得，大概有些事可以尘埃落定了。

"我发现我以前蛮蠢的。"程舒怡一会儿还要回去上班，大口吃饭的时候忙着说话，竟然也口齿清晰。

钟影赶紧给她倒水，闻言笑："怎么了？"

"还记得之前我跟你说，不可能再像认识宋磊一样去了解第二个男人了吗？"说完，她自己先控制不住呕了下。

钟影笑得手抖，水差点溅出来。

"因为我发现这个世上，除了你自己，你压根不可能真正了解一个人。所以我为什么要在不可能的事情上浪费工夫。"

"而且——"她说得来劲，竖起勺子，看着钟影掷地有声，"我想要的还没拿到手呢！"

钟影被她的一番架势逗笑："你想要什么？"

"Music Queen(音乐女王)！"程舒怡另一只没拿勺子的手打了个响指。

钟影十分捧场，放下水壶给她鼓掌。程舒怡被激得心潮澎湃，下一秒"嘤嘤嘤"地靠过来，抱着钟影发嗲："以后我挣的钱都是咱闺女的。"

回到南州，同样是七月的盛夏，天气却没有香港来得那么潮湿。

假期结束,生活步入常轨。不同的是,闻琰、赵慧芬和程舒怡都不在身边,裴决也比之前忙。他最近还有重要的考核，一周里两人见面的时间加起来还没一个周末长。

艺术团内虽然报名钢琴的活动少，但也不是没有，七八月份总是一年里活动最多的时候。从香港回来之后的那一周，钟影为了准备琴行的课程和艺术团的两个日常排练，还是熬了一晚上。

已经快要凌晨三点，一杯咖啡喝了一半，钟影整个人介于昏迷和清醒间，坐在沙发前，看着天亮就要去琴行发给每个学生的课程进度表，其中有四个学生下个月考级，她额外还要准备三次测验的时间。最后实在撑不住爬上床，定了五点五十的闹钟准备起来再检查一遍，然后她倒头就睡了过去。

裴决是早上六点到家的。

那会儿，钟影刚从床上千辛万苦地爬起来，对着电脑一页页确认，远看好像一只流浪小猫。乱糟糟的头发在脑后随便团了起来，睡衣领口一半卡脖子里，拖鞋一只穿在脚上，一只令人不解地停留在卧室门口。总之，整个人透露出一种尽管十分潦草但也十分努力的感觉。

忽地，晨光跃出地平线，客厅骤然透亮，好像汽水瓶盖打开发出的"扑哧"声，一般而言，是会让人感到愉悦的。

只是明亮的光线很快落到了钟影的电脑屏幕上，她好像在流浪路上被不怀好意的人用力踩了下尾巴，猛地发出一声咬牙切齿的哀号。可尽管这样，她也没动一下，甚至没去挠那人一爪子——她只是可怜兮兮地抱起电脑背过身。

裴决好笑地瞧着，钟影莫名就有点生气，冷不丁朝他道："拉窗帘呀！"

裴决规规矩矩地给妹妹拉上窗帘，就去厨房给她准备带在路上吃的早点——他清楚她肯定是没时间在家吃的，一会儿妆都要化个没完没了。

果不其然，等钟影收拾好包从房间出来，时间已经所剩无几。

亮堂堂的夏日阳光从客厅一路照过来，她乌黑浓密的头发泛起栗色的光泽，衬得她本就白皙的面庞愈加明艳动人，嘴唇上的口红看上去和在香港时涂的好像不是同一款——颜色并不太红，淡淡的暖杏色，瞧着温柔又大方。

"我要走了。"

往嘴里塞了一小块红豆糯米糕，又拿了一个鸡蛋、一盒酸奶搁在包里，钟影压根来不及看时间，就往玄关跑。

裴决擦了擦手："我送你去。"

钟影愣住，转过身，嘴上黏糊糊的，说不出话，但眼神在说：你不是刚回来？裴决想的是，幸亏他刚回来。

开车过去时间要宽松些。

往腿上垫了张纸巾，钟影坐在副驾剥鸡蛋，剥完象征性地送到哥哥嘴边:"谢谢你。"

裴决好笑:"自己吃。"

还没说完,钟影已经收回手两三口吃掉了。

吃完,钟影又拿出酸奶,还是照例先送到裴决那里装模作样。只是这会儿裴决不理她了,毕竟送到口的酸奶都没插吸管。他目不斜视,钟影忍不住笑,拿回来插上吸管自己喝。

车子一路开到琴行门口。

下车前,钟影拿出口红对着镜子补妆。

裴决偏头瞧着,忽然道:"你班上的学生都多大?"

钟影:"都比较小。"

裴决指着琴行门口的家长,有一个手里还抱着孩子,看上去才两三岁,他笑着问:"这么小?"

大概每个吃醋的男人都是一目了然的。

钟影靠过去,逗他:"也就比你小个十来岁吧。"

不过很快,钟影就知道,上班前真的很不适合调情。口红没一会儿就被亲光了,根本来不及再补,她气鼓鼓地关上门跑出去。到了门口,还得和几个同事笑着打招呼,手忙脚乱。

裴决坐在车里,把冷气调到最低,闭上眼缓了缓,可缓到一半,脑子里又冒出她那句话:也就比你小个十来岁吧。

吴宜打来电话的时候,裴决正弯腰和一条鲈鱼对视。

"在做什么?"

当妈的语气好像认为儿子从不干什么正经事。

裴决:"……买菜。"

闻言,吴宜欣然一笑:"影影呢?"

裴决:"上班。"

"哦。你最近飞哪里?"吴宜像是才想起来儿子也是有正经工作的。

裴决:"这周国内。下周两条长线,飞布鲁塞——"

"要不别飞了。小刘和我说,你爸的体检结果出来,胰腺炎是好不了了……下半年你过来帮帮忙好吧?"

吴宜一副愁闷的语气,好像裴决这样辛苦工作,完全就是给她找碴。

这个点赶上下班,超市里还是很热闹的。

裴决挑好了鲈鱼,处理鱼的师傅处理到一半,走过来唠嗑似的问他清蒸还是红烧。电话里,吴宜听到,跟在现场似的,赶紧道:"清蒸吧!这个天还是吃清淡点好。"

"你考虑下?等琰琰回国就一起来深州怎么样?我和赵阿姨也聊过,

她是为影影考虑的,如果影影答应……"

虽然人在英国,但吴宜做事依旧很有吴总风范,说着说着,见裴决已经不想理她了,便拐了个弯:"影影什么时候下班?"

裴决看了眼腕表,想起什么,说:"今天要晚点。有几个学生准备考级,她要留下来陪练一会儿。"

"哦。"吴宜笑着说,"晚上我和影影聊聊。"

"妈。"裴决真是服了,"你让我想想好吧?而且我和影影说好了,等琰琰回来搬到我那儿去的——"

"还没搬?"她仿佛听到什么难以置信的,一瞬间头都大了,"我的老天爷,你在干什么啊?你是我儿子吗?我真的要让小刘去宁江问问医院了,当初生的时候——"

裴决挂了电话,站在人来人往、嘈杂又混乱的生鲜区,深吸了口气。

钟影今天到家有些晚。但裴决买完菜回家后,又和吴宜打了个电话,他严肃起来很不好说话,于是在吴宜保证这件事不会再提、之后一切顺其自然,他才开始做饭。

"做的什么?"

钟影洗了脸,换了身衣服,走过来瞧。

白日里散下的头发这会儿扎了起来,低低地垂在脑后,一张干净粉白的脸露出来,鬓角散乱着有些湿的发丝,瞧着温柔又宁静。

裴决面无表情:"红烧鲈鱼。"

钟影见他看鱼的眼神好像在看仇人,冷冰冰的,便笑着说:"好香啊。"

裴决弯唇,偏头亲了亲钟影的额角。

"你怎么了?"见他还是有些闷,钟影搂着他腰的手往上轻轻抚摸他后颈,歪头问道。

裴决叹气,空着的手也揉了两下妹妹的脑袋:"没事,就是处理完母子关系有点疲惫。"

等吃饭的时候聊起,钟影回到这段母子关系的关键,便问:"叔叔身体怎么样?"

裴决给她挑鱼肉,开口不咸不淡:"他只要戒酒就好了。"

说起来也是,裴新泊在东捷这么多年,应酬多到出奇。上次来南州的那帮业务骨干,嘴里聊得最多的,就是裴决没裴新泊能喝。

钟影:"要不现在开始戒酒?"

裴决笑:"不可能。"

钟影是不能理解为了喝酒命都不要的,她转回吴宜提的:"那你要过去吗?"

"我没空。"裴决皱眉,"他们又不是小孩子,都五六十岁的人了,自己的身体一点数没有吗?我难道就没有自己要做的事吗?我也是有正经职业的,他们总觉得我好像在玩,打发时间——"

裴决一股脑的话没说完,一旁的妹妹已经笑得埋头,差点埋到碗里。

"笑什么?"他神色平静地问。

钟影摆手:"没……咳咳……"但她还是笑得肩颤。

她第一次见裴决发牢骚,平日里那个成熟又稳重的兄长消失不见。

"钟影。"半晌,裴决深吸口气,"有这么好笑吗?"

钟影刚要说什么,突然,眉头用力蹙起,咳嗽声陡然大了许多。

……卡鱼刺了?

尝试咽了几次喉咙后,钟影抬起水汪汪的眼睛,小心翼翼道:"我想去医院。哥哥。"

…………

车子开得不算快。

钟影捂着脖子,艰难吞咽,偶尔余光瞄瞄一路沉着脸的裴决。

"哥哥。"她现在是不以"哥哥"开头就不会说话了。

裴决:"……嗯。"

"还在生气吗?"钟影笑眯眯。

"钟影,态度能不能端正点?"裴决真是气笑了,瞪她,"下次吃饭的时候不要说话,尤其是吃鱼的时候不要笑。"

话音落下,车内短暂没声,钟影垂眼,乖巧了许多。

片刻,车子停在红绿灯前,开始的十几秒,还是没人说话。

就在裴决以为身边不吭声的人已经在严肃反思的时候,面前忽然伸来一只手,朝他握着方向盘的手背轻轻摸了摸。

裴决扭头看钟影,目露惊奇。

接着,钟影轻轻地清了清喉咙,慢慢道:"……是你先说话的。"

裴决噎住。

"鱼也是你送我碗里的,是你没挑干净鱼刺。"钟影叹气,眼神委婉。

说完,她转过去瞧自己那边的窗玻璃,玻璃上映着她笑起来的脸和裴决毫无波澜的面庞。

钟影忽然发现,嘿,原来自己是这样的人。

医院前的停车场还算空。

裴决将车子熄火,看着钟影道:"下车。"

本来鱼刺卡喉咙就难受,这会儿,听他还是一副硬邦邦的语气,钟影也有点不开心,当即打开车门头也不回。

只是头也不回的妹妹刚跑到急诊门口,身影猛地一顿,然后又火速跑了回来。

"快快快!上车!"

钟影拉着裴决绕到车后面,眯眼望着急诊门口那一块亮堂堂的区域。

很快,裴决就知道她为何忍受着卡嗓子的痛苦还要和自己在这里等着了。

秦云敏和周崇岩一起走了出来。吊诡的是,周崇岩的手正搁在秦云敏的腹部。

远远瞧着的两人对视一眼。

过了会儿,裴决实在不解:"这有什么好躲的?"

钟影的大脑还在飞速运转,闻言抬头瞧他。

"难道不是你卡鱼刺更丢人吗?"裴决无情道。

两个人在车后眼瞪眼。

突然,钟影口袋里的手机就响了。

秦云敏好笑的声音同时从手机和不远处传来:"崇岩说你跑得跟兔子似的,叫都叫不住,来急诊干什么?怎么,你也有了?"

秦云敏压根没想瞒着,不过瞧钟影的架势就知道妹妹心思比她多。

裴决拉着钟影往外走,到了近前,钟影立即顶替了周崇岩的位置,凑过去轻轻摸秦云敏的小腹:"真的有了啊?"

秦云敏打量她:"你们来干什么?"

裴决:"卡鱼刺了。"

秦云敏以为是他,毕竟钟影正低头一脸憧憬地瞧着她肚子:"还不快进去。"

裴决不冷不热道:"没事,等你生出来再说。"

钟影闻言,抬头狠狠瞪他,转身就走。

两人一前一后离开。

周崇岩凑到秦云敏身边,望着两人离开的背影,不解道:"嫂子怎么跟小孩似的,卡鱼刺可不是小事。"

秦云敏呵呵一笑:"去问裴决,再叫他惯几年,真成钟大小姐了。"

这个称呼由来已久。最初只是少年时的玩笑,毕竟钟影生起气来很让人摸不着头脑,话又极少。秦云敏第一次顺嘴叫出来的时候,觉得还蛮贴切。裴决也叫过,但钟影好像更加生气了。吃一堑长一智,他后来基本就不叫了。不过他还是有些困惑,为什么秦云敏叫,钟影会脸红地贴上去求她别这么叫,而自己叫,钟影不仅不会脸红,还会使劲瞪他。

取鱼刺还是很快的。

戴着口罩的医生推开椅子,随口问了句:"吃的什么鱼?"

裴决似乎料想过有这一问,于是,当没看见妹妹有点嫌丢人的求饶眼神,毫不留情地欣然道:"鲈鱼。"

医生惊讶地抬眼,看着面前美丽的女子:"吃鲈鱼还会卡刺?"

钟影局促坐着,勉强一笑:"没注意……"

下一秒,在医生转过身丢鱼刺的时候,看到沉着脸扭头盯住自己的妹妹,裴决下意识地反思了下自己是不是有点过分了。

回去路上他就知道答案了。

钟影根本不理他。

"改天去看看云姐?"裴决提议。

钟影双手抱在身前,目视前方:"嗯。"

"送点什么吧。"裴决捏了捏方向盘。

钟影:"嗯。"

"……送什么?"裴决试探,心想,这个问题起码能让她多蹦一个字吧?

结果,钟影干脆不吭声了。

做哥哥的首先要态度端正。

于是,下车后,他跟上两步,捉住妹妹的手摇了摇,笑着说:"我错了,别生气了好不好?"

钟影也不是真要和他生气,转过脸看着电梯一侧光亮的内壁,状似不解:"你和医生说的都是事实啊。"

裴决叹气,后悔道:"忘记和医生说,鲈鱼是我喂你的了。"

也不知道他什么时候变成这样的。钟影进了家门也不看他,扭过脸望着别处,脸上憋着笑。裴决抱住人不让走,两个人就这么奇奇怪怪地黏着朝房间去,餐桌上吃了一半的晚餐很晚才收拾好。

钟影洗好澡出来,就见裴决坐在桌边查看工作邮件。

"舅舅和舅妈肯定要过来,到时候我们一起去。"

洗澡的时候钟影还在想秦云敏的事,虽然之前她明确说了暂时不结婚,但这会儿有了宝宝,钟影想,就算她还是有自己的想法,宝宝的事肯定是要告诉舅舅舅妈的,到时候就不知道怎么样了。

裴决一眼看出妹妹的心思,点头,搂着她坐到身上,了然道:"我肯定站云姐。"

钟影笑。

果不其然,周末两人拎着东西过去,还在门口就听到了舅妈范婧的絮叨。

"一天天的就你想法多。去年商量结婚,你说不要。前阵子人家小周的父亲提了——小周你别说话——你又说没想好——这只猫确定没事?哦,小周天天抱着就没事了是吧?行。"

240

"消停一会儿吧。进门就没停过。"

舅舅秦荣压低声音插了句。

"就你会说话。让我消停,你还不如继续惯着她。要不要等孩子生出来再说?我看别了,干脆等孩子上了大学再说吧!不是,你站着干什么?鱼弄好了?把那个蛋蒸上,还有山药羹给我看着去。"

门口立着的两人等了等,硬是没等到范婧歇口气。

裴决考虑道:"来的时候我看到一家咖啡店——"

钟影拉着他转身。说实话,她看见舅妈也蛮怵的。小时候每回去舅舅家都要被舅妈拉着仔仔细细看一圈,钟影都怀疑自己身上是不是长了什么。扭头,舅妈就会指着她说"秦云敏,看看你妹妹"诸如此类的,弄得钟影一边尴尬,一边担心姐姐会不会生气。秦云敏当然会生气,但这样的次数太多了,秦云敏后面都懒得不高兴。有时候范婧话头一开,秦云敏"嗯嗯嗯"敷衍几声,拉着钟影就走。

咖啡店里有好些学生,这边离培英很近。

见钟影坐下来有点走神,以为她是担心秦云敏,裴决笑着说:"云姐没问题的。以前她偷偷谈恋爱,你舅妈追着她揍,她跑你那儿和人家聊了一星期,挺淡定的。"

钟影想起来了,也笑:"结果她和人家聊了一星期,自己觉得没意思,转头就回家了。我后来还帮她收了一抽屉的情书。"

裴决皱眉:"什么?"

前几句他还是一脸温和带笑,到了最后一句,脸色顿时变了。

钟影眨眨眼:"……就是后来那个男生老找我,让我转交情书。他不是也给过你吗?"

裴决面无表情:"我拒绝了。"

钟影赶紧道:"这不是当过一星期的姐夫吗?再说了,每回他和云姐出去玩,不都带上咱俩,还请咱俩吃——"

"你就这么出卖云姐?"裴决严肃道。

"你就这么忘恩负义?"钟影瞪他。

"怎么了?"

忽然,一道声音从身后传来。

周崇岩抱着"白居易"好奇地打量他俩。小狸花精神地探着脑袋环顾四周,过了会儿,又把脑袋缩回了周崇岩的臂弯。

他走近,笑着问:"什么姐夫一星期?"

"没什么。"两人对视,异口同声。

"白居易"显然对咖啡不感兴趣,眼皮都没抬一下,揣着"两手"打盹。只是店里冷气太足,没一会儿它就"喵喵"叫着要回去了。

"专门出来找我们的?"钟影问。

周崇岩点头:"云敏说看你们一直不来就知道肯定上哪儿躲着了,让我带着'老白'来找你们。'老白'也不容易,阿姨在那儿叨叨,它吓得脑袋都拱沙发缝里了。"

钟影听得心都软了,赶紧把小狸花抱到自己怀里,温声细语地哄着。

估计是秦云敏打过招呼,钟影和裴决进门的时候,范婧笑着过来招呼,嗓门都小了许多,问起闻琰最近的情况,转头对裴决说:"你妈还过去?她可是大忙人。你和影影什么时候结婚?该定了吧?这折腾的……"

她这个话转得极其自然,前后因果关系先不论,关键听着还蛮顺理成章。

秦云敏捂额:"妈……"

他们身后,周崇岩从门口慢慢进来,屏息又礼貌地绕过范婧,忽然几大步跨到秦云敏身边,憋着的一口气才一点点顺了出来。

裴决看着钟影,笑道:"我们还没——"

此时此刻,并没有人开口打断他,只是这四个字刚出口,两人对面的范婧脸色就一变。

余光瞥见裴决难得哑口,钟影忍住笑,忙道:"舅妈,你染头发了?"说着,她抱着猫上前几步,凑到范婧面前笑着仔细瞧,"这个颜色没见过,真好看。"

范婧像是才想起来自己染头发的事,笑着说:"什么好看呀!舅妈老了。不过我跟你说,这个颜色确实显年轻……"

秦荣很快切了西瓜端上桌,钟影、裴决和周崇岩就围着桌子低头吃瓜。一旁,范婧端了盅山药羹出来,秦云敏在妈妈眼神的示意下,抱着"白居易"也挪到桌前埋头喝。

两口子忙活一上午,这会儿也歇下来,远远坐在沙发上,看着几个小的不吭声地吃吃喝喝。

"裴决今年三十了吧……算算。"范婧凑到秦荣耳边并不算小声地说。

被点到名,裴决还未抬头,身旁三道视线紧跟而来。

秦荣:"比小周大三岁,小周是里面最小的吧?"

紧接着,三道视线汇聚在周崇岩脑门。小狸花慢一拍,这会儿也探头朝一直兢兢业业照顾它的兄弟看去。

屋子里只开了风扇,阳台门半开,热风一阵接一阵。外面日头高亮,空气里有股西瓜的清爽气味。进入七月,南州雨水少得可怜。

"影影头发还是蛮多的……从小就这样,跟她妈一样。"范婧语气带笑。

这回,那头话音都没落,三道视线已经齐刷刷定格在钟影头顶,秦云敏还伸手过去摸了摸。

"你们老秦家是不是男的都秃啊?"说着,范婧嫌弃地打量了眼身边的丈夫。

随即,桌边四道视线扭过来,看向沙发上的秦荣。明晃晃的阳光正巧落在他脑门上,锃亮锃亮。

秦荣:"呵……"

一早就知道钟影和裴决要来,况且家里还有个孕妇,中午一桌饭菜还是颇为丰盛的。只是秦云敏吃得不多,她已经有些孕吐了,吃几口就要跑去吐,一顿下来,范婧脸色越来越差。小辈里根本没人敢吭声。秦云敏懒得看妈妈脸色,干脆躲进房间。钟影安静吃完碗里的,也悄悄钻进去,留下裴决和周崇岩努力不浪费粮食。

"我记得你怀的时候不吐啊。"秦云敏抱着小狸花靠在床头。

小狸花似乎知道秦云敏不舒服,仰头瞧她的眼神无比怜爱。

钟影的手就没离开过她姐的肚子,一边摸一边说:"琰琰在肚子里就很乖。"

秦云敏点点头,没再说什么。

"我感觉舅妈就是担心你,也不是怪你。"钟影抱了个靠枕,躺到她身边。想起今早在门口听的那几句,范婧应该还是着急她女儿总是犹豫拖拉的性子。

秦云敏摸摸她的脸:"我知道。"

"你怎么想的?"钟影仰面瞧她。

听到妹妹问,秦云敏没立即说话。半晌,像是想起什么,她笑起来,低头去看妹妹,神色温柔:"检查出有小孩的时候,我俩坐在医院的椅子上,你不知道,大概五六分钟,两个人大脑都是空白的。"

似乎能够想象那个场景,钟影也跟着笑。

但也许是那会儿正对的墙壁上描绘的全是五颜六色的孕期常识,两人渐渐也回了神。

秦云敏扭头注视呆滞的周崇岩,发现他表情极其认真,似乎在考虑什么,又好像在极力回忆什么。

"想什么?"秦云敏问他。

周崇岩同她对视,笑意一贯的面庞此刻严肃又慎重。

秦云敏心底闪过一丝紧张,出现得过于短暂,她也不清楚紧张从何而来。可是,伴随着那一刻的心跳加剧,不知是不是错觉,一道渺小又微弱的心跳忽地窜进她心底,与她共振。

秦云敏睁大眼,僵硬地维持之前的姿势,呆呆地看着周崇岩。

周崇岩伸手抱住她,叹了口气,说:"在算以后大概要看多少动画片。"

他不知道她身体里发生的细微变化,但他已经进入角色。

秦云敏抱着周崇岩，好一会儿，真是又想哭又想笑。
…………
"然后你们就去看动画片了？"钟影一下坐起来，乐道。
"周一电影院都没人。我和他坐了一下午，看了两部。说实话，除了第一部的开头真的一点都看不下去，后面看进去还是很有意思的。感觉小朋友的世界也是讲逻辑，讲道理的。"秦云敏笑。
似乎每次姐姐处理问题的方式都让人心头柔软，钟影搂住她的腰，点点头说："我可以给你推荐琰琰最喜欢的两部，我也很喜欢。"
相比房间里的温馨平和，一墙之隔的饭桌上就有些让人无所适从。
自从秦苒去世、钟影离家，秦、钟两家彻底没了往来，这还是范婧多年后第一次再见裴决。
印象里，那个少年话极少，做事却稳当，很会照顾人。这会儿，看着低头认真吃饭的裴决，范婧心底不禁感慨，这都过去多少年了。
"怎么会来南州工作？"范婧笑着问，"我记得后来你们都搬去深州了。"
裴决放下碗，笑着说："这边正好有机会。"
"怎么，家里不给你机会？"范婧好笑。
周崇岩转头瞧裴决。
秦荣也笑："还是要回去帮忙的吧？小时候我就看出来了，你爸妈对你期望挺高的。"
听他说完，范婧眼神稀奇地瞅他一眼，似乎这样正式的话从自己丈夫嘴里说出来有点莫名其妙。
在妹妹面前可以发自真心地抱怨，面对长辈，裴决颇为沉稳："这边的工作我还是很喜欢的。"
只是他说完，周崇岩发出一声类似笑的短促气音。喜欢工作，谁信啊，稍微动点脑子都知道他喜欢——
周崇岩边想边抬眼，忽然发现其余三人的视线不知何时都转向了自己。
他恍若无事，低下头吃碗里的，几秒后突然吸了吸鼻子，嘟囔："天气太干了。"
"你爸妈有钟振的消息吗？"范婧皱着眉头问裴决，"他真去美国找他儿子了？早几年回宁江，我听钟家那边的人说，他儿子好像有病？"
裴决握着筷子的手稍停，抬起头，微微一笑，语气如常："没有。"
秦荣拉下脸："提他干什么。"
似乎也知道这会儿提不合适，毕竟钟影还在房间，范婧收了话头。秦荣还是很气，站起来收拾碗筷，脸色越来越沉："他最好永远别回来，死也死清净点。"
气氛显而易见地沉默下来。

范婧担忧地看了眼走去厨房的丈夫,转移话题问裴决:"琰琰在英国还好吗?这趟过来我还说要瞧瞧小姑娘是不是长高了。"

裴决:"过去的时候有点水土不服。这阵还好,学得很开心。"

开心到已经两天没给她妈妈打视频了。要不是赵慧芬每天都和钟影联系、说公主忙着交朋友,钟影已经要怀疑她们的母女关系了。

范婧笑着点头:"小姑娘性格好。影影怀孕的时候,心情不是很好,可把我和她舅舅吓坏了。孩子其实长得快,一天天的……"

说着,她的目光投向自己女儿的房间。

房间里,两姐妹贴着睡了个午觉。

醒来时外面隐隐有雷声,天也阴了下来,空气里干燥尘土的味道十分明显。

"吃了晚饭再走?"秦云敏摸了摸钟影的头发。

钟影摇头,打了个哈欠,眯眼往一旁找手机,说:"下午要去他那边看看装修进度。"

"琰琰的房间?"

"嗯。"

"舅舅舅妈一直在这里照顾你?"钟影起身朝外走去。

秦云敏抱起窝在枕头边的小狸花,点头无奈:"他们是这么说的。"

"嘿,我省事了。"钟影扭头朝姐姐一笑,打开门就要出去。

秦云敏乐了:"是是是,大小姐,谈你的恋爱去吧。"

只是门刚打开,就听范婧的声音不高不低地传来:"你没见她吃饭的时候吐成什么样?月份大点再结怎么了?搞清楚老秦,太阳底下还有什么新鲜事?你倒好,觉得自己女儿怀着孕结婚新鲜——"

"我不是这个意思!"秦荣明显急了,"女孩子肯定要漂亮,到时候婚纱——"

"她自己不知道?用得着你多提一句?这么多年你见她哪回听过我俩的?自己磨磨蹭蹭,别人的话也不听,活该……"

钟影扭头,对上翻了个白眼的秦云敏,笑着做口型:"我再待一会儿吧。"

钟影正要悄悄关上门,不知道秦荣又嘟囔了句什么,范婧的声音忽然尖细起来:"我算是看明白了,你们秦家人都别扭!你妹妹——"

她陡然深吸口气,嗓音变得颤抖:"我不说了。你已经失去一个妹妹了。反正我的女儿想做什么就做什么,只要她愿意,她愿意怀着孕结婚就怀着孕结婚,我不嫌丢人!"

秦云敏下床,拍了拍站在门边的钟影,冷着脸"砰"的一声用力甩上门。

门外猝然一惊,范婧和秦荣同时反应过来,互瞪着彼此,都有些懊恼。

"影影？"

秦云敏拉着钟影的手，仔细瞧她有点发愣的神情，担忧地问："没事吧？"

这些年，她十分清楚妹妹心底的痛苦，除了闻昭，就是秦苒。

钟影回神，之前的笑容很淡地维持在脸上，但是此刻也是真的在笑。见秦云敏有些忧心忡忡，她笑着弯腰，对着秦云敏的肚子说："宝宝别怕哦。妈妈刚刚在关门，动作稍微有点大。妈妈爱你的哦。"

秦云敏定定地打量着她。瞧钟影神色始终温柔，她心里也渐渐平复，可还是禁不住担心，便又问了一遍："真没事？"

钟影无奈："姐，我真没事。"

顿了顿，想到什么，她又笑嘻嘻地说："姐，你太夸张了。"

真是好气又好笑，秦云敏佯作板脸，点头道："好的，大小姐。"

钟影依旧是笑着的，被打趣后露出一副有些孩子气的表情，好像回到小时候无忧无虑的样子。

"裴决呢？"秦云敏问。

两口子在外面那样说话，只能说明裴决和周崇岩都跑了。

"他说他在咖啡店等我。"

秦云敏也去拿手机，看见周崇岩发来的球场定位，笑着说："我爸妈真的是……"

成片的乌云堆积在天边，一场雨要下不下，酝酿太久，有种大雨倾盆的预兆。空气里潮意明显，风也大了许多，连日的干燥让扑面而来的灰尘感更重。

远远地，钟影看到站在咖啡店门口的裴决。

他正低头盯着手机，似乎在算信息发出去那么久，醒来的妹妹到底下床走了几步。一片黯淡光景里，他垂眸站立，看不清面部，只觉眉宇微皱，容色严整。

身旁行人匆匆，神情仓促，似乎都预料到了一场睽违已久的暴雨即将来临。

似有所感，裴决抬头。

一眼瞧见人，他并没有稍显轻松，而是大步走来。钟影也笑着向他走去。

到了近前，裴决拉住钟影的手往车那边走，语速稍快："天气预报说半小时左右有特大暴雨，我们先开过去。应该用不了半小时……"

"车上没伞。"他又说。

钟影点点头，跟在他身边，笑着道："没伞也不要紧。"

2

天气预报还是很准的。

只是他们没料到,这个时间从市区往回赶的人也多,车子在半路堵了十来分钟,临近栖湖道,暴雨已然如注,车前窗完全看不清周遭光景,天色都被搅浑,午后那一阵的晴朗明媚好像是很久以前的事。

钟影看了一会儿外面,想起什么,转过身伸手往搁在后座的包里掏了掏,掏出两颗不同口味的奶糖。闻琰经常会在她包里找吃的,她就习惯时不时放点零食。这会儿派上用场,便十分贴心地全送到哥哥面前。

包裹着的糖纸上是两只卡通小兔子,它们挨着脑袋安静地躺在妹妹手心,十分可爱。

裴决好笑地瞧了眼钟影,没接,拿起手机点开天气预报,说:"要等一会儿。"

雨幕滂沱,后视镜里一片模糊。

钟影点点头,拆了两颗一起放在嘴里。她吃糖就是吃糖,直接嚼碎了含掉,没几下,口腔里过度充溢的酸甜滋味一点点弥漫开。光泽艳丽的唇瓣微张,雪白的贝齿忽隐忽现,碎开的糖果在她的齿间发出细碎又轻微的动静。

空间狭小,头顶雨声密集。栖湖道茂盛的夏日浓荫汇聚成一缕缕墨绿色的水纹,在眼前不断延展。

裴决搁在方向盘上的手动了两下,转头看钟影的时候,还是忍不住问:"什么味道?"

钟影正在手机上和秦云敏发着信息,两姐妹约好了下个周末一起去医院预约建档。闻言,她拿出还捏在手里的糖纸,认真地念道:"橙子味和西瓜味。"

倒不是想吃糖,只是见妹妹嚼得有滋有味,他觉得有意思,又问:"还有吗?"

钟影抬头看他。

不知怎的,她忽然翘起嘴角笑起来,黑白分明的眼瞳望着裴决,身后玻璃上倾泻的雨水暗光倒映出她一头绸亮柔顺的长发。

"怎么了?"裴决也笑,下意识伸出手去摸她的脸颊。

"你是不是想亲我?"钟影笑得狡黠。

裴决微愣。

——他这个反应虽然短促,但两人四目相对,再短促也直截了当地展现在妹妹眼前。

这下,换钟影一愣。

随即,裴决就知道大事不好。

不知道是不好意思还是别的什么，钟影的脸红了。她瞪着裴决，眼中闪过一丝无措，和一丝不知作何反应的短暂茫然。几秒后回了神，她就有些恼羞成怒，脸上亲昵的神情使劲板住，接着又用力瞪了眼裴决，转开还被他摸着的脸颊，一股脑凑到车窗前，留下一个后脑勺。

说实话，在那句话之前，裴决应该是没有这个想法的。不过他自觉地反思——想吃妹妹嘴里的糖，和想亲妹妹，难道不是一个意思？就算没有，那也只是一时的想法不够清晰造成的假象。

可现在想这些一点用没有。

裴决叹气。

久违的夏日暴雨，远处的湖面蒸腾出氤氲水雾，入耳的雨声和之前一样，但似乎轻了些，车内动静变得清晰。

裴决倾身过去拍了拍钟影的肩膀，摩挲的衣料带起一阵窸窣，他语气带笑，试探得并不明显，却是显而易见的柔和：“那现在还可以亲吗？”

钟影冷酷地答道：“不可以。”

她极其果断，开头的话音起得也刚刚好，像是知道裴决有此一问。

裴决点了两下头，不作声地观察了下车窗上倒映的妹妹微微鼓着的腮帮，坐回去没再说什么。

气氛照理是有些僵硬的，只是钟影嘴里含着的糖太碎，吃下去的时候总会发出过分可爱的细小动静，于是雨声滂沱的车厢里，响起好一阵嚼糖的声音。

裴决安稳坐着，弯起唇角笑了好一会儿。

没多时，雨声渐歇。远处的山影像是被浇透了，露出朦胧的青灰色轮廓。微弱的阳光从云层的缝隙里探出，潮湿的空气中很快洋溢起蓬勃的热意。

车子沿着栖湖道驶去。

车窗打开，湿润又清新的风拂面。短短一分多钟，盛夏炙热的骄阳将层积的雨云火速蒸发，蔚蓝的天际大片敞露，鼓噪的虫鸣在一阵泼天大雨之后再度响起。

小区门口的保安朝裴决点了点头，似乎知道这趟他们过来是干什么，接着便拿起电话给物业打去。

电梯里冷气很足，湿热黏腻的触感眨眼消失不见。钟影径直往最里面走，然后对着电梯内的装饰画抬头仔细研究。

裴决按下楼层，走过去跟着妹妹一起看。

说实话，如果不是今天的"意外状况"，他是不会注意电梯里的装饰的。这会儿，他跟着钟影一起看，倒觉得有点意思。

纹理细腻的木质画框中心，是一个背朝众人微微侧脸的女子，即使笔触油画感过重,但还是能看出那张美丽又姣好的面庞。画面右下角,点缀了一只通体雪白、毛发蓬松的布偶猫,冰蓝色的眼瞳瞧着画框外的人。就是不知道是不是故意为了营造这幅装饰画的意趣,漂亮得过分的布偶猫嘴角上撇,看上去极其不服气。

"是不是很像你?"耳旁传来裴决笑意明显的声音。

钟影以为他在说那个女子,转头看他,却见他专注的目光牢牢定格在那只过分迷人、脾气委实不大好的小猫咪身上。

真是一波未平一波又起。

电梯门打开,钟影扭头就走,没好气:"那你买回去好了!"

裴决双手插兜跟在后头,看上去心情极其愉悦。他一边笑着看妹妹直挺挺的背影,一边惋惜道:"我也想,可是家里已经有一只了。买回去肯定要打架的。"

远远地,两位物业的负责人已经等在门口。

裴决发现,如果不是有外人在,妹妹这会儿应该是要打人的。但也幸好有外人在,他去牵妹妹的手只被掐了两下,虽然痛倒是蛮痛的。

"设计师的意思是尽量用干净整洁的暖色调,视觉上轻松温馨。所有的边框都做了处理,防止尖锐磕碰。学习区和收纳区的柜子比较矮,其实是为了锻炼孩子的自理能力……"负责人详尽地做着介绍。

裴决拉着钟影,跟着一步步看。他面上如常,如果忽略一直把玩钟影指尖的手的话。钟影被他弄得有点烦,好几次抬眼瞪他,只是他总以一种莫名又微微困惑的眼神朝她望来,嘴角却噙着了然的笑,一副无赖又正经的模样,钟影真是烦死他了。

好不容易介绍完,裴决又问了下装修进度。钟影看着闻琰衣柜旁单独辟出的玩具收纳,心想,小姑娘回来得高兴疯。这下可以没完没了地买了,她再也不能用家里装不下作为借口了。

送走物业的负责人,裴决问钟影:"要不要去我们房间看看?"

他问得认真,好像真有这么回事。但钟影清楚记得,他们的房间没有在装修,只是前阵子换了几件软装。

钟影疑惑:"看什么?"

裴决不说话,拉她朝房间走,直到在床边坐下,就听他问:"现在可以亲了吗?"

钟影忍笑,不想理他,起身要走。

裴决拉住她的手,和以前一样,晃了晃,语气求饶:"让我亲一下吧。"

这会儿不是无赖,就是撒娇。

他将人拉到身前,伸手环住她的腰,看着十分好说话的样子,实则霸道得一点都不让她动。

钟影低头瞧他,过了会儿,语气严肃:"裴决,我发现你有点'恋爱脑'。"

想不到妹妹居然是这么看他的。

裴决顿住,抱紧她,闷声闷气:"夸张了,'妹妹脑'而已。"

长期住在这里的住户,日常的食材都定期有人上门更换添置。像裴决这样隔三岔五来一趟,还不一定留下吃饭或者自己做饭的,冰箱里只有储存期比较长的酒水和速食。

于是错过晚饭,两人只好临时叫外卖,要等半个多小时。两人都有些饿,裴决在房间里收拾床铺的时候,钟影洗好澡去厨房转悠,看看有什么能做的。所幸速食还算丰富,一应的调味也多。从冰箱里一层层往下探索,除了水饺、小馄饨,还有几块牛排。一旁随取的架子上还搁着两瓶红酒、一打啤酒。钟影把牛排拿出来静置,背靠台面准备在手机上点几样蔬菜,到时候送来,时间也正好。

裴决出来时,她正在处理牛排上的血水。半湿的长发扎了个低低的马尾,厨房澄亮的光线落在她柔白沉静的面颊上,只是颊边还泛着细腻的殷红,泅湿的鬓发落下,樱桃一样的唇、晶莹剔透的睫,仿佛潮涌后的余韵,声色旖旎。

他走过去从身后抱住人。过于纤细的腰肢,两只手臂圈上的感觉跟没圈没两样,他问:"在做什么?"

钟影笑着没说话,裴决只好稍稍错眼去看,然后点点头,转回去继续抱着妹妹。他怀疑妹妹用的沐浴露和自己用的不是同一款,不然她为什么这么香——这样反反复复几次毫无营养的沉思过后,门铃响了,他只好松开她去拿预订的蔬菜。

胡萝卜、西蓝花、彩椒,还有一盒口蘑。钟影接过他递来的蔬菜,一旁的牛排还在解冻,但已经被她仔细剪断了筋部。

裴决看她有条不紊处理着手上的食材,想了想,还是规矩地站到了她身后,不算碍人地小心搂住她。

午后一阵暴雨,入夜后空气都变得湿润。

饭后裴决在厨房清理,钟影就抱着抱枕坐到沙发上和闻琰打视频。比公主脑袋先一步探出的,是公主热情洋溢的声音。

闻琰笑着大声:"妈妈!云敏阿姨有小宝宝了!奶奶和我说的!奶奶说是周叔叔和她说的!"

钟影笑着点头:"对。你要有小妹妹或者小弟弟了。"

闻琰眼睛极亮,注视着屏幕里的妈妈,乐滋滋:"可以都要吗?"

"小妹妹、小弟弟我都要!我可以带他们玩!我会好好带他们玩的!"

话音未落,旁边冷不丁传来陈知让的声音:"那我带弟弟,你带妹妹好了——你一个人带两个很辛苦的。我妈说小孩子特别烦人。"

闻琰"唰"地扭头:"不要。这是我家的弟弟妹妹,都是我的。你为什么要带啊?"

陈知让理所当然得好像已经改姓:"我为什么不能带啊?"

屏幕外,传来赵慧芬和吴宜笑岔气的声音。

大概是孩子的话具有某种预言的效果,正式检查那天,医生忽然问秦云敏,是有计划的怀孕吗?秦云敏一愣。见她这样反应,医生笑着说:"别紧张,你这个是双胎,双绒双羊,两个胎盘。"

钟影顿时睁大眼,又心疼又高兴地蹲在姐姐身边,两手轻轻环着秦云敏的肚子,一双眼仔细瞧着,好像已经能看到两个宝宝在里面手拉手。

秦荣和范婧是最高兴的,话都说不出来。好一阵,在医生的说话声里,秦荣看上去都快哭了。

唯独周崇岩。

他始终紧皱着眉头,不是很理解,开口语气都变得急促:"什么绒?为什么是个羊?两个?怎么会是两个?装得下吗?"他越说越忧心忡忡,看秦云敏的眼神都可怜起来。

"双绒双羊就是两个胎儿不共用一个胎盘。其实这样对宝宝的生长比较好。"

"宝宝的生长?那妈妈呢?"周崇岩急道。

医生被他问愣了,有点无语。

秦云敏忍不住笑,轻声:"你别瞎说。听医生的。"

周崇岩更加沮丧了。等秦云敏被护士带去检查,他坐在外面的长椅上,好长时间,沉默得像是变了个人。

一旁,范婧有些严肃地打量着他,似乎担心周崇岩这样会影响她的女儿。她像个进入紧急状态的母狮子,周遭传来的任何动静都必须经过她的审视。秦荣倒始终一副乐呵呵、喜极而泣的模样,一会儿就跑到一边打个电话。

钟影走过去在周崇岩身边坐下,她知道他心底的担忧,便伸手摸了摸他的后脑勺:"崇岩,没事的。"

周崇岩没吭声,半响用力抹了把脸,没抬头,闷声:"嫂子,我知道。"但他其实有些欲言又止。

钟影笑着道:"你好好陪在云姐身边,她一定会没事。"

说完,周崇岩扭头注视着她,嘴巴微动,片刻,他点了点头,没说话。

钟影怀孕的那九个多月,他是眼睁睁看过来的。赵慧芬几乎操碎了心,甚至一度天天跑去庙里,恳求那个高高在上的菩萨保佑她,不要失去了一个孩子后,再失去一个。她年纪大了,已经孤苦无依了,要真是这样,菩萨就再狠点心吧。秦云敏更是夸张,轮班照顾完钟影回来总要哭。他甚至怀疑那段时间,两姐妹掉的眼泪一样多。

裴决打来电话的时候,钟影已经到家了。

他第一句就是:"我妈说云姐怀的是双胞胎?"

这个消息渠道够曲折的。

钟影笑:"对。你到家了?"

裴决也笑:"在车库。"说着,那边传来车门上锁的动静。

钟影起身往阳台走。

她是在秦云敏家吃了晚饭再回来的。只是夏日昼长夜短,这会儿夕阳的余晖还挂在天边上,尖尖弯弯的月亮挂在另一头,很小的一弧,却亮得惊人,好像一个按钮,等着入夜时分按下,月光彻底铺满天幕。

她趴在栏杆上朝不远处瞧,忽然,脑子里闪过一个念头——裴决的这个消息是从吴宜那里得知的,那吴宜是不是也会希望……她纯属自己在琢磨,一时间走了神。

只是没有逃过裴决的耳朵。

他问她:"怎么不说话?"

钟影怔神,下意识道:"裴决,你有想过孩——"

"没有。"

这下她不是走神了,是完完全全愣住。在那两个字都还没完全发出声的时候,裴决的回答果断得近乎冷酷。

远处暮色的尽头出现一个人影,裴决似乎也看到钟影了,他走到楼下,仰头朝她望。一如过去的某个瞬间。

钟影不知道说什么,裴决的反应已经不是意料之外了,根本就是离奇。但也许是她自己想太多……于是,她朝楼下的他招了招手,语气带笑,试图晃过前一刻的戛然而止:"有没有看到月亮?好亮。"

裴决不作声。这个话题出现得太过偶然,他想过以后和钟影好好聊一聊,而不是现在。

他们甚至隔着一段相当长的距离。

过了会儿,裴决转头朝钟影说的月亮看去,确实很亮。

再次开口,他的语气和缓而平静:"影影,我想过,很多次——"

说到这里,他的语气才有了些微的起伏。

夏夜鼓噪的晚风不知道从哪个方向吹来,朦胧的树影在视线的边缘影影绰绰。

钟影低头望着他,忽然间,她就明白了他想说的是什么。

裴决说:"我想,我大概永远都无法得到你的全部。"

死去的闻昭、与她血脉相连的闻琰，裴决凝望着她，语气落寞："你给我的太少了。"

月光亮起，落在心爱的人脸上。

钟影被他弄得也有点委屈："那你是在怪我吗？"

裴决叹气："不是。"

听到他的否认，钟影沉默下来，心头的委屈并没有消散多少，让她止不住地难受。

"你肯定在怪我。"她低声。

她笃定了他的委屈，一如此刻面对自己的委屈。

裴决忍不住笑："那也只有一秒钟。"

这个话题开启得太突兀，两个人却都表露了真实的想法。

钟影觉得裴决是在怪她，就像之前提到闻昭那样。只是相比那时的气愤与莫名的委屈，这会儿她只剩下难以抑制的难过。

她瞪着玄关，好像一只时刻准备出击的猫咪，就等着人出现了。

开门声"咔嗒"一响，裴决还没露面，钟影就说："一秒钟也不可以。"

说实话，上楼时裴决想过妹妹会同他说什么，至少也应该是正经严肃的，两个人就孩子的问题正式谈一谈，他说他的想法，妹妹说妹妹的想法，然后他们再抱一抱，最好还能亲一会儿，晚点再一起睡觉。

结果门还没彻底打开，妹妹就告诉他，怪她也没门。

裴决好笑地看着她。

他没立即说什么，半晌在钟影的瞪视下，换鞋走过来，摸了摸她的面颊，点头道："行。"

从小到大，他几时怪过她？喜欢她还来不及。

给少点就少点吧，裴决想，时间还很长，往后十年、二十年、三十年，这样回头看，那些人最后都会是一个小点，不值一提。

问题在各自的脑海里解决。

七月底，裴决要出国培训一周。

行李并不算多，他自己一早收拾好了搁在一边。等晚上钟影到家，吃完晚饭和女儿聊天，进房间看到竖起的行李箱愣了下，反应过来，扭头就叫"哥哥"。

心虚的时候叫"哥哥"总没错。

裴决在收拾厨房，闻言好笑，心道这个"哥哥"叫得是越来越顺口。

"怎么了？"他探头。

钟影也在房门前探头，两人过家家似的，你来我往，煞有介事："行李收好了？"

裴决:"没有,差一点。"他睁眼说瞎话,关键这个"一点"说得还挺像回事。

钟影十分开心地点点头:"我帮你吧?"说着,她转身进屋,声音远远传来,"差什么……"

只是她的声音很快就顿住了。

裴决不作声地笑。

一眼就能看出,行李已经收得严严整整,隔断的防水层拉链也拉好了。身后传来脚步声,钟影扭头,好笑:"差一点?"

裴决站在门边,笑着瞧蹲在地上的妹妹,依旧颔首:"对。"

也许是他表现得太像回事,钟影被他糊弄,低头拉开拉链仔细瞧:"什么?"她挨个翻了翻,夹层里的证件也拿出来数了数,没一会儿,行李箱就和刚收那会儿没两样了。

翻了一圈,也没找到可能遗落的东西,钟影想了想,抬头询问:"要我给你找点药吗?"

"……感觉剂量会很大。"裴决严肃道。

见状,钟影脸色也凝重起来:"你怎么了?"

见她这样,裴决怀疑自己是不是玩笑开过了。他过去拉她起来,笑着解释:"逗你的,差一点就想带你去了。药管什么用啊。我天天想你,难道要天天吃药吗?不要工作了。"

钟影憋笑,脑子里闪过裴决那句无厘头的话,精致的眉眼弯成灿烂的月牙。室内柔白的灯光下,她过分愉悦开朗的容色一瞬间惊人得好看,如同枝头春意。

裴决也笑。他注视着钟影,手还拉着她,只想拉她再近点。

钟影转身朝客厅走去,想起什么,扭头对裴决笑得更开心:"我的鸡皮疙瘩好像都出来了。"她注视着裴决的眼神格外亮。

裴决原地站住,佯怒:"……过来。"作势就要去逮她。

钟影似乎知道,掉转方向直接跑进闻琰房间,关上门,笑得更大声。

真是幼稚的妹妹。

原本以为她顶多在闻琰的房间待几分钟,可等裴决再次收好行李箱,门还是关得严实。他过去敲门,打开后发现钟影正坐在床边翻看闻琰的相册。她看得认真,一面面翻过去,有些要停留好久,嘴角笑意温柔,眼神更是柔软。

抬头,钟影对他说:"快一个月没见面了。"她是真心实意地想念,望向裴决的目光都如水,好像想得不行了,恨不得闻琰能立马跳到她怀里。

裴决:"嗯……"

见裴决看着她不作声,钟影笑着问:"怎么了?"

裴决大度道:"没什么。就是在想,明天这个时候你还会不会记得我。"

一旦将一些比较摆上明面，似乎并不会消解，只会让比较愈演愈烈。

钟影被他委屈的模样逗乐，伸手来拉哥哥，模样严肃地安慰保证道："明天应该还是能记得的。"

裴决点点头，语气体贴："还是忘了吧。我的好妹妹。"

话音落下，好像回到小时候，可小时候的妹妹笑起来也是含蓄的，小小一个，站在哥哥的身边笑得眯起眼。不会像这个时候，坐在床边一把抱住他，仰头一个劲朝他笑，清澈明亮的眸子里映出他的影子。

裴决伸出两只手掌捧住妹妹的脸，轻轻揉了揉，忽然想，确实一秒都不可以。他舍不得，一秒都舍不得。

分别的思绪到了晚上似乎才有了酝酿的迹象。

裴决洗好澡，就见钟影坐在床上，表情不大好。他倾身过去亲了亲她温热的面颊，把人抱进怀里。

钟影没说话，也许是临睡灯都暗了，气氛沉淀下来，脑子里想得也单一。

"明天走吗？"过了会儿，她朝他问了句废话。

裴决却认真道："第二天凌晨到，到了就给你发信息。"

"给我打电话。"钟影抱住他，转头埋进他的肩窝，闷声，"我会整晚都等你的电话的。"

裴决拿她没办法，只能去好好亲她。

两人吻得断断续续，都没说话。有一会儿，亲吻变得像呼吸，又有那么一会儿，安静的拥抱胜过此前的无数时刻。

钟影埋在裴决怀里，数了一会儿他的心跳，忍不住天真地想，天崩地裂也无所谓了，只要他在身边。

但不知道为什么，裴决离开后的几个小时，钟影总有些心不在焉。下班后照例去看秦云敏，路上接到程舒怡的电话，聊起最近的工作，钟影便同她说了艺术团暑期的一些活动。

"怎么还是老样子？"程舒怡笑，"我记得早几年还有一些交流，这两年怎么都在搞学生活动？"

钟影无奈："学校看重这个，还可以拿市里的奖，家长也乐意。"

"今天还和李老师在聊，说起南州的艺术团，她说她大学毕业那会儿就听说了。只是现在各地方的艺术中心赚钱的居多，都不怎么组织巡演学习了……"

程舒怡嘴里的李老师就是在香港给她提供工作机会的学姐，以前还在他们学校搞过十分热闹的合唱团。

两人聊了没多久，程舒怡那边忽然传来巨大的一声"砰"，好像有什么从天花板上掉了下来。

钟影吓了一跳，忙问怎么了。程舒怡走了几步，似乎走到门边打开门看了看，关门时同她抱怨："楼上新搬来了一户，这两天总是在挪家具，幸亏我白天不在家。"

钟影记得之前去香港她说楼上住了一位姓钟的老人家，怎么还没一个月就搬走了？不过钟影也没多问，只是叮嘱她一个人住在那里注意安全，有什么事尽管打电话，平常也要多注意休息。

也许是因为怀了双胞胎，秦云敏孕吐特别严重。范婧整天围在她身边，但这阵子下来，钟影还是发现她瘦了许多。晚饭的时候她吃不下什么正餐，就坐在一边的沙发上抱着小狸猫吃零食。说来也是奇怪，孕吐强烈的时候，她连米饭的味道都嫌弃。

饭桌上，范婧问起出差的裴决，笑着让钟影这段时间都来吃吧，反正她做这么多，该吃的不吃，不该吃的也不敢吃——说着，她的目光在周崇岩和秦荣身上转了一圈。钟影好笑地点了点头。

于是一顿饭下来，她感觉自己撑得路都要走不动了。秦云敏看出她的反胃，笑着说："明天还来吗？"

钟影刚要摆手，想起什么，扭头朝餐桌看。范婧正同周崇岩说话，周崇岩乖得直点头。他俩身后，秦荣轻手轻脚地路过，生怕妻子想起自己，叫过来一起听话。

钟影凑到姐姐身边，小幅度地摆了摆手，委婉道："明天加班呢。"

秦云敏顿时笑出声。

她一笑，那边三个人都看过来。范婧忙问怎么了。秦云敏说："影影说明天加班就不过来吃了。"

钟影朝姐姐瞪眼，连忙转头解释："不、不是——"

"这有什么！"范婧一副宠爱的表情，对钟影说，"舅妈给你送去！"

秦云敏更是哈哈大笑。

晚上到家，钟影感觉胃有点疼，吃得太多又太补，胃一下承受不了，躺下来都不舒服。

不过她今晚是有任务的，吃了辅助消化的胃药，熬夜看了会儿剧，凌晨三点多的时候，裴决的信息就发来了：落地了。

钟影拿起手机秒回了一个贴贴的表情。

果不其然，下一秒裴决的电话就进来了，语气里压着明显的笑意，似乎不想将自己的愉悦表现得太明显，担心妹妹不认真听话睡觉。

"现在可以去睡觉了。"他铁面无私地说。

钟影摸了摸胃，话题十分自然地岔开："今天在云姐家吃多了。"

"怎么吃多了？吃药了吗？"裴决想，就聊一分钟，一分钟后再赶妹妹去睡觉。

钟影:"云姐吃不下,崇岩不敢吃,生怕吃多了云姐没得吃。结果舅妈全给我吃了。"

裴决不由得笑:"明天就说加班。"

钟影:"我就是这么说的……你知道舅妈说什么吗?"

"什么?"

"给我送饭。"

裴决跟在随行队伍的最后头,抬起腕表看了眼时间,嘴上有条不紊地和钟影聊着南州艺术团这几年的改革方向。下午三点多,这座位于美国中西部的大农业州,强烈的阳光直直照射在人身上,仿佛进入过度曝光的炙烤室,皮肤都晒得开始发红。

同行的机长与前来接机的工程师和制造商代表都戴着墨镜。时间还是很紧凑的,他们没有过多寒暄,短暂地介绍和交接后,便大步朝着视野尽头的几架直升机走去。这次试飞的地点距离较远,一般的交通工具过去需要三四个小时。

挂了电话,裴决一边快步跟上同事,一边从上衣口袋掏出墨镜戴上。

这次购入的新机是东捷参与研发的,经手的文件尤其多。一路上双方都在谈细节,还有一会儿的地面检查工作。

五点不到,几架直升机缓缓降落在广袤无垠的停机坪上。日光斜照,亮度和一个多小时前没有任何区别,灼热感倒是减轻不少。

正式的试飞在后天的黎明时刻。舟车劳顿,前期主要的检查工作完成后,他们会驱车前往酒店参加这边准备的冷餐会。

吴宜打来电话的时候,裴决正要上机舱进行客舱设备预览调试。

"落地了吧?那边还好吗?"

裴决摘下墨镜,戴上耳机:"挺顺利的。"

英国这个点虽然早已入夜,但时间并不算特别晚。

"你们明天是不是做文件审查?"

电话那头传来纸张翻阅的声音,吴总成竹在胸,笑着对裴决说:"找时间,你私下问问 Frank,我打算在这批之后再购入一批货机。现在国内物流发展得比较好,你先帮我探探口风——可不能让他们提前清楚意向,这个坐地起价的功夫,你妈我挣钱也不容易。"

裴决:"……好。"

Frank 是这趟过来负责交接的制造商代表。吴宜的意思已经很明确了,她希望儿子能够同对方多打几次交道。

电话挂断之前,吴宜笑着说:"对了,后天的试飞顺利啊。"

裴决也笑:"谢谢妈妈。"

"和影影打过电话了？"

裴决："嗯。落地就打了。"

闻言，那边顿了顿，半晌传出吴宜带笑的声音："你说说你，早几年有这个自觉不就好了？"

温馨时刻到此为止。

裴决面无表情："有点忙。先挂了。"

赵慧芬偶然得知秦云敏孕吐厉害，就给周崇岩支了个老方子，谁知效果立竿见影。钟影晚上同闻琰视频，把这件事告诉了赵慧芬，赵慧芬得意道："妈妈我见得太多了。就是琰琰在你肚子里太乖，不然……"她没继续说下去。

钟影笑着接过，语气如常："是是是，您老人家见多识广。"

闻琰挨着奶奶凑过来，冲着镜头眯眼笑："妈妈，我真的很乖吗？"

她是得意了还要再冒个尖，小孩子心思十分好猜。钟影点头盖章："乖得不得了。"话音落下，闻琰开心得蹦蹦跳跳。

在英国待了快一个月，也许是语言环境使然，闻琰已经能十分流利地用英文交流。这会儿，她和陈知让两个在一旁嘀嘀咕咕，钟影脑子里忽然冒出一点疑惑，为什么每回视频都能看到这小子——除了那日因为生气闻琰和布兰克交朋友没出现。但也就那一日。其余时候，他出现得堪称风雨无阻了。

只是这点疑惑到了秦云敏那儿，她一点都不惊讶，反而惊讶钟影反应迟钝。

"陈知让天天都跟琰琰在一块玩啊。他刚转过来的时候没什么朋友，加上他身体不好，隔三岔五地请假，课程落得多，补都来不及。半学期下来，朋友交得也慢。三月份那会儿，你还记得吗？闻琰和高浩宇打架，不小心打到他，他还流鼻血了。后来琰琰腿好了，回到班上第一件事就是给他道歉。有一周两人当了前后桌，往后就一块玩了。"

钟影愣愣瞧着表姐，发现这里面信息量惊人："琰琰没和我说她还打到别人了。"

秦云敏笑："不敢和妈妈说而已……裴决什么时候回来？"

她翻了翻妈妈不知道从哪里找的老皇历，笑着说："我俩被安排下周去领证，打算结束了请大家吃个饭。"

"往前两天就回来了。"钟影靠过去，发现那天日历上的"宜嫁娶"三个字被范婧格外圈了出来。

"这么快？"

钟影点点头，笑着说："对。说时间还蛮紧的。"

晚上到家和裴决聊起,他那边正是上午,阳光依然刺眼,一行人出发前往会议厅。相比前一天正式的机长制服,他身边的同事都换上了深色西装。裴决和她说今天要走正式的文件审查,还有一些产权方面的交付,不过后面这些主要是双方律师的工作。

说话的工夫,阳光从很高的晴空照射下来,光线在半途弥散,折射出彩色的光晕。视频屏幕上那张英挺俊朗的面容轮廓变得无比清晰。裴决的步伐还是很快的,两人聊了没几句,光影忽地一偏,一行人井然有序地进了稍显空荡的大楼。

"那我不打扰你了。"钟影小声地朝他笑。

裴决见她领口是熟悉的睡衣样式,便问:"要睡觉了吗?"

钟影点头,苦恼道:"这两天天天去云姐那儿吃饭,吃完回来脑子根本转不动。"

裴决笑:"睡吧,晚安。"

钟影没立即挂断,凑近屏幕,虽然裴决戴了耳机,也没和同事站一块,但视频边缘还是能看到其余一些人的。

她小声说:"晚安哥哥。"

话音未落,画面中断,似乎慢一秒都是十分羞耻的。

裴决垂眸注视手里的手机,忍不住想起昨天妈妈的话,就是说啊,早点干什么去了。

3

南州这段时间持续高温,钟影和同事去附近的商场吃午餐,说话的工夫就能让人口干舌燥。等红绿灯的间隙,偶尔还能听到身旁的人聊着说今年的雨水极少,不知道什么缘故。钟影眯眯眼瞧头顶强烈的阳光,不禁想起三四月份那阵阴雨绵绵,觉得天气越来越诡异。

下班后例行去表姐家吃晚饭。

因为是周五,身边同事商量着吃火锅。钟影婉拒了。她想,如果舅妈知道,她有正经的营养餐不吃,跑出去吃火锅,估计会像说舅舅一样说她半天……但毕竟是火锅,钟影走在半路都在走神琢磨火锅汤底的问题。

给裴决发去的信息还停留在今早,那会儿他们一天的会议才结束不久,为了准备第二天一大早的试飞,钟影就没多和他聊。

她往上翻了翻聊天记录,忽然发现,从他出差开始,距离远了,那个说自己"妹妹脑"的哥哥不知怎么就含蓄起来了。具体特征就是她发过去的那些亲昵的表情,他的回复除了拥抱,要不就是摸头的表情。对比没走之前的那些亲吻,钟影越琢磨越好笑。

她好像偶然发现了裴决的另一面。他其实骨子里是很规矩、很严肃的一个人。一般人距离远了，情感的表达会因为思念更露骨些。裴决不，他好像有一个自己的情感尺度，距离越远越含蓄。

也许就是潜意识里这样了解他，在香港的那场离奇的梦里，裴决才会始终如一地对待她。

钟影笑着发过去：回来吃火锅好不好？

紧跟着是三个手捧心心，表达"爱你"的表情。

饭桌上，说起定好的领证日期，范婧又问了遍裴决回来的时间。

钟影同她仔细说完，在范婧转身去厨房时，秦云敏突然凑过来说："这次时间紧、任务重——"说着秦云敏觉得有趣，忍不住笑。周崇岩看过来，见姐妹俩头挨着头一个劲直乐，便替她俩望风似的盯着厨房。

秦云敏继续说："你回去记得再和干妈好好说说。等她和琰琰回来，我俩单独请她们吃。"

钟影比了个"OK"。

到家的时候，她手机上已经收到裴决回复吃火锅的信息。

如她所料，在答应她回来就一起去吃火锅之后，依旧是一个摸头的表情。钟影看了眼时差，那边是黎明时刻，不过裴决说一阶段的试飞顶多四五个小时，也就是国内晚上十二点之前，她应该就能接到他的电话。

秦云敏的任务还在身上。英国那边的时间已近中午，距离闻琰午休结束还有一个多小时，钟影放下手机去洗澡，准备临睡再和赵慧芬打电话。

往常，周五的时候，碰上裴决休息，他们会一起出去吃饭。要不就是去趟栖湖道，顺便在那里过周末。蓝山的风景还是很不错的。那次吴宜、裴新泊过来，他们一起爬了山，之后她和裴决也爬过几次。

时间过得还是很快的，只是赵慧芬的电话一开始没打通，钟影想看会儿电影再说，谁知竟然睡了过去。

醒来已经是午夜，手机上显示三通未接电话，就在一刻钟前。

钟影以为是赵慧芬回拨的，便笑着打了回去。

电话很快就接通了，不过接电话的是吴宜。

钟影从没听过她的声音如此慌张，她在电话那头说："影影，别怕啊。听阿姨说，裴决那边还在找，估计只是短时间的信息中断……"

后来吴宜说的钟影一个字都没听进去。

因为她发现，吴宜说的话，和当年闻昭出事赵慧芬打来电话时开头说的，一模一样。

她放下手机，在沙发上坐了会儿，忽然感觉到一点冷，便起身往房间走去。

客厅的光线静止在房门口。

她在床边坐了会儿，视线慢慢移到门边。这间房子是刚来南州那会儿买下的,装修花了大半年,搬进来之前闻昭就走了,此后这里面的布置就一直没动过。门后边连接地板的地方已经有些松动,客厅的光线爬进来,钟影看到积满灰尘的缝隙里那一点点蛛网的痕迹。

但也可能看错了。

之前很长一段时间,她都在做和蛛网有关的梦。

母亲出殡的那天,在春珈的老房子里,她一个人睡在外婆的屋子里,就在房顶的角落看到一大片蛛网。

似乎一旦什么地方没了人,时间就会以另一种形式呈现。满墙的苍白与枯槁,蛛网好像时间的触角,告诉每个进入这里的人,如果不赶紧离开,就会被包裹进去,再也走不了。

她躺在床上,盯着蛛网看了很长时间,长到窗外银白月光下的朦胧夜色最终都消融在一片墨青的寂静里。春珈山里的风在午夜变得哀戚,埋入这座山里的老人好像都会在这个时候回到故宅,一遍遍摩挲在世的痕迹。于是,伴随风声,桌台上的尘埃窸窣掉落,墙壁上贴着的纸张也发出扑簌声响。未关严实的门缝发出一阵接一阵的"吱吱呀呀"。他们走进走出,热闹也冷清。等时间再晚些,夜深到黎明之前,屋外就会传来野狗的叫唤。长长的几声吠叫,好像某种仪式结束的象征。

如果不是闻昭来敲门,钟影想,她会就这么盯着蛛网一直看、一直看。仿佛和那些熟悉的鬼神一起在周围游荡,然后在天亮之前,走出这间屋子,从此无根也无依地漂泊下去。

闻昭进来后没有说什么,只是抱住她,同她说要不要跟他一起回南州。钟影不说话,他就抱着她躺下,跟没看见枕头旁那盒药似的,另外找来枕头轻轻盖了上去。

"在看什么?"见她一直望着某个地方,闻昭语气轻松地问。

钟影指了指那圈蛛网。长久的绝望与痛苦,整夜的失眠,她的面色呈现一种灰败,好像阴影下的白瓷,浸透了苦水与潮气,轻轻一碰,细小的裂缝就会蔓延整个瓶身。

闻昭笑着说:"等明天送走妈妈,我们把这里打扫下好吗?"

他轻声询问钟影,好像在说一个十分日常的话题。

"这样以后妈妈带外婆回来,应该不会太生气。"他自顾自说着,仿佛事情就是如此,没有人真正离开,所有人都只是出了趟远门,他们只需要等在这里,按照他们的心意做好一切就好。

钟影没说话。

过了会儿,闻昭凑过来,额头抵着她的额角,埋进她鬓发的鼻息压抑又克制,他哑声,近乎哀求一般,对她说:"影影,理我下,求你了……我们不要看那里了好不好?你这样我真的害怕……"

说到后面，他都哽咽起来，伸手抱紧钟影，紧到不能再紧。滚烫的眼泪一颗颗掉进钟影的脖颈，好像灼热的火星。

渐渐地，眼泪蓄满钟影通红的眼眶。她像是溺水的人好不容易浮出水面，气竭力尽，胸口剧烈起伏，大颗泪水顺着面颊滑落，泪水模糊了视线，再也看不清。

她崩溃地哭着，片刻再也承受不住，扭头用力埋进了闻昭颈间。

"我没有妈妈了。"她呜咽着，说不了一句完整的话。

"我把我妈妈给你好不好？她会很爱你的，像爱我一样爱你。"闻昭再次收紧双臂，他的语气慌张又急促，生怕自己说慢一点，钟影就会不相信。

"她真的会很爱很爱你……"

闻昭重复着，一遍遍许诺，好像一个咒语，告诉钟影，永远都会有人来爱她——无关其他，不顾一切。

赵慧芬看到钟影的第一眼有点不可置信。

她的儿子从哪儿找的这么漂亮的姑娘？漂亮得像一幅画。钟影被她夸得不好意思，抬头看向闻昭。

两人毕业后结婚，新月湾的房子就是那个时候买的。平常都是赵慧芬过去看装修，闻昭不忙的时候，或者钟影下班时间早，也会过去看一下，然后一起跟着妈妈回家吃饭。周崇岩经常来蹭饭，他话多，捧哏似的，跟在闻昭后头，开头都是"哥你和嫂子带我吧"。

那段时间除了装修新房，赵慧芬还忙着给周崇岩找对象，偶尔也会拜托钟影看看身边有没有合适的姑娘。周崇岩跟重返青春期似的，叛逆得不得了，怎么都说不要，在饭桌上十分硬气，可回回都以被赵慧芬用筷子敲头收尾。有时候周父也会过来，他眼睛不好，看东西严重重影，医生说最好还是手术，他心里害怕，总是不答应，每次来都是一副心事重重的严肃模样。不过见自己儿子被揍，他倒是能乐几声。

后来的某天，也是一个晴朗的日子，上班的间隙中，钟影听程舒怡抱怨宋磊忙着升职，一周都见不到两面。钟影笑着宽慰，说以后会慢慢好的。闲聊的工夫，她脑子里闪过赵慧芬的嘱托，又想起今天下班早，可以和闻昭一起去新房看看。

赵慧芬电话打来的时候，她刚下课，班里的孩子年龄小，一口一个"钟老师"，十分可爱。她笑着同他们说再见，接起电话就听到赵慧芬惊慌失措的声音。

然后，天旋地转。

时间就一直静止在了那一刻，再也没往前走过一秒。

她一度感觉自己死掉了。任凭赵慧芬泣声哀求,她都不能做出一点反应，绝望到了谷底，好像又回到那间老屋，拿起了放在枕头边的药。

在心底做好准备的时候,她去琴行提交离职申请。

中午周崇岩突然打来电话,说嫂子你救救我吧。结果她赶过去一看,秦云敏抱着她哭个不停,说个不停,她都忘了琴行那边的事。第二天舅舅舅妈赶过来,听赵慧芬说了一下午,回到房间又抱着她哭。

钟影感觉有点奇怪,所有人都抱着她哭,她却怎么都哭不出来。

第二天,她瞒着所有人去了一趟春珈。

老宅许久没人来,蛛网结得更多。她还是坐在那间老屋里,盯着布满房顶角落的蛛网,有时候想妈妈,有时候想闻昭,想妈妈的时候掉眼泪,想闻昭的时候还是掉眼泪。仿佛只要她哭得再久一点,他们就会来到她身边。

可是空无一人。

蛛网似乎要结到身边,手臂都变得僵硬。

不知道过去多久,思绪已然变得麻木,肚子却忽然有些不舒服——怀孕的感觉好像这个时候才变得清晰。钟影低下头,一点点回神。过了会儿,她伸手轻轻抚摸腹部,心头歉疚地说:真的很对不起,妈妈太痛苦了,大概做不好一个母亲,你再考虑考虑好不好?

像是回应她的绝望,肚子一下变得安静,有种奇异的触感隔着肚皮一下又一下地抚摸她,轻柔又温暖。

大概是太温暖了,整个夜晚,她坐在屋子里,竟然都没感觉到一丝的寒意与疲惫。

天没亮的时候,秦云敏和赵慧芬就找了来,当然还有哭天抢地的程舒怡。她们三个围着她,摸摸她的头发,摸摸她的脸,又去摸她的肚子。钟影捂着脸哭了好一会儿,一会儿又笑起来,后来就是又哭又笑。

但情况并没有变得有多好。

她失眠得太厉害,胃口也不佳,倒不是孕吐,就是单纯吃不下。医生说再这样下去,对胎儿不好,但检查下来,闻琰好好的,她似乎铆足了劲要好好待在钟影肚子里,于是力所能及地乖巧,偶尔还能给钟影一点温柔的互动。

闻琰出生的时候,简直万众瞩目。程舒怡哭了全程,秦云敏和周崇岩抱在一起哭。赵慧芬就不用说了。

闻琰真的像一块美玉,光华璀璨,带来希望与生机。

钟影看着她,忽然觉得,时间或许可以伴随她的女儿一起往前走走。

此后的六年,她好像从泥淖里一点点抽身而出。

精疲力竭的痛苦从未消失过,有时候看着闻琰,她会想如果妈妈在、闻昭在,会怎么样。但这个问题不能多想一秒,只要多一秒,时间的蛛网就会从四面八方包裹住她,泣不成声的时候,氧气都变得稀薄。

…………
　　似乎过了很长时间，房门口的那束白光不知何时变得黯淡，晨曦从身后笼罩过来，雾一样的金色，带着些微热度。
　　钟影枯坐一宿，站起来时，腿脚都僵硬。她已经承受了两次失去，猝不及防，锥心刺骨，几乎要了她的命，她不想再承受第三次。
　　如果有第三次，闻琰怎么办？她已经没有母亲了，她不能让闻琰也没有母亲。
　　下意识地，钟影脑子里挣起一根弦，紧紧绷着她的太阳穴。一整晚倾泻的绝望与痛苦仿佛到此为止，四溢的湖水灌入蓄水池，那种溺水一样的感觉骤然间就这么隔在了透明玻璃后。
　　钟影注视着那头的惊涛骇浪，心底渐渐陷入从未有过的平静。
　　她转身朝卫生间走去。
　　镜子里的脸呈现出一种近乎死水的苍白，她洗了把脸，抬起头时，忽然发现头顶乌黑的发间有一丝银白。
　　她愣愣瞧着，回过神时已经抬手拔下。很细的一根白发，又细又软，这会儿躺在手心，镜灯再亮点，几乎就要看不见。
　　钟影把它扔进垃圾桶，动作很快地继续收拾了下自己。
　　客厅里，亮了整晚的顶灯如同将熄的烛火。破晓明亮的日光从外头笔直照射过来，刺得人眼睛都睁不开。
　　钟影在原地站了会儿，整个人有些恍惚。
　　好像时间在半夜过了数载，又好像还停留在昨天上午，她刚和裴决说完晚安。沙发上的手机除了午夜那通吴宜打来的电话，之后还有三个来自赵慧芬的，应该是想来安慰她。最近的几分钟，有四个电话，都是来自秦云敏。似乎赵慧芬和吴宜联系不上她，远隔千里的她们只好拜托秦云敏。
　　只是所有的消息都是空白的，人还是没有找到。
　　她盯着裴决的那栏信息，鬼使神差，抬手就拨了出去。
　　半分多钟的无人接听。
　　地板上的阳光一点点烧灼起来。
　　钟影放下手机，呼吸片刻后没忍住，她伸手捂住眼睛，泪水顷刻浸湿指缝，沿着手背和手腕淌下来，一滴滴地落到地面。心脏好像被人狠狠捏住，有那么一刻钟，罩在那头的玻璃罩子就要崩溃，前一刻蓄起的深水就要将她淹没。
　　她手足无措。
　　好像回到小时候，她坐在秋千架子上，日暮要归家，脚下的影子越来越浅，周遭都开始灰蒙蒙的。距离约定的时间已经过去好一阵，哥哥还是没来接她。班里的灯都关了，往回望的时候，黑漆漆的一片。只一眼，她再也不敢回头，心里越来越害怕，害怕哥哥出事，害怕自己就这么被忘记。慢慢地，眼泪就掉了下来。可是就这样掉眼泪会显得自己很脆弱。其实应该勇敢点，再等等，实在不行就去找哥哥，她不能什么都不做就在原地哭泣，于是她跳下秋千架。可往前走了两步，她又折返，最后，她站在秋千前，不知所措又狼狈不堪……所幸童年的自己从没有一次被哥哥遗忘。就算晚了，哥哥也不会晚太久，他会给她带好吃的，安慰多等了几分钟的妹妹。

钟影闭上眼，深吸口气，就这么坐了好长时间，眼泪克制了好几回，她才能够站起来去找点别的事做。

连续又急促的敲门声响起的时候，她坐在桌边，正要拿起勺子喝粥，嘴里干得发苦，握着勺子的手都有些不自然。

敲门声仿佛是口喘息——她不必再靠意志力去强行转移注意力。

"影影！"

"嫂子！"

是秦云敏和周崇岩。

他俩的表情仿佛见鬼了，说实话，有点好笑。

钟影给他们找了两双拖鞋，弯腰的时候，坐了一晚的僵硬腰背疼得她面色惨白。

秦云敏看出她的不对劲，眼泪"唰"地掉下来，毫无预兆，明明进门那会儿还一脸严肃，把周崇岩吓了一跳。他感觉自己像是回到了他哥刚走那阵，满屋子的女人都在哭。嫂子哭，干妈也哭，云敏哭，后来的程小姐也哭。

"影影……"

秦云敏一把抱住钟影，感受到钟影身上近乎冰凉的触感，她的心头一阵后怕，搂得更紧。

她见过闻昭去世后钟影崩溃的状态，这个时候，她更加害怕。来的路上她一直都在想万一真发生了什么怎么办。裴决到现在还没消息，这一分一秒，钟影又该怎么熬。

钟影被她死死抱着，眼眶很快也红了。

"吴阿姨说打不通你的电话，我真的吓死了……"秦云敏哽咽，连声道，"肯定会没事的。影影，一定会没事的。"

钟影望着她点点头，没说话。

已经过去六个多小时，除了后来那几通没有接到的电话，吴宜再也没打过电话来。她是裴决的母亲，眼下只会一样煎熬。

秦云敏陪钟影吃了早餐。看得出来，钟影一夜没合眼。秦云敏还想陪她睡一会儿，可她根本睡不着，秦云敏就同她有一搭没一搭地说着话。中午的时候，周崇岩偷偷出去打了个电话，回来朝秦云敏摇了摇头，口型是"还没找到"。

一早匆匆赶来的路上,秦云敏就问过吴宜这样的情况多吗。吴宜说极少,几乎就没有过。因为在客机购入的程序里,所有试飞的型号必须都是各个机长最熟悉的,就算有改动,也不会涉及那些试飞的项目。电话里,吴宜的声音疲惫而苍老,屡屡停歇。她似乎有些不明白,为什么这样的事会落到她的儿子身上。她对秦云敏说消息中断的两个小时内就已经有巡航的飞机出去找人了,但过去这么久,还是没有一点消息。

秦云敏看着面色凝重的周崇岩,心口一阵接一阵地发凉,慢慢地,整个身体都有些控制不住地颤抖。与秦云敏相比,钟影倒像是老僧入定。简单吃了早餐后,她还是一直坐着,看上去像在走神,没人知道她在想什么。但有那么一会儿,秦云敏觉得她快支撑不下去了。

临近傍晚,闻琰打来视频,小姑娘在那头无忧无虑。她开启了新的一天,和往常一样,在镜头前笑着和妈妈说早安。

"妈妈,昨天Fabian老师夸我了,说我善于观察、善于表达。Be good at(善于)!"

闻琰笑眯眯地重复,虽然接受夸奖的时候她很谦虚,但这会儿在钟影面前,她好像备受宠爱的骄傲公主,昂首挺胸,等着钟影再给她戴上一顶妈妈牌王冠,那将是真正的无上荣耀。

钟影弯起嘴角:"老师还说什么了吗?"

她的语气和神情同以往没什么两样,状态甚至比几个小时前还好点,似乎在闻琰这里汲取了一些勇气和力量。

闻琰歪头回忆。

视频边缘,陈知让做贼似的顺着桌沿小心翼翼地挪过来,眼神担忧地瞧了两眼钟影。相比被蒙在鼓里的闻琰,他似乎知道些什么,但默契地,他和身后沉默的赵慧芬一样,都没有表露任何。

"哦!"公主眼睛一亮,冲着钟影笑道,"Fabian老师说我很有自己的想法!虽然陈知让说我是不遵守纪律——"

话音未落,凑在边上的陈知让扭头就道:"我没有说你不遵守纪律。我是说,最好还是要遵守纪律,不然老师会觉得你在找碴。"

闻琰不以为然:"我就是觉得他把男生和女生分开来测验很不好。"

"对,是不好。但已经这样了,你再举手说,老师会不高兴的。"陈知让苦口婆心。

"你可以不用说但。"闻琰瞪眼。

陈知让:"你真的很霸道。"

闻琰:"那是因为你没有自己的看法,所以觉得别人霸道。"

陈知让哑口,半晌无语:"……你说得对。"

闻琰:"你表情再凶点,我就当真了。"

他俩在视频里吵着,赵慧芬注视着钟影,钟影朝她轻轻摇了摇头。赵慧芬便叹了口气,站起来往一旁去了。秦云敏看着闻琰和陈知让,又去看身旁笑意浅淡的钟影,忽然希望这个视频永远不要挂断。

那边叽叽喳喳说着话,突然,吴宜的电话出现在屏幕上方。

钟影愣住,心口仿佛再度被狠狠攥住。下一秒,视频里,赵慧芬去而复返,远远朝钟影笑起来。

蓦地,秦云敏意识到什么,没忍住,当着闻琰的面直接捂脸哭了出来。钟影接通电话,听到吴宜同样哽咽的嗓音,一下也红了眼眶。

裴决没有出事。他身边一位叫徐桉的同事意外受了伤。

两人第一时间就发现了信号意外中断。按照既定的安排,徐桉去客舱调用另外的信号接收器,但因为是新机,他操作起来还是花了点工夫,只是接收器还没连通,他一个手滑,直接开了一侧的襟翼。襟翼是辅助飞机在低速爬升阶段提高升力用的,而在三千多米的巡航高度上打开襟翼是一件极其危险的事。飞机很快产生剧烈颠簸。驾驶舱的裴决还没反应过来,吓呆了的徐桉反手又给摁了回去,这下直接造成飞机失速下坠,徐桉整个人被撞飞了出去,多根肋骨断裂。

之后整整三分多钟,卡秒接收到失速预警的自动驾驶才将飞机一点点拉回巡航高度。电光石火的一瞬,裴决忽然想起那次在香港和段启淮他们的碰面,在饭桌上他们还聊过同样的事故。那个时候,他的妹妹心惊胆战地望着他,真是吓坏了。

客舱通信已经完全损毁,裴决算了下时间,这个时候他们的信号中断应该已经被察觉,肯定会有巡航机出来找他们。只是徐桉状态太差,胸壁塌陷严重。飞机只能半途迫降,但由于地点实在偏僻,已经临界州际自然保护区,这也直接导致巡航搜救的飞机找了十多个小时没找到人。

视频那头,闻琰傻了。

小姑娘见妈妈眼睛里冒出眼泪,顿时着急起来:"呜——妈妈——"小姑娘拿起手机,凑到屏幕上,伤心得小脸垮下来,眼看也要掉眼泪。

陈知让赶紧伸出两手抱住她,嘴上"嘘嘘"地轻声安慰,小声又秘密地说:"我一会儿告诉你。闻琰,你别急……一会儿就告诉你。"

闻琰睁大眼,扭头毫不留情地瞪他:"你知道什么事?"

陈知让卡住,他对闻琰的怒意有种后知后觉的害怕,犹豫半响又谨慎道:"大概知道……一点点,就一点点,没有很多。"

闻琰被他气出眼泪:"你不告诉我!"

陈知让慌到脸都白了,捏起袖子就给人擦眼泪:"没有不告诉你,你别哭啊……"

好一会儿，视频两边都是兵荒马乱的。

钟影被秦云敏抱着，在这场有惊无险的突发事故里，似乎所有人，除她以外，都体会到了虚惊一场带来的深刻喜悦。她被裹挟着，许久没有作声。好像冬夜里疲惫的旅人，长途跋涉后找到了一个短暂的休息点，她坐下来喝了杯茶，外面却还是一片白雪茫茫。

钟影接到裴决电话的时候，时间又过去了两个多小时。

那个时候，秦云敏已经被范婧劝了回去。她担心秦云敏情绪波动太大对身体不好。后来，周崇岩又驱车过来了一趟，带来三个还热着的保温饭盒，说是范婧嘱托的，让钟影务必全部吃完。

钟影就一个人坐在餐桌边吃了快一个多小时。一整天下来，除了那几口早饭，她胃里什么都没有。范婧似乎知道她胃口不好，便都是些好消化又开胃的汤水和蒸煮。她一口口吃着，因为是在夏天，饭食冷得慢，后来倒也吃进去不少。

手机上显示"裴决"两个字的时候，她正在洗饭盒，手上全是泡沫，脑子里还是一阵接一阵地走神。其实多数时候她也不知道自己在想什么，但似乎那些隔在玻璃罩子里的水还是一遍遍地习惯性淹没她的思绪。

电话接通的一瞬，旷野里呼啸的风声就传到钟影耳旁。

裴决还在飞机迫降的地点，他得留下来接受进一步的事故调查和相关的事件陈述。好一会儿，电话那头，他的呼吸陷入周遭的嘈杂人声，早就冷静下来的心脏仿佛这一刻又在胸膛里急剧跳动。他也不知道自己在心慌什么。照理这样的劫后余生，他应该表达出一点喜悦和宽慰。

但是他没有。

也许是电话那头钟影的沉默。他太了解她了，几乎就像了解自己一样。他听着她漫长的沉默，仿佛在体会那一分一秒席卷她心底的长久的恐惧与担忧。

好几分钟，两个人都没有说话。

慢慢地，不知道裴决往哪里走了走。风声忽然变得温和，他的气息也变得清晰，似乎就在身侧。

裴决的语气分外温和，他先是叫她的小名"影影"，然后等她给出回应。

钟影还是没有说话。

她低头看着手上的泡沫，手心很滑，什么都握不住。

没等到钟影说话，裴决的语气更低，他问她："影影，晚饭吃了什么？"

话音刚落，钟影湿漉漉的手心握紧了水槽边缘，猛地哽咽出声。

她哭得很伤心。

裴决站在风里，有那么几秒，心脏好像被浸湿，胸腔沉闷，动也动不了。

朝阳从地平线的一端跃出，直升机上巨大的旋翼搅起旷野里无边的风，挟着晨雾四处游荡。

"不要哭。"

裴决低声,握紧手机,嗓音有些哑。

电话那头的声音低下去,她轻声呜咽,慢慢也平静下来。只是她的平静如同一场大雪覆盖在裴决心头,酷暑的夏日里,好像怎么都不会化开。

五天后,裴决处理完大部分后续调查仓促回国。但这个时间对他来说还是太过漫长,太过煎熬。钟影的状态不是特别好,从电话里他能听得出来。

她似乎有些应激。

经历了两次突然的失去,每次都像是剖开她的心口,但对钟影来说,痛苦的还不只是那一刻,往后岁岁年年,就像一道永远不会愈合的伤口,念头闪过的一瞬都是痛彻心扉的。

于是,那天之后,午夜时分骤然的清醒与噩梦便习惯性地来到她身边。她必须把手机拿出来,一遍遍仔细地看看时间和信息,才能平复几近窒息的呼吸短促。

中途吴宜从英国赶去美国。

她是东捷的董事长。这次意外直接导致购入失败。更重要的是,东捷集团内的安全事务司直接提告,要追溯此前所有的机型购入程序和安全性能检查——这一举将东捷推向了国内航空领域的风口浪尖。

这还不是最迫在眉睫的。此次购入失败,制造商只承诺赔偿合同上的百分之六十。他们的意思很明确,这是一次人为操作失误造成的可避免的意外。这百分之六十,属于该由他们承担的信号问题,其余另谈。很快,法务介入,在前后的因果关系上提供了充分的证据链。只是这场官司要打的话,需要遵循联邦州内的司法程序,耗时缓慢不说,程序也繁冗。吴宜不放心,一度希望裴决能够留下来,可她看儿子心思不在这里,只能提前放他回去。

钟影在机场接到裴决的时候,本来以为过去这么多天,她不会再哭,可看到风尘仆仆、面色严肃的哥哥,她还是忍不住掉眼泪。

她不作声,以为裴决还没看见自己,站在人群里,低头快速地抹眼泪。

真是和小时候一模一样。裴决一眼瞧见,心都要碎了。

他大步过去拥她进怀,先是用力亲了好几下她的发顶,然后低头弯腰仔细去看她的表情。他知道她睡不好,这么些天下来,脸已经不是小一圈那么简单了,她好像变得比三月份见面那会儿还要脆弱单薄,一双眼红通通的,望着他有种不知如何是好的勉强与克制。

两个人都没说话。

裴决轻轻摸了摸她的面颊,然后去擦她鼻尖的泪水,注视她的漆黑眼瞳好像沉默的深渊。他的担忧似乎并不比她少，只是他的情绪要更克制。

毕竟还是在人潮汹涌的机场，身边来来往往。钟影稍稍偏过脸，动了动嘴唇，想说什么，下一秒，嘴唇就被吻住。咸涩的泪水还残留在嘴角，她的嘴唇被撬开，裴决吻得不算深，但足够久。

他们没有回新月湾，而是去了距离更近的栖湖道。只是二十分钟的车程，拥抱的时间还是太少。车外，午夜的风带着南州夏日特有的干燥触感，它们持续地拂在脸上，泪水被吹干，心间的缺口却好像越来越大。

两个人始终没有说话。

言语似乎成了这世上最无用的东西，他们亲吻拥抱，无数个瞬间，都能找到彼此心有灵犀的痕迹。

门关上发出"咔嗒"的轻响。

裴决揽着钟影，望进她还有些红的眼睛。两人身后，月光映入偌大的客厅，仿佛倾泻的银白沙砾。

他的吻落在她的眼睛和鼻尖，抵唇的时候，裴决闷声道："对不起。"

钟影用力抱住他，抬头亲吻他干涩的嘴唇。

4

"在想什么？"

沙发上的空间不算窄，一个人躺着绰绰有余。可裴决硬要同妹妹挤，钟影面对着沙发背，鼻尖都快蹭上，莫名感觉自己在面壁。她抿起嘴角不作声地笑，好一会儿，脑子里都在想小时候的事。

小时候的裴决哪会这么挤她。公交车上只有一个位置，他护着妹妹坐好。即使妹妹能让出好大一块地方和他一起坐，他也坚决不坐。少年裴决冷着张脸，警惕地环顾四周，看谁敢挤妹妹，就连他自己也不可以。

可现在长大了，偶尔他还能把妹妹挤哭。

万籁俱寂的午夜，一丁点响动都变得无比清晰。

栖湖道本就处于南州较偏的方位，露台上的热风一阵接一阵，递来蓝山湖水湿润的气息。

钟影不说话，裴决也不好再打扰一遍，但他小动作很多，一会儿揉揉她搁在胸前纤细的手腕骨，一会儿低头啄吻她裸露的肩颈。

钟影闭着眼，被他弄得缩了缩肩膀，弯起唇角忍不住笑出声。

裴决也笑，装作无事发生地询问："怎么了？"他的气息已经移到钟影耳旁，比盛夏午夜的风还要潮湿鼓噪。钟影刚偏了下头，他就追过去亲。两个人紧紧挨着，没多时，原本挤得不行的沙发就空出了好大一片。

折腾下来，天都快亮了，晨光朦胧，光线被过度稀释，溢出窗帘的边缘，似乎刚拂晓。

身体是疲惫的，脑袋却和之前几个夜晚一样，清醒又平静。钟影睁开眼注视着裴决，他已经睡熟。看得出来，他这段时间真的很忙，也是真的心力交瘁。钟影无法想象那一趟鬼门关他是怎么过来的，心头好像被啃噬，细微的酸痛一点点爬上她的心间。

她看了他许久。

爱人的眉眼永远都是清晰的。

钟影感觉自己在经历一场漫长的后遗症。那几个瞬间，被生生剜掉的心口仿佛永远也不会愈合。等潮湿的雨季到来，再一遍遍地痛彻心扉。

"在看什么？"

忽然，裴决的声音响起，他没立即睁眼，嘴角的弧度却十分清晰。

钟影以为他睡着了，闻言微微一愣。她陷入思绪太久，此刻都不知作何反应。

见钟影不说话，裴决睁开眼注视她。她的嘴唇还是一副亲得娇艳的样子，面颊透着潮晕的绯红，只是望进他眼里的眸子却分外安静，好像浸在水底的玻璃珠，又清又亮。

没来由地，裴决胸口蓦地一空，下意识去吻她的嘴唇，担忧地轻声问："影影，睡不着吗？"

钟影摇了摇头，没说什么，抱住他，额头轻轻抵上他的肩膀。其实这段时间都是这样——午夜惊醒，之后便是长久的失眠和心慌。

她慢慢想，总是会过去的。可能等时间长点就好了。

裴决轻轻拍着她的背，过了会儿，笑着说："我拍拍你，是不是——"

话音未落，感受到肩头的歪蹭，这一秒，怀里的人才彻底睡去。

这一觉睡到傍晚时分。

钟影醒来时身边没有人，不过奇怪的是，她觉得自己好像被裹成了一个茧。卧室内空调温度适中，她被仔细裹在薄被里，竟然都有些热。两只靠枕一左一右环绕着她的脑袋，她最喜欢的那只此刻正挨着她的肚子。

裴决好像出去觅食的雄鸟，临走给妹妹筑巢，一丝不苟。钟影很难想象他这么摆弄的时候脸上是什么神情。

外面隐约有说话的声音，钟影在床边坐了会儿，睡得晚起得也晚，作息不规律，现下脑子都成糨糊。

半响，她起身走到门边，正巧听到物业负责人离开时殷勤又周到的告别。没多时，餐桌前就传来碗碟摆放的轻微声响。估计再等一会儿，裴决就要来叫她起床了。

她收拾好出去，裴决已经不在客厅，似乎在厨房忙什么。

落地窗开着，暮色里晚风徐徐。炖煮的"咕咚"声从身后慢吞吞地传来，听着有些黏稠，扑鼻的香味却是清爽又鲜甜。钟影走到桌前，是一锅毋米海鲜粥，一锅的食材尤为新鲜，白贝开了壳，鲜香四溢，米汤锅底，绵软滑糯，在炎风热夏的季候里倒是十分清火。

她坐下来，先往碗里舀了一勺，低头要喝的时候，耳旁传来裴决的笑声："小时候吃饭总要叫，长大了就是好。"

他手里是一瓶刚开的红酒，正要醒酒，估计也是闻声出来瞧。

钟影笑着不说话，低头慢慢喝粥。

米汤清爽开胃，她一口气喝了两碗。裴决知道她是饿了，倒了杯红酒，坐在一边陪她吃。

他中午那会儿就起了。看了看大洋彼岸吴宜发来的官司文件，又和段启淮聊了下事故经过。段启淮语气里全是谢天谢地谢兄弟，说已经在家给他烧了三天高香。只是话音未落，那边就传来郑苓笑着骂他胡说八道的声音。

下午的时候，他出门去机场，昨天午夜回来得晚，有些文件还是要专门去交接下。只是不知为何，出门的时候他总不放心，也许是睡前妹妹看自己的眼神让他做什么都心神不宁。于是，半途他又折返回去，绕着床转了圈，见妹妹孤零零地缩在边上，便把妹妹抱起来挪到正中，然后拿起所有的靠枕通通给妹妹用上——像极了两岁半的时候，因为不放心，他把摇篮里的妹妹严严实实地藏在窗帘后面，大人找得急死，他一个人慢慢悠悠地从隔壁屋回来，气定神闲，手上还颇为小心地攥着一条干净温热的擦嘴毛巾。

秦云敏后天领证，之后在饭店里会有个小小的宴会，专请一些亲近的亲戚朋友。

两人打算明天等钟影下班，一起去商场看看，挑挑礼物。

裴决想起吴宜很久前参加婚宴，托好友寻了一对名为"好事成双、岁岁年年"的金玉镯。他找出当年的照片给钟影看。

礼盒上的字样十分显眼，钟影笑着说："这家店在南州有分店，明天我们也去看看？"

裴决点头："好。"

但那到底是几年前的旧款了。

喜笑颜开的店长绕过柜台，说今年有新款，也叫"好事成双"，不过后面不是"岁岁年年"，而是"和和美美"。

头顶光线明亮，笔直照射下来，手镯上的细腻纹理与精巧设计相得益彰，莲花、莲子栩栩如生，象征着再明显不过的"荷美"。

"其实这对镯子还有串可以一起搭配的项链。只是买镯子的人比较多，毕竟是一对……"

店长同他们介绍，语气欢快："往年也有客人和您一样，来找岁岁年年。那款可是我们六十周年的珍藏版，现在二手的都要翻三倍——"店长朝他俩夸张地摆了摆手，接着又道，"不过和和美美也挺好听，是不是？"

钟影下意识道："其实都很好。"

裴决转头，笑着对她说："我也觉得……其实，到时候，岁岁年年可以定制，再加一套和和美美？"

说完，他看着钟影，脸上笑意更加明显，他的"到时候"只有他们两人明白。

店长的表情已经不是惊喜了，而是狂喜。和裴决一起看向钟影的时候，他似乎在用意念拼命催动钟影张开嘴说"好"。

钟影被裴决瞧得脸红，没说话。她不说话，裴决也知趣，转开脸装作没什么事的样子，问道："哪里结账？"

店长殷勤地转身引路，临走，朝一旁的同事使了个眼色，似乎是希望同事能劝一劝钟影，赶紧"到时候"。

因为不是周末，商场里的人并不多。

周遭空旷，近处的玻璃展柜好像一个个晶莹剔透的宝箱，等待着心有所属的人相约前来。

店员见钟影低头挨个看，便额外挑了些款式别致的耳坠、手链和项链——摆放出来，寓意都很好——万事如意，喜上眉梢，并蒂同心。

见钟影瞧得仔细，店员笑着说："小姐是不是也在备婚？其实可以看看这套并蒂同心。买的人挺多，不需要额外定制，还会附赠一双龙凤喜珠，日常佩戴也很好看。"

见钟影没立即说什么，店员又指了指裴决刚定下的那款，犹豫着道："小姐是觉得和美不好吗？"

钟影摇头："没有，确实是很好的寓意。"

说完，她看向不远处裴决的身影。

岁岁年年、和和美美，其实这都只是商家的噱头，她不必想太多。只是，如果再给她一次机会，又只能选一样的话，那她什么也不想要了。

那种竭尽全力爱一个人，又失去一个人的感受，她再也承受不了。

秦云敏拉着钟影进房间，笑着说："先给你透个底。"

她今天还是化了淡妆，眉眼温润。这段时间范婧在身边无微不至地照顾她，孕吐好转后，她整个人眼见着气色好了不少，珠圆玉润。

钟影也笑："什么？"

"婚期定在十二月，我妈找人算的。到时候你和裴决一个伴娘一个伴郎。"

钟影愣了下，想起什么，正要说话，秦云敏飞快道："崇岩说他无所谓。"

两姐妹说着话，周崇岩过来敲门："云敏。"

他们要出发去饭店和亲戚朋友一起吃饭了。

秦云敏扬声应了句，转身走到梳妆台旁，拿出一个看着就厚的红包，笑着递给钟影："你和裴决都有。估计裴决那个早上你们到的时候我妈就给了……我妈说你俩也得加快，让我赶紧包好给你。"

钟影没接。

秦云敏以为她没反应过来，又往她怀里送了送，语气喜悦："快拿着。"

钟影在床边坐下，许久没吭声。

房间安静下来。

秦云敏意识到什么，一下就慌了。她朝关着的门看了看，先是走过去锁了门，然后又走到梳妆台前，拿起手机给周崇岩发了条信息。放下手机时，这段时间发生的一切似潮水涌进大脑，某个担忧似乎清晰了许多，她没转身，背朝安静坐在床边的妹妹，渐渐地，感觉身体都在发凉。

半晌，传来低哽咽的声音："影……"

她只叫了声钟影的名字，没再说下去，好像她已经明白钟影的决定。

但她还是理智地抹了下眼睛："这样对裴决太残忍了。"

意外地，钟影点了点头，嘴唇微动，轻声道："我知道。"

似乎这段时间，她也一直在想这个。

"要是这样，你们就再也不可能了。"心口仿佛被什么狠狠刺入，秦云敏猝不及防地哭出声，但她很快捂住了嘴，肩膀剧烈颤抖起来。

钟影垂下头，眼泪蓄满眼眶："我知道。"

秦云敏没再说话。

八月初，盛夏的光影里已经有了秋日辽阔的气息，途经的鸟雀开始稀少，预示着一场季候的迁徙逐渐拉开帷幕。

不知道过去多久，秦云敏抽出张纸巾擤了擤鼻子，慢慢转过身，红着眼注视低头坐在床边的妹妹。

她好像觉得自己犯了错，沉默着一声不吭，似乎谁都可以上前指责她一句。整个人虚弱又单薄，心口的深渊暴露出来，她站在边缘，一点风吹草动都可以将她推下去。

秦云敏上前抱住钟影，亲了亲她的头发和额头，开口还是忍不住哭："没事的，影。姐姐知道，没事没事……都会好的。"

秦云敏一遍遍安慰着她，就像当年秦苒离开、闻昭离开一样。

只是钟影没有像之前两次一样点头应下，她埋在姐姐怀里，摇了摇头，说："云姐，一直都是这样。"

她说一直都是这样。

秦云敏再也忍不住，眼泪喷涌而出。

时间的蛛网早就在那个夜晚将钟影捆缚，无关闻昭后来做了什么。

雪也一直在下。

心口剜掉的肉就是剜掉了。

没有办法，一直都是这样。

钟影想，留在原地其实也很好。她不用再战战兢兢地恐惧某个相似的瞬间袭来。那会杀死她的。

相比心疼到崩溃的秦云敏，钟影却越来越平静，她甚至还站起来走到梳妆台前抽了两张纸巾给姐姐擦眼泪。

两姐妹抱着坐了会儿，都没有说话。

许久，桌上的手机"嗡嗡"振动起来。秦云敏好像大梦初醒，坐直了，看着钟影湿润的眼瞳，起身去拿起手机。

看完信息，她忽然扭头，神情震惊，目光朝向关闭的门，喃喃："崇岩说，裴决也一直没到。"

"怎么又要哭？"

裴决在钟影面前坐下，屈指轻轻碰了碰她眼下。

他想起失联后接通的第一个电话，她在电话那头泣不成声，他远隔千里却无法触碰。眼下，他们近在咫尺，却又好像无端生出了些许距离。

钟影握住他的手腕，有点用力，以至于裴决的脸上出现了片刻的怔愣。

许久，他没再说下去。

那个时候，收到周崇岩的消息，秦云敏过去开门，裴决并不在门边。他背朝着房门站在不远处的阳台，没什么声响。秦云敏决定先一步离开，只是临走她还是有些受不住，眼泪一阵接一阵，大概孕期的女人情绪就是会这样。不知道一会儿她要怎么和家人解释。

窗外树梢静谧，阳光璀璨又斑驳。

"我只听到云姐说不要对我太残忍。"半晌，裴决低声道。

闻言，钟影的眼眶再次蓄满泪水。只是这次她根本控制不住，眼泪很快溢出来，一颗颗往下掉。

裴决拿她没有办法，看着她，叹了口气，另一只手将人揽进怀里，低声："影影，还记得我和你说过的吗？你怎么样都好。"

时隔几个月，这句话好像才算是彻底应验。

钟影死死握着裴决的手腕，哭到上气不接下气。裴决生怕她哭晕过去，只能轻轻抱着她，耐心地拍着她的背。

不知道从哪一刻起，他又回到了再熟悉不过的兄长位置，坚定地支持她，无条件地偏爱着她。

"后来在外面，我就在想，是不是我哪里做错了。"

钟影在他怀里摇头，呜咽："不是的……"

裴决摸了摸她的后脑勺，笑了下："应该是有的，不然你怎么会这么难过。"

有些事在脑子里翻来覆去，从重逢开始，再到香港之旅，然后是不久前的意外和眼下的戛然而止，裴决想，他到底哪一步做错了？

可能一开始就做错了，他不应该想要妹妹喜欢他的。

也许当年的那句话不是凭空而来，钟振最后那句恶毒之语也不是没有缘由——钟影确实永远都不会喜欢他。

这像个咒语，告诉他，无论如何，对闻昭而言轻而易举的事，于他，就是百般波折，求而不得。

而且他本不该——

他的妹妹已经失去了太多，他不该再从她心里讨要任何。她从小就与他相伴相依，这其实已经足够，他也不应该再奢求任何。

"别哭。"

裴决松开钟影，见她眼泪不停，便起身往一旁找纸巾。

钟影猛地拉住他的手，哽咽："对不起……"

钟影的手冰凉，握着他，好像小时候握着哥哥的手，心里就是无比笃定，笃定哥哥永远不会放开她。可现在，当她要放手的时候，小时候的自己就这么猛地从心底冲了出来，哭天喊地，死命叫着哥哥。

裴决背朝她，一下眼眶也红了，心脏仿佛被她死死攥着，动弹不得。

他转过身，在钟影面前蹲下，抬头仔细瞧着她。她脸上的泪水已成泛滥之势，浸湿了下巴。

他真的是无可奈何了，微红的眼底浮现无奈的笑意。他伸手给她抹眼泪，手心沾湿了，就换手背。

"不要哭了。影影。"

"分手有什么好哭的。"

回到了兄长的位置，他的劝慰也自然。一如年少时的相伴，他心疼她每次的破碎，爱护她的自尊与无言，他的心永远都为她柔软。

"影影，还想要什么，告诉我，我都给你。"

喜欢也好，爱也好，不喜欢也好，不爱也好，都可以。

谁让她是妹妹。

从小到大，都是这样。

她只要哭一哭，再像这样哭久点、伤心点，他的脑子里就什么都没有了。

5

"怎么会这样……"

饭席间,范婧坐在女儿身旁,听到钟影和裴决没来的缘由,忍不住叹了口气。

秦云敏一下又有点鼻酸,抽了张纸巾捏在手里,开口还是不稳:"她孤零零地坐在那里,也不接红包……妈,你知道我脑子里一下就想到什么了吗?"

见女儿这样,范婧心疼地摸了摸她的头:"想到什么?"

"干妈说,闻昭走的那阵儿,她寸步不离地跟在影影身边,生怕影影想不开。后来影影一个人跑到春珈,坐在奶奶屋里……"秦云敏的眼泪掉了出来,再次哽咽,"就像那个时候,一模一样……"

一番话说得范婧眼睛也红了,她转过头,抬手抹了抹眼睛。

"那天我们都以为裴决没事就好了。现在想想,影影应该还是很害怕。我把她一个人丢在家里,她晚上肯定睡不好。"秦云敏低下头,一边哭一边擦眼泪。

"好了好了。"范婧不忍心女儿这样难受,转开话题,"裴决怎么说?从小一起长大的情分,就算分开,他们也不会不来往吧。"

秦云敏摇头:"不知道……但影影肯定会像之前离开宁江那样,自己一个人躲起来,对什么都不闻不问。"

想起钟影的性格,范婧叹了口气,忍不住说:"幸好她还有个女儿。"

秦云敏一下又没忍住,哭得更厉害。可能是自己也即将为人母,所以她更能体会钟影的痛苦与煎熬。

"老婆……"

一旁,周崇岩小心翼翼地挪过来,看看范婧,又去看埋头擦眼泪的秦云敏,想了想说:"嫂子肯定会没事的。我哥会保佑她的。"他说得笃定。

"我哥最疼她了。以前在球队,我不小心拿球砸到嫂子,其实就是轻轻碰了下,我哥差点没把我打死。"

秦云敏没忍住,一下又笑出声。

见秦云敏笑了,周崇岩也笑了下,又说:"以前球队聚餐的时候,我哥吃饭都喜欢盯着嫂子看。虽然嫂子长得好看,但我哥那样子,真是没眼看。"说完,他抖了下肩,忍不住喷声。

见状,范婧也笑,又叹息着说:"这孩子就是被吓到了。

"分手就分手吧。"

她转眼去瞧酒桌上和一帮她不是很喜欢的宁江亲戚你来我往、喝得满脸通红的秦荣,语气莫名冷静:"一个人还清净。她带着个那么乖巧的女儿,谁不羡慕。"

"妈。"秦云敏扶额。

事情仿佛就这样尘埃落定。

八月中旬的天气渐渐稳定下来,白天里,热度不像七月那会儿烧灼干燥,入秋前的光景怡人又舒适。

范婧、秦云敏带着钟影去了趟春珈。周崇岩负责接送,到了老屋,他帮着里里外外打扫了遍,然后陪她们仨去山上看了看钟影的母亲和外婆。

山里温差更明显些。

阳光透过层层密密的枝叶像沙砾一样落下来,映在深色石阶和树干上,好像细碎的透明羽毛。路过水库,一行人坐下来休息。空气是真的好,只是这片没了遮挡,水库里的鱼都躲在阴处,好一会儿才瞧见一两条摆着尾巴游窜的。

钟影坐在边上,抱着膝盖,望着脚下波光粼粼的水影,神情温和。

秦云敏转头看她,欲言又止。

见表姐忽然不吭声,钟影扭头,对上秦云敏纠结的视线,笑着说:"别这样看我。"

秦云敏有点气:"你不知道我为什么这么看你吗?"

这下,换钟影不说话了。

她不说话,谁都拿她没办法。

过了会儿,一条鱼冷不丁地窜出,留下一弧斑斓又澄澈的鱼尾水纹。

钟影盯着那道徐徐散开的波纹,轻声:"那天他说他先回去……后来就没联系了。"

闻言,秦云敏捕捉到什么,皱眉问:"裴决直接回去的?"

她语气里的疑惑太明显,钟影一愣,转头朝表姐点点头:"嗯,他是这么说的。"

"可后来崇岩和我说,他开车回来的时候,在车库还看到裴决的车了。"

钟影愣住。

"那都有两三个小时了吧。"秦云敏叹气,却没再说下去。

没人知道那几个小时里裴决在车库干什么。

大概只有他自己知道。

其实左右也不过是进到车里的时候,他忽然发现口袋里装着的红包,那是范婧使劲塞他手里的,说让他也抓紧。

于是,裴决坐在车里,拿出红包放到一边。

过了会儿,他低头靠上方向盘,像当年在医院一样,面对着阴沉却迟迟不落雨的窗外,一个人捂脸哭了许久。

吴宜是一周后才知道裴决回了深州。

奇了怪了,她这个儿子早就谈恋爱谈到自己姓什么都忘了,怎么会记得在深州还有一个家?

不过转念,吴宜又惊喜地想,他一定是带影影回来了。

带影影回来看爸妈意味着什么?这还用说?吴宜喜不自胜。

不过她没留意最关键的信息,就是裴新泊也知道裴决回来了,但这一周,裴总同她说早安晚安,在这件事上却死活一声不吭。

吴宜立即打电话给管家何叔。

何叔一接通就知道怎么回事,欲言又止。

"裴决在家?"

"是的……"

吴宜:"影影也来了?"

何叔委婉:"那倒没见着。"

吴宜:"他什么时候回来的?"

何叔:"一周前。"

"他回来一周了?"吴宜难以置信,"他在干什么?"

电话那边的何叔顿了顿:"小刘没和您说吗?"

这话一听就不妙。

吴宜沉下语气:"老何,不许偏袒,实话实说,他这一周都在干什么?"

何叔无奈:"打游戏。"

完蛋。

这种现象只出现过两次。

一次是得知影影和闻昭交往。他没日没夜地打了三天游戏。

一次是影影不要他,离开宁江。那次如果不是吴宜摔坏了他的游戏手柄,他估计还在操纵着他的孤独小马浪迹天涯呢。

…………

和何叔的电话刚挂断,吴宜就给裴新泊打了通越洋电话,就在他准备出发去会议厅的前五分钟。

裴新泊站在办公室门口,低头看着手机,脑海里快速过了遍这几日开的会,虽然有些焦头烂额,但还算可控——这次集团内部由安全事务司"自爆"引发的股价大跌和舆论风波,虽然"如愿"请来了深州民航管理局派驻的工作组,但到底没有针对性地缩减航线,不然真是雪上加霜。可集团那批拱火的人还是明里暗里要求东捷彻底放弃起家的航空资本,转而投向国内其他回报率更高、更具安全性的产业。

余光里,总务秘书小刘笑容标准,两秒后,凑上来对裴新泊说:"吴总大概是想问裴先生的事。"

裴新泊点点头:"小刘,我待你不薄吧?怎么后脚就把我卖了?"

小刘乐了:"瞧您说的,东捷又不是您一个人的,我领着两份工资呢。"

裴新泊一边接通电话，一边道："下个月我的这份你就别拿了。"
"小宜——哎，是的是的……他上班也辛苦，飞来飞去的，打一会儿游——你别急，别急，我这就让小刘回去没收！"
裴总顺风转舵，很有眼力见。
吴宜大概也能猜到怎么回事，寻思着找时间问问赵慧芬。不过在此之前，她还是打算先回国一趟和自己儿子谈谈。然后夫妻俩的话题又转到了别处——
"你那边怎么说？确定没有说缩减航线吧？"
裴新泊看了眼时间，一边快步往会议厅去，一边压低声音："没有。我们给的材料很清楚，你放心。你那边官司怎么样？"
"州条款太复杂了，Frank又是个滑头，制造商的文件一直给我拖着！"吴宜发愁，"我打算再请一批律师，不然过年都没法回来。你帮我看看国内有没有做过类似案件的事务所，主要针对机械工程违规制造的，尽快，九月底我要交第一批材料。"
裴新泊点点头："没问题，交给小刘。"
挂了电话，裴新泊转头对小刘说："帮吴总找找国内打过机械工程违规方面官司的律师事务所，找靠谱的，多查查——记得让吴总多给你算一份薪水，说我说的。"
小刘"呵呵"："好的，裴总。"

两天后，吴宜回国。
一大早，何叔去机场接人，两人在车上就聊了起来。
"裴先生这两天不怎么打游戏了，偶尔下来一趟，也就待个一两个小时。多数时候都在楼上看书睡觉。裴总问怎么不打啦？他说没意思。"
吴宜听得心惊胆战："然、然后呢？"
何叔耸肩，看着窗外机场高架上清晨的浓雾说："……没然后了。"
到家后，父子俩刚起床，正坐在桌边吃早餐。
闻声，一个抬头，一个扭头，瞧见一身黑色套装的吴宜，一人一声——
"小宜！"
"妈。"
裴新泊站起来给她挪椅子、盛米粥，殷勤道："吃了吗？"
吴宜坐下来，抬头瞪他，又有点好笑。
裴新泊就不吭声了，盛好粥后规矩地回到自己的位置。
不远处，何叔不知何时走到宽阔的布满茂盛绿植的露台，先是弯腰在角落找了找，然后转过身，拿起遥控关上露台和客厅之间的玻璃隔断。
这下，整栋别墅内部只剩一家三口。

这是一家人时隔几个月再次坐在一张桌子上吃饭。裴决看上去和往常无异,低头喝粥、吃煎饺,神情专注,瞧着心无旁骛,和小时候一样——心里一旦藏事,别人就休想从表面看出来。

吴宜观察了会儿仿佛没事人一样的儿子,拿起勺柄在碗里轻轻转了转,忽然开口叫他:"裴决。"

裴决抬头。

"怎么不回去上班?"

来之前,她收到了南州那边负责人委婉的询问,说裴先生递交了辞职申请,正式批之前,想问问吴总的意思。

裴决语气平静:"辞职了。"

他脸上没有透出一丁点的心灰意冷,语气反而还显出几分淡漠和无动于衷,好像他就是觉得没意思,辞职了。

"我吃完了。爸妈你们慢吃。"裴决朝二老礼貌点了点头,起身准备离开。

"给我站住。"吴宜冷声。

话音落下,裴决侧身朝她,站着没动。

"你到底想干什么?"吴宜皱眉,"你要是还想跟影影在一起,就再去追回来。不想的话,给我定定心。要么回去上班!要么——"

说着,吴宜语气一顿,想起什么似的,说:"要么帮你爸联系律师。"

"知道了。"

裴决没再说什么,转身进了一旁的游戏室。

裴新泊赶紧拉住想追上去的吴宜,生怕当年"残杀"游戏手柄的事件重演,他谨慎道:"你难得回来,要不要一会儿出海钓鱼?天气好,散散心。"

吴宜:"你真是……"

第二天,小刘过来敲门,说:"裴先生,吴总让我领您出去见识见识爱情之外的残酷。"

那会儿,裴决已经一身正式的装扮在玄关坐了有一阵了,也不知道在想什么。

听到这句明显带着东捷内部老员工才会具备的娴熟的挖苦技巧的话,他也没说什么,点点头,站起来时,仔细整理了下袖扣,然后跟在小刘身后离开。

几千页的案例、历年数不清的卷宗,还有美国各州的司法判例——他和小刘分工看,一连五个晚上,他在东捷总部的大楼里就没回去过。

吴宜倒挺开心,好像她儿子忙到头都来不及从卷宗里抬起来,就是最好的状态。

她要坐晚上的飞机飞往美国继续跟进官司,临走打算去总部看望裴决。

时间不算早了,十一点多,东捷总部的大楼还灯火通明。

吴宜和裴决打了声招呼,就去办公室找裴新泊。

裴新泊正在看会议资料,喊要切割资本的股东不在少数,他看了看名单,发现都是早年从宁江出来的人居多。

"这几年确实竞争压力大,其实我一直在想开拓渠道,之前还让咱们儿子去问 Frank 货机的事……"吴宜摸了摸裴新泊肩膀,也有些疲惫,"但航空这块真的不能丢,老裴,你懂我的意思吧?"

裴新泊没说话,翻了翻名单,叹气:"老孟前阵子也找我了,说他也支持,但是现在下面的人都觉得风险大、约束多、效益还少,况且又出了这样的事……算了,都是宁江出来的老伙计,我再和他们多说说。"

吴宜皱眉:"那你到时少喝点。"

裴新泊笑:"你放心吧。老孟和我一样的毛病,他喝得比我还多。"

吴宜头都大了,面无表情地转身:"那你们好好比吧。我再去看看儿子。"

眼见妻子掉头就走,裴新泊无语:"嘿!我死了不要紧是吧?"

吴宜扭头瞪他:"闭嘴吧!"

楼里早就静悄悄。

裴决正坐在总务秘书的办公桌边支着的简易桌板旁。吴宜走近时,他正低头翻着复印的卷宗,上面有些字迹已经很模糊了,但不影响阅读,好几个地方被他划了出来——是和这次事故相似的背景或者条款。大概是看到关键处,他都没注意吴宜的靠近。

一旁,手机忽然亮起来,吴宜悄悄探头去看,是一个叫段启淮的人发来的。

裴决随手点开,瞄了下,然后没理。

吴宜看到点东西,眼睛蓦地有些酸。她注视着自己儿子的后脑勺,好一会儿,真是好气又好笑。

转身,她回去找裴新泊,开口就是:"我刚看到咱们儿子的手机信息了。"

"他的消息置顶还是影影。"

第十章
一生情

/ 我会长命百岁，同你百年好合。/

1

钟影三人在春珈安顿了一些时日。

原本照着范婧的意思，起码待到月底。可钟影之前已经请了小长假，这会儿所剩无几的年假都用上，月底肯定是待不到了。而且秦云敏慢慢有点不习惯，老房子湿气重，虽然是夏天，可晚上还是能感受到一点带着潮气的凉意。

三人算着日子回到南州时，夏末的气息已经十分浓厚了。

琴行落下的课程多，钟影忙得顾不上按时下班。不过手底下的学生顺利考级，她也跟着开心。等暑期课程结束，一帮学生聚在一起吃了顿饭，也算是谢师宴。

吃饭的时候聊起程舒怡，学生们七嘴八舌，八卦程老师的感情生活。钟影好笑，说这个不用他们操心，程老师日后可是要成为音乐家的女人。

聚会结束，钟影就给程舒怡打了电话，聊起这事来，程舒怡在电话那头笑得不行："'音乐家'，天哪，这三个字听着就美滋滋。"

钟影笑："你就美吧。"

程舒怡在香港一切都很顺利，选拔赛逐渐临近，紧张是肯定的，尤其今年还是赛制改革的第一年，竞争势必激烈。

"绘茹姐让我做好心理准备，大赛改革的第一年，捧新人的可能性很低，肯定还是给那些业内积攒了名气的大佬壮壮声势。"

她口中的"绘茹姐"就是那位李老师，听得出来，两人在香港相处得十分不错。

虽然程舒怡说的有可能，但钟影清楚她的实力，让她不要多想："还剩最后一个月，别管了，就等你入围成功，回来请你吃饭。"

程舒怡笑:"就吃饭啊,不应该是喝喜酒吗?"

似乎就是这样,时间的风不知什么时候就这么吹了回来。也许是从在香港那一晚,或许更早,早在三月初春的时候。

傍晚的余晖落满南州这座厚积薄发的新城。林立的高楼,汹涌的人潮,绿灯亮起的瞬间,所有人都大步向前,迈向既定的目的地。

只有钟影仍怔怔地立在红绿灯前,握着手机,脚下仿佛被时间的藤蔓绊住。

…………

回到家,程舒怡的话还在耳边。

她说:"没关系的影影,感到害怕就不要去做了,感到痛苦就停下来——这难道不是最基本的生存法则吗?

"马上秋天来了,影影,等到天冷一点的时候,如果你还能想起他,可以试着去找找他。

"这也是最基本的生存法则。"

她在电话那头笑,语气温柔:"取暖第一啊,宝贝。"

闻琰回来的那天,钟影起了个大早。

她把家里收拾了一遍,虽然前几日一直在断断续续地打扫,但好像今早才有了更多的动力。裴决留下的东西被她一一装进箱子,两人微信上的联系还停留在那天,但就像封存的消息,渐渐沉了底。

快中午的时候,秦云敏和范婧过来帮忙,略微收拾了下厨房,周崇岩就来接她们去机场。

小姑娘似乎长高了些。

在人群中锁定了钟影,闻琰跳起来大喊一声"妈妈",就冲了过来。身后,陈知让闻声而动,也跟着跑来,弄得陈家来接机的工作人员一头雾水。

钟影蹲下来搂住小姑娘,仔仔细细地打量。小姑娘似乎白了些,两颊粉润,瞧人的眼神光彩熠熠,一个劲儿地朝她眯眼笑。

见钟影看得认真,陈知让也探头过来盯闻琰。闻琰余光瞄见,不解:"你干什么?"

陈知让:"钟老师在看什么?"他有点不明白。

钟影忍不住笑。

闻琰一副"瞧你说的是什么话"的表情,回他道:"她在看她的宝贝女儿啊!"

话音落下,后面跟来的赵慧芬,还有围着的秦云敏、范婧和周崇岩都乐了。

陈知让也笑,眼神专注,点头道:"原来是这样。"

钟影摸了摸闻琰的脑袋，拉着她的手站起来。视线对上目光隐忧的赵慧芬，钟影笑着喊："妈。"

赵慧芬点点头，没说话，秦云敏便同她聊起过阵子请吃饭的事，她脸上才有些许笑意。周崇岩一边紧跟着过去叫"干妈"，一边帮忙拎行李。

等陈知让和闻琰依依不舍地告别，并且约定好九月一日开学见，时间也过去了大半。

听赵慧芬说，两位小朋友在英国培养了深厚的友谊，那个"只能做同学不能再做朋友"的约定也"如愿"解除了。钟影好笑，没说什么。闻琰似乎有些不好意思，贴着钟影，一边伸手到秦云敏肚子上轻轻抚摸，一边低声念着："我是姐姐哦，我是姐姐哦……"

几人一起吃了饭，下午秦云敏他们一家先回去，钟影带着闻琰去奶奶家收拾。

前两日她已经来过一趟，这会儿过来，是为了晚上一家人再好好吃个饭。

老人家的行李不多，就是带回来给小姊妹的礼物多。闻琰跟着奶奶在一边贴标签。她是鬼灵精，知道奶奶和哪个奶奶要好，又和哪个奶奶有点小别扭，弄得赵慧芬哭笑不得。

忙完这些，她就趴在沙发上睡着了。

钟影从房间抱了张薄毯给闻琰轻轻盖上，转身就见赵慧芬坐在桌边，戴着老花眼镜看车上那会儿秦云敏和周崇岩亲手递过来的结婚喜帖。

定的日子在十二月初。

她仔细摸了摸红色的请帖封面，然后小心翼翼地打开。

钟影不作声，轻手轻脚地走过去，在一旁坐下，凑上前看。

"最好还是不要化妆。"过了会儿，老人家低声咕哝。

钟影笑："还好吧，这个妆我瞧着蛮大方的。"

赵慧芬抬头，注视钟影垂下的眼睫，叹了口气："没你好看。"

钟影忍不住笑，眼眶却有些发酸。她低下头，抿起嘴角："妈，您这叫偏心。"

赵慧芬不置可否，又去看日子。

墙上的挂历还停留在六月底。她放下请帖，起身过去往后掀了几张，又拿起一边闻琰的彩色铅笔在十二月上画了个圈。

画完，她没转身，看着日期下面的小字，那里简短地提示着农历和忌宜。

"往后都是好日子。"她指了指挂历，转头笑着对钟影说。

钟影也起身过去，看清了也笑："真的是。"

"要过年了吧。"钟影往后掀了两张，笑着说，"今年过年晚，琰琰的寒假估计有一个半月。"

一个半月的寒假，到时候得带小朋友出去玩，不然她肯定憋闷。

钟影这么寻思着，就听回到桌边坐下的赵慧芬忽然道："你吴阿姨跟我说了。"

钟影顿住手上的动作，没转头。

"她说裴决辞职了。"

钟影放下挂历，转身看向赵慧芬。

赵慧芬叹了口气："你们都是大人，做什么决定肯定是自己想清楚的。"

"妈。"钟影坐回桌边，低声叫了她一声。

"我也不是要劝你，我知道你心里比谁都难过，你就是害怕对不对？"她握住钟影的手，轻轻摩挲钟影的手背，心疼道，"别怕啊，小影，妈妈在呢。"

钟影点点头，弯了弯嘴角："妈，我没事。就是睡不好，老是做噩梦，白天多补补觉就好了。"

她语气寻常，像在说一种很常见的症状。只是她的梦没有开端也没有结局，无一例外都是在一片空白中惊醒——就像她面对的所有失去。

赵慧芬一下红了眼眶："是闻昭对不起你。"

她这么说，钟影也忍不住要哭："妈，我从来没有梦到过闻昭。"

"看，他也觉得对不起你，不敢见你。"

"我梦到过爸爸。"

忽然，沙发上传来懵懂的一声。

闻琰趴在沙发上，注视她眼睛红红的奶奶和妈妈，不是很明白："妈妈你没有吗？"

"那我下次梦到，我和他说一声好了，我就说，妈妈想你了，你去看看她呗。"

一句话说得钟影眼泪掉了下来。

小孩子总是敏锐的。

晚上洗好澡上床睡觉，换上软绵绵的睡衣，吹着清凉的空调，闻琰像是终于等来了同长久不见的妈妈谈心的大好时机。

她酝酿好情绪，从钟影怀里翻身坐起，盘着两腿，亮晶晶的眼瞳炯炯有神地转了转，撑着两手凑到钟影面前，仔细又认真地问："妈妈，你为什么不要裴叔叔啊？"

钟影正在看她这趟带回来的学习相册，上面记录了从夏令营第一天到最后一天结营仪式上闻琰作为优秀小学生代表发言的所有照片。几乎每张照片上都有老师写的随堂印象笔记，最后几页是同营的小伙伴给彼此留下的五颜六色的祝福和联系方式，以及不知道从哪里剪下来的聚会照片。

才翻到一半，一句话把钟影问蒙了。

她抬头，看着古灵精怪的女儿，一时间都不知道说什么。

见钟影表情带笑，闻琰稍稍放心，又躺回钟影怀里，跷起一条腿搭上另一条，唉声叹气："裴叔叔还说要给你留着城堡呢。妈妈，城堡你都不要吗？那可是城堡！迪士尼！"

"……什么城堡？"钟影不知道裴决什么时候和闻琰进行过如此可爱的对话。

闻琰回想了下："好久以前了，裴叔叔说你离开了城堡，但是他想给你一座城堡。"

钟影垂眸注视着女儿软绒绒的头发，伸手轻轻摸了摸。过了会儿，她低声道："爸爸也给过妈妈一座城堡……只是妈妈不想要城堡了。它们都是玻璃做的。"

闻琰不是很明白，仰头瞧钟影："真的吗？在哪里？我怎么没见过？那我真是个公主！"因为年纪小，她的注意力只在城堡上——玻璃的城堡，那该有多漂亮！

钟影笑起来，目光温柔："你一直都是公主。"

或许因为血脉相连，闻琰隐约感受到钟影的灰心，往她怀里蹭了蹭，"可我觉得你不开心。"过了会儿，小姑娘小声咕哝。

钟影弯起嘴角："开心的。今天看到宝贝很开心。"

闻琰点点头："好吧……"

她还太小，无法再细微真切地去感知大人。钟影的回答似乎能够解释她的困惑，但就像拆了东墙补西墙，永远还是有个窟窿。

回来的第一晚，母女俩搂着一起睡。不过闻琰下午睡了一觉，这个时候还精神，话尤其多。钟影迷迷糊糊都快睡着了，她小嘴还在那儿嘀嘀咕咕，一会儿冒出个叫"麦吉"的女同学说喜欢陈知让，因为陈知让长得帅，一会儿又说陈知让告诫麦吉不要以貌取人，万一他是个超级坏小孩呢。

钟影闭眼听着，笑了好一会儿。

片刻，闻琰凑到钟影面颊旁，亲了亲钟影，超小声："妈妈，我们是不是要睡觉啦？"

钟影也去亲她软嘟嘟的面颊，说："你还不想睡吗？"

闻琰转身关了灯，拎起薄被将她和钟影盖住，笑眯眯："想的。"

大概是孩子的话真的有种魔力，钟影这晚确实做了和闻昭有关的梦。

但也只是有关，因为闻昭并没有出现。

宁江一中的金铜色飘逸校名在瓢泼大雨里快要看不清。钟影撑着伞站在人群中，左右张望，似乎在等什么人。来往的学生和家长都面带喜色，不远处，祝贺一中学子高考顺利结束的红色横幅在六月晦暗的风雨里格外张扬。

钟影想起来了，这是闻昭跟她表白的那天。

只是现实里,那天她并没有等多久,大概三分钟,闻昭从隔壁考点急匆匆跑来,都没来得及打伞,雨水浇在他的头上,漆黑眉眼都变得异常深刻。只是少年到了近前,像是才想起来自己这趟要赴的约定是为了什么,突然间,他直愣愣地盯着她,立在原地好一会儿说不出话。

入夏的雨水不算冷,但站久了还是寒意逼人。

钟影被他瞧得脸红,手举着伞也酸,她转开脸往一旁看去,低声:"我们去班里吧。"闻昭点点头,拿过她的伞,挨着她一起往里走。身后很快传来相熟同学的起哄声,但高考结束了,也无所谓了。况且,雨声那么大,那些人的声音还没有彼此的心跳来得鼓噪。

教室里空无一人。闻昭收了伞搁在门边,走上前注视着钟影,红着张脸,漆黑的眼眸却无比专注,他说:"影影,我们在一起吧。"

钟影觉得自己仿佛不会说话了,磕巴道:"在一起?"

闻昭觉得她这样简直太可爱了,好像小猫,眼睛瞪得大大的,惹人怜爱。他点了点头,肯定道:"就是在一起,一直在一起,一直一直在一起。"

他说了好多个"一直",直到把钟影逗笑。

时间太晚了,闻昭把她送回去。到了家,钟影才想起来给哥哥打电话汇报高考结束。裴决倒没问她为什么这么晚才打来——虽然他等了许久,又担心自己打过去会影响妹妹的心情。所幸妹妹的语气听着十分开心,想来考得应该还不错。

记忆太过深刻,以至于过去这么久,即使站在一场没有缘由的、突然出现的暴雨里,钟影也能立即回忆起当时当地和即将要发生的事。

她好像有点雀跃,又好像十分平静。

入梦的心境如同一汪池水,只能倒映着曾经那时的自己,却再也起不了一点波澜。

只是,许久、许久,闻昭都没有来。

她的梦似乎只是一场等待——在那三分多钟的等待里,在多年后的一场梦里,被无限延长。

钟影不知道自己是怎么醒来的,大概是喷薄的眼泪终于浸湿了鬓角。

她睁开眼,望着天花板,怀里的女儿睡得安稳又甜美,她搂紧闻琰,任凭泪水浇湿枕畔。

原来,是她不希望他出现。

不希望他出现,不希望那个共度一生的承诺许下。

2

时间过得很快。

九月份闻琰开学,正式升入培英小学二年级。班上同学大部分都是熟悉的，只有几个因为家里大人工作调动转走了。开学第一天，闻琰放学回来，说起那几个转学的同学，里面就有当初和她打架的高浩宇。

"在英国的时候，陈知让就和我说高浩宇这学期肯定不来了，我还不相信。上学期结束他还弄坏了梦梦的文具盒，气死我了。他怎么就不来了，文具盒还没赔给梦梦呢！"

公主埋头吃着饭，语速飞快，神情气愤，哪儿都不耽误。

因为怀孕，秦云敏这学期工作量减半，但她教的是主课，平时也没有闲下来多少。范婧照顾她，偶尔也会和赵慧芬一起来接闻琰放学。若是碰上，钟影下班铁定要去舅妈家吃饭，有两次在小区门口遇上同样赶趟的周崇岩，那是真热闹。

孩子开学了，老人在家里无聊。赵慧芬在北湖公园策划了几场相当有规模的相亲活动，声势浩大，还上了南州市新闻台。可把闻琰高兴坏了。小姑娘画了几十张"观看券"，去班里分给同学。券上详细写了新闻播出时间，以及简短的赵慧芬生平履历——闻琰最亲爱的奶奶。放学那会儿，她还和陈知让一起去打印店印了十张赵慧芬公园站立照，说到时候让奶奶签名。

"十五块一张，不贵吧，妈妈？"闻琰仰头问。

陈知让很有头脑道："不贵的。我看黎梦今天买零食都花了三十多块。"

陈知让仔细叮嘱："如果有人要见奶奶、和奶奶合影，算一百块。里面得包含给奶奶的人工费。"

两位小朋友站在街边商量后续的"细节"。

傍晚的余晖从枝丫间落下，偶尔拂面的风里递来入秋这阵儿干燥又温暖的气息。道路尽头，高楼大厦一点点没入青灰色的天际。这边车子通行缓慢，大都打着双闪慢吞吞地一辆接着一辆从三人面前过。

钟影拎着闻琰的书包，扭头好笑地瞧着他俩脑袋挨着脑袋，忽然，余光瞥见一辆熟悉的黑色轿车。

下意识，她的心脏先一步落空。

回过神，掉头过来的车窗里是一张陌生的男人面孔。

钟影站在原地，垂了垂眼睫。

今年中秋和十一长假难得靠在了一起。

秦云敏和钟影商量，选了个时间，两家人一起去附近的古镇玩，那里前两年刚被南州市政府列入重点文物古迹保护。她们还订了一个专门给一家人活动的小院子，临着湖，清晨雾气弥漫，傍晚霞光浸透，瞧着很有意境。

只是刚到的第一晚，闻琰就被院子里等候许久的蚊子叮了一腿的包。赵慧芬心疼，皱眉说要换房间，起码换高一点，这样临水的景致，高点看也不影响。范婧点头附和，说这地方太野了，蚊子都追着人咬。钟影哭笑不得，和秦云敏一起去前台商量，还没说两句，闻声就遇上了熟人。

陈寓年转头过来，笑着说："带小院的问题确实很多，尤其夏秋两季，听说暑假还有蛇窜进了屋里。我们也在考虑要不要改成不露天的餐厅。"

自从程舒怡离开南州去香港，这还是钟影第一次碰上这位公子哥。

她有点惊讶，不过想起铂粤就是做酒店起家的，这边又有市政支持开发，近水楼台，他们肯定要抢占先机。

两人简单寒暄了下，钟影换好房间上楼回屋取行李，想了想，还是给程舒怡打了电话。

电话很快接通，那边传来高跟鞋踩在地板上发出的"嗒嗒"声，程舒怡说她下班过来踩点比赛场地，预选赛就在国庆后的一周。

说起陈寓年，她的语气和七月份在香港又有些不同。两人太久没见面，联系也无，一时间聊起，就像在说陌生人，听着淡然又客套。

大概断了联系就会这样——说来说去，总是没有下文，时间久了，只剩枯燥和乏味。

程舒怡一度也是这么觉得的。

只是正式比赛那天，她在后台准备，混乱又嘈杂的人群里，忽然有人高声叫她的名字，一口粤语，问程舒怡程小姐是哪位？尽管在这个环境待了几个月，她还是愣了几秒才反应过来，扭头就瞧见一大束粉金玫瑰在人群上空游走，好像荒野里摇曳的篝火。

她还未举手，送花的人似乎有些不耐烦，又高声道："程舒怡程小姐是哪位？有位陈先生，祝您心想事成！"

他不再祝她前程似锦，似乎知道她为了眼前的取舍付出了什么，于是，便只祝她心想事成。

陈寓年每次送来的祝福似乎都是令人惊喜的。

程舒怡不清楚他是什么想法，也从来没有问过。毕竟时机总是不对。

其实算个朋友吧。

但也仅此而已。

程舒怡收下花，看了眼卡片，放到一边，转头小心拿出她的大提琴。

身处一片鼎沸人声里，眼前的大幕即将拉开，她忽然发现，有些事确实可有可无。

钟影收到程舒怡成功入围的消息是在十月底。

她需要去澳大利亚参加入围晚宴，还有后续一系列的培训和阶段性比赛，正式决赛在来年一月。

小区里银杏落了一地。

钟影有些激动,问她还回来吗?程舒怡犹豫了下,说还是不回来了。李绘茹听说她入围,已经将她转为正式的老师,薪资都涨了不少。钟影觉得这没什么,笑着说:"好的,音乐家。以后只能买票去看你了。"

电话那头,程舒怡忍不住笑。

今天是周末,闻琰照例住在赵慧芬那儿。钟影抬头,家里没人,灯都关着,黑漆漆的一片。

"最近心情好些了吗?"程舒怡问。

其实她不提起,钟影都不知道时间原来过去了这么久。

"和以前一样。"钟影浅笑着说。

确实和以前一样,她发现自己变得越来越平静,似乎再也没有什么事能够搅乱她的心绪。

程舒怡叹气,好久没说话。

钟影反过来安慰她:"和以前一样不好吗?"

"不是说不好。"程舒怡立即道,"只是见过好的时候,才觉得不应该这样。"

七月热烈的阳光仿佛还在眼前,彼时钟影无所事事地半躺在她的床上,神情带笑,姿态悠然,好像被人捧在手心的白鸽,洁白光鲜、明媚动人。

钟影沉默下来。

程舒怡察觉那头的无声,一时有些慌乱:"影影……"

"我没事。"

程舒怡便没再说什么。

回到家,钟影给自己做了简单晚餐。吃完时间已经有些晚了,秦云敏发来信息问她明天有没有空陪自己去产检,每次产检周崇岩都紧张得不行,想要她过去平衡下。

钟影笑着应下。

她洗好澡,去阳台把衣服晾起。

空气里有很淡的桂花香气。

照理十月底桂花早就开过了,钟影无意识地想着,转头,视线忽地定格在楼下。

那里不知什么时候停了一辆车,应该是一家人周末出门晚归,车门打开,气球和鲜花一样冒出来,孩子在另一边蹦蹦跳跳地说着话。

有些事就是避无可避。

晚上钟影还是会惊醒,只是这次,她心底似乎没那么慌了,睁开眼看着湖水一样漆黑的天花板,想了很久裴决在做什么。

大概有人想念的话,确实会打喷嚏。

远隔千里的裴决打了好几个喷嚏。

那会儿，他正在纽约和当地一家知名律所聊东捷航空即将开庭的官司。他们并不直接负责此次东捷的官司，只是提供应急和从旁指导。

在国内找好合适的事务所对接后，吴宜转手给他安排了另外的活——来美国替她跟进官司。裴新泊那边谈得不是很顺利，她需要回国帮一帮他。

对面，律所负责人见裴决打喷嚏，笑着说最近有些降温，要注意保暖。裴决礼貌应下，继续刚才的话题。负责人还是持乐观态度的，把手上文件过了一遍，笑着表示虽然制造商存在袒护行为，但东捷的证据已经很充分了，裴先生不必过多担忧。

谈完，裴决准备回酒店稍作休息，然后坐晚点的航班回北达科他州。

推开餐厅门，小刘不知什么时候等在了车旁，神色严肃。

见裴决出来，他疾步上前："吴总打电话说裴总要做个手术，让我来通知您不必担心，按部就班就好。"

裴决皱眉："什么手术？"

他知道他爸长年累月酒桌应酬不断，胰腺问题很严重。

"说是胰管梗阻，需要手术。不过吴总的意思是这边要紧，您务必——"

裴决点头："知道了。"

他看上去并不十分紧张，绕开小刘上了车。

车上，等红绿灯时，小刘忽然又接到吴宜的电话。电话那头具体说了什么裴决没听见，只是小刘搁下手机嘀咕道："钟小姐是一个人来吗？算了，订套间没错……"

后排，裴决抬头盯着小刘的后脑勺，严肃道："谁要来？"

小刘转头："吴总说钟小姐要来看望裴总，让我在医院附近订个酒店。"

裴决看了眼时间："什么时候的事？"

"就说要来——订的是明天的酒店。"小刘回道。

裴决点点头，直接道："帮我改最近的航班，我要回去一趟。"

钟影是从赵慧芬那儿得知裴新泊住院的。

她打来电话，电话里还有闻琰跟着动画片唱歌的声音。

"去看看吧，也带上我的心意。他们一直很关心你，知道了不好不去是不是……琰琰就放我这儿。"

末了，她又告诉钟影："吴宜说裴决去美国了。"

钟影应下，买了下午的机票，傍晚就能到深州。

赵慧芬最后那句话应该是想让她不要想太多。不过钟影觉得就算裴决在也不要紧，她肯定会去的。她想知道他过得怎么样……可是这种关心只有她一个人清楚，所以当赵慧芬最后说裴决在美国的时候，她并没有如所有人预料的那样松口气，反而是不由自主地心情低落。

不过转念,她又想,大概是好事。

事情本该如此——从此不要见面,不要徒增狼狈与困扰。

她至今不知道停留在车库的那几个小时里,裴决到底怎么了,但只要想起,她就会难受。

他对她太过包容,用秦云敏之前的话说,几乎是纵容。

所以,想知道他过得好不好,对她来说,可能只是自己站到他面前这么简单,但对裴决来说,他要花很大的功夫才能再次将体面与温和毫无条件地给予她。

于是,抱着这种稍显轻松的想法,钟影出发去了深州。

只是她没想到,事情的戏剧性在于,最意想不到的,往往最容易发生。

取行李的时候,刚抬起头,她就看见了对面隔着两条行李传送带的裴决。

他站在原地,因为先一步发现她,钟影抬起的目光直接落进了他的眼底。就像盘桓在傍晚时分的白鸽,一头撞进突降的夜幕,归期刹那变得紧迫。

下一秒,钟影脑子里冒出的,居然是赵慧芬的那句话——"裴决在美国"。她觉得自己突然就变得不懂世故情理,父亲手术住院,难道他会不回来吗。大概是关于"见裴决"的思考占据了她的大脑太多,以至于这样细微寻常的道理她都忽略了。

钟影站在原地,下意识就朝他的方向走。三个多月没见,好像只过了三秒,可她迈出的步子又停顿,过往的时间不知何时层层堆叠在脚下,她隔着人群望他,竟然生出阔别三年的生疏感。

周遭人声嘈杂,取完行李的人脚步匆匆地奔赴下个目的地,每个人脚下都好像踩着一条航线,交错的、并行的、背道而驰的。

余光里全是面目模糊的人潮,裴决凝视钟影怔住的面容,有那么几秒,胸膛好像被人狠狠压了一块巨石,沉得他心跳都迟缓。可之后的几秒,巨石轻易就被推开,心口陡然变空,他又有些不知道怎么办。仿佛溺在海底太久,突然间被打捞上岸,呼吸也变得陌生。

裴决握了握手心。对他来说,抬头就看见想见的人,大概相当于那次三千米高空失速,完全出乎意料。

这不是他一开始设想的场景。

回来的飞机上,他已经想好,到时候就见个面、打个招呼,在病房里隔着人也好,在过道里擦肩而过也好,只需要几秒。他就想看看这几个月她过得怎么样。

但人总是矛盾的。

眼下,她孤零零地站在那里望着自己,神色惶然又有些无措,裴决随即就推翻了此前所有的顾虑与谋算。

——更不可能只是和她打个招呼。

他朝她大步走去。

"我的车在外面,要不要一起?"他听见自己的声音。

话音未落,钟影就点了点头:"好。"

没有多余的话,两人往前走。

人群拥挤,钟影跟在裴决身边,很快,她就被他下意识伸来的手揽住了肩头。

记忆不止停留在脑海,某种程度,它遍布肌肤。

他们早就不是久别重逢的兄妹。

他们是平静分开又意外见面的情侣。

…………

一路,两个人都没说话。

直到上了车,裴决开启话题,如常地问她最近怎么样。意外地,钟影话有些多,琐碎的工作、闻琰的开学,甚至赵慧芬上新闻的事,全被她拿出来笑着说了几句。

裴决安静地听着。不知为何,从钟影的话里,他也察觉出她为了不让他担心而状若轻松的打算。

"你呢?"

过了会儿,钟影轻声问。她没有看他,而是将目光小心地落在他搭在方向盘上的手背。

裴决握了下方向盘,弯起唇角:"很忙。"

他莫名愉悦,又有些心软。

愉悦是因为妹妹心里有他,心软也是因为妹妹心里有他。

钟影收回目光,点了下头,没再追问。

傍晚光辉的日落映在一小片后视镜里,好像一汪橙色海洋。深州温度没有南州低,十月底,街上还能看到穿着单件短袖的人。

出机场高架时,车子堵了起来。

钟影靠在椅背上,看了眼身旁不作声的裴决。裴决随即察觉,笑了下:"怎么了?"

他还在琢磨刚才妹妹的心思,眼前这点小动作自然逃不过他的眼睛。

钟影摇了摇头,没说话。

裴决发现这次再见,她心事重了很多。

"影影。"

钟影抬头看他。

"不要想太多。"裴决一眼看穿。

钟影挪开视线,不是很坚定地否认:"没有想什么……"

"你想的都写在脸上了。"裴决心底叹息,顿了顿,他调整了下语气,夸张道,"怎么办,甩了哥哥又遇到哥哥,哥哥在想什么?哥哥是不是很不好受?哥哥会不会讨厌我?哥哥会不会一边照顾我的心情,一边背着我偷偷哭——哦,这个当然不会。你放心。"

钟影忍不住被他逗笑,转开脸看窗外,一双眼也亮了几分。

红灯还有十几秒,裴决注视她弯起的唇角,忽然很想摸摸她的头发。

下车时,他走在钟影侧前方,替她拿后备厢的行李,笑着说:"不用担心我爸。来的时候我问过医生了,手术很顺利,但是以后他必须戒酒。"

钟影看着他如常的面容,也笑:"戒酒应该很难。"

裴决:"是有点难。慢慢来就好了。"

钟影跟着点头。

他们似乎都找回了恰如其分的位置。就算不是亲密爱人,但在很小的时候,凭着另外一层身份,他们也曾亲密无间。眼下,保持原样应该是不难的。何况他们都长大了,距离的控制、语气的把握,甚至视线接触的时间,他们各自心里都有数。

吴宜正站在病房门口打电话,扭头瞧见两人一边说话一边走来,惊得眼珠都要掉下来。她反应很快地笑着上前,问他俩:"怎么一起来了?"

裴决:"在机场碰上了。"

他一边回一边推门进去。

病房里好多熟悉的长辈面孔,有几个围在病床前,听到开门声转过来,待认出裴决身边的钟影,都有些愣住,彼此对视了一眼,投向裴决的目光就带上明显的笑意。

一旁,崔茂仕和邓洪交换了下眼神,不约而同地看向坐在对面沙发上的孟恪江。

谁都知道,孟恪江这些年之所以死心塌地地支持东捷航空,一方面是投裴新泊和吴宜所好,另一方面,是孟家有个小女儿。孟恪江曾经旁敲侧击地试探过裴新泊,但因为裴决始终不回东捷,裴新泊又不像能做儿女的主,所以这件事始终没个着落。

接收到其他人的各色目光,孟恪江很快皱了下眉,抬头看病床上的裴新泊时,状似惊喜地笑着问:"小影找到了?"

"裴决,怎么不和我们几个叔叔伯伯说?小影这些年去了哪里?"说着,他又一脸亲切和蔼地转头看向裴决和钟影。

裴新泊刚做完手术,这会儿也扭过头朝自己儿子看去。

裴决没多说什么,只道:"影影这些年一直在南州——爸,您怎么样?"他拉着钟影上前。

话音落下,众人神色悄然一转。

谁都清楚，裴决的性格同他父母比简直天差地别。如果说裴新泊是好说话，吴宜是会做人，那裴决则是既不好说话又不会做人。多余的话从不多说，多余的人，看都不会看。

裴新泊见有些冷场，瞪着裴决，咬牙忍痛道："没死成。"

这下，众人都笑起来，钟影也弯了弯唇角。

"影影怎么来了？"裴新泊朝钟影招了招手。

钟影走近，弯身笑着说："叔叔，身体最重要，以后您还是不要喝酒了。"

裴新泊笑呵呵地摆了摆手掌，无奈地笑道："不喝了不喝了。"

闻言，孟恪江站起来走到病床边，仔细打量钟影，眼底有几分了然，语气却变得和之前不一样，虽然还有笑意，但更多的是教训："小姑娘懂什么。宁江那会儿，你见我们几个叔叔伯伯哪有不喝酒的？你爸也喝！在外面这些年，小影话都不会说了。"

只是他刚说完，察觉他话里的不客气，裴决的脸顿时冷了下来："孟叔——"

"孟叔，好久不见。"钟影直起身朝他一笑，语气却冷淡，"我爸是喝，就是没死成。"

说完，她转头笑着继续对裴新泊说："阿姨和裴决都很担心您，您这回真的要戒酒了。"

孟恪江阴沉着脸盯着钟影，邓洪上前拉了把孟恪江。碍于裴新泊，孟恪江没好直接出口教训，顺势被拉到门边。

裴决转头，见跟着的邓洪与孟恪江附耳说了几句，两人对视一番，门就在他们身后关上。

过了会儿，崔茂仕也起身出去了。

一个小姑娘就能把他们仨逼急，裴新泊瞧得有意思，没说什么。

到底是病房，人太多也不好。没一会儿，就剩下裴决和钟影。裴新泊朝她解释："你孟叔要面子，尤其在小辈面前。以后再见着，你们绕开就好。"

钟影点点头："下次不会和他说话了。"

裴决忍不住笑，看着钟影有点生气又听话的样子，真的很可爱——好像不和人说话就是她最大的武器。虽然对他来说是这样的。

吴宜推门进来，状似疑惑道："老崔和我说老孟被气走了？他不是最会摆场面吗？还能被气走？"

裴新泊和裴决看向钟影。

吴宜笑，走过来轻轻拍了拍钟影的肩膀，说："一会儿和我回家吃饭，做了你小时候最爱吃的。"

钟影站起来:"阿姨,我就在这边吃点好了,小刘和我说——"

"小刘搞错了。来看你叔叔的人太多,我给了好些信息,他弄错了。"吴宜自然地接上话,"再说,你怎么能住酒店呢——是吧,裴决?"

裴决难得愣了几秒,余光见妹妹望来,赶紧道:"是。"

不过说一起回家吃饭,吴宜也没有待太久。

她实在太忙了。现在最迫在眉睫的,就是上次"后院失火"引发的集团分裂。

自从研究所挪到深州,集团管理的核心一直都是早年宁江出来的老伙计。只是这些年合作下来,对集团的发展重心始终存在不同意见。多数人还是能听吴宜和裴新泊的,愿意继续走起家的路,除了邓洪和崔茂仕。这两位,一位管着东捷的地产投资,一位是东捷药业资本的合伙人。吴宜希望他们要么分出去,要么就还是和以前一样支持东捷航空。可对他们来说,这都是不可能的。分出去会被更大的资本蚕食,继续支持老本,他们又不甘心放手这么大的"油田"。时间长了,分歧也越来越大。

天暗得越来越早,黄昏的尾巴坠落在尽头的海平面,光线好像从海底照射上来,随着波纹徐徐晃动。

从露台出来,沿着小片沙滩往一旁走,就能看到起伏竦峙的黑色礁石群。钟影站在礁石上望着深蓝的海面,忽然想起六月底时,闻琰来这里玩,说房子太大了,没有其他小朋友,很孤单。后来裴决打电话给吴宜,第二天吴宜就安排何叔带闻琰出去玩。

六月底,那会儿他们正准备前往香港。

"风大吗?"

忽然,裴决的声音从身后传来。

钟影扭头,笑了下,说:"这会儿没什么风。"

海潮一下下拍打着沙滩。

"要不要下来?"裴决又问。

他站在她身旁,抬头看着她,过了会儿,又低头去打量她脚下踩的礁石,尖尖的一点都不平整。但她站得久了,看上去似乎也能适应。

钟影忍不住笑,想了想还是依他吧,不然后面铁定要问她站这么高冷不冷。她低头看了看周围,准备直接从上面跳下来。

见钟影要跳下来,裴决往后退了退。

"……我跳不了这么远,你不用躲。"钟影没好气道。

裴决微笑,没说什么。

只是在她跳下来的瞬间,他还是上前伸手搂住她的腰。

惯性往前一冲,钟影没注意腰上被人护了下,只觉得脸撞上了裴决的胸膛,外套衣料偏硬,撞得她一侧眼角有些疼。

她捂了捂眼睛往后退，下一秒裴决的手就握住她的手腕，问："撞到了？"他的气息跟随而来。

四目相对的刹那，两个人都不说话了。

不知道哪里传来鸥鸟的鸣叫，悠长的一声，好像落日谢幕的指引。蓦地，海面陷入彻底的黑暗。

还是裴决先说话。

似乎身为兄长，他总是时时刻刻起带头作用。

"是眼睛疼吗？"他问钟影。

钟影摇头："还好。"

亮光没了，也看不出什么。

"回去看看吧。"

"嗯。"

两人一前一后往回走。

裴决进门后便上了楼，钟影坐在偌大的客厅里，抬头就能看到他在二楼的过道走来走去。

没一会儿，他拎了个医药箱下来。

钟影坐在沙发上，仰头让他仔细瞧她眼睛。

应该没有问题。回来路上，除了撞击摩擦带来的轻微疼痛，其他的她已经感觉不出什么了。

"有点血丝，还好。"

裴决屈指轻轻碰了碰钟影眼角，像是一个下意识动作。

钟影没察觉他的下意识，点点头，自己也揉了揉眼角，余光瞄见医药箱，笑着说："你拎这个下来，我还以为我怎么了呢？"

裴决无奈，放好东西转身上楼，随口道："没办法，习惯了。"

话音落下，钟影忽然一愣，抬头看向他。

裴决将东西放回原位，下来看见出神望着自己的钟影，笑着问："怎么了？"

钟影没立即说话。

忽然间，她好像顿悟了。

他没有办法，但是习惯使然。

从小到大，凭着儿时建立起的亲密，他放不下她，舍不得她，一次次地迁就她，不能迁就也必须迁就——就因为没办法、习惯了。

大概是这间屋子太大、太空，钟影觉得自己好像还站在那处礁石上，脚底是尖锐的凸起，四面海风袭来，眼前是黑沉沉的大海——一点安全感都没有。在同一个屋檐下，那份隐隐的难以忍受正一点点地冒出来。

虽然她也不清楚自己在忍受什么。

大概见面的时候这种忍受就开始了。

钟影回过神,一言不发地起身朝玄关走去,半途轻声道:"裴决,我还是回去吧。"

裴决愣住,下意识就去捉她的手臂:"影影?"

他感觉她一下变得冰冷,如同海底的礁石,漆黑又坚硬,从里到外透着寒气。

她被他拉着走不了,不知为何,心底莫名一股火"噌"地就上来了。

"放开我。"钟影扭头看着他。

裴决再次感到讶异,她看向他的眼神里竟然有一丝恨意。

"到底怎么了?"裴决更不可能放开她,他力气稍大地把人带回自己身前,仔细去瞧她的表情,语气却有些轻,"为什么生气?"

钟影先是看了看他紧紧握着自己手臂的手掌,突然,神经质地,她抬起头勾了下嘴角,对裴决说:"我们分手了,你这样合适吗?"

那种心口被人生生攥住的感觉又来了。

裴决发现自己这个妹妹最擅长的,大概是活生生地戳人心肺。

他松开手,没说话,唇角抿得有些紧,似乎在极力压抑情绪。他往前走了几步,忽然又停下,深吸口气:"那我送你去机场。"

钟影自顾自往前走:"不用,我打车去就好。"

她似乎越来越坚定,浑身上下充斥着破罐破摔的无敌气势,谁都不能阻拦她。

她在玄关弯腰换鞋。

裴决盯着她死犟的背影,真是气笑了。

他也不打算做什么了,说道:"好啊。你能打到车就行。"

钟影不说话,穿好鞋,就去拿包。

外面天都黑了,裴决想——除非自己死了,不然他不能,也不可以让她这样出去。

他上前拉她的手,再次妥协:"影影,不要闹。已经很晚了,外面不安全,有什么话我们好好说行吗?"

但钟影说:"你不要再迁就我了。

"见到我你是不是很没有办法。

"裴决,我也很没有办法。但是这样下去真的很难受,我感觉自己快要分裂了。我睡不好,一直都睡不好,我有时候会想为什么会变成这样,有时候又会想如果不这样会怎样。翻来覆去,每晚都是这样。"

她转身,木然地看着裴决,语气坚决:"我们再也、再也不要见面了。"

到底什么才是分手?钟影想,对她和裴决来说,分手就是永远都不要见面,不要心动,不要想他,不要想着去爱他,也不要想他有多爱自己——

299

就这样，就停在那个戛然而止的地方。

玄关的壁灯在一侧大理石墙面上映出两人交错的身影。

裴决看着她，没松开手。

"迁就？"他皱眉，"没有办法？"

他发现钟影说的每一个字，他都没有办法理解。

于是，他只能从那次分手找原因："对不起，影影，那是一次意外。我知道你很害怕——"

"意外！"

突然间，钟影像变了个人，眼底一瞬间爆发出十分亮的光。她狠狠瞪着裴决，好像他是她此生最大的仇人。

"意外？"

但是这样面对裴决……又不是她想要的，像是再难克制，她猛地就哭了出来。

"你说是意外？"她呜咽着痛苦道，"我恨你！我恨你裴决！"

是的，除了她自己，所有人都觉得是意外，是有惊无险，是虚惊一场。但是对她来说，是噩梦的开端，是过去的阴霾，是再也躲不掉的心惊胆战。

裴决下意识伸去给她擦眼泪的手被用力打开。她终于彻底地崩溃了，蹲下来哭得一塌糊涂。

裴决低头注视着她，过了会儿，也在她面前蹲下，伸手将人揽入自己怀里。

钟影推他，裴决搂着她的背，没让她离开。

"你不要再这样了……"

她哽咽着，伸手死死抵在裴决胸膛上，试图隔开两人。

"我们不可能了，裴决，我闭上眼想的都是你不在我身边我怎么办？我要不要去死——不可能了，裴决，我们这辈子都不可能了……"

裴决看着她，泪水也很快从他的眼眶掉下。

他低头去亲她的脸颊，再次抱紧她。

他好像不知道该怎么办了，唯一能做的，好像只有牢牢抱紧她。

3

钟影哭到脱力。

裴决抱她上楼回房间，她把自己蜷缩起来，许久都没动。

裴决坐在床边，认真想了很久，在玄关那会儿钟影说的每个字都在耳边。过了会儿，他低着头轻声说："阿姨去世那天，我也在医院。"

钟影睁开眼，她哭了太久，鼻尖都湿了，泪水沾在眼睫，一眨眼就扑簌往下掉。

"你说永远都不会喜欢我。"

裴决的声音里带着笑意，好像这个时候回想起少年时无望的爱恋，并没有多悲伤，反而有些坦然和宁静。

钟影转过身注视着他。

"后来在香港，我遇到钟振。"

这件事他原本没打算告诉她，这会儿却不知道为什么，一下又说了出来。

钟影愣住。

"我让他滚得远远的，永远不要出现在你面前。走的时候，他对我说，你不会喜欢我的。后来在云姐家⋯⋯"

他停顿了会儿，开口时笑意居然更加明显。

"我就想，是不是你真的永远都不会喜欢我？永远都不会和我在一起？我们是不是真的没有可能⋯⋯一点可能都没有。"

钟影坐起来，摇了摇头，哑声："不是的⋯⋯"

裴决脸上笑容无奈，眼眶却很红。他伸手摸了摸钟影潮湿的面颊，替她抹去滑下的泪珠。

"听我说完。"他搂住她的后颈，把人按到怀里，"可是你刚刚说恨我，我竟然觉得你爱我。"

"影影，你爱我吗？"钟影刚要说话，裴决又说，"你爱我的，我知道。你一直都爱我对不对？只是你现在不想再爱我了——你担心我像闻昭一样，是不是？"

钟影没动，也没说话，倾泻的泪水却很快浸湿了裴决的胸膛。

她付出过爱，在最悲伤的时候，也曾竭尽全力地与人相爱，可是这种竭尽全力，在第二次失去的瞬间通通变成最尖锐的利器刺进她的心脏，让她每一次心跳都变得痛苦。

裴决说得没错。她不是不爱他，她一直都爱他，只是不想继续下去了。她不知道，会不会有一天，当她爱到刻骨铭心的时候，老天爷又给她开个玩笑——那个时候，她真的会死的。

"我不会像闻昭一样的。"

裴决低头亲了亲钟影的头发，捧起妹妹再次哭到气都喘不上的脸，低头去吻她湿漉漉的嘴唇。

"我和他一直都不一样。我爱你，影影。从小到大，我一直都在你身边，你难道不清楚吗？"

"我什么时候丢下过你？"

"除了那次把你弄丢——影影，我这辈子，就犯过这一个错，你能原谅我，为什么不能相信我呢？我不会丢下你一个人的。

"还有你说的迁就、没有办法——"

他注视着她通红的眼睛，笑起来，叹息着去轻吻她的眼角和额头："我从来没有迁就过你，知道吗？我只是在爱你。影影，你想太多了。"

"这么久没见，你怎么能想这么多？你一个人待着的时候到底都在想什么？"裴决抵着她的额头，无可奈何地询问，"你说你睡不好，为什么不和我说？我也睡不好。有时候会想你在做什么？你好不好？有时候又在想，如果我们还在一起，现在又在做什么？"

"你看，我们想的都是一样的。"他的吻不再停留在她的额角，而是慢慢往下，细心地啄吻她的肩头和颈侧。

前一刻歇斯底里的哀痛与伤心，这个时候如同身上的衣物被一点点丢弃，钟影陷入天鹅绒一般的梦境，想不起来任何，也不需要去想任何。她侧身蜷缩在裴决怀里，眼前是雾蒙蒙的一片，她觉得自己好像变成了一片羽毛，轻飘飘的。

裴决望着她迷蒙的双眼，忍不住问："在想什么？"他的嗓音很沉，带着欲望的烧灼和忍耐，又有些小心的爱护与疼惜。

钟影垂眼去看他，裴决说："影影，我想要你一直爱我。"他抬起头，去吻她柔软粉润的唇瓣，汗湿的额发落在他的眼角，漆黑的眼瞳尤为深邃。他的目光牢牢锁住她，说想要她胆战心惊的爱。

"能给我吗？"

他不问她"爱不爱自己"，因为这个答案早就昭然若揭。他现在在讨要，也在承诺。

"只要给我就好了。"

他抱着她，亲吻她胆小又脆弱的心脏部位，低声道："我会长命百岁，同你百年好合。"

钟影不知道自己什么时候睡过去的。

她哭了太久，又出了好多汗，要睡不睡的时候，耳旁剩下吹风机的声音，还有裴决抚过腰侧的掌心，他掌心的温度总是有些热。

醒来眼前一片昏暗，只有很淡的光从窗帘后映来。

身体酸得不像自己的，思绪却很轻，好似脑子里的东西全被倒了出来，空荡荡的空白一片。于是，好一会儿，她都在走神。

闪回的记忆里，有三个月前的支离破碎，也有昨晚的歇斯底里——她记得裴决和她说了好多好多话。

适应了昏暗，屋子里的陈设渐渐清晰。

她抬眼就能看到床头柜上放着的一本书，伸手拿来，书名有些可爱，略翻了几页，才发现这是某知名游戏的通关攻略和设计精解。

裴决似乎看完了整本书，还给最后支线彩蛋的那几页折了角，这举动有些不像平日的他。

钟影忍不住笑，弯起唇角，扭头去看睡着的裴决。

一旁，手机屏幕忽然亮起，时间显示是早上六点三十二。

她又低头仔细去读手里的书。晨光一点点亮起，裹在晨雾里的海水气息越发明显。整本书都是精装彩页，十分精致，讲述的故事却有些悲伤——公主离奇消失，王子寻找公主。可钟影翻到倒数第三章，通关的大结局上显示王子并没有找到公主，只是探寻到了关键线索，之后——"敬请玩家期待续作……"

"好看吗？要不要带你玩？"

身后醒来的裴决埋入她的颈窝，吻着她温热的锁骨。

钟影摇头，把书放回去，轻声道："我要起来了。"

她原本计划是今天晚上就离开深州，一会儿去医院看看裴新泊，道个别，然后临走再和吴宜吃个便饭。

裴决没说话，揽着妹妹，问："几点的飞机？"

钟影："晚上八点多。"

裴决想了下："到家要十二点了。"

"嗯。"她坐起来，裴决也跟着她起来，好像离不开她似的，又说，"回去太晚了，不安全，要不改到明天上午。"

钟影笑着睨他一眼，起身往浴室走去。裴决在床上坐了会儿，拿起书翻了翻，忽然觉得好没意思，便放下书去找妹妹。

于是钟影还是改签了。因为等她从浴室出来，午饭点都快过了。裴决打电话给吴宜另外约晚上吃饭的时间，之后两人在家里简单吃了些，便去医院看望裴新泊。

裴新泊的状态比前一天好很多，大概是刀口的疼痛减轻不少。他的一帮老哥们照例围着他，打卡似的。孟恪江和邓洪倚在窗边，正聊着美国的官司，抬头见裴决拉着钟影的手进来，都有些愣住。

只是裴新泊的反应比他俩还大。

裴决刚准备开口，他伸手止住，一边抽气一边说："等下——我给你妈打个电话。"他脸上的表情介于痛苦和欣喜之间，异常复杂，估计是反应太大，牵动刀口了。

钟影不明所以，转头看裴决。

裴决想了想，说："附近有个电影院，要不要去看电影？"

裴新泊倒是无所谓，拨着电话，笑呵呵地摆手："去吧去吧。"

孟恪江很快皱了下眉，忽然朝钟影问："我记得上回老秦家女儿扯证就是小影你表姐，宁江去吃酒的亲戚回来说你在南州嫁人了？"

他这句实在突兀又不合时宜，话音落下，几位叔伯闻声也转头过来瞧。

裴新泊一脸"你没事吧"的表情,说:"老孟你不知道——哎,小宜。"他电话打通,语气喜滋滋。

他的语气过于自然,一时间也消解了不少孟恪江话里的不客气和场面的凝固。

钟影清楚裴新泊的用心,便顺着微微一笑,说:"是的。"

邓洪打量着钟影,注意到她身边面无表情的裴决,眼神微转,又像昨天一样,拉了把孟恪江,笑着对钟影说:"小影,你孟叔没别的意思——"

只是他这话刚冒出,裴决的脸霎时就沉了。

邓洪太阴,非要点出来,这下在场所有人都知道孟恪江有"言外之意"了。至于这言外之意是说钟影嫁人还是别的什么,那只能任由人猜测。

"邓叔,"裴决轻笑了下,"你觉得孟叔是什么意思?"

邓洪没想到裴决会这么直接,他同人打了几十年交道,从没被这么当面质问过,还是个小辈。一时间,他的脸色比孟恪江还差。

眼见着场面再次僵持,不得已,裴新泊再次打圆场,他煞有介事地捂着嘴,笑呵呵地对电话那边说:"我看是不会沉迷游戏了……一会儿?一会儿他们说是去看电影……"

裴决扭头拉着妹妹,一秒都不想待:"走吧。"

他爸妈惯会平场面,有时候他都觉得完全没必要。这里面哪个不是人精,心眼比头发还多,打起交道来,不累死也要被耗死。他一直是看不惯的。

路上见裴决脸色不大好,钟影笑着岔开话题,问他:"沉迷游戏?"

裴决转头看她,好笑:"我看起来是这样的人吗?我又不是三岁。"

钟影忍不住刨根问底:"那叔叔为什么那么说?"

两人在红绿灯前站定。

今天比昨天降了几度,一夜下来,街角已经堆满落叶了。

裴决转头看钟影,钟影也看着他,眼底满是笑意,似乎觉得裴新泊那样揶揄自己儿子很有趣。

他摸了摸钟影面颊,笑着说:"沉迷游戏是因为失恋。"

钟影神情微怔,没说话。

"游戏会让我觉得时间过得很快,有时候打通一关,一天就过去了。"他语气很淡,好像不值一提。

说完,他意识到什么,忽然笑起来:"我玩游戏的水平不是很好。"

绿灯亮起,车水马龙。

钟影沉默着没作声。不知道什么时候开始,那些心底和彼此有关的一切都袒露了出来,担忧、关心、想念、不舍。

"影影,不要多想。"裴决伸手将她抱进怀里,低声,"我只是很想你,你知道的。"

他在向她解释,他的失态只是因为思念,他不曾怪过她。

"我也很想你。"

像是再也忍不住,钟影脱口而出。她抬头望着裴决,急慌慌道:"我也是的。"

裴决被她这副样子逗笑:"我知道,你昨天说过了。"

钟影不再说话。

这个时候提起昨晚,竟然好像一场梦。

见她又不说话,不知道在想什么,裴决摸了摸她的面颊,笑着说:"我知道你想我、喜欢我——"

"不是的,"钟影轻声,"是爱你。"

她抬头对裴决说:"我爱你,哥哥。"

裴决凝视着她,没作声,过了会儿,他低头亲了亲钟影额头。

他清楚这是一份自幼时建立起的信任与依赖——无人可以相较。

正是凭着这份信任与依赖,他才能再次获得钟影的爱,这当然也是独一无二的。

晚上两人和吴宜吃了饭,吴宜没有多问什么。

她儿子是个不好说话的,表面看不出什么,实则心底什么都防,戒备得很。

"对了。"她想起来,抬头对裴决说,"你爸和我说了孟叔的事。"

她又转头看钟影:"影影,你别放心上。你还有印象吗?孟叔家有个小女儿。"

钟影愣了下,点点头。印象是有的,但实在模糊,也就逢年过节见过几回。不过钟影对孟恪江的妻子更有印象,还记得她叫文熙。那年樱桃树事件后,她专程给钟影送了回礼,是一个很精致的八音盒。这件事钟影记了很久。

"早两年他想和我们做亲家,但是你知道裴决……所以我已经和他说了,以后不会再有这样的事。"

这大概就是总裁的作风——遇事果决,斩草除根。

钟影都听愣了,反应过来去看裴决。裴决似乎觉得理应如此,他低头吃饭,脸上神情如常,像在听别人的故事。

回去路上,钟影才彻底搞明白其中缘由。

"那你会和别人结婚吗?"走着走着,钟影忽然问。

裴决看看她,不知怎么就明白了为什么有的人平路上都会摔跟头——因为有些事就是这么莫名其妙。

他想了想,半晌琢磨道:"你觉得我脑子不好是不是?"

钟影憋笑:"……我是说时间长了。"

"时间长了我就死了。"裴决没好气。

她会和他开玩笑了,这是个好兆头。裴决想,先不计较了。

到家还是一个人没有,何叔这两天也不知道去哪儿了。裴决担心他是不是有什么事,电话打过去,才知道吴宜给他包了机票,出去度假了。电话那头的何叔十分欣慰小辈的关照,末了,像是才想起来,说给钟影准备了客房。裴决面无表情地说了声"知道了",挂了电话。

入夜风声大了些,潮湿温润的海水气息渐渐变得凛冽。

钟影打电话和赵慧芬说了这边的情况。只是提到裴决的时候,赵慧芬听钟影的声音觉得同之前有稍许不同,她想这件事还是得慢慢来,便没多问。秦云敏倒有点急,从赵慧芬那儿知道钟影去了深州又意外碰到裴决,电话也紧跟而来。那会儿,钟影在收拾行李箱,明天一早就要出发。

裴决注意到,说了声"是云姐",钟影就让他接了。

免提刚打开,那边就是一串急哄哄的提问:"影影,你看到裴决了?还好吗?没事吧?裴决应该不会把你怎么样吧?"

钟影僵住,蹲在行李箱旁,抬头看向一脸若有所思的裴决,好像被踩住尾巴的猫咪,无措又慌张。

裴决笑着瞧她,歪头对电话说:"我能把她怎么样?"

那边似乎不止一个人,伴随一声仓促猫叫,秦云敏顿了顿,好气又好笑道:"行了,挂了。"

裴决看着暗下的屏幕,忽然道:"云姐真的很紧张你,说得我好像会吃人。"

钟影的脸已经热得不像话,耳尖也红得仿佛要滴血。裴决注视着她,低头吻了上去。

昼短夜长的时节,不知道夜里几点,时间似乎是以吻记数的,一个吻代表一秒钟。钟影发现这样的话,竟然有种地老天荒的错觉。只是渐渐地,她有点缺氧,不得已,只好连声叫他"哥哥"。裴决好笑,觉得妹妹也太会作弊了,但他最后还是放开了钟影。

两人又说了会儿话。大概是分离的时间过于长,一夜又太短。话说起来,没头也没尾,但又处处值得说。

钟影提到那次回春珈,裴决说下次一起回去。钟影笑,妈妈肯定很开心她带他回去。裴决望进她笑意盈盈的明亮眼眸,想了想。

"阿姨肯定会怪我吓你一跳,害你做噩梦,睡不好。"他说得认真,似乎清楚秦苒就会这么想。

"那我帮你说点好话好了。"钟影笑眯眯,"还有外婆。外婆很喜欢你,她肯定会帮你说话的。"不提不知道,原来她身边这么多人喜欢裴决。

她这样妩媚又灵动，眼眸盈盈，如同春日里波光粼粼的湖面。

片刻，裴决低头去吻她的嘴唇，气息热烫间，想起什么，低声道："下个月我在美国，会尽快回来的。你乖一点，不要胡思乱想。"

…………

进入十一月，入冬的步伐陡然加快，空气里寒意滋生，晨起的雾气也越发浓厚。

裴决在美国的行程日渐紧张。

近两周他都忙得脚不沾地，意外状况太多了，所幸胶着的形势到了月中逐渐明朗，官司总体平稳下来。只是吴宜不满意最后的赔偿金额，要求他再逗留半个月，为东捷再争取下权益。

"你能不能上点心？"吴宜吐槽他。

裴决其实都没说什么，只是对他妈的提议稍微停顿了一秒钟，他妈就一副"天要塌了"的抱怨语气。

"知道了。"他说。

转头，他就给钟影打电话："我真是受不了我爸妈。"

钟影笑："阿姨说话就是很有趣。"

"有趣？"裴决好笑，但妹妹觉得有趣就有趣吧。

小雪节气那天，南州一夜连降十多度，早上起来，窗外树梢都光了好些。

钟影做好早饭去叫闻琰，闻琰缩在被窝里，懵懵懂懂地问钟影："妈妈，下雪了吗？"

钟影给她找来衣服，回想了下去年，说："估计要等到一月份了。"

闻琰脑袋刚从毛衣里钻出来，便重重叹了口气："好想下雪哦。"

钟影笑，忍不住去亲她暖乎乎的脸颊。

大概是闻琰的期盼太强烈，十一月最后一个周末，南州不知怎么忽然就降了场雪。

早上那会儿，天色阴沉，钟影还想又是个阴天。谁知云层越积越厚，到了中午，天色暗沉得如同傍晚。只是午后刚过，天色忽地一亮，细小的雪碎破开云层，从缝隙里掉落，一点点地在半空飘起来。

今年的初雪来得太早了些。

闻琰白天在外面玩了好一会儿雪，晚上临睡时都还开心得恨不得在床上打滚。

好不容易睡着，钟影都担心她太激动翻身掀被子，于是便陪着睡了一会儿。

回到房间，裴决的视频刚好打来。他那里是上午，窗外已经是近两个月的冰天雪地。

说起今天南州的雪，他也有些意外。

"我记得去年一月份的时候才下雪。"他想了想，回忆道，"市中心那几个冰雕，就是下雪那天运来的。"

钟影也有印象："对……琰琰回来说市里有冰雕，吃了晚饭我带她去看，还有她奶奶。我们三个一起。"

闻言，电话那头忽然有些沉默。

"裴决？"

裴决笑着说："那天晚上我也去了，正好和几个同事在附近聚餐。"

钟影愣了下，没说话。

关于那天的印象，除了晶莹剔透、栩栩如生的冰雕，大概就是拥挤的人群。裴决站在最外圈，眼花缭乱没有，热热闹闹也没有，他只是看了会儿就转身离开了。

也许他们曾擦肩而过。

不过这不重要。

时机总是或早或晚，该发生的还是会发生，重要的是从今往后。

4

裴决回来的那天，南州的雪已经停了。

天色还是阴沉，气温持续降低，树梢的积雪难化，冷风飘过，寒意刺骨。

钟影去机场接裴决，远远看到他在同一些人说话。那些人见裴决的目光朝她望去，也纷纷转过视线。

大老远，裴决弯起唇角，深色大衣挺括，他走得快，整个人意气又张扬。比起一个多月前两人在机场的偶然碰面，他此时的状态像是变了个人。

许久未见，分别的感受在这一刻变得清晰。

见她一个劲瞧自己，裴决走近便伸手搂她入怀，笑着问："在看什么？"

钟影正要说话，身后传来一声招呼。

"小影？"

钟影扭头，见状一愣。

崔照笑着打量她，神情惊讶又有几分了然，转头，他对裴决说："我真是服了你。"语气倒十分感慨。

他是崔茂仕的儿子，比他们都大，很早就被崔茂仕送出国读书了。那会儿，钟影和裴决还在宁江上小学。之前钟影去深州看望裴新泊，在病房里听人聊起，说东捷在医药领域的投资和研发，这几年都是他在国外拉合作。

"你们怎么遇上了？"钟影笑着说，"真是好多年没见了。"

崔照点点头，指了指他们身后那群人："我回国帮我爸谈项目，正好在南州这边，飞机上就碰到了。"

崔照看着他俩,伸手比了比,神情怀念:"真是过了好多年了啊。你俩小时候就这么点大,过年都是我带你们去买烟花——你还记得吗?跟在我后头,天天叫我'大哥哥'。"

钟影笑起来:"记得的,大哥哥,我还记得你在大院里养仓鼠,吓了我妈一跳。"

裴决看她,想了想,没想起来:"有这回事?"

钟影点头,只是未等她说话,崔照接过去一边乐一边说:"阿姨以为是老鼠。那个时候养仓鼠的人少,我整天当宝似的揣兜里,阿姨肯定觉得我脑子不好。"

钟影笑得不行。还真是。秦苒有一阵说起崔茂仕出国的儿子,总要说这小子喜欢养老鼠,属猫的吧。

两人又聊了好一阵,隔在中间的裴决一度以为自己失忆了。毕竟,他对崔照的印象就是一个挺会来事的大哥哥。其余细节,基本没有。

回去路上,钟影还在说她的"大哥哥"。

裴决好笑:"印象这么深?"

闻言,钟影眨了眨眼,反应过来,笑着转眼看他,说:"就是一下想起好多以前的事。"

"都和他有关吗?"裴决云淡风轻地问。

钟影反问:"你不也在?你每回都在好吗?"

裴决点头,半晌若有所思道:"那就是都和我有关。"

钟影忍不住笑,转开脸望向窗外,好一会儿笑容都止不住。

两人照例还是先回栖湖道,车程也近。

市里已经看不到大雪的痕迹了,只有路边时不时垒起的混浊冰堆提醒市民隆冬的来临。可在栖湖道这块,也许是自然生态足够好,薄薄的雪还覆在路灯和枝丫上。蓝山上白雪的痕迹也很深,山里浓雾弥漫,远远瞧着,好像搁浅的云。

到家果然没有任何变化。闻琰的房间装修好后,这几个月估计也时常通风,窗户都没关严实。钟影四处转了转,又进了厨房。冰箱明显被收拾过,比起前一阵,少了许多时令的补给。

裴决去主卧换衣服,吴宜的电话正好打来。

"老崔说你和你大哥哥在机场碰到了?影影也在?"

裴决"嗯"了声,莫名觉得"大哥哥"这三个字也太肉麻了——都多大人了,算算崔照都快四十了。

"影影呢?"

见自己儿子话少得等于没有,吴宜只好找钟影。

裴决扯下领带，解开衬衣领口，握着手机朝外走去："影影？"

钟影在厨房"哎"了声。

吴宜不解："你俩在哪儿？隔那么远？"

裴决："……栖湖道。"

手机很快到了钟影手里。

"嗯……见到大哥哥了。"她站在冰箱前同吴宜说话，转身时撞进裴决怀里，裴决就从后面抱着她往客厅走。

"瞧着挺年轻的，对，他确实瘦，一点没变，真的。"钟影和吴宜聊着，忍不住笑，"我还记得您那会儿总说他像竹竿——没，这个没提，大哥哥说是来这边谈项目，就是崔叔的——"

裴决皱眉，崔照是没名没姓吗？

大概询问了下，吴宜很快有了思量。她知道裴决肯定黏着钟影，便在电话那头直接叮嘱："我看你这阵子是不会回来了。过几天你去找你大哥哥，跟他学着点，医药这块你心里也要有点数。本来想以后让你崔叔直接带你，既然正好碰到，先这么着吧。"

裴决真是佩服他妈，几秒工夫，商业版图就画到自己身上了。不过他也懂他妈的良苦用心，便点头应下。

"好好看着，虽然你们小时候有交情，但一码归一码。你嘴甜点，像影影一样，你们以前是不是都叫他'大哥哥'？"吴宜笑。

钟影点头证实："对，裴决也叫的。"

说得好像这是什么好事。

挂了电话，裴决解释："小时候是小时候，七八岁的时候我见谁不叫姐姐哥哥。"

钟影好笑："现在也没什么，他确实比我们大。"

裴决："对，他都那么大了。我不叫。"

"叫哥哥是礼貌。"钟影苦口婆心。

裴决看着她，想起什么，低头去亲她喋喋不休的嘴唇，一本正经："哦，所以你之前叫我哥哥都是礼貌？"

钟影愣住，他怎么什么都能扯到自己身上。

裴决很快笑起来，不说话，只是瞧着钟影笑。

钟影慢慢回神，脸顿时就红了，伸手去推裴决。裴决握住她的手腕，将她抵在墙角，唇角弯起："在想什么？"

没了领带，他的领口因为两人贴得极近被牵扯得歪歪斜斜，整个人透出一股漫不经心的恣意，欲望和笑意全落在他眼底，漆黑瞳仁映出他再明显不过的意图。

钟影不说话，脸越来越红。

她发现裴决现在有点无法无天了。

进入十二月，圣诞的氛围越来越浓。

南州第一场雪结束后，气温升了些许，连着两日阳光都奇好。不过下周又是一轮寒潮，第二场雪估计也不远了。

秦云敏打来电话说伴娘的两套礼服已经寄到时，钟影正和闻琰一起将一株近两米的圣诞树挪到客厅。

这是陈知让送的圣诞礼物。

早上接到物业电话，开门看到签收的单据，钟影都没反应过来。回到房间，闻琰睡得正香，她想了想，就没叫起来仔细问。

裴决那会儿正要出门，看见圣诞树，绕着转了圈，抬起头时，他笑着对钟影说："我小时候怎么没想到。"

钟影好笑，看了眼时间催他："快点去吧。"

虽然是周末，但他事情还是很多。裴新泊要来南州跟进他和崔照的项目，这是吴宜特派的任务。崔照一听裴新泊要来，就和裴决说要一起去接机。于是，下午的时间顺带也被占据，他们一行人要先去合作企业碰个面，晚上再同南州市政府经济开发署的人吃个便饭。

听到钟影的催促，裴决站在门边笑着问她："一会儿干什么？"

他微微侧着身，神情从容又温和，不紧不慢地耐心等着妹妹和他讲话。

"等琰琰起来问问怎么回事。"钟影看了眼圣诞树，又说，"下午带她去奶奶那儿过周末，又有喜酒吃了——这阵结婚的人好多。"

裴决随即道："云姐不也是。"

他这副与人闲聊、消极怠工的语气太明显，钟影忍不住笑。见她笑，裴决也笑，想起眼前的正经事，兀自点了下头，便转过身去坐电梯了。

闻琰起来看到圣诞树，反应比她妈还大。

"这是哪里来的？妈妈！"

围着转了圈，公主开心得路都不会走，一路蹦蹦跳跳地跑去问钟影。

钟影笑着瞧她："陈知让寄来的。"

闻琰愣住，扭头又去看那株圣诞树，过了会儿，犹豫道："不是吧……"

"怎么了？"

公主立马开口："上周五我和梦梦买零食，抽中了学校的圣诞卡片。我抽中的是幸运奖，送了一个圣诞花环的冰箱贴。梦梦的是'响当当奖'，送了一串金色的小铃铛。回去陈知让问我冰箱贴哪儿来的，他说他上回去抽什么也没有，我就把我的当作圣诞礼物提前送给他了。"她骨子里有和闻昭一样的洒脱又随性的气质，遇事总是慷慨大方，从来不会纠结太久。

说到最后，闻琰的语气越来越不可思议。

钟影无奈，不由得想起上回为了六一儿童节的礼物，她和裴决还跑了趟香港选回礼。

不过狮子公主自有办法。

吃完早餐，闻琰给陈知让打了电话。

陈知让似乎认真考虑过闻琰收到圣诞树后的想法，很快就给了闻琰无法反驳的理由："这是你用你的幸运抽到的奖品，我为什么不能给你最好的？"

闻言，钟影都愣了下，一时间也不知道说什么。

不过忽然间，她感到些许欣慰，陈知让真的很在乎闻琰，从来不会用一种理所当然的态度去对待闻琰。这位小朋友，以后肯定会是闻琰最好的朋友。

圣诞树在家里安顿下来。

一丛丛翠绿色的松枝被细致扎好，钟影和闻琰花了好大的功夫才挨个解开，再挂上闪闪发光的圣诞老人、毛线袜、姜饼小人，还有松针铃铛、毛毡雪片。一会儿工夫，整间客厅都变得童话起来。

"正好，我给你送礼服，也去看看。"

电话那头，秦云敏知道了这件事，有些好奇。

钟影不放心她怀着孕到处跑，便说："我让闻琰拍个视频发你。待会儿把她送去奶奶那儿，我再去你那儿。你别乱动。"

秦云敏没好气："你们都把我当什么啊？"

钟影笑："当宝贝啊。"

秦云敏哑住，可又忍不住笑。

闻琰抬头，笑眯眯："妈妈，我也想去看婚纱。"

钟影便说："好，那晚点再去奶奶那儿。"

谁知两人到的时候，赵慧芬也在。她和范婧今早在公交车上遇见，两人都要去南州最大的农贸市场买最新鲜的食材。两人聊了一路，赵慧芬也好奇婚纱，回家收拾完便也过来了。秦云敏先试了下主纱，这套是周崇岩另外请人设计的，明艳又温柔。

在场围观的三个女人都有点想哭。

闻琰抬头瞧到，不是很理解："你们怎么啦？不好看吗？我觉得好像仙女啊！"她冲到钟影面前，紧紧搂住钟影的腰，又去看赵慧芬，大声说，"干什么呀！真是的！都不许哭！"

听见狮子公主发号施令，几人一时间又都笑起来。

秦云敏上前搂住范婧，用力揉了揉低头抹眼睛不作声的范婧肩膀，小声撒娇："妈妈。"

钟影的两套礼服也十分好看。闻琰高兴得又蹦又跳，她觉得自己的妈妈是世界上最美的妈妈,她与有荣焉,一下又觉得自己是世界上最幸福的小朋友。

裴决收到秦云敏偷偷发来的照片时,正在车里听他爸和崔照说话。照片上的妹妹侧身站着,正低头笑着瞧闻琰,礼服裙摆下露出一截雪白纤细的脚踝——这是长大的妹妹。裴决垂眼注视手机屏幕,唇角弯起。

他总是会在某个瞬间意识到她长大了,她有了自己的女儿,工作顺利,生活也安稳。但又会在某个时候,想起那个安静的小女孩,开心的、不开心的,和他说话的、不和他说话的。以及她的孤注一掷、头也不回,她的脆弱与勇敢……这些,都是他的妹妹。

裴决收起手机,默不作声地转头注视窗外。

隆冬的光景凋敝又黯淡,实在没什么好看。车子平稳行驶在出机场的高架上,正在施工的高楼此起彼伏。耳旁传来裴新泊的声音,上车后他就一直在和崔照闲聊,许久未见这位小辈,听着像是寒暄,实则问得很详细。

"你比他们都大,院里几个小孩,你是大哥哥。但出去读书工作,都是你爸给你规划,裴决就从来不听我们的——"

裴新泊指了指身旁,语气严肃:"要不是前阵子出了事,这会儿他人还在天上呢。"

崔照笑着说:"裴决有自己的想法。其实我大学学的也只是管理,偶尔会帮我爸翻译点技术文件。后面他觉得医药这块发展前景好,我正好在加州,那儿的生物医药投资企业是最多的,他就说帮忙看看合作,然后一直到毕业,我就这么做了下来。"

裴新泊点头,很是理解,过了会儿,却忍不住叹气道:"小照,不瞒你说,我是支持你爸的。但你知道,东捷这一路走来不容易。早年研究所那么难——国内整个航空工业都刚起步,大伙都是实打实挺过来的。后来搬到深州,你应该也清楚,走了好多人。但你爸是讲义气的,是我的老大哥,还有你孟叔,我的两位老大哥,都给了东捷航空不少支持。"

话说到这里,崔照心里已经很清楚了,这是要他表态。估计是裴新泊在他父亲那儿得到了不算满意的答复,于是便希望自己这个小辈能给予支持。毕竟,就像东捷以后肯定归裴决,而崔茂仕现在拿着的这些,也只可能落在他这个儿子手里。

崔照看了眼裴决。

这一路,他都没怎么说话,只是安静听着,旁人也看不出他心底在想什么。

说实话,离家太久,崔照其实对这些弟弟妹妹的印象几近于无,偶尔也只在聊起时稍作回忆。

半晌,他笑着对裴新泊说:"裴叔,我对航空不是很感兴趣,您知道的。"

话音落下，就连前排司机都悄悄看了眼后视镜。

裴决抬眼，注视崔照。

这句话太直接，不过倒也符合大刀阔斧的年轻一辈，干脆利落。

闻言，裴新泊没有丝毫错愕和不满，神情如常，笑呵呵道："你有自己的想法才好。现在很多年轻人都没有自己的想法。"

…………

到了酒店，几人吃了中饭，裴新泊回房间休息，准备下午和他们一起去拜访合作的企业。崔照要去提前照应下，便没留下来，只裴决跟着裴新泊进了电梯。

电梯门关上，门外崔照笑容消失的刹那，裴新泊语气无奈又低落地同裴决说："完了，回去要挨小宜老板骂了。"

闻言，裴决转头看看父亲："没事，小宜老板估计已经想到了。"

裴新泊点点头，没说话。

电梯门打开，父子俩往外走。忽然，裴新泊转头叮嘱裴决："你不要对人家有意见。这是人之常情，知道吗？"

裴决不禁好笑，他的父母好像一直觉得他与人相处有障碍，他道："爸，我不是三岁，您不要总叮嘱我这些行吗？"

裴新泊便也笑，打量了几眼自己儿子，逗他："有区别吗？三岁就知道藏妹妹了。"说着，记忆浮现，裴新泊干脆乐了两声。

裴决有些无奈，对父母的滤镜不能太多，虽然他们时常替儿女着想，但挖苦起来也是一针见血。

"我记得你和你妈讨论过邓叔和崔叔的问题，你妈说你是支持他们离开东捷的？"裴新泊问。

裴决点头："迟早的事。"

长远来看确实是这样，如果没有坚定人心的利益归属，那就是迟早的事。毕竟这不是早年齐心协力、患难与共的情况，到了他们这辈，关系单薄不说，年轻气盛，各自的想法也早就天差地别。

下午一行人去合作的医药企业拜访，一切还算顺利。

之前裴决来过几次，这边的人也熟悉他，知道他是东捷的，但也清楚真正同他们谈合作的是崔照。而裴新泊则在一旁扮演"吉祥物"，多数时候笑呵呵。

晚上和经开署的人吃饭，也是崔照在其中牵线照应。

裴新泊不敢喝酒，饭局过半他就因为要赶飞机离席了。

他一走，崔照似乎放松许多，毕竟上午在车里说了那样的话，心底不可能不打鼓。

和裴决一起送人上车,回来时,他笑着对裴决说:"可算完成任务。"

裴决知道他这句是促狭,没多说什么。

崔照打量着裴决,记忆里这人似乎一直这样寡言少语。以为裴决在担心接下来的合作,他便拍拍裴决的肩膀:"放心,有大哥哥在,保证你回去好交差。"

裴决看着崔照,微微一笑:"其实我对医药也没兴趣。我之前建议过,让邓叔和崔叔出来单干。"

崔照没料到裴决会这么说,神情很快变了,带着几分忖度和思量。他放下搁在裴决肩上的手,顿了顿,问道:"怎么说?"

裴决不想和他打马虎,对他说:"我爸妈一路过来不容易,他们对航空有感情。而我一路学过来,飞了这么多年,也清楚这个行业需要多少人的付出和努力,明白这里面的技术难度有多大,需要多少物力支持。

"当然,我说这些不是给你卖情怀的。"

裴决弯起唇角,笑道:"我不是裴新泊。我清楚你和邓叔他们至今不离开东捷的理由——你以为那些坐在里面的人认的是你崔照?还是崔茂仕?"

闻言,崔照脸色一变,没说话。

"当然,肯定也不是认裴新泊和吴宜。

"他们认的是东捷。

"所以,不要把人当傻子。你们可以选择要不要离开东捷,东捷也可以随时踢你们出去。"

裴决看着崔照,神色如常,似乎这只是一场偶然发起的闲聊。

回到饭局,崔照的话明显少了许多。

一顿饭结束得十分潦草,临走,他像是有了些取舍,笑着对裴决道:"我的意思可能没说明白。裴决,以后我们肯定是要一起合作的。我心里有数。"

他看着裴决,发现这个从小到大话就不多的少年并没有长在父母的羽翼下,身上根本看不到半点裴新泊和吴宜的影子,甚至一些为人处世都与他们背道而驰。

裴决没再说什么。

回到家已经是晚上十点多,客厅留了一盏落地灯,小小的一圈昏黄。

大概是今天与人周旋太久,裴决感到些许疲惫和烦躁。

他脱了大衣外套进房间,钟影正靠在床尾的软榻上翻照片。过几天秦云敏结婚,她打算找些以前的照片出来,到时候大家一起看。

见他进来,钟影笑着抬头说:"云姐以前是不是有部相机?我看她拍了好多……"

她的语气十分自然,好像他并没有离开太久,只是在如常的日子进了门,她就这么同他说一句。

裴决点点头,稍作回忆:"好像是。"

他往衣帽间走,解下袖扣时,心情平静许多。灯光从一侧打过来,面前的镜子一角映出钟影瀑布一样的乌黑长发。

钟影已经挑了几张照片出来,裴决走过来拣起一张看,发现是小时候他们三个去博物馆,妹妹两手搂着她姐姐,他站在妹妹旁边,中间隔着差不多一拳的距离。

裴决:"这张就不要了吧。"

钟影抬头:"为什么?有云姐啊,我还抱着她呢。"

他莫名有点孩子气:"那你找人把我截掉吧。"

钟影忍不住笑,放下相册,站起走到裴决身边,低头点了点照片里立得板板正正、面容严肃的哥哥,耐心地哄他道:"你别这么小气,到时候没人会注意你的,你就先在旁边站会儿好不好?你看你站得多好。"

裴决心想:好啊,不就是站一会儿吗,站一辈子都可以。

南州连着两日晴好,气温回升,但临近婚礼那几天不知怎么又下起淅淅沥沥的中雨。

周崇岩扭头望见钟影撑着伞走来时,笑着扬声:"嫂子。"

"妈说你什么也不拿就来了。"

钟影笑,把伞搁在一边,蹲下来收拾赵慧芬叮嘱带来的一袋锡箔。

山脚蒙蒙的细雨到了山里,很快团聚成大片游荡的雾气。

周崇岩奔着眉眼,觑那袋红色的袋子,嘟囔:"我哥不喜欢这些。"

赵慧芬要是在,听到这句铁定骂得他狗血淋头。但钟影倒没说什么,唇角弯起,笑意十足地点了点头。

冬日里的雨水寒意逼人,山里草木和泥土的湿气又重,白色烟雾升腾起来好像凝固的风,一缕缕地静止在半空,许久都散不开。

周崇岩仰头注视着,不知为何就红了眼眶。他仓促地蹲下,对着墓碑上周昭的照片说:"哥,我要结婚了,你知道吧。"

钟影背朝他站着,也仰头去望那停泊良久的白烟。

说完,停顿几秒,周崇岩又猛地站起来,别开脸,抬手擤了下鼻子,没再作声。

过了会儿,他对钟影说:"嫂子,我说完了,先走了。"

他嗓音含糊,像是要哭。不过很快他便转过身,穿过丛丛墓碑,从另一头往山下去。

钟影望着他匆匆的背影。

锡箔烧得快，一会儿便只剩苍白的一团。

钟影收拾了下，看到一旁搁着的伞，拿过来折好放进包里。她坐了会儿，心底平静，想起四月清明来这里时，也是一个阴冷潮湿的天气。

"琰琰升二年级了。"想起什么，她就说给他听，"有一个新朋友，上学期交的，叫陈知让。两个人处得很好，琰琰也很喜欢他。"

"云姐后天结婚——崇岩和你说过了。"

她笑了下，没再说下去，转头看着照片上意气风发的男人，看得久了，似乎还能听到他朝自己跑来时的脚步声。

钟影埋头，额头抵上膝盖。

关于闻昭的记忆还是很清晰，甚至高一刚见面的那天她都记得十分清楚……倒是他去世前的几年，记忆仿佛沉入水下，怎么都看不真切。

她记得他高一的时候入选校篮球队，一鸣惊人。她放学不回家，绕过操场去体育馆看他训练，还得编个正经理由，比如找体育老师问问请假的事。他有点紧张，盯着她问怎么了，为什么要请假。钟影卡壳，咕哝着说不出话。他前前后后围着她转，从头看到脚，好像她是个洋娃娃，就差上手仔细摸摸她的关节了。

时间再久点，快要毕业的时候，他问她想去哪个城市，喜欢哪个大学，大学毕业后想做什么。她问他要一起吗？他答得理所当然——"不然呢？"

对啊，不然呢？

互相喜欢不就是应该时时刻刻在一起。

爱意滋生好像藤蔓，牵引着血管，再一路跋涉到心间。

之后的所有都好像顺理成章，大雨如期落下，她撑着伞站在校门口，等待一个如约而至的许诺。

…………

"没有不想见你。"钟影抬起头笑着说，"好不容易梦到你，怎么会不想见你。"

她注视着闻昭，神情温柔，过了会儿，伸手去摸照片上他的眉眼。

墓碑冰冷潮湿，他的眉眼却鲜活如初。

他曾将她拖出深渊，也曾将她抛入深渊。他以为他对她有愧，她也以为这一切就不应该开始。可如果不开始，又该在哪里停下？

钟影收回手，眼眶泛红地对他说："闻昭，我还是会在校门口等你的。"

停泊在半空的白色烟雾一点点散去。

山脚下，细细密密的雨丝落在身上时，钟影看见不远处站在车旁的裴决。他没有撑伞，望见她时，远远朝她笑着走来。

钟影从包里掏出伞，裴决接过撑起。

"本来想在家里等你的，但想来想去，觉得你可能要哭。"裴决说。

钟影笑，转头看他："我没哭。"

裴决点点头："嗯。那就好。"

雨水落在伞面，发出细小的动静。

"哥哥。"

"嗯。"

"你说如果人有预知能力的话，是会阻止一切发生，还是什么都不会做，就顺其自然？"

裴决注视伞下钟影若有所思的面容，笑着说："怎么，闻昭和你说了什么吗？"

钟影忍不住笑："就是忽然想起。"

"如果是我的话，应该还是会顺其自然吧。"裴决淡淡道。

钟影想了想："那我和闻昭在一起——"

裴决很快拦下："我还没说完。"

钟影看着他一本正经的脸，等他继续说。

"我会给你转学。"裴决面无表情道。

等走到车前时，钟影已经笑得弯腰。

裴决撑着伞，耐心地等妹妹笑完，片刻，他也笑着转头去望远处的山影。入冬后昼短夜长，飞鸟的痕迹都变得短促，掠过天际时，好像一闪而过的透明水花。

"不过，我还是会让你见一见他的。"忽然，裴决道。

钟影抬头。

"如果知道这一切会发生……那时候，总感觉你应该去见一见他。"

"就见一面。"

5

窗外银装素裹，南州的第二场雪是昨天夜里下的。

钟影有些惊喜，只是天气骤然冷了许多，她缩在被窝里，整个人都有点蔫。

昨天一整天她都在秦云敏那儿布置婚房，光气球就不知道打了多少个。裴决晚上过去接她，她还在那儿踮着脚小心绕开她姐的大红枕头往墙上粘一只又一只的小蝴蝶。

他笑着站在房门口，看她一个人念念叨叨，数着两边对称的蝴蝶，弯腰在床头寻找另一只同色系的、但翅膀是折起来的蝴蝶。

他慢慢走过去，跟着低头帮忙找。

钟影察觉到什么，回头，冷不丁被吓了一跳，她有些嗔怪地笑："你干什么?"

"找到了吗?"裴决问她。

他站在喜庆的大红床边,一身黑色的挺括大衣,身上残留着更深露重的寒气,注视她的眉眼却分外温和。

钟影抬起手,一只样式精巧又别致的红色蝴蝶安静地躺在她的手心。

裴决看了眼,点点头,神情依旧带笑,不知道是认可这只蝴蝶识趣,还是觉得妹妹心灵手巧。

等钟影仰着脑袋举手小心粘好,他才问她:"弄好了吧?"

当然没弄好也不要紧,他可以帮忙。

手臂和脑袋抬了太长时间,钟影感觉自己快成两截了,她在床边坐下,听到裴决问她,一边笑一边低头去寻鞋子。

"弄好了,你要带我回家吗?"

忙了整天,头发都乱糟糟的,雪白光线从头顶崭新的顶灯照射下来,映出些微棕栗色的光泽,整个人瞧着有些懒洋洋。

裴决弯起唇角,见她伸着脚尖往床底划,便蹲下来握住她的脚踝给她穿鞋。

"肯定是要带回家的。"他语气笃定。

随后两人一起将房间收拾了下。

范婧进来,见状忍不住笑。她四处看了看,对钟影说:"舅妈煮了汤圆,和裴决一起吃了再回去。"

于是,小两口在桌边一人吃着一碗香喷喷的芝麻汤圆。

细小的雪碎就是那个时候飘到窗口的,细细密密,好像盐粒,周围很快萦荡起清冷的气息。

亲戚们站起来走到窗边,闲聊着说起往年宁江的雪有多大。说着,有几位转头朝裴决和钟影问道:"是不是?你俩还有印象吗?"

钟影笑着和裴决对视。

裴决点了点头,同认识但并不相熟的婶子说:"有点印象,只是这些年不怎么回去了。"

婶子和蔼一笑,没再说什么。

过了会儿,钟影凑到裴决身边,小声喊:"哥哥。"

她鲜在外人面前这么叫他,裴决心下好笑,注视她的眼底笑意更明显。

"怎么了?"他也同她一样小声,仿佛回到小时候,在大人眼皮底下吃饭开小差。

"待会儿我们去市里逛逛好不好?"

时间并不算晚,大概因为好日子就在明天,所有的准备工作又已经完成,她整个人都有些兴奋。

"好。"

只是她在回程的车上就睡着了。

车里暖意熏人，钟影坐了没一会儿就歪头靠在了一边。围巾还没摘下，柔顺的长发落下来遮住了她半边脸。

车子缓缓停在路边。

她今天真是累着了，睡得实在熟。裴决摸了好一会儿她的脸，她都没醒，呼吸声渐渐有些沉。

车窗打开一条缝，晶莹的雪花落了进来，眨眼又变成雨水的痕迹。

街道上，圣诞的氛围一日比一日浓，金色的铃铛挂在树梢，四溢的雪碎铺天盖地。视野里车灯和霓虹交错而过，折射出一道道斑斓又璀璨的弧光。

裴决坐了会儿，见钟影没有醒的迹象，便笑着驱车回家。

闻琰放学就被赵慧芬接走了，明天她直接从奶奶家去酒店，离得也近。毕竟公主这次任务繁重，要全程指导两个从宁江来的小花童。领到这个任务时，她还挺发愁，三岁的小孩最难带的。

车子刚驶离缤纷绚烂的市区，身旁的人就醒了。

钟影前后望了望，又去望窗外，忽然"咦"了一声，转头就问裴决："怎么没去市里呢？"

裴决顿了顿，委婉道："被你睡过去了。"

不过，既然她还是要看的话，裴决便打了转向灯，预备在前面一个路口掉头。

钟影故意推辞："其实也不用。"

裴决点点头，一本正经道："其实是我想回去看看。"

钟影便笑起来。

街上行人大都匆匆，商场招牌在一片皎洁的雪色里光彩熠熠。两人下车后，路过之前那家给秦云敏买金饰的店，尤为富丽堂皇。

钟影扭头看了一眼，裴决以为她还想买点什么送给秦云敏，便问要不要进去。钟影摇了摇头，收回视线定定地瞧着裴决，不知在想什么。

雪落在她白皙柔软的面颊上，裴决伸出手擦了擦："冷不冷？"

这句话让钟影想起两人第一次见面，他也是问她冷不冷。那个时候，两个人好像在雪地跋涉了许久，互相照面的第一眼，似乎也只能问这句。但是这个时候，他问她冷不冷，是想将怀抱敞开，拥她入怀。

钟影往前靠了靠，贴上他的肩头，冰冷触感一下袭来，不过隐隐还是能嗅到他身上清冽的气息。过了会儿，炙热的体温顺着衣料层层传递，很快，钟影就感受到了他的坚实与温暖。

裴决拍了拍她的后肩："外面有点冷，我们去车上。"他不知道她为什么走神，只是担心她着凉感冒。

钟影这才松开他，往回走时，她又扭头看了眼那家店。

车里暖气很足，钟影感觉之前落在头发上的雪正在化成水。裴决伸手摸了摸，觉得还好。钟影不大高兴，说"真的是湿的"，裴决便又伸手揉了两下。

钟影盯着弄乱自己头发的哥哥，佯作生气，说："你故意的。"

裴决收回手，想了想，目视前方岔开话题："要不要吃点东西？"

他这样有点心虚，但不多。钟影笑起来，下一秒，忽然就倾身过去亲了亲裴决稍稍抿起的嘴唇。

裴决愣了下，真是"恩威难测"。他笑起来，转头看着钟影："这是什么意思？"

钟影也笑："肯定是好的意思。"

裴决点了点头，握在方向盘上的手松开又握紧，半晌还是忍俊不禁："我想也是。"

于是，回家的电梯里，钟影已经被亲得晕晕乎乎了。

裴决搂着她，一刻不停地亲吻她令人心肠柔软的嘴唇。从这张嘴里说出来的任何话他都毫无防备，她的手抚在他的胸口上，仿佛牢牢攥着他的心脏，一紧一松都让他心醉神迷。

钟影察觉到了，捧起他的脸，一点点吻他专注的眼眸和弯起的唇角，对他说："如果我每天都亲你，你是不是就习惯了？"

她没有去解答他的问题，时间长了，这些都不会成为问题，因为本来就不需要任何理由。

裴决有些愣住。

钟影笑起来，像是印证一样，用力亲了好几下他的嘴唇。裴决被她逗笑，旖旎的氛围不知怎么变得有些像小孩子过家家。不过很快，他到底是哥哥，氛围还是被拉回来了，呼吸渐渐变得滚烫，慢慢地，又变得潮湿。

…………

手机上不断收到程舒怡的消息，一会儿她说出了机场高架，一会儿又说进市里堵起来了，弄得钟影在秦云敏身边坐下又站起来。

秦云敏正在换最隆重的一套婚纱，她弯不下腰，钟影就过去帮她穿鞋。

"迟点也没什么，反正都是形式。就当大家许久没见面了，聚一聚，早点晚点都好。"见妹妹有些皱眉，秦云敏不由得笑。

她这些不常见的脾气，也只有极亲近的人才能发觉。

钟影蹲在秦云敏身旁，头发是一早做的，乌黑一片倾泻在她光滑的肩头和雪白的后背，好像黑色的丝缎。秦云敏一边安抚着她，一边伸手帮她调整了下别在后脑的半圈铃兰花环，小巧玲珑的一株搭配雪白的珍珠扣和斜插的香槟玫瑰，分外亮眼。

听到秦云敏说的话，钟影抬头笑着道："姐，她这人有时候可不靠谱了。幸亏这回她电话没静音，不然见不见得上都不一定。"

"那你看看她到哪儿了？"

闻言，秦云敏赶紧朝钟影的手机瞧去。

这一趟程舒怡原本说抽不出时间过来。因为香港的工作忙，一月份的决赛又近在眼前，钟影想着让她安心比赛，就没多问。后来不知怎么，秦云敏说程舒怡问自己要了酒店的地址。钟影一问，才知道她又改主意了。

"快半年没见，又是大喜的日子，太适合见面了。"程舒怡像是才反应过来，说得没心没肺。钟影闻言好气又好笑，不知道说她什么。

帮姐姐穿好婚鞋，又仔细整理了下婚纱长尾，钟影起身去拿手机的时候，程舒怡的电话正好打进来。

"影影，我到了！但是我上二楼没找到宴厅，他们让我走到最里面再下去坐电梯到二楼？"程舒怡的声音充斥着一股怀疑。

钟影笑："我知道你在哪儿了。你是不是从最边上那栋进来的？我去找你。"

出了化妆间就是热闹非凡的宴厅。

视线一闪而过，钟影看到幼时比较熟悉的几个宁江长辈。不过很快，周崇岩手底下那帮哥们就闹起来，有些钟影也认识，笑着朝他们看去。他们大声叫着"嫂子"，吆喝似的，弄得一旁另外几位年纪稍长的兄弟赶紧拉着人坐下。

又是几个转眼，她没瞧见裴决，大概被叫去做别的了。

宴厅外，周崇岩正听着范婧说话。他爸也在一边，笑眯眯的，频频点头，父子俩瞧着都很有耐心。相较之下，范婧身后的秦荣就十分敷衍。他背手站着，隔三岔五就扭头去瞧宴厅里许久不见的宁江亲戚，很是心不在焉。

见钟影出来，他还朝她摆手，乐呵呵地专门问了句："小影去哪儿啊？"

钟影好笑，叫了他一声"舅舅"就往走廊尽头的电梯去了。

一夜大雪，晨起才稍微停了片刻。沿着走廊一侧巨大的落地窗望去，能看到飘浮在半空的雪雾，远近的轮廓都变得雪白。

出了电梯上二楼，果然看到趴在栏杆上的程舒怡。

她像是临时套了件羽绒服，里面还是入秋的装扮——毛衣加阔腿裤，整个人瞧着又有了点变化，更随性了些。

没听见脚步声之前，她兀自摆弄着手机，身上斜挎着小包，行李箱都没带，闻声转眼瞧见人，眼睛一亮，大声"啊"了一声，就匆匆压低声音笑着奔来抱住钟影。

"你什么都没带吗？"

钟影有点担心她穿这身待会儿出去会着凉。

程舒怡见她一副忧心的模样，开玩笑："哪能啊，我带红包了！"

钟影便也忍不住笑："那走吧。"

"不过说真的，南州什么时候这么冷了。"她的语气好像第一次来南州。

钟影："是你待的地方太热了。"

短短半年，那些再熟悉不过的记忆通通变得陌生。

红包送出去，范婧给程舒怡拿喜糖，只是这会儿兵荒马乱的，宾客一茬接一茬地来，范婧差点叫错程舒怡名字。

好不容易挤出去，程舒怡提着喜糖走在钟影身边。过了会儿，她小心翼翼地凑近，说："我没别的意思啊，就是觉得刚刚阿姨太顺手了。"她声音不高，笑嘻嘻的，纯属感觉好玩。

钟影笑着瞪她一眼，想起刚才范婧因为差点叫错人，尴尬万分的时候反手打了一拳无所事事的秦荣，顿时也觉得十分有趣。

化妆间里，准备就绪的秦云敏已经开始吃东西了。她遵循少食多餐，外面热闹的场景好像和她没什么太大的关系。

聊起程舒怡的比赛，秦云敏想起来，便问她有没有把握。程舒怡笑着说："大佬云集，我肯定是没把握的，不过对我而言，已经走到这步，结果也无所谓了。"

这样的赛事，能入围，她就已经很满意了。

秦云敏点点头，忽然又道："舒怡，我感觉你这趟从香港回来变了好多。"

"还记得吗？"她笑着指了指站在边上吃草莓的钟影，"去年过年——就今年二月份，我去她家吃饭，你突然过来了，气呼呼的。那会儿她在厨房做饭，你跟我吐槽了半个多小时前男友，我的天。后来吃完，你先走了，我和影影说，舒怡可太能说了。"

一番话说得程舒怡大笑。

"姐，我那会儿确实脑子不太对。"

她笑着挖苦自己。回想起来，感受最深的居然是时间过去了那么久，久到她回看那时的自己竟然都有些陌生。

也许是冰凉的草莓吃多了，钟影感觉胃里有点不舒服。

这一上午又是接亲又是两边敬茶，一直到酒店，她其实都没好好吃东西。早上出门就只在车里张嘴吃了几口裴决喂来的茶叶蛋和煎饺，之后她就一直在和秦云敏的化妆师打电话，安排后面跟妆的时间，一点张嘴吃东西的工夫都没有。

中间裴决还喂了她一颗糖。趁着敬茶结束,摄影师忙着给两边父母拍照,他慢慢悠悠地踱到她身后，往她手心塞了一颗糖。是巧克力夹心糖，钟影几口就吃没了。再朝裴决看去时，他的神情有些无奈，这糖是小朋友给的,他没好意思多拿,就一颗。后来闻琰从另一头见缝插针跑进来,手里捧着一大堆糖,对钟影说:"这个糖好好吃,刚给裴叔叔,裴叔叔就拿了一颗,妈妈你快拿。"钟影笑得不行,但身为大人,她也只好拿一颗,然后,用同样的方式悄悄送给了哥哥。

用后来范婧的话说,裴决也是惯的她,早饭怎么能不好好吃呢?那会儿,钟影胃疼的事经过秦云敏毫不留情地宣扬一路传到了范婧耳朵。钟影被舅妈说得一度感觉像回到小时候,有种做错事的卑微感。

仪式快开始的时候,伴郎伴娘碰了面。

裴决皱眉打量钟影脸色,问她还疼不疼。钟影悄悄去牵他的手,表示自己没事,又笑着问:"舅妈怎么和你说的?"

"没说什么。"他语气如常。

钟影不信,按照她舅妈的性子,肯定要多问裴决几句。

"说呀。"她拉拉他的手,在角落里笑盈盈地瞧着裴决。

婚礼主持已经在前面预备进场了,周遭光线一点点暗了下来。正前方的屏幕上开始播放新郎新娘精心挑选的照片。里面有几张是钟影特意放进去的,宁江的亲戚很是熟悉,照片放出来,场下明显热闹许多。

裴决注视屏幕上答应妹妹好好站一会儿的儿时的自己,笑着道:"舅妈说我惯你,我心想,这不是从小的事吗?有什么好说的。"

钟影忍不住笑,和他一起去看屏幕。

秦云敏那儿还有一张照片,也是儿时他们三个。钟影没见过,看到微微一愣,转头去看裴决。他倒是印象深刻,唇角笑意上扬。

"什么时候的事?"钟影问。

一闪而过的照片里,她趴在裴决肩上,整张脸红通通的,已经睡着。裴决小心翼翼地背着她,闻声瞧向镜头时,视线还没从肩头妹妹的脸上挪开。秦云敏凑在一旁打量裴决,笑眯眯的,好像知道了什么了不得的事。但也许是一旁还有大人在,她的表情莫名鬼鬼祟祟,十分搞笑。果不其然,照片放出来的那秒,秦荣大笑的声音直接传了过来。

"春珈爬山。你回去就冻发烧了,记得吗?"

钟影摇了摇头:"照片是谁拍的?"

"你舅舅。那会儿警察都找来了。"

他这么一说,钟影有了点印象,笑起来:"是不是云姐带我俩上山结果迷路的那次?"

裴决点头。

"云姐为什么那么看着你?"钟影好奇。

裴决神情稍顿,他站在钟影身边,过了会儿,浪漫乐声响起的时候,才对钟影说:"你着凉了,我很着急。云姐心大,觉得我们肯定出得去,让我放心,还和我开玩笑,问我是不是喜欢你,长大了想娶你。我说是的,所以麻烦她尽快找出路,我不想没有妹妹,长大了还没有老婆。"

钟影听得目瞪口呆,脸上笑容却怎么都止不住。

"云姐呢?云姐什么反应?"她追问。

裴决淡淡道:"云姐和你一样的反应……有这么好笑吗?"

他佯怒,仿佛少年裴决上身,注视钟影的眼神严肃又平静。

换作小时候,钟影会有点怕他,觉得他的目光带着清晰的审视和锐利的洞察,仿佛什么都逃不过他的眼睛,于他而言,她是无所遁形的。

只是,这个时候——

钟影握着他的手,就像握着他的心脏,好像只有在她的手里,他的心脏才是跳动的。

没一会儿,裴决脸上就看不出什么严肃的劲儿了。他笑意温和,注视着眉眼灿烂的妹妹。

这些年,婚礼流程就没怎么变过。等花童送完戒指,主持人就在前面挨个叫两边家长上台说点什么。

看得出来,周崇岩的父亲很激动,他的发言稿是一早写好的,这会儿对着念出来时,手一直在抖。台上台下都看得很清楚,弄得主持的姐姐也红了眼眶。

不过后来轮到秦云敏说点什么的时候,大伙儿的情绪就没这么酸涩了。

她清了清嗓子,笑着说:"首先谢谢大家来参加我们的婚礼。虽然我感觉这场婚礼,从头到尾,我的参与感还没我爸妈来得多。"

话音落下,范婧皱眉瞪了眼她。秦荣大概是没听懂,还一个劲朝着台下的亲戚乐呵呵。而秦云敏身旁,周崇岩想笑,但碍于丈母娘态度明确,硬是咬住了腮帮。

台下则不在意,发出一阵笑声。

程舒怡更是哈哈大笑,扭头去找钟影,想说点什么,就见她和裴决站在不远处恩恩爱爱,瞧了两眼,便又无语地转了回去。

"这几年,我发现一件事——"秦云敏的语气变得神秘,慢悠悠道,"就是有些人适合一个人做决定,有些人适合两个人一起做决定,当然,有些小朋友适合三到四个人,比如和家里大人一起做决定。"

说着,她看向一个劲儿凑到最前面,望着她双眼一眨不眨、时刻亮晶晶的闻琰。闻琰对上她的云敏阿姨,似乎听懂了,仰头咯咯直笑。

钟影闻声去瞧她,也忍不住笑。

裴决两手插兜,看了眼她们母女。

"就比如我,我一个人做决定的时候,瞻前顾后,但要是让我爸妈参与进来,变成三个人,那只有鸡飞狗跳。'三人行必有我师'是不存在的。"

范婧好笑,往一旁瞧了瞧,发现明显走神的秦荣,又忍不住朝他后背拍了一记。亲戚里离得近的看见了,顿时都笑了。

"舅妈一直说舅舅人来疯。"见状,钟影小声对裴决说。

"……能看出来。"裴决委婉道。

钟影笑。

"后来我又想,那我和周崇岩两个人一起能拿定主意是有什么客观原因吗?比如性格互补?或是思虑更周全?不是的——"

秦云敏微微一笑,对台下道:"是因为周崇岩根本不会反驳我。"

程舒怡顿时又乐了。

周崇岩那帮兄弟更乐。

"我在他那里获得了几近狂妄的自信,于是便觉得世上无难事。"

周崇岩笑着接过话筒,说了句:"补充一下,不是我不会反驳,是我真心觉得秦老师说什么都对。"

婚礼流程按部就班地走完,钟影才有时间歇下来。

闻琰彻底玩疯了。大概秦云敏的婚礼是她参与的所有婚礼中最开心的一场。因为不仅新郎新娘喜欢抱着她拍照,全场所有小朋友还都唯她马首是瞻,一口一个"小闻姐姐"。而且,钟影还特许她下午领着一帮宁江来的小朋友去北湖公园玩——那块可是她的地盘。

赵慧芬叮嘱她可要看紧这些小朋友,闻琰拍拍手,说:"没问题的,奶奶,我都牵好绳了。"

钟影过去一看,发现她给每位小朋友的手腕上都牵了根系气球的丝带,五颜六色,还挺好看。

钟影哑住,不知道说什么。

当然,这样疯玩的结果,只有感冒。

之后两天,闻琰天天起床擤鼻涕,顺带把钟影也传染了。钟影裹着毯子缩在沙发里时,怀里还仔细揣着一个,两个人擤鼻涕的动作和频率如出一辙。只是她刚给闻琰披好毯子,闻琰又伸出手来像模像样地摸摸妈妈的肩膀,弄得她好气又好笑。

不过闻琰好得快,她本来小毛病就两三天,最快一晚上睡一觉就没事了。但钟影不,从小到大,她感冒都得拖拖拉拉地持续好一阵才好。弄得赵慧芬都担心闻琰二次感染,怕小孩子禁不住老是咳嗽,于是放学时直接把闻琰接了过去。

闻琰安慰钟影:"妈妈你快点好啦,不然奶奶不会让我们见面的。"

说完,赵慧芬瞪她:"我是最坏的人是不是?"

闻琰笑嘻嘻,转头又去哄她亲爱的奶奶。

所幸第二场雪停了后,气温上升了几度,阳光出来时,还有点入春的感觉。

十二月中，艺术团的改革方案正式出炉。

钟影重感冒好了去上班，就听说领导换届了。新上任的领导里有几个也是从艺术院校毕业，很重视南州的文教发展，预计年后将和市里一些专业机构合作，将原先的艺术团扩大，再结合本土文化，创办人民艺术大剧院。

人艺剧院的消息很快上了南州新闻。裴决回来看到提了句，说地址已经选好了，年后动工，眼下正招商，前几日团里领导还过来谈合作。

钟影好奇这里面需要投多少钱。但裴决对这块不熟，他想了想，对她说："下回吃饭你一起去吧，问问专业的人。"

钟影以为他在搞笑，就没理他。

但某天周末他回来，说明天一起去某地方吃顿便饭时，钟影以为就是一般的聚会。谁知到了之后看到团里一帮领导，还有几位眼熟的同事，她有些蒙了。

当然，其他人更傻眼。

一直以来，钟影在团里，甚至在琴行的存在感都不是很高。在他们眼里，她就是一位在自己位置上安心做事的钢琴老师。

众人照面，心思各异。

裴决帮钟影挂好大衣，回过身来拉她在一旁坐下。

团里领导互相看了眼，为首的先是朝钟影点了点头，便笑着同裴决说："原来钟老师是裴总太太。"

裴决笑，刚要说什么，就见钟影点了点头，礼貌地跟各位领导打了几句招呼。裴决转头瞧她，眼底笑意越发明显。

一顿饭下来，钟影对于建成一座剧院前后需要动用多少资源了解得七七八八，其间她一度希望裴决不要再问了，因为她都注意到领导身上传出的熟悉的紧张感，估计她领导没见识过这么较真问问题的投资方。

饭局结束，裴决看起来若有所思。

钟影当然知道他在想什么，见他起身去拿外套，也站了起来，笑着说："那你想和别人说什么？太太不好吗？"

瞧瞧这是什么话，什么叫太太不好吗？那是好得不得了。

裴决穿好外套，拿着妹妹的大衣过去给妹妹穿上，点头道："好的，太太。"

钟影笑起来，见左右没人，转身凑上前亲了亲裴决嘴唇。

裴决忍不住笑。

回去路上，又路过那家金饰店，钟影望着窗外，此前的念头再次窜进脑海。

她转头问裴决："裴先生，新年有什么愿望吗？"

她其实有那么些微的暗示，但裴决没察觉，以为妹妹还在开之前的玩笑。
于是，他便也一本正经道："希望你和闻琰都茁壮成长吧。"
话音落下，钟影笑得不行。
冬天的氛围似乎特别适合谈情说爱，拥抱时的体温、亲吻时交错的气息，好像比任何时候都来得亲密。
于是，当两个人在车里安静接吻时，钟影捧着哥哥的脸亲了会儿，忽然退开稍许，格外认真地问他："亲我的时候你在想什么？"
她好像希望他说，他亲她的时候在想星星想月亮，想一切美好的事物。
两人对视半晌，裴决打开车门利落下车，笑着催她："下车。"
很快，钟影就知道两人接吻的时候裴决在想什么了。
彼时她被裴决抱在怀里，眼前雾蒙蒙的，她搂紧他，闻着他颈窝温暖又坚实的气息，心里落定主意，没有说话。

…………

再次醒来天还是黑的。
钟影睁开眼望着天花板，好一会儿，她才反应过来，自己已经很久没有经历过午夜的清醒了。
就像一场余震的尾音。
她慢慢感受着心跳恢复平静，转头去看裴决，他的眉眼清晰深刻。她挨近他，没作声。
但也许是她靠近的气息同以往有那么些微的不同，过了会儿，裴决忽然伸出手臂揽住她的肩膀，低头埋进她的颈窝，轻声询问："怎么了？"
"你没睡吗？"钟影笑起来，伸手摸了摸他的后颈。
裴决好笑，同她玩笑："嗯，就等着你叫我起来呢。"
钟影笑。
慢慢地，他似乎也反应过来，叫了她一声"影影"。
"嗯。"
"是不是做噩梦了？"
"没有。我已经很久没有做噩梦了。"她说的是真的。
裴决点点头，抬起头亲了亲她的额头，然后把人拉到怀里拥紧，再低头用力亲了亲她的发顶，笑着说："睡吧。"

元旦跨年时，正赶上周末，闻琰提前放假，三个人和赵慧芬一起回了趟春珈，走之前钟影还特意去了趟市里。
春珈前几日大雪，积雪在山里一直没化。四人一路走着，几步就路过皑皑的一小堆，十分可爱，闻琰还给每个雪堆都做了记号。
看过秦苒和外婆后，四人去山里找了找冬笋。只是这个时节有点晚了，剩下的冬笋不多,需要仔细找。

水库旁的人家不知什么时候养了几只柴犬,远远能听到呜呜咽咽的声音。闻琰时不时扭头找,下山经过水库时一眼望见,赶紧窜了过去,在人家门口蹲下。很快,一个同她年纪相仿的少年走了出来,手里牵着一只十分小的柴犬,隔着段距离同闻琰说话。

钟影站在水库边上看着闻琰。

冬日的阳光分外灿烂,光线通透,折射出斑驳的影子,水面也映照得波光粼粼。

赵慧芬正从半山腰过来,招呼了声钟影。钟影回头,她笑着摆摆手,大声说今天运气不好,没找到好笋。

裴决跟在赵慧芬后面,还在低头四处寻,很是认真,钟影打量着,不由得笑。

"妈妈——"

闻琰又飞快奔了上来,她好像一只格外活泼的山野精灵,冲到钟影面前,十分及时地刹住脚,拉着钟影的手,仰头急急道:"我可以去他家玩狗吗?他说他也是从南州回来过元旦的。"

钟影抬头看了眼远远站着的少年,笑着问:"你们认识吗?"

闻琰摇头:"我想和他做朋友。做朋友我们就认识了。"

钟影好笑,正要说什么,赵慧芬不知何时来到身后,皱眉道:"别去陌生人家里。"

钟影解释:"是认识的。外婆在的时候他们就一直住这里。前阵子云姐和舅妈过来要买水库里的鱼,就是在他家买的。"

闻琰"哇"了一声,点点头,好像已经搭上了十分亲厚的关系。

见孙女扭头要走,赵慧芬不放心,上前几步拉住闻琰:"什么好狗,让奶奶也看看。"

闻琰点头,一边拉着赵慧芬的手小心下水库,一边承诺道:"是好狗,可乖了,还会啃甘蔗呢。"

"什么好狗?"裴决上前问道。

钟影指了指不远处的少年:"他家养的,琰琰喜欢。"

裴决点点头,没说什么。

在阳光下站久了,整个人都暖洋洋的。钟影在水库边坐下,低头去看静谧又平整的水面。过了会儿,那一小块亮晶晶的水面探出几下鱼尾,波纹随即荡漾开,碧光闪闪,十分好看。

"我看到鱼了。"钟影笑着对裴决说。

裴决低头去寻,自然而然道:"想吃吗?"

身后,很快传来小狗的叫唤声和闻琰的笑声。不一会儿,又传来赵慧芬同人家大人细碎的交谈声。仔细听,还真有"甘蔗"两个字。

"裴决。"

"嗯。"

他还瞧着阳光下的水面,神情专注,似乎真在考虑吃鱼。

"我刚刚和妈妈还有外婆说,我想跟你结婚。"钟影语气带笑。

裴决一下怔住,转头看向钟影,没说话。前一刻明显的笑意沉淀些许,渐渐地,他的神情严肃起来。

余光里,斑斓澄澈的水纹下,又是一抹鱼影倏忽而过。

钟影也转头笑着瞧他。

然后,在裴决反应过来垂眼低笑的时候,钟影朝他伸出手心。

上面是一枚戒指。

· 番外一
岁月长

/ 只要能和你一直在一起,我充满期待。/

闻琰上大一那年发生了一件不大也不小的事。

之所以说不大,是因为从头至尾闻琰根本就不知道。而不小,是因为裴决被吓得不轻。据开车送裴决去医院的总务秘书小刘说,裴总开车门的手都在抖。

钟影从剧院的台阶上跌下来,小腿骨折。

裴决到医院时,钟影腿上的石膏已经打好,医生的建议是保守治疗一个月,后续慢慢养,问题应该不大。

扭头瞧见裴决,钟影不是很意外,朝他笑了下,问怎么过来了。

虽然她脸色苍白,神情也有些憔悴,但表面上还是很镇静。这些年,她在外人面前尤其坚强,但很多时候裴决一眼就能看出她在逞强。

裴决没说话,沉着脸看了眼医生,走到钟影身边蹲下来仔细瞧妹妹的腿。他一身齐整利落,刚从会场出来,整个人有种不怒自威的威严气势。

自从前些年吴宜和裴新泊双双退居二线,他接过东捷大部分的决策权,成日里便越发喜怒不形于色。开会的时候尤其,根本没人琢磨得透这位接任的裴总到底在想什么。直到这次他在会场上突然接到剧场主任打来的电话,阴沉着脸迅速往外走。一众高层没见过他这样,都有些傻眼,好像东捷赶明儿就要破产了。

小刘在一旁解释,说是剧院的罗主任打了电话过来。

钟影点点头,对裴决说:"找时间还得谢谢主任,人家帮了忙——"

只是话音未落,裴决明显不大高兴,头也不抬地咕哝:"谢什么,你都受伤了。"

话音落下,小刘秉持良好的职业素养,忍住了吐槽的冲动。

这一阵入秋,气候干燥许多,傍晚的时间也变得局促。从医院出来,车子往栖湖道开去,暮色就跟在身后。等到了家,青灰疏朗的夜幕已然在头顶挂起。

钟影打开车门,扭头去瞧裴决从后备厢拿轮椅。

过了会儿,他推着轮椅朝她走来。走近了,两人对眼互相一瞧,裴决忽然说:"要不我抱你上去?"他的提议听着有几分合理,毕竟已经到家了。

钟影好笑,一边朝他伸出手,一边说:"在家你也抱我吗?"

裴决俯身将她抱到轮椅上,起来前先亲了亲她面颊,然后瞧着人笑道:"在家怎么不能抱了?"

在医院里,他还是一副不苟言笑的严肃面孔,这会儿注视着她,眼底笑意明显,说话更是不着调。许是见她一路回来情绪都不佳,便说些有的没的逗一逗她。

到了家,钟影自己推着轮椅去房间换衣服。

右小腿骨折,药效还在作用,疼痛并不明显,这个时候动作慢点,很多事自己也能处理。只是她刚要换衣服,裴决就过来帮她解纽扣,低着头一颗颗仔仔细细地弄。钟影有些愣住,抬起手,笑着对他说:"我手又没事。"

闻言,裴决点点头,很是鼓励的神情,接着又建议道:"要不要洗个澡?"说完,他转身出去,没一会儿找来防水套,蹲下来小心翼翼地给钟影的右腿套上。他好像听进去了她的话,又好像没有。

于是钟影就不说话了,空着的两只手偶尔摸摸哥哥的头发。裴决好像变成了她的玩具,哪里都可以碰,有求也必应,只要她乖乖待着就好。

不知道是不是在一起时间长了,她越来越能理解裴决的行为逻辑。只要她受了伤,或者心情不好,那他就需要时时刻刻围着。好像她是他生命里最不稳定的因素,或者说,是最脆弱的部分,如同心脏和大脑。他会牵着她的手走来走去,寸步不离,偶尔说几句试探下,实在不行,就只能等小辈们都不在了,黏上来轻声细语地沟通。弄得她走也不是,不走也不是,只能开口应他。

在裴决这种近乎呵护的态度下,钟影也没为什么特别生过气——就算夫妻间偶有摩擦,但真正的吵架,这些年,统共也就一次。

那发生在闻琰读初中的时候。

那会儿程舒怡已经是小有成就的大提琴手,两人大学的辅导员办了一次聚会,希望程舒怡能为母校增加点名气。去的那天,程舒怡过来接钟影一起,两人先在客厅聊天,说起当年系里的一个男生,程舒怡问钟影记不记得。钟影好像有些印象,程舒怡就笑:"他一直想追你呢!昨天还问我钟影来不来,我说人家都结婚了——"

余光瞥见裴决预备去书房的身影有些停顿,钟影拉了下程舒怡的手,笑着打岔:"真不记得了。我们走吧。"

晚上聚会结束到家,裴决已经在车库等钟影。

他两手插兜走来走去,垂着眼,视线落在地上,不知道在想什么。钟影忍不住笑,说不清楚他的心思那是不可能的。只是她不明白,程舒怡就同她说了几句大学时的事,还有那个她根本没有印象的追求者,他就能醋成这样?

她笑着走过去牵他的手。裴决看着她,精心打扮的妹妹简直美极了。岁月仿佛格外优待她,眉眼亮丽,少女的天真与灵动丝毫不改。这时,裴决莫名介意起自己的年纪,虽然他们只相差两岁。

他没说什么,拉着她的手一起往电梯去。

电梯明亮的光落在身上。钟影转头去看裴决,他穿了一件深色毛衣,里面是白色衬衫,很规矩的打扮,整个人沉稳又严肃,就算临时需要视频会议也不会出错。相反,钟影则是一身深绿色的丝绒吊带连衣裙,罩了一件深棕色的毛绒上衣,优雅又妩媚。

电梯门打开,她忍不住问他:"你怎么了?"

裴决看她一眼,视线落在她胸口的大片雪白上,说冰肌玉骨都不为过,好像雪堆出来的美人。深绿丝绒又尤为端庄,十分引人注目。

"没什么。"他说。

明明就有事。听他这么说,钟影就有点不开心了。

等进了房间,身后门一关,她还没反应过来,就被他单臂搂进怀里亲。他吻得深,许久才放开她,问她:"喝了什么?这么甜。"

钟影好笑,随口说:"你年纪大了吧,这是最不甜的果汁,怎么可能甜。"

这话本没什么,只是正巧戳中了她哥哥这一整天的郁闷心思。这下可好,裴决看她的眼神都不一样了,阴沉沉的,心里跟有什么烧着似的。

他握着她下巴又要亲,力道有些大,弄得钟影下意识抓住他的手腕,压低声音叫他的名字:"裴决!"

裴决抬头看她,漆黑眼瞳如同看不见底的深渊,语气平静:"你叫我什么?"

钟影转开脸不看他,语气更加平静:"我要去洗澡。"

兄妹俩无形中好像较着劲。

钟影气势汹汹地转身,步子迈得急,身体直接往旁边歪了下。这下把裴决吓得不轻,被醋意冲昏的头脑也逐渐清醒,忙伸手去扶她。但钟影却很快站稳,径直去了浴室,直到洗好澡出来,也仍旧兀自背朝一边睡下。

等裴决洗好澡回到房间,上床摸到妹妹潮湿的头发,又翻身下床找来吹风机，一边开着最小挡的热风，一边轻声细语地给妹妹道歉。

可等头发吹好，道歉的话说了好几遍，妹妹还是不理他。

裴决自知理亏，便也躺下不吭声了。

过了会儿，传来一句幽幽的问询："到底怎么了？"

裴决叹气，望着天花板说："感觉自己年纪大了。"

钟影一下坐起来，瞪着他，无语又生气："……你没事吧？裴决？刚才是谁啊？你不是很能亲吗？"

被妻子一通数落，裴决一时间都愣住了。

过了一会儿，他也坐起来，夫妻俩面对面，一个怒气冲冲，一个沉默委屈。

"你别这样，我不会可怜你的。"钟影冷声。

裴决点点头，没作声。

到底是为什么呢？吃醋？

不是的，是因为妹妹的大学生活他根本毫无参与。从小到大，他从没想过自己会缺失在她的人生里，还是这么重要的阶段。可命运弄人。多年后，他也只能从她和别人的交谈里知晓她成长的蛛丝马迹。

年纪大了？其实也不是。

裴决想，是他恍然发现，时间竟然可以过得这么快。一年两年、七年八年，倏忽而过，这么轻飘飘的。但他并不想这样，他希望他们在一起的每时每刻都是刻骨的。

钟影看着眼前沉默不语的男人，不知道如何是好。

她以为时间长了，这样的醋意和委屈他就不会再有。原来不是，一直都有。他真是个笨蛋。但能怎么办呢？他从小陪伴她，是她依赖的人，是她所有安全感的来源，是她爱意倾注的对象。

钟影不忍心看他这样垂头丧气，忍不住去抱他，埋进他温暖宽阔的胸膛，呼吸着他身上干燥的气息。

"哥哥，我爱你，你知道吗？"

他当然知道。

裴决点点头，揽住她的背："可是时间过得好快。"

"没关系的。"钟影明白他的意思，抬起头亲了亲他，声音笃定，"再快也不要紧。我不怕，你也不要怕。只要能和你一直在一起，我充满期待。"

药效在午夜失去作用，钟影疼得头冒冷汗，好像有根针往断了的骨头缝里扎。

回想起来，白天摔倒那会儿她是真没留心。其实她只要多看一眼就能避免，因为那处台阶已经坏了有阵子，大家一般都会注意。

在本可以避免的事情上受挫,灰心感往往更加强烈。

钟影睁开眼,望着黑漆漆的窗外。夜里气温明显低了许多,偶尔能听到夜鸟归巢,扑腾几下振翅,萧瑟的风声也被裹挟到耳旁。

她熬了一会儿,等疼痛感不是那么明显了,睡意却又跑了个精光。

睡不着,脑子里就开始想些有的没的。

按计划,明天她得去看赵慧芬,只是现在这样,老人家指定要担心……明早起来先打个电话吧。钟影思索着,到时就说剧院事情多,她过不去,下午再派裴决过去一趟……一番计划后,钟影觉得还挺周全。

睡意迟迟不来,肚子又饿了。晚饭那阵她没什么胃口,吃了几口就没吃,不过裴决看起来胃口很好。她忍不住笑,转头去看沉睡的哥哥,他这一天真够呛,估计也是临时赶过来。

"笑什么?不睡觉。"裴决闭着眼,语气严肃,也不知道他是怎么发现的。

钟影小声:"我有点饿。"

话音落下,裴决睁开眼,脸上说不清是什么表情,只听他默默道:"我就知道。"

他坐起来,垂眼看着安安稳稳地躺在身边的钟影,问:"想吃什么?"

钟影想起荷叶的清香、火腿的咸香,还有裹着粒粒分明的金黄米饭,脑子里已经开始搭灶台,口水都要掉下来。她仰面瞧着裴决,裴决若有所思地看她,忽然间像是心有灵犀,他忍不住笑,说了句"我也觉得不错"便下床为她叫餐。

大半夜吃这些对胃来说有些负担,可钟影一天下来就没吃多少,此刻急需果腹。她在桌边握着勺子一口接一口埋头吃,裴决没事做,转了一圈,找来公司的财报,一边喝酒提神一边陪她打发时间。

过了会儿,钟影想起先前琢磨的事,便同裴决说让他明天下班绕一趟去琰琰奶奶那儿看看。裴决点点头,问怎么了,钟影就把自己的考虑说了。

裴决转头看着陷入思索的妹妹,好笑:"躲得过初一而已。你这样瞒着,老人家指不定会察觉。还让我去一趟,她一看我这个裴总来了——你不是此地无银三百两?老人家晚上更加睡不着了。"

"你这个裴总?"钟影不禁笑。

见妹妹重复,裴决罕见的有些不自在,他搂住钟影,看了眼她受伤的腿,说道:"明天下午我陪你一起过去。"

钟影点点头,笑眯眯地道:"好的,裴总。"

裴决瞪她:"我这么好欺负吗?"

钟影就笑,一个劲叫他"裴总"。比起回家时郁闷又沮丧的心情,这会儿她像是变了个人。朦胧的灯光照在她脸上,肌肤细腻得好像羊脂玉一般温润白皙。裴决摸了摸她的脸颊,俯上前亲她。

亲着亲着，他忽然抬起头对钟影说："我感觉你现在想法有点多。"

钟影被他亲得都有些犯困，听到这句话，整个人愣愣的。

裴决稍稍直起身子，看着怀里的妻子，想了想说："我知道你出发点是好的，但如果不及时沟通，也会带来一些不必要的问题。

"我不是要你任何事都和我说，我只是希望如果你感到为难了，可以及时和我说，我们商量商量。

"不要你一个人琢磨，然后想出一个法子了，再通知我。"

刚说完，像是有什么回忆涌入了脑海，裴决顿时欲言又止。他垂头注视怀里的妹妹，片刻后叹气："我早该知道，当初你不就是这样甩的我？"

事情走向忽然变得奇怪起来。

"……你不会还在记仇吧？"钟影警惕地望向他。

毕竟，就这么一件明天见不见赵慧芬的事他都能发散，钟影不得不怀疑他是有备而来。

第二天去见赵慧芬，赵慧芬对于钟影摔伤腿这件事的反应比起小两口，简直正常得不能再正常。

"快四十的人了，哪能没有磕磕碰碰，回去好好养。"

裴决看了眼感到虚惊一场的钟影，笑着对赵慧芬说："影影原本担心您着急，打算瞒着您。"

钟影抬头瞪他。

赵慧芬好笑："瞒我有用吗？怎么，到时候再派你过来装没事？估计小影态度再硬点，这会儿来我这里的是不是就只有你了？裴总？"

一下被猜中，夫妻俩对视一眼，无话可说了。

天气逐渐转凉，钟影在家养伤，裴决也把大部分工作挪到了家里完成。但钟影其实并不需要人看顾，很多事她都可以自己做。一个多月后拆了石膏，她开始拄着拐杖在家做康复练习，虽然骨头还是会疼，不过比起刚受伤那会儿实属好了不少。

只是裴决不放心。

钟影起来，他也起来，她往哪边走，他也跟着，有时还帮忙挪点"障碍物"，弄得钟影哭笑不得，她正准备绕过去呢。但裴决丝毫不觉得自己做的哪里有问题，他看着钟影，心疼又不解："就是为了让你不用绕啊，绕着多费劲。"

溺爱她，仿佛是他与生俱来的天赋。

等吴宜知道钟影骨折的事，又是一个多月后，那会儿都快入冬了，钟影已经能不用拐杖自己独立行走了，就是走得慢点。

"和慧芬通了电话我才知道小影骨折的事,你怎么不跟我说?"

电话里,吴宜的声音有点着急,裴决垂着眼一边帮钟影看路,一边应了声:"嗯。"

钟影无语,接过电话说:"没事,妈,都好了,小伤。"

吴宜叹了口气,不是很相信:"轮椅都坐上了,还小伤。"

钟影笑。

"裴决呢?"吴宜问。

"在看路。"

闻言,裴决抬头看妹妹。等电话挂了,他好笑道:"我看路,你干什么?"

钟影抬头望着不远处蓝山的影子,笑着说:"我走路呀。"

事实如此,并无问题。

过了会儿,想起什么,裴决问钟影:"生日想怎么过?"

钟影愣了下,反应过来瞪他:"不想过。"

裴决就笑。

夫妻俩在跑道旁的长椅上坐下。秋意渐浓的时节,远远地,临近蓝山脚下,入目大片金黄。

今年年初裴决过生日时,吴宜、裴新泊正巧也在南州,晚上大家拿出蛋糕点蜡烛,裴决许愿。钟影问他许了什么愿,他还不肯说。等人都走了,他才不慌不忙地凑上前,问她想知道他刚才许了什么愿吗。

钟影那会儿正在梳妆台前卸妆,她看着镜子里的自己和裴决,男人坐在身后的榻上,兴趣颇高地注视着她。

她眼角的纹路不是很明显,但还是能看出年龄留下的痕迹,岁月在这一刻变得清晰。

"我想过和你一起变老的场景。"忽然,身后的裴决说。

钟影从镜子里看他,粉色的指尖沾着透明的唇霜,浅淡的唇色一点点变得莹润。

"但都没有眼下来得好。"他笑着。

钟影没说话,抿了抿唇,转过身走到他身边。今天是他的生日,所有人都来给他庆祝,可他居然在想变老的事,真是可爱的哥哥。

裴决揽住她的腰肢,让她坐在自己身上,看她一脸笑意盈盈,俯身便吻了上去。

等力气告罄,钟影喘着气蜷进他宽厚坚实的怀抱,好像白鸽倦夜归巢,依赖着再也不想动一下。裴决拍拍她的脑袋,细细抚摸她乌黑的长发,忽然说:"我没许愿。"

钟影不明所以,抬头看他,黑漆漆的眼珠子一转不转,似乎没听懂。

裴决又亲亲她的额头,语气带笑:"我跟老天爷说的是,一定要听妹妹生日许的愿,让她美梦成真。"

钟影忍不住笑:"笨蛋。"

裴决点点头,承认道:"没办法,就想哄你开心。"

等腿伤彻底好了后,钟影回剧院上班。

钟影生日那天,剧院同事送来了鲜花和蛋糕。傍晚下班,裴决接她去餐厅过生日。许愿的时候,钟影闭着眼笑着说:"哥哥,你知道我会和老天爷说什么吗?"

裴决让她不要走神,好好许愿,语气还挺严肃。

于是,钟影就在心里虔诚地默念:谢谢你啊老天爷,你真是个好心人,让我的愿望都实现了。

· 番外二
梦一场

/等你长大。/

裴决发现自己站在教室里。

晨光从走廊一侧的窗口照进来,斜斜地落在面前几张课桌和座椅上。空气里有雨水的气息,似乎前一晚刚下过雨。

身后陆续有人走进教室,三三两两有说有笑,看到他还打了声招呼。裴决觉得有些熟悉,下一秒,他就发现自己手里拿着一摞作业本。他盯着上面的班级名称,脑海里的一根弦忽然闪了下——

他感觉自己在做梦,但这个梦未免也太真实了。

手上课本的重量,耳旁试卷翻起的动静,还有脚下每一步的实感。裴决低头看了看,脚上的球鞋是裴新泊上个月出差给他带回来的……上个月。许多事猛地挤进来,是他过往十八年人生的所有点点滴滴。

裴决旋即转身跑出教室,沿着走廊飞奔到另一头,快速下了两层楼。

高一刚开学一周,比起高三紧张到稍显静默的氛围,这层实在是热闹至极,就没几个学生在教室里待着,全挤在走廊上。

裴决站在第三间教室门口,他还记得钟影开学第一周坐在哪里。

只不过——

他站在原地,发现命运的齿轮好像已经开始转动了。

他垂眼轻轻笑了下,心底不由得发出一声叹息,这哪里是梦,大概是某场回忆吧。

耳旁传来钟影的声音:"裴决?"

她语气带笑,起身就要走过来。跟她一起看过来的,还有她身后那位个子极高的体育生,他也朝裴决招了招手。

裴决注视着钟影:"没事,只是过来看看你。"说完,他转过身往楼梯方向走。

"裴决。"钟影却跟了上来，同他一起并肩走着，还扭头打量他，"怎么了？你刚刚看着我感觉怪怪的。"

裴决笑，视线落在脚下。他发现这个回忆真的很真实，教学楼一楼的瓷砖就是青黄色的，比楼上高二、高三的颜色都要深一些，大概因为连年翻修。

"没什么。"他对钟影说，"可能没睡好。"

钟影笑起来，说："你昨天没睡好吗？难怪我出门的时候看见你的自行车还在。"

裴决一愣："自行车？"

钟影被他的反应弄得也微微一愣："对啊。"

他整个高三就没怎么骑过自行车上学，为了节省路上时间，他都是坐公交。有时候和钟影一起，她在车上吃早点、背书，他则闭目养神，因为课业实在累人。

裴决搞不懂了，这到底是回忆还是什么梦？怎么出入这么大？

想了想，他问钟影："你们班那个体育生是不是这学期新转来的？"

两人走到一楼的楼梯口，风从一侧灌进来。钟影眯了眯眼，说："那个南州选拔来的篮球特长生吗？闻昭？"

裴决刚要点头，接着就听她说："他不是这学期转来的。我不是和你说过？他上学期期末就来了。你忘了？上个月你们在商场还碰到了呢。他在买球鞋，你说你也要买——喏，就是你脚上这双。我说他是我同学，你说'哦，长得蛮高'。"她一边说一边笑。

楼梯口的风有点大。裴决望着她手忙脚乱捋头发的样子，一双眼迷了风，看上去红红的，好像要哭。

"过来点。"他拉着她往里走了走。

全不对。

闻昭就是这学期新转来的，球鞋也明明是裴新泊出差给他带的，他就没怎么在高三上学的时候骑过自行车，也从没和钟影在商场碰见过闻昭。

这不是他的回忆，这到底是什么？

铃声徐徐打响，舒缓的前奏好像从遥远的地方传来。

钟影吓了一跳，转身往回走："要上课了！"

走了两步，见裴决还站在原地，她又着急地上前问道："你怎么还不上去？要上课了！你们高三都这么散漫吗？"

裴决一步步走回教室，同正在分发试卷的老师道了歉，循着记忆找到座位坐下来后，还有些云里雾里。

他到底，在哪里？

之后的一周，他都在适应某些"记忆错乱"。

比如，钟影父母在她出生那会儿就离婚了，钟振至今不知道去了哪里。秦苒还在研究所工作。钟影的外婆为了照顾她们，也一直住在宁江，逢年过节才会回一次春珈。吴宜也时常去帮忙。因为这个，他们两家的关系数十年来一直都很好，完全就是一家人。

再比如，他小时候根本没有把钟影弄丢过——提起这件事时，吴宜还以为他脑子坏掉了，要不就是学魔怔了。

"你怎么会想着把你妹妹弄丢？"吴宜不解，目光甚至带了些审视。

"做梦梦到了……以为是真的，问问。"饭桌上，裴决难得支吾。

"是不是高三压力太大了？"裴新泊面露担忧，伸手轻轻拍了拍裴决的脑门，"梦的都是些什么。"

"下周清明，要不你跟你秦阿姨一起回春珈待两天放松放松？"吴宜瞧着儿子，不是很满意，"就这么办吧。省得你学疯了。还把妹妹弄丢……你秦阿姨听到会怎么想？你怎么不把你自个儿弄丢呢？"

至此，裴决都不知道到底哪个是梦，哪个是回忆。

当然，最让他意外的还不是这些，而是——

"所以我一直载你回家？"

那天放学，裴决看着等在自行车前一边看小说一边时不时左右张望的钟影，脱口而出。

钟影动作熟练地把自己的书包搁到前面的车篮里，然后等裴决推车出来。裴决刚骑上，她也坐上后座，一只手抓紧他的校服外套，实在不解："你怎么了？失忆了？"

裴决好笑，没再说话，只是在心里默默想：裴决你真可以，换个环境就是天时地利与人和——慢慢地，他又忍不住叹了口气。

听见他叹气，钟影探头瞧他，过了会儿，嘟囔："你是不是觉得我麻烦？要不以后我坐车好了……你今天真的很奇怪。跑到我班里时，我还以为你和以前一样给我带早饭了呢……结果说了一些莫名其妙的话，还问闻昭——他怎么你啦？"

裴决吓了一跳，立即握紧把手，清了清嗓子："没有。影影，你别多想，我就想去看看你……早饭我忘了，下次一定带。"

"哦，相信你了。"钟影揪紧他的衣摆。

大概是从小生活环境发生了变化，钟影性格外向了许多，不过骨子里依旧很敏感。那天回去，一路上裴决一句话都不敢说了，他需要一点时间适应——不管是做梦还是回忆，钟影在就好。

清明，裴决和钟影一家回春珈。

他又住进了那间熟悉的老房子。

"你晚上睡觉冷吗？外婆让我多给你一床被子。山里温度还是很低的，这两天又下雨……"钟影敲门进来，裴决看着她，只是笑。

"你笑什么？"钟影不解，她觉得他这阵子都怪怪的，尤其是看她的眼神。她搞不懂，忽然之间好像就变得……缠绵悱恻？她被自己的想法惊到，觉得一定是小说看多了。她赶紧扔下被子，转过身就打算跑。

"怎么脸红了？"忽然，裴决问道。

钟影愣住，转头："啊？"

隔着一段距离，裴决指了指她殷红的面颊："屋里热吗？"

对上视线，这回他的眼神不那么腻人了，平静又温和，但还是很专注，似乎很想盯住她的一举一动。

钟影垂头摇了摇，出去了。

周末，两个人去山里逛了逛。四月春光正盛，白天阳光灿烂时还挺暖和，走在山里，树梢间透下摇摇摆摆的金色光晕，好像游弋的鱼。

"做了一个梦？梦见和现在很不一样？"钟影抬头看着走在前面的裴决，好奇，"哪里不一样？"

这个裴决可不会说，他只是想解释下最近自己的异常。

钟影笑："那你梦到你结婚了吗？"

"梦到了。"

"和谁？"

裴决顿住，仰头望着密密实实的竹林，扬起嘴角："等你长大了就告诉你。"

"那我呢？我和谁结婚了？"钟影又问。

心口仿佛被人轻轻握了下，裴决不吭声，往前走了两步，像是故意捉弄一般："等你长大了就知道了。"

钟影睁大眼，越发觉得这个人变得无赖，顿时一点都不相信他刚刚说的话了。

等回到宁江，生活好像自此就这么按部就班地固定了下来。

裴决养成了每天和钟影上下学的习惯。早上两人差不多同时出门，因为要配合裴决的时间，钟影往往会把早饭带着在路上吃。吃完就在后座背书，裴决偶尔还会抽查几个单词。放学，钟影就在车库等他，一般都是边等边看小说。碰上书到期还回图书馆，路上还得停一会儿找个地方看完，两个人就进了个便利店，顺便吃点东西。说实话，裴决从没见她看书这么认真过，看到最后几页还忍不住哭了。他好奇地也想看看，但她不让，死死捂着书，他也就作罢，骑车带她去市图书馆还了书，两人再一道回家。

五月份时，高三第一次模拟考。裴决一大早就起来了，原本说好今天得钟影一个人去学校，谁知他开门后就看到她已经坐在楼梯上打哈欠了，手上还是拿着早饭三件套——包子、牛奶、鸡蛋。

裴决皱眉:"什么时候起的?"

钟影站起来揉揉眼睛,含糊道:"和你差不多的时间吧。"

"不是说好分开走吗?"裴决从她背上拿下书包,带着她一起往外走。

"嗯……我想想还是早点过去吧,还能看会儿书。"

裴决好笑:"看什么书?让我看看你书包——"

他作势就要打开。

钟影扑上去抱紧书包,抬眼就瞪他。裴决不动了,笑着立在一旁。

上学的路上,身后橙色朝霞刚刚升起。钟影遥遥望着,想起什么,问裴决:"你打算考哪个大学?裴叔叔说他们不干涉你,那你是什么想法?"

"和他们一样吧,争取为祖国的航空事业献一份力。"

钟影笑:"我觉得你没问题。"

似乎怕他听不见似的,她这句说得格外响亮。

其实裴决想问她,她打算考哪里?想和他考一样的吗?但不知为何,一直到学校他都没问。

也许是来得实在早,校门都只开了一半。

裴决推着车和钟影一起往里走的时候,迎面也走来两三个学生。

"钟影。"闻昭远远看见他们,笑着跑上来,"你怎么来这么早?"

钟影指了指裴决:"他们今天模拟考,我就一起来了。你呢?"

"今天我值日。"

"哦,对。"

裴决没说话,心底有些平静。

因为今天是高三第一次模拟大考,大课间都没有铃声,其他年级陆陆续续下去做操,动静也都小了不少。等到傍晚,大概老天也觉得这一天下来实在压抑,忍不住增加点氛围,黑漆漆的乌云很快压过来,风声骤然大了许多,在教学楼间呼啸着穿梭。楼前的玉兰叶子也"哗啦"作响,入夏的氛围挟着泥土的气息扑面而来,似乎是一场倾盆大雨。

钟影在车库等到裴决的时候,一大排车都被吹倒了。

她帮忙扶了几辆,就见裴决匆忙跑过来,拉着她往校门走:"一会儿这雨就下下来了,我们坐公交车回去。"

话音刚落,头顶突然窜过一道极亮的银光,间隔数秒后,连绵的雷声轰隆而至。

钟影点点头,跟着他快步朝校门走去。

公交站台上已经挤了不少人,两人还没完全挤进去,豆大的雨点就"噼里啪啦"掉了下来。

钟影被裴决挡在里面,外面汹涌的雨水溅不进来。只是身旁实在拥挤,没一会儿,她就好像又要被挤出去,整个人歪歪扭扭的。裴决低头看了看她,没作声,伸手牢牢握住她的手臂。

他的手心格外干燥,带着不小的力道,生怕她被挤出去似的。钟影感觉耳朵有点烫,她想说点话,说什么都好,就是别这么安静。虽然周遭格外嘈杂。

她抬了抬头,望见裴决校服的领口,忽然就在想:他什么时候长这么高了?

这么一想,她嘴里也说了出来,只是裴决没听清。他低了低头,问她:"什么?"

耳旁是七嘴八舌的喧闹与埋怨。大雨突如其来,好几辆公交车都晚点了。最外围的人打着伞,伞沿还往下滴着雨水。

钟影又不说话了,因为裴决说话的声音就在自己耳边。他似乎也发现了,很快抬起头,似乎还仰了仰,过了会儿,又清了清嗓子。钟影有点想笑。

不知道过去了多久,公交车终于来了。

钟影被裴决拢在身前,挡住左右的人潮,一点点往前走。

上车自然没有位子。裴决带她走到后门下车那片,然后让她往里靠着,自己依旧和之前一样挡在她身前,只不过,这次是背朝她。

于是,钟影看到他湿透的校服后背。

她垂下眼,没作声。

虽然已经很习惯这种被照顾的感觉,但他越是不动声色,就越发显得她坐不住。慢慢地,她不禁有点恼——他怎么可以这么云淡风轻,是做哥哥做习惯了吗!真是烦人的笨蛋!

她使劲用手背搓脸降温的时候,忽然很想问他考得怎么样。但是人家刚考完,这么问似乎有点不大好。其实,她还想问今天早上一直没来得及问的就是她可不可以也考他的大学。但是这样似乎暗示了什么,裴决应该能猜到,他那么聪明。

这么一想,脸上的温度更加降不下去了,钟影有点崩溃。

不过很快她就知道裴决考得怎么样了。

因为吴宜很高兴,跑过来和秦苺聊天的时候,钟影正好在沙发上看电视。两人说起裴决的志愿打算,吴宜转头就问捧着酸奶吃的钟影:"影影以后想考哪里?"

钟影说:"我想和裴决考一样的大学。"

谁知吴宜回去后半小时不到,裴决就上门找她来了。

午后的阳光实在晒人,钟影趴在沙发上和朋友聊天,窗口吹进带着热意的暖风,听到敲门声,她起身去开门。

见是裴决,她表情困惑:"不是说班里有填志愿的说明会吗?这么早就结束了？"

裴决笑着点点头，看上去似乎很开心。

钟影也跟着笑，一边让他进屋，一边对着他说："考得好这么开心？"

秦苒正在阳台收拾换季的衣物，闻言也笑着恭喜他："这回考得不错，你妈妈很开心。"

裴决叫了声"阿姨好"，再转过身时，仍是盯住钟影。

钟影被他看得莫名其妙，刚要转身继续赖沙发上去，脑子里忽然闪过一道灵光，站住不动了。

两个人眼对眼，在他满是笑意的注视下，她一点点红了脸。

事情仿佛就是这样明朗起来的，言语成了最无用的。

之后的几天，钟影都有点不想和裴决一起上下学了。

他好像一下子知道了许多事，又好像只是在高兴一件事。

她也总是被他看得受不了脸红，脸红自己一直以来的心事，脸红自己那天的承诺。

"明天二模我就不和你一起去学校了。"钟影坐在后座咕哝，"起不来。"

裴决笑，然后拒绝了："不行。"

"为什么？"钟影伸手戳了戳他的后背。

裴决感觉到，笑意更深："就是不行。"

他的顽固有点幼稚，钟影不由得也笑，他忽然间变得不那么成熟了。

裴决高考成绩出来那天，钟影哪儿都没去，和他一起守着电脑。

因为不是周末，家里大人都在上班，不过也时刻带着手机，等着第一时间守到结果。钟影看上去比裴决还要紧张，裴决却十分淡定，一会儿问她吃不吃西瓜，一会儿问她想不想看电影。

但结果确实让人放心。钟影长舒口气，拿起电话就给两边家长打过去。

"晚上想吃什么？"等她一五一十汇报完，裴决问她。

钟影疑惑："难道不是你想吃什么？"

裴决笑着伸手摸了摸她的头发："就等你了，不得好好鼓励一下。"

钟影猛地转过脸，望着刺眼日光下的玻璃鱼缸。

鱼缸里没有鱼，玻璃在阳光的照耀下折射出一层层水莹莹的波段，好像摇曳的鱼尾。

按部就班的时间过得飞快，钟影高考那几天裴决特意请了假回来陪她。等高考成绩出来的那几天，钟影又飞去他的城市和他一起等。

开学报到那天，两人一起去的学校。

飞机落地时，阳光从云层的缝隙里落下来。钟影想起一件久远的事，问裴决："我高一那年，你去春珈，说梦见了以后的事，还梦到结婚了，你和谁结婚了？"

裴决没想到这件事能被她记这么久，当即有点愣神。待回神，望着她格外认真的面容，他忍不住笑。

"你说呢？"

…………

蓝山的鸟鸣忽然变得清晰。

裴决睁开眼，他的妻子正睡在他怀里。

他低头亲了亲钟影发顶。钟影感觉到，翻了个身。他握住她的手，低声道："我做了好长的一个梦。

"梦见我们上了同所大学。"

好一会儿，钟影才听明白，她闭着眼笑着咕哝："你喜欢这个结局？"

裴决低头埋进她温软馨香的脖颈，亲了亲她的耳朵，说："当然。"

钟影笑起来，忍不住伸手摸他的头发："傻瓜。"

- 全文完 -